저주받은 피

Tainted Blood

저주 받은 피

Tainted Blood

2023년 6월 30일 초판 1쇄 발행

지은이 | 아날두르 인드리다손
옮긴이 | 전주현
펴낸이 | 양승윤

펴낸곳 | ㈜와이엘씨
서울특별시 강남구 강남대로 354 혜천빌딩 15층
Tel. 555-3200 Fax. 552-0436

출판등록 | 1987. 12. 8. 제1987-000005호
http://www.ylc21.co.kr

값 18,000원
ISBN 978-89-8401-258-5 03850

* 영림카디널은 ㈜와이엘씨의 출판 브랜드입니다.
* 소중한 기획 및 원고를 이메일 주소(editor@ylc21.co.kr)로 보내주시면, 출간 검토 후 정성을 다해 만들겠습니다.

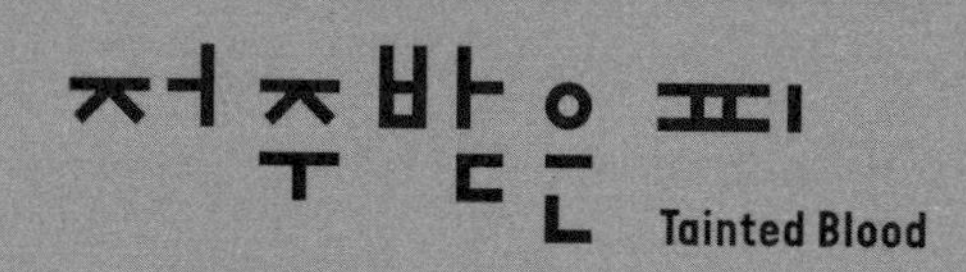

아날두르 인드리다손 지음 | 전주현 옮김

영림카디널

"모든 게 아주 커다란 빌어먹을 늪이야."

– 에를렌두르 스베인손 형사

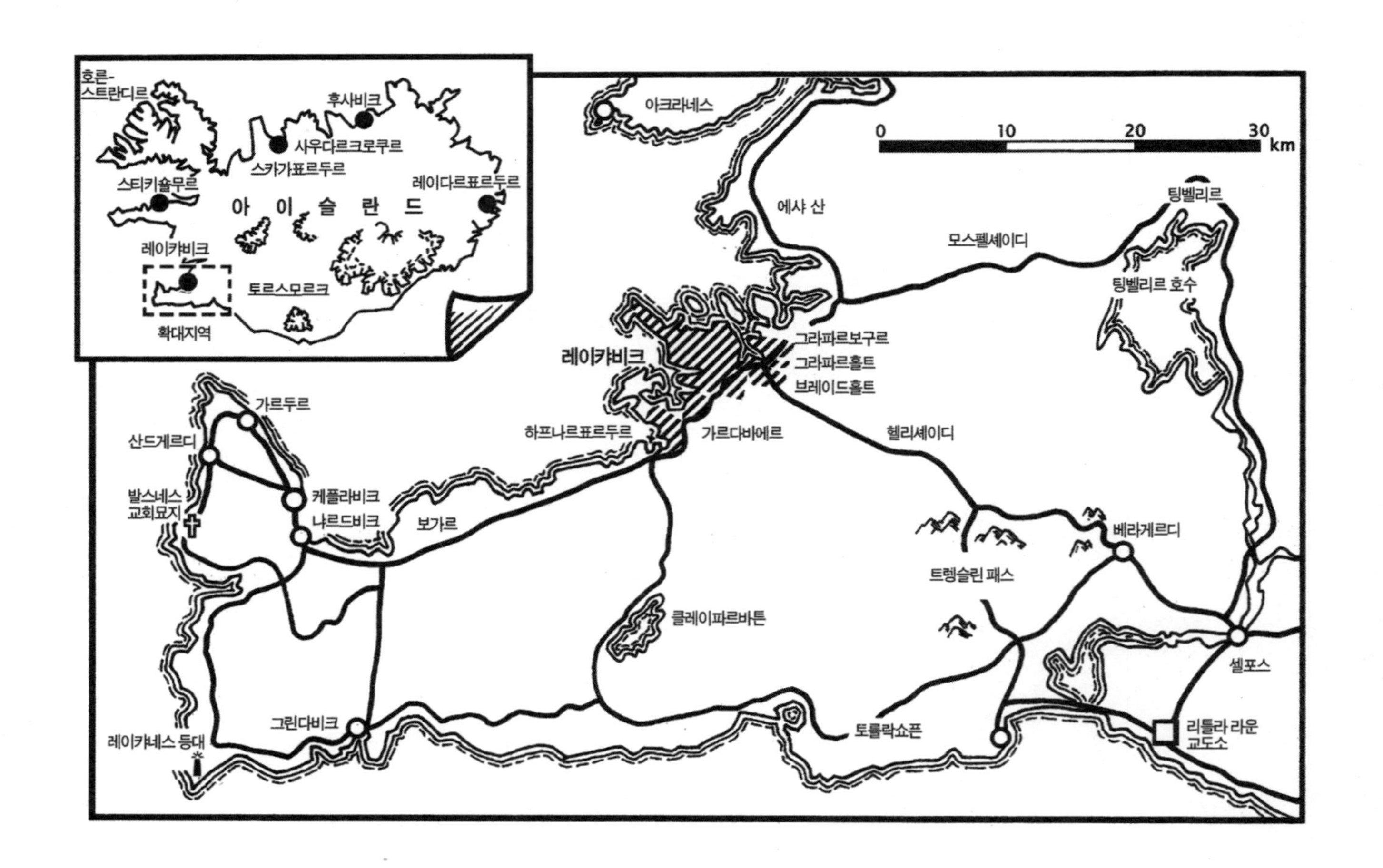
호른-
스트란디르
후사비크
사우다르크로쿠르
스카가표르두르
스티키숄무르
레이다르표르두르
아 이 슬 란 드
레이캬비크
토르스모르크
확대지역
아크라네스
0
10
20
30
km
에샤 산
모스펠세이디
팅벨리르
팅벨리르 호수
그라파르보구르
그라파르홀트
브레이드홀트
레이캬비크
가르두르
산드게르디
하프나르표르두르
가르다바에르
헬리셰이디
발스네스
교회묘지
케플라비크
냐르드비크
보가르
베라게르디
트렝슬린 패스
클레이파르바튼
셀포스
그린다비크
레이캬네스 등대
토를락쇼픈
리틀라 라운
교도소

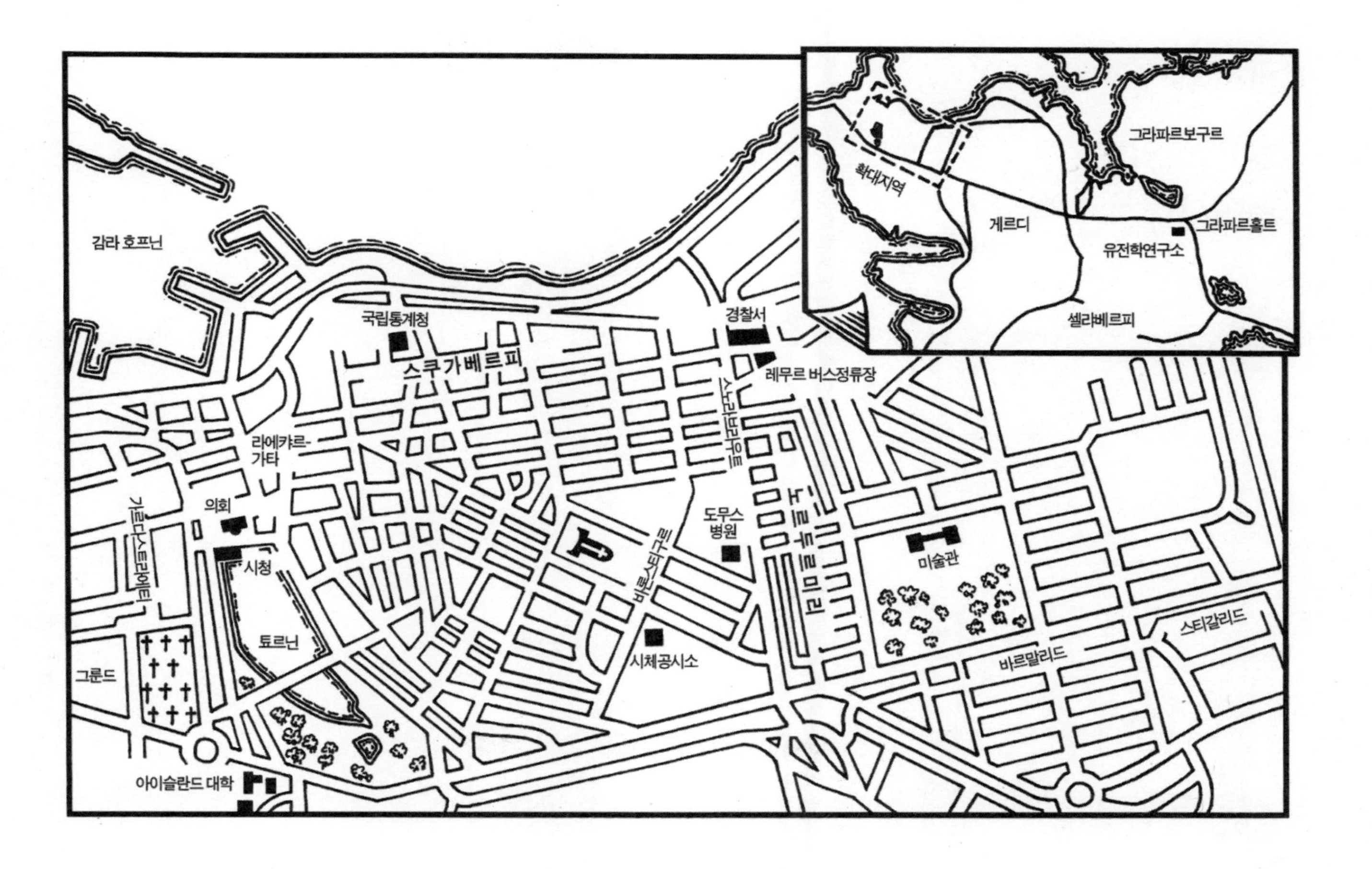

그라파르보구르
확대지역
게르디
그라파르홀트
유전학연구소
셀라베르피
감라 호프닌
국립통계청
경찰서
스쿠가베르피
레무르 버스정류장
스노라브라우트
리에카르-
가타
의회
가르다스트라에티
시청
노르두르미리
도무스
병원
미술관
바론스티구르
토르닌
시체공시소
스티갈리드
바르말리드
그룬드
아이슬란드 대학

아이슬란드식 이름에 관해서

아이슬란드 사람들은 호칭에 이름만 사용하고 성은 쓰지 않는다. 대부분의 사람들은 성 대신에 아버지의 이름을 따고 이름 뒤에 아들은 son(손), 딸은 dottir(도티르)를 붙여 사용한다. 전화번호부에도 이름만 기록되어 있을 정도다. 영어권이나 타 문화권에는 이상하게 들릴 수도 있지만 경찰 조직에서도 마찬가지여서, 경찰이나 범죄자를 부를 때도 역시 이름만 사용한다.

에를렌두르 형사의 원래 이름은 에를렌두르 스베인손(Erlendur Sveinsson)이며, 그의 딸은 에바 린드 에를렌즈도티르(Eva Lind Erlends-dottir)이다. 어머니의 이름을 따는 경우는 아주 드물지만, 아우두르(Audur)의 경우만은 예외로 콜브루나르도티르(Kolbrunardottir)로 불린다. '콜브룬(Kolbrun)의 딸'이라는 뜻이다.

전통적인 성을 가진 가문도 있지만, 이는 대체로 덴마크 사람들의 영향을 받았거나 그 후예인 경우에 해당한다. 20세기 초까지 덴마크의 식민 지배를 받았던 흔적 때문이다. 브리엠(Briem)이라는 성이 바로 그 예로, 사람의 성별이 이름에 나타나지 않는다. 작품 속의 마리온 브리엠이라는 인물은 모호한 이름 때문에 작품 속에서 호기심의 대상이 되기도 한다.

레 이 캬 비 크 — 2 0 0 1

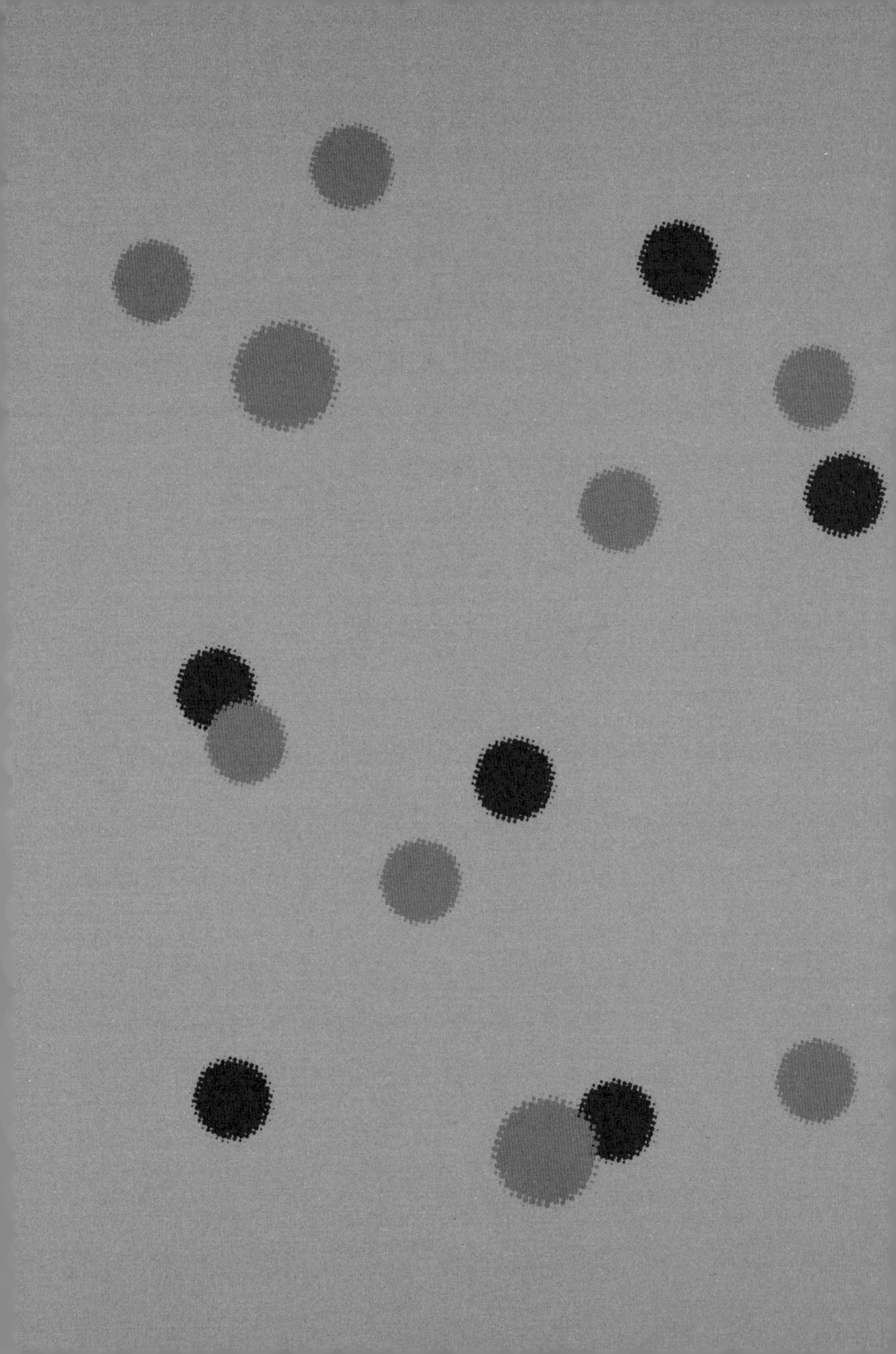

1

Tainted Blood

그 글자는 시체 위에 놓인 종이에 연필로 적혀 있었다. 세 단어. 에를렌두르 반장은 전혀 이해할 수 없는 내용이었다.

시체는 70세 정도 되어 보이는 남자였다. 그는 넓지 않은 거실의 소파에 기대어 오른쪽으로 쓰러져 있었다. 파란색 셔츠와 황갈색 누비바지를 입었고, 발에는 슬리퍼까지 신겨져 있었다. 숱이 줄어들기 시작한 머리칼은 백발에 가까웠는데, 머리에 난 큼직한 상처에서 흐른 피로 온통 물들어 있었다. 시체 가까이에 귀퉁이가 뾰족한 큰 유리 재떨이가 놓여 있었다. 이 재떨이 역시 피범벅이었고, 거실 탁자는 뒤엎어져 있었다.

사건은 노르두르미리 지역에 있는 한 이층 아파트의 지하실에서 일어났다. 아파트는 작은 정원 안에 세워졌고, 정원의 세 면에는 모두 돌담을 둘러쳤다. 나무에서 떨어진 이파리들이 정원과 땅바닥을 융단이라도 깐 듯 뒤덮었고, 옹이진 나뭇가지들은 어두워진 하늘을 향해 쭉쭉 뻗어 있었다. 자갈이 깔린 주차장 차도 앞에는 이제 막 레이캬비크 경찰서 수사과 사람들이 속속 도착하고 있었다. 곧 검시관이 도착하면 사망진단서가 발급될 것이다. 15분 전쯤에 시체가 발견되었다는 보고가 들어오고 레이캬비크 경찰서의 수사반장인 에를렌두르가 현장에 가장 먼저 도착했다. 같이 일하는 수사과의 시구르두르 올리 형사도 조만간 도착할 예정이다.

10월의 어스름이 도시에 퍼져나가고 빗방울은 가을바람을 타고 날리고 있었다. 누군가가 거실 테이블에 놓인 전등을 켜자 을씨년스러운 빛이 주위를 밝혔다. 그것만 뺀다면 현장에 있는 물건에 특별히 손댄 흔적은 없었다. 법의학팀은 지하실을 더 환하게 밝히기 위해 삼발이 형광 조명등을 설치하는 중이었다. 에를렌두르는 책장과 닳아빠진 가구, 뒤엎어진 커피 테이블, 한쪽 구석에 놓인 낡아빠진 책상, 바닥에 깔린 카펫, 그리고 카펫의 핏자국을 차례대로 살펴보았다. 거실은 주방 쪽으로 트여 있었고, 주방에서 문을 하나 열고 나가면 작은 서재가 나왔으며, 그 너머로 두 개의 방과 화장실로 가는 좁은 복도가 연결되어 있었다.

경찰에 연락한 것은 일층에 사는 사람이었다. 그는 하교하는 아들 둘을 데리고 집에 돌아오다가 지하실 문이 활짝 열린 것을 보고 수상쩍다는 생각을 했다. 지하실 안이 들여다보이기에 사람이 있나 싶어 불러 보았지만 대답이 없었다. 그래서 안을 기웃거리며 그 집 노인의 이름을 다시 불러 보았지만 여전히 대답이 없었다. 그와 그 집 식구들은 일층에서 몇 년간 살았지만 지하에 사는 노인에 대해선 잘 알지 못했다. 그 집 큰아들인 아홉 살짜리 사내애는 동작도 번개처럼 빠르고 아버지와는 달리 별로 조심성도 없어서 어느 틈에 지하실로 내려갔다. 아이는 금방 돌아와서는 그다지 당황하는 기색도 없이 거기 사람이 죽어 있다고 말했다.

"네가 영화를 너무 많이 봤겠지." 아이의 아버지는 그렇게 말하고 조심스럽게 지하로 내려가 보았다. 그리고 거기서 지하실 노인이 거실 바닥에 쓰러진 채 숨져 있는 것을 발견했다.

에를렌두르는 죽은 사람의 이름을 이미 알고 있었다. 초인종 옆에 이름이 적혀 있었다. 그러나 혹시나 그런 사소한 일에서 바보 같은 실수를 저지를까 싶어 얇은 고무장갑을 끼고, 입구 옷걸이에 걸린 노인의 겉옷에서 지갑을 끄집어냈다. 지갑에는 이름과 사진이 있는 카드가 들어 있었다.

이름 홀베르크, 나이 69세. 자택에서 사망. 타살로 추정됨.

에를렌두르는 지하실을 돌아다니며 가장 쉬운 질문부터 생각해 보았다. 그게 그가 할 일이었다. 너무도 뻔한 것들을 조사하는 것. 미스터리는 법의학자들의 몫이다. 일단 창문으로건 문으로건 누가 침입한 흔적은 보이지 않았다. 첫 느낌에 노인이 범인을 집 안으로 들인 것 같다는 생각이 들었다. 일층 사람들은 비에 젖은 채로 이 집에 들어왔기 때문에 거실과 복도 사방에 발자국을 남겨놓았다. 그렇다면 범인 역시 어딘가에 발자국을 틀림없이 남겨놓았을 것이다. 입구에서 신발을 벗지 않았다고 한다면 말이다. 에를렌두르가 보기에 신발을 벗을 만큼 범인이 여유를 부릴 상황은 아니었던 것 같았다.

법의학팀은 증거 확보를 위해 진공청소기까지 동원해 작은 조각과 알갱이들까지 그러모으고 있었다. 그들은 지문이나 흙 묻은 발자국 중에서 이 집 사람들 것이 아닌 걸 찾고 있었다. 이 집과 관련이 없는 그 어떤 것. 이 집에 들어와서 생명을 앗아간 그 어떤 것을.

에를렌두르가 보니 노인이 어떤 대접을 한 흔적은 없었다. 커피도

끓이지 않았다. 주방에 있는 커피메이커는 안 쓴 지 몇 시간은 되어 보였다. 차를 마신 흔적도 없었고, 찬장에서 잔을 꺼내지도 않았다. 유리컵들도 제자리에 놓여 있었다. 정리정돈을 잘하는 사람이었는지 모든 것이 깨끗하고 깔끔하게 정리되어 있었다. 어쩌면 피해자와 범인은 모르는 사이였을 수도 있다. 범인은 문이 열리자마자 이것저것 가리지 않고 무조건 달려들었을지도 모른다. 신발도 벗지 않고.

양말만 신고 살인을 저지를 수도 있었을까?

에를렌두르는 주위를 둘러보고는 머릿속을 정리해 봐야겠다고 속으로 중얼거렸다.

여하튼 간에 범인은 다급했던 모양이다. 나가면서 문도 닫지 않았으니 말이다. 공격 자체도 허둥거린 티가 났다. 마치 어떤 준비도 없이 부지불식간에 저지른 일처럼 보였다. 난투극을 벌인 흔적도 없었다. 노인은 바닥에 그대로 쓰러지면서 거실 탁자에 머리를 부딪쳤고, 그 바람에 탁자가 뒤엎어진 것이었다. 언뜻 보기에 아무것도 건드린 것은 없었다. 절도 흔적도 보이지 않았다. 찬장은 잘 닫혀 있었고, 서랍들도 마찬가지였으며, 꽤 새것으로 보이는 컴퓨터와 오래된 오디오 세트도 제자리에 놓여 있었다. 입구 옷걸이에 걸린 노인의 겉옷에도 지갑은 그대로 들어 있었고, 지갑에는 2천 크로나의 현금과 현금인출카드, 신용카드가 그대로였다.

범인은 아무거나 먼저 손에 잡히는 것으로 노인의 머리를 내리친 듯했다. 두꺼운 녹색 유리로 된 그 재떨이는 에를렌두르 생각에 적어도 1.5킬로그램은 나갈 듯했다. 그야말로 흉기가 그 집 안에 놓여 있었던 셈이다. 범인이 어디선가 그 재떨이를 들고 와서 피범벅을 만들고는 거실 바닥에 놔두고 갔을 가능성은 아주 희박했다.

단서들을 종합해 보면 다음과 같았다. 노인은 문을 열고 범인을 집 안으로 들였거나, 아니면 범인과 함께 거실로 들어왔을 수 있다. 범인은 노인이 아는 사람이었을지 모르지만, 그렇지 않을 수도 있다. 범인은 재떨이로 노인을 한 방 크게 내리친 다음 서둘러 도망치면서 문을 열어둔 채 사라졌다. 아주 간단하다.

그 메시지만 빼면.

메시지는 괘선이 그어진 A4 용지 크기만 한 종이에 쓰여 있었는데, 스프링 노트에서 뜯어낸 것으로 보였다. 그 메시지는 이것이 계획된 살인임을 보여주는 유일한 단서였다. 범인이 살해를 목적으로 집에 들어왔다는 사실을 암시하는 대목이었던 것이다. 범인은 거실 바닥에 서 있다가 갑자기 살인 충동에 사로잡힌 것이 아니다. 그는 살해를 목적으로 이 집에 들어왔다. 그러고는 메시지를 남겼다. 에를렌두르가 무슨 뜻인지 전혀 파악할 수 없는 세 글자. 이 집에 들어오기 전에 미리 써놓은 걸까? 이 명백한 의문에 대한 답을 찾아내야 했다. 에를렌두르는 거실 한구석에 놓인 책상으로 다가갔다. 각종 서류와 고지서, 종이와 편지봉투 등이 흩어져 있었다. 그리고 그 종이 더미 위에 스프링 노트가 놓여 있었다. 한 장이 일부 찢겨져 나간 채로. 메시지를 남기는데 사용했을 연필을 찾아보았지만 보이지 않았다. 책상 주위를 둘러보다가 책상 밑에서 연필 하나를 발견했다. 에를렌두르는 어떤 것도 건드리지 않았다. 그저 눈으로 보고 머리로 생각했다.

"전형적인 아이슬란드식 살인사건 아닙니까?" 올리가 물었다. 그는 시체 옆에 서 있었는데, 에를렌두르는 그가 지하실에 들어오는 것도 전혀 알아차리지 못했다.

“뭐라고?” 에를렌두르가 여전히 생각에 몰두한 채 물었다.

“비열하고, 무의미하고, 아무것도 숨기려고 하질 않았잖아요. 증거인멸이나 단서를 꼬아놓은 것도 아니고.”

“그렇지. 조잡한 아이슬란드식 살인이지.”

“피해자가 탁자로 넘어져서 재떨이에 머리를 찧은 게 아니라면 말예요.” 올리가 말했다. 또 다른 동료인 엘린보르그 형사도 올리 곁에 있었다. 에를렌두르는 모자를 푹 눌러쓰고 고개를 숙인 채 집 안을 성큼성큼 걸어 다니면서 경찰, 법의학팀과 응급구조사들의 행동반경을 제한하려고 용을 써놓았던 참이었다.

“그럼 넘어질 때 짬을 내서 메시지를 썼다는 건가?” 에를렌두르가 말했다.

“손에 들고 있었을 수도 있죠.”

“메시지에서 뭐 좀 발견한 게 있나?”

“하느님이 남기셨나 봐요.” 올리가 말했다. “아니면 범인이거나. 잘은 모르겠지만. 마지막 단어를 힘주어 쓴 것이 인상적인데요. ‘HIM’을 모두 대문자로 썼어요.”

“급하게 쓴 것 같진 않군. 마지막 글자는 블록체 대문자인데 처음 둘은 필기체거든. 이 메시지를 쓸 때 범인은 조금도 허둥대지 않았던 거야. 하지만 도망갈 때는 문도 닫지 않았어. 이게 뭘 뜻하는 걸까? 사람을 죽이고 뛰쳐나가면서도 종이쪽지에 불가사의한 메시지를 남기고, 마지막 글자는 강조하느라 애쓰다니.”

“피해자에 관한 메모일 겁니다.” 올리가 말했다. “죽은 사람요, 저 사람 말고 누가 있겠어요."

"글쎄, 잘 모르겠는데." 에를렌두르가 대꾸했다. "도대체 저런 메시지를 남겨서 시체에 올려놓은 이유가 뭘까? 뭘 알리려고 그런 거지? 우리한테 알리고 싶은 걸까? 아니면 자기 자신한테? 아니면 피해자?"

"빌어먹을 놈이 미친 짓 한 거죠." 엘린보르그가 메시지를 주우려고 몸을 숙이며 말했다. 그러자 에를렌두르가 그녀를 제지했다.

"한 명이 아니라 여러 명일 수도 있어요. 범인 말입니다." 올리가 말했다.

"장갑을 꼭 껴야지, 엘린보르그. 증거물을 손상시키면 안 돼." 에를렌두르가 마치 아이를 어르듯 말했다.

"메시지는 저기 책상에서 쓴 거야. 종이는 피해자의 노트에서 찢은 거고." 에를렌두르가 구석의 책상을 가리키며 덧붙였다.

"한 명 말고 여럿이었을지도 몰라요." 올리가 또다시 말했다. 그는 자신이 중요한 점을 지적했다고 생각하는 듯했다.

"그래, 그렇지." 에를렌두르가 대꾸했다. "그럴 수도 있지."

"피도 눈물도 없는 놈이에요." 올리가 말했다. "먼저 노인을 죽이고는 앉아서 메모를 쓴다. 도대체 무슨 배짱이죠? 얼굴에 철판을 깔지 않고서야 어떻게 그런 짓을 할 수 있겠어요?"

"아니면 무서울 게 없는 놈이거나." 엘린보르그가 끼어들었다.

"아니면 무슨 메시아 콤플렉스가 있는 놈이거나." 에를렌두르가 말했다.

에를렌두르는 멈춰 서서 메시지를 주워 조용히 살펴보았다.

아주 심한 메시아 콤플렉스야, 하고 그는 속으로 생각했다.

2

Tainted Blood

에를렌두르는 밤 10시가 되어서야 자신의 아파트로 돌아왔다. 그는 냉동식품을 전자레인지에 넣고는 음식이 돌아가면서 데워지는 것을 지켜보았다. 텔레비전 시청보다 그게 더 흥미로웠다. 바깥에서는 가을바람이 마치 울부짖듯 휘몰아쳤고, 보이는 것은 칠흑 같은 어둠과 빗줄기뿐이었다.

그는 메시지를 남기고 사라지는 사람들에 대해 생각해 보았다. 만일 자기 같으면 뭐라고 메시지를 남길까? 누구에게 남길까? 머릿속에 그의 딸 에바 린드가 떠올랐다. 그녀는 마약중독이니 아마 아빠에게 돈이 얼마나 있는지가 제일 궁금할 것이다. 돈 문제에 있어 에바는 갈수록 더 뻔뻔해졌다. 그의 아들 신드리 스나에르도 재활센터에 들어간 것이 이번이 세 번째였다. 아들에게 남길 메시지는 간단했다. “히로시마*는 이제 그만.”

전자레인지가 세 번 삑삑 울리자 에를렌두르는 혼자 미소를 지었다. 자기도 사라져 버릴까 생각했던 적이 한두 번이 아니었다.

* 히로시마: 히로시마에 원자폭탄이 떨어졌을 때 생긴 버섯구름이 환각제로 쓰이는 독버섯과 모양이 비슷해 쓰는 말.

에를렌두르와 올리는 시체를 발견한 일층 사람과 얘기를 나누었다. 그때는 그 집 아내도 집에 돌아와 있었는데, 그녀는 두 아들을 친정집에 데려다 놓겠다고 말했다. 이름이 올라푸르라는 그 사람은 두 아들과 아내를 포함한 가족 모두가 아침 8시면 등교하거나 출근하고 집에는 아무도 없다고 했다. 집에 돌아오는 시간은 아주 일러야 오후 4시경이며, 아이들을 학교에서 데려오는 것은 올라푸르의 몫이었다. 그들이 아침에 집을 나설 때만 해도 이상한 점은 전혀 없었다. 지하실 문은 잘 닫혀 있었다. 전날 밤에 잠도 잘 잤고 아무 소리도 듣지 못했다. 노인과는 별로 왕래도 없었다. 위아래층에 이웃해 살았다지만 어느 모로 보나 노인은 그들과는 완전 남남이었다.

법의학팀에서는 아직도 정확한 사망시간을 가려내지 못하고 있었지만 에를렌두르는 사건이 정오경에 일어났을 거라 추측했다. 그야말로 하루 중 가장 바쁜 시간에. 그는 속으로 '요즘 같은 세상에 살인을 하려고 짬을 내는 사람이 다 있나?' 하고 생각했다. 경찰은 70세가량의 홀베르그라는 노인이 노르두르미리 지역의 한 지하실에서 숨진 채 발견되었으며, 살해된 것으로 추정된다고 발표했다. 그리고 인근 지역에서 지난 24시간 안에 수상한 점을 발견한 사람은 즉시 레이캬비크 경찰서로 연락해 달라고 당부했다.

에를렌두르는 거의 50줄이었다. 이혼한 지 아주 오래됐으며, 전 부인과의 사이에 자식이 둘 있었다. 그는 자식들의 이름이 썩 마음에 들지 않았지만 전혀 티를 내지 않았다. 그 당시만 해도 아내가 그 이름들이 아주 사랑스럽다고 생각했던 것이다. 전 부인과 대화가 끊어진 지 20년이 지났다. 둘은 아주 껄끄럽게 이혼에 합의했고, 그러다 보니 당시에는 어렸던 자식들과도 자연스레 소원해졌다. 아이들은 나이가 들어서야 그를 찾아왔는데, 그는 두 팔 벌려 아이들을 맞아들였지만 자식들이 어떻게 성장했는지를 보고는 마음이 쓰렸다.

특히나 에바를 보고 더더욱 가슴이 아팠다. 아들 신드리는 그래도 나은 편이었다. 그나마.

그는 전자레인지에서 음식을 꺼내어 식탁에 앉았다. 그의 집은 방 하나짜리 아파트로, 구석구석에 책이 가득 쌓여 있었다. 벽에 걸린 오래된 가족사진에는 그가 태어난 동 표르드 지역에 사는 친척들의 모습이 있었다. 자기 사진이나 아이들 사진은 어디에도 없었다. 한쪽 벽에는 낡아빠진 노르드멘데 텔레비전이 놓여 있었고, 그 맞은편에는 더 낡은 안락의자가 자리를 차지하고 있었다. 청소는 자주 하지 않았지만 그래도 집은 깔끔한 편이었다.

에를렌두르는 지금 먹고 있는 것이 도대체 무엇인지 알 수 없었다. 멋지게 꾸며진 겉면에는 동양식 별미라고 씌어 있었는데, 정작 음식은 기름진 머리 맛이 나는 페이스트리 속에 감춰져 있었다. 에를렌두르는 음식을 저리 밀어버렸다. 며칠 전에 산 호밀빵이 아직 남아 있는지 기억을 더듬었다. 그리고 양고기 파이도. 그때 초인종이 울렸다. 에바였다.

"안냐세요?" 그녀는 돌진하듯 집 안으로 들어와서는 거실 소파에 몸을 던졌다. 에를렌두르는 딸의 말투가 영 거슬렸다.

"아빠한테 인사가 그게 뭐냐!" 에를렌두르가 문을 닫으며 말했다.

"말을 가려 하라면서요?" 에바가 대꾸했다. 그동안 에를렌두르에게 지겹도록 잔소리를 들어왔던 터였다.

"그럼 좀 제대로 하던가."

오늘은 또 어떤 인물을 연기하려나. 에바는 에를렌두르가 아는 사람 중 최고의 배우였다. 영화나 연극을 보지 않고, 텔레비전도 교양 프로밖에 안 보는 그의 생각이니 뒷받침할 증거는 없지만. 에바가 꾸며내는 연극은 주로 1막에서 3막 정도 되는 가족 드라마로 아버지에게서 돈을 뜯어내는 것이 주제였다. 그렇지만 자주 있는 일은 아니었다. 에바는 나름의 방법으로 돈을 구했다. 에를렌두르는 그 방법에 대해서는 모르는 게 약이라고 생각했다. 하지만 가끔 그녀가 쓰는 표현대로 '땡전 한 푼' 없을 때는 에를렌두르에게 손을 벌렸다.

때로 에바는 귀여운 딸 노릇도 했다. 에를렌두르 품에 안겨서 고양이처럼 가르랑거리면서 응석도 부렸다. 그러나 그녀가 필사적일 때는 미친 듯이 발을 쾅쾅 굴러대고, 에를렌두르에게 자신과 오빠를 버리고 떠난 나쁜 놈이라고 욕을 퍼부었다. 그리고 그녀는 야비하고 사악한 인간으로 변하기도 했다.

그렇지만 가끔은 본모습으로, 제정신으로 돌아온 것처럼 보일 때도 있었다. 본모습이라는 게 있기나 한지는 잘은 모르겠지만. 그래도 그럴 때면 인간적인 대화를 나눌 수 있을 거라는 기대가 들기도 했다.

에바는 너덜너덜하게 찢은 청바지에 검은 가죽 보머 재킷*을 입고 있었다. 짧은 머리는 진한 검정색으로 물들였고, 오른쪽 눈썹에는 작은 은고리 두 개가, 한쪽 귀에는 은색 십자가 귀걸이가 달랑거렸다. 하얗고 가지런했던 그녀의 이는 마약중독임을 드러내는 표시가 되었

* Bomber Jacket: 2차대전 때 전투기 조종사들이 입었던 짧은 가죽 재킷.

다. 미소를 크게 지으면 윗니 두 개가 빠진 게 보였으니까. 그녀는 비쩍 말랐고 얼굴은 여윈데다 눈가에는 기미가 끼어 있었다. 에를렌두르는 가끔 딸이 아내를 많이 닮았다고 느꼈다. 그는 에바의 운명을 저주했고, 그녀가 그렇게 된 것이 자신의 탓이라고 스스로를 원망했다.

"오늘 엄마랑 얘기했어요. 얘기를 했다기보다, 아빠한테 얘기 좀 해달라고 나한테 말한 거죠. 부모가 이혼하니까 아주 좋네."

"네 엄마가 나한테 뭐 바라는 것이 있다든?" 에를렌두르가 놀라 물었다. 20년이 지난 지금도 아내는 그를 미워했다. 20년 동안 딱 한 번 마주친 적이 있는데 그때 그녀의 얼굴에는 증오가 가득했다. 언젠가 에바가 신드리 얘기를 그에게 한 적이 있었다. 그때 나눈 대화는 두 번 다시 떠올리고 싶지 않았다.

"엄마는 속물 중에서도 속물이에요."

"네 엄만데 그렇게 말하지 마라."

"가르다바에르에 사는 더럽게 돈 많은 엄마 친구 때문이래요. 주말에 딸 결혼식이 있었는데 딸이 도망을 쳤다나. 웬 망신. 그게 지난 토요일이었는데, 그 이후로 딸한테서 연락이 없다네요. 엄마도 거기 갔었는데 그 집 분위기가 영 말이 아니래요. 그래서 그 집 부모가 아빠에게 좀 도와줄 수 있겠느냐고 부탁해보라 했다는 거예요. 신문에 광고를 내기는 싫다는 거지. 있는 집 인간들이란 다 그렇다니까. 아빠가 수사과에 있다는 걸 알고는 남들 모르게 진행시키고 싶었던 모양이에요. 그래서 아빠한테 좀 알아봐 줄 수 없겠느냐고 내가 물어보러 온 거죠. 엄마가 아니라 내가! 봤죠? 엄마는 그런 일 절대 안 한다니까!"

"그 사람들을 아니?"

"흥, 그 계집애 결혼식에 초대도 못 받았는데 뭘."

"그 애는 아니, 그럼?"

"잘 몰라."

"어디로 도망갔을지는?"

"내가 어떻게 알아?"

에를렌두르는 어깨를 한번 으쓱했다.

"그렇잖아도 좀 전에 네 생각을 했다."

"잘됐네. 그렇잖아도 나도 궁금한 게 있었는데……."

"나 돈 없다." 에를렌두르가 안락의자에 앉아 그녀를 마주 보며 말했다. "배고프니?"

"도대체 왜 내가 입만 열면 돈 얘기를 한다는 거예요?" 에바가 등을 활처럼 구부리며 말했다.

에를렌두르는 마치 자신이 할 말을 뺏긴 듯한 느낌이 들었다.

"나는 너한테 얘기도 못하냐?"

"아, 존나 엿 같아. "

"그런 말을 쓰는 이유가 뭐야? 뭐가 문제야? 존나 엿 같아? 안냐세요? 무슨 말버릇이 그따위야?"

"돌아 버리겠네." 에바가 투덜거렸다.

"오늘은 또 누구야? 오늘은 내가 어떤 인간하고 얘기하고 있는 거냐? 마약 더미에 가려져서 네 본모습은 어디에 숨었는지 알 수가 없잖니."

"말도 안 되는 소리 그만 좀 해요. '넌 누구니?' '네 본모습은 어디 갔니?'" 에바는 에를렌두르 흉내를 내면서 비웃었다. "여기 있어요,

여기! 바로 앞에 앉아 있잖아! 나는 나라고요!"

"에바."

"만 크로나! 아무것도 아니잖아요. 만 크로나 어떻게 안 되겠어요? 아빠 돈 많잖아요."

에를렌두르는 딸을 바라보았다. 에바가 온 뒤부터 에를렌두르는 그녀에게서 뭔가 이상한 낌새를 눈치챘다. 숨도 가빴고 이마엔 땀이 송골송골 맺혀 있었다. 그리고 의자에 앉아서도 쉴 새 없이 꼼지락거렸다. 어디가 아픈 것처럼.

"어디 아프니?" 그가 물었다.

"괜찮아요. 그냥 돈이 좀 필요할 뿐이에요. 너무 쩨쩨하게 굴지 마세요."

"어디 아프지?"

"제발."

에를렌두르는 딸을 가만 지켜보았다.

"끊으려는 거니?" 그가 말했다.

"제발, 만 크로나만. 아빠한텐 아무것도 아니잖아, 아무것도. 다시는 돈 달란 소리 안 할게."

"네가 잘도 그러겠다. 그러니까 네가 말이다……." 에를렌두르는 적당한 표현을 찾지 못해서 조금 머뭇거렸다. "그걸 끊은 지 얼마나 됐니?"

"아무려면 어때. 끊었어요. 끊는 걸 끊고, 끊고, 끊고, 끊었다고요!" 에바가 자리에서 벌떡 일어섰다.

"만 크로나만 주세요, 제발. 아니면 5천. 5천 크로나만. 지금 갖고 있죠? 5천! 껌값도 안 되잖아."

"왜 갑자기 끊으려는 거지?"

에바가 아버지를 노려보았다.

"바보 같은 질문 그만해. 안 끊어. 뭘 끊어? 뭘 끊는다는 거야? 그 말도 안 되는 소리 좀 집어치우라고!"

"무슨 일이야? 왜 이렇게 화를 내니? 너 어디 아픈 거지?"

"그래요, 죽도록 아파요. 그러니까 만 크로나만 꿔주세요. 빌려달라고요, 갚을 테니까, 응? 이 탐욕스런 인간아."

"탐욕스럽다는 단어는 잘 골랐구나. 어디가 아프니, 에바?"

"왜 자꾸 물어보는 거야?" 그녀는 말하면서 더 화를 내기 시작했다.

"열이 나니?"

"돈이나 줘. 2천 크로나! 돈도 아니잖아, 그건! 아빠는 이해 못해, 이 늙은이!"

에를렌두르도 자리에서 일어섰다. 그러자 딸이 마치 대항이라도 할 듯이 그에게 바짝 다가섰다. 그는 에바가 이렇게 갑작스럽게 공격적이 될 것이라고는 상상도 못했다. 그는 딸을 위아래로 훑어보았다.

"뭘 봐?" 그녀가 그의 얼굴에 대고 소리를 질렀다. "마음에 들어? 이 쩨쩨한 늙은이, 마음에 드나 보지?"

에를렌두르가 그녀의 뺨을 때렸다. 약하게.

"재밌어?" 그녀가 소리쳤다.

그가 딸의 뺨을 다시 때렸다. 이번엔 강도가 셌다.

"흥분돼?" 그녀가 더 크게 소리 질렀다. 에를렌두르는 그녀에게서 화들짝 멀어졌다. 에바가 그에게 이런 식으로 말한 적은 한번도 없었다. 순식간에 괴물로 변해버린 것 같았다. 이런 심리상태를 보인 것도 처음이었다. 그는 에바를 어떻게 다뤄야 할지 전혀 알 수 없었다. 서서히 화가 가라앉으면서 동정심이 일었다.

"왜 지금 끊으려고 하니?" 그가 또 물었다.

"끊으려는 게 아니라니까! 도대체 왜 그래? 왜 내 말을 이해 못해? 언제 내가 끊는다는 얘기 한 적 있어?" 그녀가 소리 질렀다.

"무슨 일이야, 에바?"

"'무슨 일이야, 에바.' 그런 소리 좀 작작 해! 5천 줄 수 있어요? 대답 좀 해봐요." 그녀는 조금씩 진정되는 듯했다. 아마 자신이 조금 심했다는 생각이 든 모양이었다. 아무리 그래도 아버지에게 그런 식으로 말할 수는 없으니까.

"왜 지금인 거니?" 에를렌두르가 물었다.

"얘기해 주면 만 크로나 줄 거예요?"

"무슨 일이 있었어?"

"5천 크로나."

에를렌두르가 딸을 뚫어지게 바라보았다.

"임신했니?" 그가 물었다.

에바가 에를렌두르를 바라보며 승복한 듯 미소를 지었다.

"바로 맞췄네요." 그녀가 말했다.

"아니, 어쩌다가?" 에를렌두르가 신음하듯 물었다.

"어쩌다라니? 중계방송이라도 해달라는 거야?"

"장난칠 생각 없어. 피임 안 했니? 콘돔은? 피임약은?"

"어떻게 된 건지 나도 몰라요. 그냥 그렇게 됐어요."

"그래서 마약을 끊기로 한 거야?"

"이젠 그만해요. 난 얘기 다 했어요, 다! 만 크로나 줘요."

"네 아기도 마약중독으로 만들려고?"

"지금 아기가 문제 아니란 말야! 그런 건 문제가 아냐. 중요하지 않은 거라고요. 바로 끊을 수가 없어서 그래. 내일 끊을게요. 약속해요. 그냥 지금은 힘들 뿐이에요. 2천, 별것도 아니잖아."

에를렌두르는 다시 그녀에게 다가갔다. "하지만 노력은 해봤잖아. 너도 끊고 싶은 거고. 내가 도와주마."

"못 끊어!" 에바가 소리 질렀다. 식은땀이 그녀의 얼굴에서 배어나왔다. 그녀는 온몸이 떨리는 것을 감추려고 애썼다.

"그래서 나한테 온 거잖아. 돈을 구하려면 어디서든 구할 수 있었잖아. 여태까지도 그래왔고. 네가 나한테 온 건, 네가 원하는 게……." 에를렌두르가 말했다.

"말도 안 되는 소리 그만해요. 엄마가 가라고 해서 온 거고, 아빠가 돈이 있어서 온 거예요. 다른 이유는 없어요. 돈 안 주면 어떻게 해서든 구할 거야. 문제도 아니지. 아빠같이 나이든 남자들이 얼마든지 나를 사려고 하니까."

에를렌두르는 딸이 이야기를 다른 데로 흘리지 않게 하려고 다시 다그쳤다.

"전에도 임신한 적 있어?"

"없어요." 에바가 다른 곳을 보며 말했다.

"애 아빠는 누구니?"

에바는 기가 막힌 듯 눈을 크게 뜨고 아버지를 보았다.

“어이구! 지금 내가 그 엿 같은 사가 호텔 신혼 방에서 나온 사람처럼 보여요?”

그러고는 에를렌두르가 손쓸 틈도 없이 그를 밀쳐버리고 아파트를 뛰쳐나가 계단을 달려 내려가더니 차가운 가을비가 쏟아지는 거리로 사라졌다.

그는 문을 천천히 닫고 자기가 제대로 딸을 대한 건지 생각해 보았다. 그들은 도무지 싸우거나 소리 지르지 않고는 대화할 수가 없는 것 같았고, 그런 것들이 이젠 지긋지긋했다.

더 이상 식욕도 나지 않아 안락의자에 도로 앉아서 허공을 바라보며 에바가 어디에서 밤을 보낼지 걱정했다. 그러다가 결국 의자 옆 테이블에 펼쳐져 있는, 읽다 만 책을 집어 들었다. 그 책은 그가 가장 좋아하는 시리즈로, 대자연에서 일어난 사고와 재난에 대한 내용이었다.

그는 아까 읽다 만 ‘모스펠스바이르에서 길을 잃다’는 부분을 펼쳐 마저 읽기 시작했다. 곧 그는 한 젊은이를 얼려 죽인 끔찍한 눈보라 속으로 빠져들어 갔다.

3

Tainted Blood

비가 억수같이 쏟아지는 가운데, 에를렌두르와 올리는 차에서 내려 아파트 건물 앞 계단을 재빨리 뛰어올라 갔다. 그들은 스티갈리드 지역의 한 아파트 앞에 서서 초인종을 눌렀다. 사실은 소나기가 그칠 때까지 차 안에서 기다릴 생각이었다. 그러나 에를렌두르는 가만히 기다리는 것이 지겨워 차에서 뛰어내렸고, 올리도 혼자 남아 있기 싫어 그의 뒤를 따랐다. 그들은 순식간에 비에 흠뻑 젖었다. 올리의 머리에서 빗물이 뚝뚝 떨어져 등줄기를 타고 흘러내렸다. 문이 열리기를 기다리며 올리는 에를렌두르를 흘겨보았다.

이번 수사에 참여하는 경찰들이 아침에 전체 회의를 갖고서 여러 가능성을 검토해 보았다. 그중에는 이런 의견도 있었다. 즉, 이번 홀베르그 사건에는 범행 동기가 전혀 없으며, 범인은 몇 시간이고 며칠이고 그 근처를 배회하던 빈집 털이범이었을 것이고, 집에 사람이 있는지 확인하러 문을 두드렸다가 사람이 나오자 당황했을 것이며, 그곳에 남긴 메시지는 경찰을 혼란스럽게 하려는 수작 외에는 아무것도 아니라는 것.

홀베르그가 살해된 바로 그날, 스티갈리드 지역의 한 아파트에서 쌍둥이 노(老)자매가 녹색 군용 재킷을 입은 젊은 남자에게 공격을 받았다는 신고가 들어왔다. 누군가가 그 젊은이에게 아파트 아래층 현관문을 열어줬는데, 그 남자는 안으로 들어와서 노자매가 사는 아파트 문을 두드렸다. 문을 열어주자 남자는 문을 밀어젖히고 쳐들어와 문을 쾅 닫고는 돈을 내놓으라고 했다. 자매가 남자의 요구를 거절하자 한 자매를 주먹으로 때리고, 다른 자매는 바닥에 밀어 쓰러뜨리고서 발로 찬 뒤 도망가 버렸다.

현관 스피커에서 누군지 묻는 목소리가 들리자 올리가 자신의 이름을 말했다. 문이 열리고 그들은 건물 안으로 들어갔다. 계단은 어두컴컴했으며 악취까지 풍기고 있었다. 그들이 이층에 올라가니 노자매 한 명이 문 앞에서 기다리고 있었다.

"잡았수?" 한 여자가 물었다.

"안타깝게도 아직 못 잡았습니다." 올리가 고개를 저으며 말했다. "하지만 좀 여쭤볼 게 있어서……."

"잡았어?" 아파트 안에서 목소리가 들리더니, 이윽고 첫 번째 여자와 똑같이 생긴 또 한 여자가 문간에 모습을 드러냈다.

노자매의 나이는 70세 정도 되어 보였는데, 둘 다 까만 치마에 빨간 스웨터를 입고 있었다. 뚱뚱한 체격에 백발의 더벅머리. 그 아래로 보이는 동그란 얼굴은 기대에 부풀어 있었다.

"아직 못 잡았습니다." 에를렌두르가 말했다.

"불쌍한 사람이야." 피욜라라는 이름의 첫 번째 여자가 말했다. 그녀는 두 사람에게 안으로 들어오라고 했다.

"그 인간을 동정하지 말라니까." 비르나라는 두 번째 여자가 그들 뒤에서 문을 닫으며 말했다. "네 머리를 때린 짐승 같은 놈이야. 참 불쌍하기도 하겠다, 으잉?"

두 형사는 거실에 앉아서 두 여자를 차례로 살펴본 다음 서로 마주 보았다. 작은 아파트였다. 올리의 눈에 바짝 붙어 있는 침실 두 개가 들어왔다. 조그만 주방은 거실에서도 환히 들여다보였다.

"진술서를 읽어 봤습니다." 올리가 말했다. 사실 차 안에서 여기까지 오는 길에 대충 훑어본 게 고작이었지만. "그 남자에 대해서 좀 더 자세히 설명해 주실 수 있겠습니까?"

"남자라고? 남자라기보단 어린애에 가까웠지." 피욜라가 말했다.

"그래도 우리를 공격할 만큼은 나이를 먹었지. 그 정도 나이는 충분히 됐수. 나를 밀쳐 넘어뜨리고 발로 찼다고." 비르나가 말했다.

"우린 돈이 없어요." 피욜라가 말했다.

"돈을 여기에 보관하지 않지. 그 사람에게도 그렇게 말했고."

"하지만 우리 얘기를 믿지 않더구먼."

"그러고는 우리를 공격했어."

"아주 사나웠지."

"욕도 잘했고. 입에 담지 못할 말을 퍼붓더라고."

"그 끔찍한 녹색 재킷을 입고. 마치 군인처럼."

"그리고 구두끈이 달린 두툼한 검정색 장화 같은 걸 신고 있었어요."

"하지만 아무것도 부수진 않았다죠?"

"으응, 그냥 도망가 버렸어요."

"가져간 건 없습니까?" 에를렌두르가 물었다.

"제정신이 아닌 것 같더라구. 부수거나 가져간 것도 없고. 우리한테 돈이 없다 싶으니까 그냥 공격한 거예요. 불쌍한 녀석."

피욜라가 가해자에게 최대한 온정을 베풀려고 하면서 말했다.

"마약을 해서 제정신이 아니었겠지." 비르나가 내뱉듯이 대꾸했다. 그리고 피욜라를 돌아보며 쏘아붙였다. "불쌍하다고?"

"가끔은 네가 정말 바보가 아닌가 싶다. 그 인간은 마약 때문에 제정신이 아니었어. 눈을 보면 알 수 있잖아. 악하고 흐릿한 눈빛 말야. 거기다가 땀까지 흘려댔어."

"땀을 흘려요?" 에를렌두르가 물었다.

"땀이 얼굴에서 흘러내리고 있었지."

"비를 맞아서 그런 거야." 피욜라가 말했다.

"아냐. 그리고 온몸을 떨고 있었어."

"비 맞아 그렇다니까." 피욜라가 같은 말을 또 반복했다. 그러자 비르나가 그녀를 무섭게 노려보았다.

"피욜라, 그 인간이 네 머리를 때렸어. 네가 지금 머리나 얻어맞고 다니게 생겼니?"

"그 사람한테 맞은 데가 아직도 아파?" 피욜라는 이렇게 묻고는 에를렌두르를 쳐다보았다. 에를렌두르는 피욜라의 눈에 회심의 미소가 감도는 것을 똑똑히 보았다.

아직 이른 시간에 에를렌두르와 올리는 노르두르미리에 도착했다. 홀베르그의 집 위층 사람들이 모두 기다리고 있었다. 경찰이 홀베르그를 발견한 그 사람들에게서 이미 조서를 받아갔지만, 에를렌두르는 좀 더 자세히 얘기를 나누고 싶었다. 이층에 사는 비행기 조종사는 홀베르그가 살해된 날 정오에 보스턴에서 돌아왔다. 그리고 오후에 잠자리에 들더니 경찰이 문을 두드릴 때까지 꿈쩍도 하지 않았다.

그들은 먼저 조종사와 얘기해 보기로 했다. 조종사는 면도도 하지 않고 조끼에 반바지만 입은 채 문을 열었다. 혼자 사는 30대 남자인 그의 집 안은 그야말로 돼지우리가 따로 없었다. 옷이 사방팔방에 널려 있었으며, 여행가방 두 개가 새것으로 보이는 가죽소파에 입을 쫙 벌린 채 널브러져 있었다. 면세점 비닐봉지가 바닥에서 나뒹굴었고, 테이블에는 와인병들이 널려 있었으며, 뚜껑을 딴 맥주 캔이 빈 자리마다 비집고 들어가 앉아 있었다. 그는 형사들을 쳐다보고는 다시 집 안으로 들어가더니 오라 가라 말 한마디 없이 의자에 푹 주저앉았다. 에를렌두르와 올리는 그를 마주 보고 서 있었다. 도무지 앉을 데라고는 없었다. 에를렌두르는 집을 둘러보면서 이 남자가 모는 비행기라면 모의 비행 장치라도 타지 않겠다고 마음먹었다.

어떤 이유에선지 조종사는 자신의 이혼 얘기를 꺼내면서, 그런 문제에도 경찰이 관여할 수 있는지 물었다. 그 빌어먹을 마누라가 바람을 피웠다는 것이다. 운행을 나갔다가 오슬로에서 집에 돌아와 보니 동창생 한 놈과 놀아나고 있더라고. "끔찍했죠." 하고 그가 덧붙였다. 에를렌두르와 올리는 아내가 바람피운 것이 끔찍하단 건지, 아니면 오슬로에 있었던 것이 끔찍했단 건지 알 수 없었다.

"지하실에서 일어난 살인사건 말입니다." 에를렌두르가 횡설수설 떠들어대는 조종사의 말을 끊었다.

"오슬로에 가본 적 있으세요?" 조종사가 물었다.

"아뇨, 지금 우리는 오슬로 얘길 하는 게 아닙니다." 에를렌두르가 말했다.

조종사는 에를렌두르를 한번 쳐다보고는 올리에게 시선을 보냈다. 그제야 겨우 상황을 이해하는 것 같았다.

"나는 그 노인 잘 몰라요. 이 아파트를 4개월 전에 샀는데, 내가 알기로는 그 훨씬 전부터 비어 있었죠. 마당에서 몇 번 그 노인과 마주친 적은 있어요. 뭐 그냥 괜찮은 사람 같았는데."

"뭐 그냥이라뇨?" 에를렌두르가 물었다.

"그냥 얘기를 나눌 만은 하더라는 거죠, 내 말은."

"무슨 얘기를 나눴습니까?"

"주로 비행에 관한 얘기였죠. 비행에 관심이 많더라고요."

"비행기." 조종사는 비닐봉지에서 맥주 캔을 하나 꺼내어 뚜껑을 따며 말했다. "여러 도시." 그러고는 맥주를 꿀꺽꿀꺽 들이켰다. "스튜어디스." 그리고 요란스럽게 트림을 했다. "스튜어디스에 관해 아주 많이 묻더군요, 아시죠?"

"아뇨."

"아시잖아요, 해외에, 기착지에서 말예요."

"네."

"무슨 일이 있었냐? 예쁘냐? 뭐 그런 것들 말예요. 국제선은 좀……, 화끈하다고 들었다면서."

"마지막으로 본 게 언제였나요?" 올리가 물었다.

조종사는 기억을 더듬었지만 생각이 나지 않는 모양이었다.

"며칠 전이었을 거예요." 그가 겨우 대답을 했다.

"최근에 그 노인을 찾아온 사람이 있었는지 아십니까?" 에를렌두르가 물었다.

“아뇨. 내가 집에 좀처럼 없어서.”

“이 근처에서 기웃거리며 돌아다니는 사람은 못 보셨나요? 수상쩍게 행동하거나, 집 주위를 어슬렁거리거나?”

“아뇨.”

“녹색 군용 재킷을 입은 사람은?”

“못 봤어요.”

“군용 장화를 신은 청년은?”

“못 봤어요. 남자가 저지른 건가요? 누가 그런 건진 알아냈나요?”

“아뇨.” 에를렌두르가 대답했다. 그러고는 그 방을 나서려고 돌아서다가 맥주가 반쯤 남은 캔을 쳐서 넘어뜨리고 말았다.

일층에 사는 부인은 아이들을 친정집에 며칠 데려다 놓기로 하고 집을 나설 준비를 하고 있었다. 그녀는 그 사건 이후 아이들을 그 집에 두고 싶은 마음이 없었다. 남편도 동의했다. 부부에게는 그게 최선의 방법이었다. 그들은 상당히 충격을 받았다. 그 아파트를 4년 전에 샀고, 노르두르미리 지역도 마음에 들었다. 살기 좋은 곳이었다. 아이들 키우기도 좋았다. 두 아들은 엄마 곁에 서 있었다.

“그 사람이 그렇게 된 걸 봤으니 끔찍했겠죠.” 남편이 속삭이는 톤으로 말했다. 그는 아이들을 쳐다보았다. “애들한테는 그 사람이 잠든 거라고 했어요. 그래도…….” 그가 덧붙였다.

“그분이 죽었다는 건 우리도 알아요.” 큰 아이가 말했다.

“살해됐어요.” 이어 작은 아이가 말했다.

부부가 민망한 미소를 지었다.

"아이들은 그래도 잘 견뎌내고 있어요." 부인이 큰아들의 뺨을 쓰다듬으며 말했다.

"홀베르그 씨를 싫어하진 않았어요." 남편이 말했다. "가끔 마당에서 얘기를 나눴죠. 그 사람은 이 집에 오래 살았거든요. 주로 집이나 정원 관리, 뭐 그런 얘기들을 했죠. 이웃들과 주로 하는 얘기들 있잖아요."

"그렇지만 가깝게 지낸 사이는 아니었어요. 사실 그래야죠. 그렇게 가까워서는 안 된다고 생각해요, 사생활이라는 게 있잖아요." 부인이 말했다.

그들 역시 집 주위에서 수상한 사람을 본 적이 없으며, 녹색 군용 재킷을 입은 사람이 돌아다니는 것을 본 적도 없다고 했다. 부인은 두 아들을 다른 곳으로 데려가고 싶어 안달이 난 듯했다.

"홀베르그 씨를 찾아오는 사람들이 많았나요?" 올리가 물었다.

"본 적이 없는데요." 부인이 대답했다.

"외로워 보였어요." 남편이 말했다.

"그 집에선 지독한 냄새가 났어요." 큰아들이 말했다.

"정말 지독했어." 동생도 따라서 말했다.

"지하에서 습기가 많이 올라왔거든요." 남편이 사과하듯 조심스럽게 말했다.

"가끔 이 위까지 올라올 때도 있었어요, 습기가." 부인이 말했다.

"그분이 조심하겠다고 말했었죠."

"그게 2년 전이었어요."

4

Tainted Blood

가르다바에르에 사는 부부는 수심이 가득한 눈으로 에를렌두르를 바라보았다. 부부의 귀여운 딸이 실종된 탓이다. 딸이 결혼식에서 도망친 지 사흘이 지났으나 부부는 딸에게서 아무 소식도 듣지 못했다. 부부의 귀여운 딸. 에를렌두르는 딸이 스물세 살이며, 아이슬란드 대학에서 심리학을 전공하고 있다는 얘기를 듣기 전까진 곱슬한 금발의 아가씨를 상상했었다.

"결혼식에서요?" 에를렌두르가 널찍한 거실을 둘러보며 말했다. 거실 넓이가 그가 살고 있는 아파트 한 층을 다 합친 것만 했다.

"자기 결혼식에서 말이오! 자기 결혼식에서 도망을 쳤다니까!" 아버지가 도저히 이해가 안 간다는 듯이 말했다. 어머니는 구겨진 손수건을 꺼내어 코에 갖다댔다.

한낮이었다. 도로 공사 때문에 레이캬비크에서 가르다바에르까지 오는 데 30분 이상이 걸렸다. 그러고 나서 또 한참을 헤매고서야 에를렌두르는 이 커다란 집을 찾아냈다. 길에서는 좀처럼 보이지 않는 곳이었다. 정원에는 6미터 높이까지 자란 각양각색의 나무가 가득했고, 집은 그 안에 폭 파묻혀 있었다. 부부는 아직도 충격에서 벗어나지 못한 모습으로 그를 맞이했다.

에를렌두르는 시간낭비일 뿐이라고 생각했다. 훨씬 중요한 일들이 그를 기다리고 있었다. 그러나 그는 이혼한 아내의 부탁을 들어주고 싶었다. 20년 넘게 서로 말도 않고 지냈지만.

그 집 부인은 깔끔한 연녹색 정장 차림이었고, 남편은 검정색 양복을 입고 있었다. 남편은 점점 더 딸이 걱정된다고 말했다. 그는 딸이 무사히 집에 돌아올 거라고만 믿을 뿐, 다른 가능성은 생각조차 하고 싶지 않다고 했다. 경찰에 알릴 생각도 있었다. 하지만 구조대나 수색대를 만든다거나 신문, 라디오, 텔레비전에 공개하고 싶지는 않다고 했다.

"그냥 사라져 버렸어요." 어머니가 말했다. 부부의 나이는 60세 정도로 에를렌두르보다 많아 보였다. 그들은 아동복 수입업체를 운영하면서 넉넉하고 부유한 생활을 꾸려가고 있었다. 신흥부자였다. 나이도 아주 곱게 먹었다. 에를렌두르는 넓은 차고에 새 차 두 대가 서 있는 것을 보았다. 윤기 나게 닦아 놓은 차였다.

부인은 마음을 진정시키고 이야기를 꺼내기 시작했다. "토요일이었어요. 사흘 전이죠, 세상에, 시간이 벌써 그렇게 됐네. 날씨도 정말 좋았어요. 아주 유명한 목사님이 주례를 서줬죠."

"그 양반은 아주 형편없는 친구던데." 남편이 말했다. "후다닥 들어와서는 상투적인 몇 마디만 하고는 그냥 가방을 챙겨들고 가 버리더라구요. 그 사람이 왜 유명한지 이해가 안 가."

부인은 그 멋진 결혼식에 흠집이 나게 놔두지 않았다.

"날씨도 정말 좋았어요! 햇살이 쏟아지는 청명한 가을 날씨였죠.

교회에서만도 백 명 정도 왔을 거예요. 우리 애는 친구가 많거든요. 인기가 아주 많은 아이죠. 여기 가르다바에르에 있는 연회장에서 피로연을 하게 되어 있었어요. 거기 이름이 뭐였더라? 자꾸 잊어버리네."

"가르다홀트." 아버지가 대답했다.

"아늑하고 좋은 곳이죠. 거기에 사람들이 꽉 찼어요, 그 연회장에." 어머니가 말을 이어갔다. "선물도 참 많았고. 그런데 그때, 그때……."

"그 아이들이 연회장에서 함께 춤을 출 차례였어요." 아버지가 말하자 어머니는 울음을 터뜨렸다. "그 병신 같은 신랑 녀석이 댄스 플로어에 나와 서 있기에 우리가 디사 로스를 불렀어요. 그런데 나타나지 않는 거예요. 그래서 그 애를 찾아봤는데 마치 땅속에 빨려 들어간 것처럼 사라져 버린 겁니다."

"디사 로스?" 에를렌두르가 대꾸했다.

"알고 보니 예식용 차를 끌고 가 버렸더군요."

"예식용 차?"

"리무진 말입니다. 꽃이랑 리본이 달린 차 말예요, 신랑 신부가 교회에서 타고 온 거죠. 그 아이는 결혼식에서 도망쳐 버린 거예요. 예고도 없었고, 한마디 말도 없었어요."

"자기 결혼식에서!" 어머니가 외쳤다.

"따님이 왜 그랬는지 아십니까?"

"마음이 바뀐 게 틀림없어요. 모든 걸 물리고 싶었던 거예요."

"아니, 왜요?" 에를렌두르가 물었다.

"그 애를 찾아주실 수 있겠습니까? 아무런 연락도 없어서 보다시피 걱정돼서 죽을 것 같습니다. 피로연은 엉망이 됐고 결혼도 망쳤어요.

우리 체면도 말이 아니고, 게다가 우리 귀여운 딸까지 없어졌으니."

"그 예식용 차 말입니다. 발견됐나요?"

"네. 가르다스트라에티에서요."

"왜 거기죠?"

"모르죠. 그 애는 거기 아는 사람도 없어요. 차 안에 그 아이의 옷이 있었어요. 예복 말이죠."

"예복이 그 차에 있었다고요?" 에를렌두르가 잠시 머뭇거리다가 입을 열었다. 대화가 왜 이 모양이 되었는지, 혹시 그게 자신의 탓은 아닌지 생각하면서.

"웨딩드레스를 벗고 미리 차에 넣어뒀던 옷으로 갈아입은 모양이에요." 부인이 말했다.

"그 애를 찾을 수 있겠습니까?" 아버지가 물었다. "그 애가 아는 사람들은 전부 연락해 보았는데 아무도 모르더군요. 어디에 도움을 요청해야 할지도 모르겠어요. 이게 그 아이의 사진입니다."

그는 지금은 어디론가 숨어버린 젊고 아름다운 금발 아가씨 사진을 건네주었다. 사진 속 그녀는 에를렌두르를 향해 밝게 웃고 있었다.

"무슨 일이 있었는지 전혀 모르십니까?"

"짐작도 못하겠어요." 그녀의 어머니가 대답했다.

"전혀 모릅니다." 아버지가 말했다.

"그런데 이게 다 선물입니까?" 에를렌두르는 무지하게 큰 식탁 위에 형형색색으로 포장된 수많은 상자와 예쁜 리본, 셀로판지와 꽃다발이 가득 쌓여 있는 것을 바라보았다. 부부가 지켜보는 가운데 그는 식탁으로 걸어갔다. 세상에 태어나서 그렇게 많은 선물을 본 적이 없었다. 그는 그 안에 도대체 뭐가 들어 있을까 생각했다. 생각컨대 이것도 그릇, 저것도 그릇일 게 뻔했다.

팔자 한번 좋구나.

"이건 뭐죠?" 그가 식탁 가장자리에 놓인 커다란 화병 속에 꽂힌 나무를 가리키며 물었다. 가지마다 하트 모양의 빨간 카드가 리본으로 묶여 있었다.

"메시지 나무예요."

"뭐라고요?" 에를렌두르가 물었다. 그는 오래전에 결혼식에 딱 한 번 간 적이 있었는데, 그땐 그런 나무가 없었다.

"하객들이 신랑 신부에게 축하 메시지를 적어서 걸어놓는 거죠. 디사가 사라지기 전에는 카드가 더 많이 걸려 있었어요." 어머니는 여전히 코에 손수건을 갖다댄 채 대답했다.

그때 에를렌두르의 코트 주머니에서 휴대폰이 울렸다. 휴대폰을 더듬어 꺼내는데 주머니 입구에 전화가 끼고 말았다. 조심스럽게 풀어내는 대신 그는 무지막지하게 휴대폰을 잡아당겼다. 주머니가 찢어질 때까지. 그 바람에 휴대폰을 잡아당기던 팔이 뒤로 튕기면서 메시지 나무를 쳐서 바닥으로 넘어뜨리고 말았다. 에를렌두르는 미안한 표정으로 부부를 바라보고는 전화를 받았다.

"우리랑 노르두르미리로 가실 겁니까? 지하실을 더 조사해 보려고요." 올리가 단도직입적으로 물었다.

"벌써 거기 내려가 있나?" 에를렌두르는 한구석으로 물러나 통화를 했다.

"아뇨, 반장님 오실 때까지 기다리죠. 도대체 어디 계십니까?"

에를렌두르는 전화를 끊었다.

“하는 데까지 해보겠습니다.” 그가 부부에게 말했다. “위험한 상황은 아닌 것 같습니다. 아마 따님이 겁을 좀 먹었던 모양이죠. 친구 집에 머물고 있을 겁니다. 너무 걱정 마십시오, 분명히 조만간 따님에게서 연락이 올 겁니다.”

부부는 몸을 숙여 나무에서 떨어진 카드들을 주웠다. 에를렌두르는 부부가 의자 밑으로 들어간 카드들을 못 보고 지나치기에 몸을 숙여 그것들을 주워들었다. 그는 적힌 글을 읽다가 부부를 쳐다보았다.

“이거 본 적 있으십니까?” 그가 카드 하나를 부부에게 건네며 물었다.

아버지가 그것을 읽고는 놀란 표정을 지었다. 그러고는 부인에게 건넸다. 그녀는 카드를 읽고 또 읽었는데 이해를 못하는 것 같았다. 에를렌두르는 손을 내밀어 카드를 넘겨받아 다시 읽어보았다. 메시지에 사인은 없었다.

“이거 따님의 글씨쳅니까?”

“그런 것 같아요.” 어머니가 대답했다.

에를렌두르는 손에서 카드를 뒤집어 다시 읽어보았다.

—그는 괴물이 되어버렸다. 내가 무슨 짓을 한 거지?

5

Tainted Blood

"어디 갔었습니까?" 경찰서에 도착한 에를렌두르를 보고 올리가 물었다. 하지만 그는 대답하지 않았다.

"혹시 우리 딸한테서 연락 온 것 없나?" 에를렌두르가 물었다.

올리는 없는 것 같다고 대답했다. 그는 에를렌두르의 딸과 그녀의 문제에 대해서 잘 알고 있었지만 아무도 그 얘기는 꺼내지 않았다. 사적인 문제가 그들의 대화에 끼어드는 일은 거의 없었다.

"홀베르그 사건에 새로운 단서라도 있나?" 에를렌두르는 이렇게 물으면서 자신의 사무실로 바로 걸어 들어갔다. 올리가 그의 뒤를 따라 들어와서는 문을 닫았다. 레이캬비크 지역에서는 살인사건이 드문 일이라 한번 일어났다 하면 상당한 파장을 불러일으켰다. 수사과는 꼭 필요한 경우가 아닌 이상은 언론에 어떠한 정보도 흘리지 않는 것을 원칙으로 삼고 있었다. 그러나 이번 사건은 경우가 달랐다.

"홀베르그에 대해서 조금 더 알아냈습니다." 올리가 들고 있던 파일을 열면서 말했다. "사우다르크로쿠르에서 태어났고, 69세이며, 은퇴하기 전까지 아이슬란드 운송회사에서 화물트럭을 운전했다고 합니다. 은퇴 후에도 거기서 가끔씩 일을 했고요."

올리가 잠시 뜸을 두었다.

"직장 동료들을 만나봐야 하지 않겠습니까?" 올리가 넥타이를 바로 잡으며 말했다. 올리는 새 양복을 입고 있었다. 그는 키가 크고 잘생긴 데다가 미국 대학에서 범죄학을 전공한 수재였다. 에를렌두르와는 정반대로 그는 세련되고 깔끔했다.

"내부에서는 뭐라고들 하던가?" 에를렌두르가 실이 늘어진 카디건 단추를 이리저리 비틀면서 물었다. 단추는 결국 그의 손바닥으로 떨어졌다. 에를렌두르는 붉은 더벅머리에 땅딸막하고 단단한 몸매였다. 그는 수사과에서 가장 베테랑이었는데 대개는 자기 식대로만 일을 했다. 상관이나 동료들은 그하고 싸우는 걸 그만둔 지 이미 오래였다. 오랫동안 그런 식으로 일해왔고, 에를렌두르 자신도 그것을 마음에 들어했다.

"아마 어떤 미친놈 짓일 거라고 하던데요." 올리가 대답했다. "지금은 다들 그 녹색 군용 재킷을 입은 사람을 찾고 있습니다. 누군지 돈을 빼앗으려다 홀베르그가 못 주겠다고 버티니까 겁을 먹었던 모양이죠."

"홀베르그의 가족은? 가족이 있나?"

"가족은 없던데요, 하지만 아직 정보를 다 모은 건 아닙니다. 좀 더 수사해 봐야죠, 가족이라거나 친구, 직장 동료들을."

"하긴 그 지하실을 둘러보니 혼자 사는 사람인 것 같던데. 혼자 산 지도 오래됐고."

"잘 짚으셨네요." 올리가 툭 내뱉었지만 에를렌두르는 못 들은 척했다.

"법의학팀 쪽에서는 아무 소식 없나?"

"임시 보고서는 들어왔지만 특별한 정보는 없더군요. 사인은 홀베르그 머리의 외상이고, 상당히 강한 타격을 입었는데 상처는 재떨이 모양 그대로로 재떨이의 뾰족한 끝이 아주 치명적이었답니다. 두개골 함몰로 즉사했거나, 뭐 그 비슷합니다. 넘어지면서 이마에 거실 테이블 한쪽 모서리를 부딪친 모양입니다. 이마에 모서리와 일치하는 심한 상처가 남아 있었습니다. 재떨이에 있던 지문은 홀베르그의 것이 대부분이었는데, 적어도 두 쌍은 홀베르그 것이 아니었고 그중 하나는 연필에서도 발견됐습니다."

"그럼 그 지문이 살인자의 것인가?"

"네, 그럴 가능성이 큽니다."

"그렇군. 전형적인, 어설픈 아이슬란드식 살인사건이군."

"전형적이죠. 그리고 그런 가정 하에 수사를 진행하고 있습니다."

비가 계속 내리고 있었다. 대서양에서 건너온 저기압이 해마다 이맘때면 어두침침한 겨울의 찬 기운과 바람, 그리고 비를 몰고 와 아이슬란드를 통과해 동쪽으로 이동했다. 수사과 사람들은 아직도 노르두르미리의 아파트를 조사 중이었다. 아파트 건물 주위에 둘러쳐진 노란 경찰 통제선을 보면서 에를렌두르는 전기 공사장을 떠올렸다. 길에다가 구멍을 뚫어놓고, 그 위에다 지저분한 텐트를 치고, 텐트 안에서는 전구가 껌벅거리고, 그리고 노란 테이프로 선물을 포장하듯 깔끔하게 그 주위를 둘러친 전기 공사장.

그와 똑같은 식으로 경찰은 사건 현장에 경찰 당국의 이름이 찍힌 노란 테이프를 둘러쳤다. 에를렌두르와 올리는 현장에서 엘린보르그와 다른 형사들을 만났다. 그들은 밤을 꼬박 새워가면서 그 건물을 이 잡듯 뒤지고서야 겨우 일을 끝내가는 중이었다.

근처의 다른 건물에 사는 이웃도 조사해 보았지만 월요일 아침부터 시체가 발견된 시간까지 어떤 수상쩍은 움직임을 봤다는 사람은 하나도 없었다.

곧 건물 안에는 에를렌두르와 올리만 남게 되었다. 카펫에 남아 있는 핏자국은 검게 변해 있었고, 재떨이는 증거물로 가져간 상태였다. 연필과 노트도 마찬가지였다. 그것들을 빼면 마치 아무 일도 없었던 것 같았다. 에를렌두르가 거실을 둘러보는 동안 올리는 서재와 침실을 살펴보러 갔다. 두 사람은 손에 하얀 고무장갑을 꼈다. 벽에는 외판원에게서 산 듯한 프린트물들이 액자에 넣어져 걸려 있었고, 책장에는 번역된 스릴러 소설과 북클럽용 문고판 책들이 진열되어 있었다. 어떤 것은 읽었고, 어떤 것들은 손도 대지 않은 듯했다. 그럴듯한 양장본 책은 한 권도 없었다. 에를렌두르는 거의 바닥에 엎드리다시피 해서 맨 밑 칸에 진열된 책 제목들을 살펴보았다. 그가 아는 제목은 딱 하나뿐이었다. 나바코프 원작의 《롤리타》. 문고판이었다. 그는 그 책을 책장에서 꺼내 들었다. 영역본이었는데 읽은 흔적이 있었다.

에를렌두르는 책을 제자리에 놓고 책상으로 조금씩 다가갔다. 책상은 'L'자 형태로, 거실 한쪽 구석을 다 차지하고 있었다. 편안해 보이는 새 사무용 의자가 책상 옆에 놓여 있었고, 그 밑에는 카펫을 보호하기 위한 플라스틱 매트도 깔려 있었다. 책상은 의자에 비해 아주 구식이었다. 긴 면 쪽에는 양쪽 아래와 가운데 긴 서랍을 포함해서 총

아홉 개의 서랍이 있었고, 짧은 쪽에는 17인치 컴퓨터 모니터와 키보드를 놓는 미닫이식 선반이 있었다. 컴퓨터 본체는 바닥에 놓여 있었고, 서랍은 모두 잠겨 있었다.

올리는 침실 옷장을 뒤져보았다. 양말은 이 서랍에, 속옷은 저 서랍에, 또 바지는 바지대로, 스웨터는 스웨터대로 깔끔하게 정리되어 있었다. 옷걸이엔 여러 벌의 셔츠와 양복 세 벌이 걸려 있다. '갈색 줄무늬라. 디스코 시대 때나 입던 오래된 양복이군.' 하고 올리는 생각했다. 옷장 바닥에는 신발이 몇 켤레 놓여 있다. 잠옷은 가장 윗서랍에 들어 있었고. 노인은 범인이 들어오기 전에 침대를 정리해 놓았는지 하얀 담요가 침대 커버와 베개를 덮고 있다. 침대는 싱글 사이즈.

침대 옆 테이블에는 자명종과 책 두 권이 놓여 있었다. 하나는 유명한 정치가와의 인터뷰 내용을 담은 책이었고, 다른 하나는 스카니아 바비스 트럭 화보집이다. 테이블에는 작은 찬장도 있어서 소독용 알코올, 수면제, 두통약, 그리고 작은 용기의 바셀린까지 각종 약품이 들어 있다.

"거기 혹시 무슨 열쇠 없나?" 에를렌두르가 문간에 서서 물었다.

"없는데요. 집 열쇠 말입니까?"

"아니, 책상 열쇠."

"그런 열쇠 없는데요."

에를렌두르는 서재를 지나 주방으로 들어갔다. 주방의 서랍과 찬장을 열어 보았으나 수저, 요리기구, 국자와 접시들 외에는 아무것도 찾지 못했다. 그는 현관문 앞의 옷걸이로 가서 코트들을 뒤져보았다. 검정색 주머니에 동전 몇 개와 열쇠 꾸러미가 들어 있었다. 열쇠고리에는 아파트 열쇠, 지하실 열쇠, 방 열쇠 등과 함께 작은 열쇠 두 개가 매달려 있었다. 그는 작은 열쇠 두 개를 책상에 맞춰보았다. 한 열쇠가 아홉 개 서랍에 꼭 들어맞았다.

에를렌두르는 책상 중앙의 제일 큰 서랍을 먼저 열었다. 안에는 주로 청구서가 들어 있었다. 전화세, 전기세, 난방비와 신용카드 청구서, 그리고 신문 구독료 청구서까지. 왼쪽에 있는 서랍 중 맨 밑의 두 개는 비어 있었고, 그 바로 위의 서랍에는 세금납부 영수증과 급여명세서가 들어 있었다. 제일 윗서랍엔 사진첩이 있다. 전부 흑백사진으로, 여러 시간대에 찍은 인물사진이었다. 노르두르미리 집 거실에서 다들 옷을 차려입고 찍은 사진도 있었다. 피크닉 가서 찍은 사진, 작은 자작나무 옆에서, 굴포스 폭포와 게이시르에서 찍은 사진 등등. 그는 노인이 젊었을 때 찍은 사진 두 장을 발견했지만 최근에 찍은 사진은 하나도 없었다.

에를렌두르는 오른쪽 서랍들도 열어보았다. 맨 위의 두 서랍은 비었고, 세 번째 서랍에는 카드 한 세트와 접을 수 있는 체스 세트, 그리고 오래된 잉크병이 들어 있었다.

그 사진은 맨 밑 서랍 아래쪽에서 발견됐다.

그가 맨 아랫서랍을 닫으려고 밀어 넣는데 뭔가가 스치는 소리가 들렸다. 다시 여닫아 보았는데도 여전히 그 소리가 났다. 뭔가에 걸린 것 같았다. 그는 한숨을 내쉬고는 쪼그리고 앉아 안을 자세히 들여다봤으나 아무것도 보이지 않았다. 서랍을 잡아뺐을 때는 아무 소리도 들리지 않았으나 닫을 때에는 그 소리가 또 들렸다. 그는 몸을 구부려서 서랍을 완전히 밖으로 잡아뺐다. 그리고는 안에 뭔가가 걸린 것을 보고 손을 뻗어 끄집어냈다.

작은 흑백사진이었다. 한겨울에 어느 무덤을 찍은 사진. 어디 있는 무덤인지는 알 수 없었다. 무덤에는 비석이 세워져 있었고 비문도 꽤 선명했다. 여자 이름이 새겨져 있었다. 아우두르. 성은 없었다. 날짜는 제대로 알아볼 수가 없었다. 그는 재킷 주머니를 뒤져 안경을 꺼내 쓰고 사진을 코앞에 바짝 갖다댔다. 비문이 찍힌 것은 알아볼 수 있었지만 글자가 너무 작아 읽을 수가 없었다. 조심스럽게 사진에서 먼지를 불어냈다.

네 살 때 죽은 여자아이 묘였다.

가을비가 창문을 요란스럽게 두드리는 통에 에를렌두르는 고개를 들었다. 아직 한낮인데도 하늘은 음산하고 어두웠다.

6

Tainted Blood

마치 원시시대 짐승같이 커다란 화물트럭이 폭풍우 속에서 좌우로 흔들리고 있었다. 빗방울은 요란스럽게 트럭을 두드려대고 있었다. 경찰은 그 트럭을 찾느라 시간을 꽤 소비해야 했다. 트럭이 홀베르그가 사는 노르두르미리 근처가 아닌, 스노라브라우트 지역 서쪽의 도무스 병원 근처 주차장에 있었기 때문이다. 홀베르그의 집에서는 걸어서 몇 분 걸리는 거리였다. 경찰은 트럭의 행방을 묻는 라디오 방송을 냈고, 에를렌두르와 올리가 사진을 들고 홀베르그의 지하실을 나서던 때와 거의 동시에, 순찰을 돌던 경찰이 그 트럭을 발견했다. 법의학팀이 나서서 트럭을 샅샅이 뒤지며 단서를 찾았다. 그 트럭은 'MAN' 모델로 운전석 부분이 빨간색이었다. 수색 결과 발견된 것이라곤 아주 야한 포르노 잡지 몇 권뿐이었다. 트럭을 수사과로 가져와 좀 더 조사해야 한다는 결론이 나왔다.

트럭에 대한 수색이 진행되는 동안 법의학팀은 사진을 판독했다. 그 결과 일포르드라는 회사에서 만든 인화지에 현상된 것임이 밝혀졌다. 그 종이는 1960년대엔 많이 쓰였으나 지금은 생산이 중단된 지 오래였다. 아마도 아마추어나 사진을 찍은 사람이 직접 현상한 것 같았다. 게다가 현상을 제대로 못 했는지 벌써 색이 바래기 시작했다. 사진 뒤에는 어떤 것도 적혀 있지 않았고, 묘지 주위에도 어떤 단서로 삼을 만한 것이 없어서 어디 있는 묘지인지 분간하기가 힘들었다. 전국의 모든 묘지가 다 가능성이 있었다. 사진을 찍은 사람은 비석에서 3미터 정도 떨어진 거리에 서 있었다. 거의 바로 정면이었다. 사진을 찍은 사람이 무릎을 꿇고 있었거나, 아니면 아주 키가 작은 사람이었을 수도 있다. 거리가 떨어져 있었음에도 사진의 각도는 굉장히 좁았다. 무덤 근처에는 아무것도 자라지 않았고 싸라기눈만 땅에 쌓여 있었다. 다른 무덤은 전혀 보이지 않았다. 비석 뒤로는 뿌연 아지랑이만 보였다.

법의학팀은 비문을 중점적으로 조사했다. 사진사가 멀리 떨어져 찍었기 때문에 글자를 알아보기가 상당히 힘들었다. 사진을 수없이 복원하고 비문을 확대해서 글자 하나하나에 번호까지 붙여가며 A5 용지에 비문에 적힌 것과 같은 순서로 찍어냈다. 복원된 사진들은 다듬어지지가 않아서 그저 빛과 그림자의 차이만 보여주는 흰색과 검은색의 점들에 불과했다. 그러나 일단 스캔을 해서 컴퓨터에 입력시키자 선명도와 해상도가 높아졌다. 선명한 글자도 있었지만 그렇지 못한 부분은 법의학팀이 해결해야 할 몫으로 남겨졌다. M, F나 O 같은 글자는 알아보기가 쉬웠지만 다른 철자는 구분해 내기 어려웠다.

에를렌두르는 통계청 담당 과장 집으로 직접 전화를 했다. 과장은 툴툴거리면서 스쿠가순드에 있는 사무실로 오라고 했다. 에를렌두르는 1916년 이후의 모든 사망신고서가 그곳에 보관되어 있다는 것을 알고 있었다. 직원들이 모두 퇴근하고 건물에는 사람이 없었다. 30분쯤 지나고 과장이 통계청 건물 앞에 차를 세우고 에를렌두르와 간단히 악수를 나눴다. 그러고는 보안장치에 비밀번호를 입력한 뒤 카드키로 문을 열고서 에를렌두르와 함께 안으로 들어갔다. 에를렌두르는 그에게 필요한 부분만 아주 간략히 얘기해 주었다.

두 사람은 1968년에 발행된 모든 사망신고서를 다 뒤져서 아우두르라는 이름의 신고서 두 장을 찾아냈다. 그중 하나가 네 살짜리의 것이었다. 그 아이는 2월에 죽었다. 사망신고서에는 의사가 서명을 했는데, 등기부에서 곧 의사의 이름도 찾아낼 수 있었다. 그 의사는 레이캬비크에 살고 있었다. 신고서에는 아이의 엄마 이름도 나와 있었다. 두 사람은 별 어려움 없이 그녀의 기록을 찾아냈다. 이름은 콜브룬. 마지막 거주 기록은 1970년대 초에 케플라비크에 살았다는 것이 전부였다. 두 사람은 그제야 다시 사망신고서들을 뒤져보았다. 콜브룬은 1971년에 죽었다. 딸이 죽은 지 3년 뒤였다.

딸은 악성 뇌종양으로 숨을 거뒀다.

그리고 그 엄마는 자살했다.

7

Tainted Blood

신랑은 사무실에서 에를렌두르를 반갑게 맞았다. 그는 미국에서 아침식사용 시리얼을 수입하는 업체의 품질 관리 및 마케팅부서 책임자였다. 에를렌두르는 미국식 시리얼을 먹어본 적이 없는 터라, 수입업체의 품질 관리 및 마케팅부서 책임자는 무슨 일을 하는지 궁금해하며 앉았다. 그러나 굳이 물어보진 않았다. 그는 잘 다려진 하얀 셔츠에 두꺼운 멜빵을 걸치고 있었다. 품질을 관리하는 일에 힘을 짜 넣어야 하는지 소매는 걷어붙인 채였다. 평범한 키에 좀 뚱뚱한 편이었으며, 두꺼운 입술 주위로 수염이 동그랗게 원을 그리고 나 있었다. 남자의 이름은 비고였다.

"디사한테는 연락이 없었어요." 비고가 재빨리 말하고는 에를렌두르의 맞은편에 앉았다.

"혹시 댁이 그녀에게 뭐라고 얘기를 해서……."

"다들 그렇게 생각하죠. 다들 내 잘못으로 생각합니다. 엎친 데 덮친 격이죠. 그게 제일 속상해요. 참기 힘들어요." 비고가 말했다.

"혹시 사라지기 전에 뭔가 이상한 점은 없었나요?"

"다들 그냥 재미있게 놀고 있었습니다. 아시잖아요, 결혼식. 무슨 뜻인지 아시죠?"

"아뇨."

"결혼식에 가본 적 없으세요?"

"딱 한 번, 아주 오래전에."

"신랑 신부가 춤을 춰야 하는 시간이 됐죠. 축사가 끝난 뒤에. 디사의 친구들이 그 순서를 준비했거든요. 우린 아코디언 연주자가 오면 음악에 맞춰 춤을 추기로 했죠. 나는 테이블에 앉아 있었는데 다들 디사를 찾아대기 시작했습니다. 그런데 그녀가 사라져 버린 거예요."

"마지막으로 본 게 언제였습니까?"

"나랑 같이 앉아 있다가 화장실에 가겠다고 했어요."

"혹시 그녀가 화를 낼 만한 얘기를 한 건 아닙니까?"

"절대 아닙니다! 입을 맞춰주고 얼른 다녀오라고 했어요."

"그녀가 자리를 뜨고 나서 찾기 시작할 때까지 얼마나 걸렸습니까?"

"모르겠어요. 친구들과 앉아 있다가 담배를 피우러 밖으로 나갔죠. 담배는 모두 밖에서 피워야 했으니까. 나갔다가 들어오는 길에 사람들 몇몇하고 얘기를 나눴습니다. 그러고 다시 자리에 앉았더니, 아코디언 연주자가 와서 결혼식 음악과 춤에 대해서 얘기를 하더군요. 그리고 다른 사람들과도 대화를 나눴죠, 30분 정도 걸린 것 같습니다, 잘은 모르겠지만."

"그동안 그녀를 전혀 보지 못했습니까?"

"네. 사라져 버렸다는 것을 알았을 때는 아주 난리가 났었죠. 사람들은 전부 내 잘못이나 되는 듯이 나를 쳐다봤고요."

"무슨 일이 생긴 거라고 생각하십니까?"

"사방팔방 다 뒤져봤어요. 그녀 친구들하고 친척들과도 얘기해 봤지만 다들 모르더라고요. 아니면 그냥 그렇게들 얘기하는 건지."

"누군가가 거짓말하는 거라고 생각합니까?"

"글쎄요, 그녀가 어디에 있긴 하겠죠."

"그녀가 메시지를 남겼다는 걸 압니까?"

"아뇨, 무슨 메시지요? 무슨 말씀입니까?"

"메시지 나무라는 것에다 카드를 걸어놓았더군요. '그는 괴물이 되어버렸다. 내가 무슨 짓을 한 거지?'라고 적혀 있더군요. 무슨 뜻인지 아십니까?"

"그가 괴물이 되어버렸다." 비고가 말을 그대로 되풀이했다. "누구 얘기를 하는 건가요?"

"나는 혹시 당신 얘긴가 했습니다만."

"나요?" 비고가 흥분하면서 말했다. "나는 그녀에게 아무 짓도, 아무 짓도 안 했어요. 절대로! 난 아닙니다. 그럴 리가 없어요."

"그녀가 타고 간 차가 가르다스트라에티에서 발견되었습니다. 뭐 생각나는 것 없습니까?"

"그녀는 거기 아는 사람이 하나도 없어요. 실종사건에 올릴 건가요?"

"부모님은 돌아올 때까지 시간을 조금 더 달라고 하는 것 같습니다."

"만일 돌아오지 않으면?"

"두고 봐야죠." 에를렌두르가 머뭇거렸다. "나는 그녀가 당신에게는 연락했을 거라 생각했습니다. 다 괜찮으니 걱정하지 말라고."

"잠깐, 지금 이게 다 내 잘못이고, 디사가 나랑 얘기를 안 하려는 이

유도 내가 무슨 짓이라도 해서 그렇다는 겁니까? 환장하겠네, 이게 무슨 빌어먹을 공포소설도 아니고. 월요일에 출근할 때 내가 어땠는지 아십니까? 동료들도 전부 결혼식에 왔었어요. 상사까지도! 댁도 그게 내 잘못이라고 생각해요? 맘대로 하시죠! 어차피 다들 내 잘못이라고 생각하니까!"

"여자들이란," 에를렌두르가 일어서면서 말했다. "항상 다루기가 힘들지요."

에를렌두르가 사무실에 돌아오자마자 전화가 울렸다. 오랫동안 듣지 못했지만 그는 목소리의 주인공이 누군지 한번에 알아차릴 수 있었다. 나이가 들어도 목소리는 여전히 맑고 힘찼다. 에를렌두르는 마리온 브리엠과 30년 넘게 알고 지낸 사이지만 항상 사이가 좋았던 것은 아니다.

"막 지금 별장에서 돌아온 길이네. 여기 올 때까지 그 소식을 전혀 듣지 못했어."

"홀베르그 사건 말씀입니까?" 에를렌두르가 물었다.

"그에 관한 기록을 보았나?"

"올리가 컴퓨터 기록을 뒤지고 있는 건 알지만 아직 아무런 얘기도 못 들었습니다. 무슨 기록 말씀이죠?"

"문제는 기록이 컴퓨터에 남아 있느냐 하는 거지. 사라졌을 수도 있거든. 혹시 언제 기록을 폐기시켜야 한다는 법이라도 있나? 혹시 폐기된 건가?"

"무슨 얘기를 하시는 겁니까?"

“홀베르그는 모범 시민이 아니라는 걸세.” 마리온 브리엠이 말했다.

“어떤 이유에서요?”

“강간범이라고나 할까.”

“‘이라고나 할까’라뇨?”

“강간범으로 고소됐지만 기소되지는 않았지. 1963년이었어. 기록을 뒤져봐.”

“누가 고소했습니까?”

“콜브룬이라는 여자야. 어디 살았냐면…….”

“케플라비크?”

“맞아. 어떻게 아나, 자네는?”

“홀베르그의 책상에서 사진을 하나 발견했습니다. 거기 숨겨놓은 것 같더군요. 아우두르라는 여자아이의 무덤을 찍은 사진이었습니다. 어느 묘진지는 아직 밝혀지지 않았고요. 통계청에 있는 좀비를 하나 깨워서 사망신고서에서 콜브룬이란 이름을 찾아냈죠. 죽은 여자아이의 엄마더군요. 아우두르의 엄마. 그녀도 죽었습니다.”

마리온은 아무 말도 하지 않았다.

“선배님?” 에를렌두르가 말했다.

“그게 무슨 뜻인 것 같나?”

에를렌두르가 곰곰이 생각했다.

“글쎄요, 만일 홀베르그가 그 엄마를 겁탈했다면 그 여자아이의 아버지였을 수도 있겠지요. 그래서 그 사진이 책상에 있었던 거겠고. 아이는 1964년에 태어나서 겨우 네 살 때 죽었습니다.”

“홀베르그는 기소되지 않았어. 증거불충분으로 기소 자체가 거부

되었지.” 마리온 브리엠이 말했다.

“그 여자가 꾸며낸 일이라고 보십니까?”

“그 당시로서는 그럴 가능성이 적어. 하지만 아무런 증거가 없었어. 물론 당사자인 여성이 그런 범죄를 고소하는 것은 쉽지가 않네. 그녀가 40년 전에 어떤 일을 당했을지는 누구도 상상 못할 걸세. 지금도 여자들이 나서기가 쉽지 않은데, 그때는 훨씬 더했지. 절대 허튼 마음에서 그랬을 리가 없어. 그 사진은 부녀지간이라는 것을 증명하는 것일 수도 있겠지. 왜 사진을 책상 속에 숨겼을까? 성폭행이 일어난 것은 1963년이었어. 콜브룬이 딸을 낳은 것이 그 다음 해라고 했지? 4년 뒤에 딸은 죽었고, 콜브룬은 딸을 묻었어. 그 뒤 홀베르그는 어찌어찌해서 그 사진을 갖게 된 거야. 어쩌면 자기가 직접 찍었을지도 몰라. 왜인지는 모르겠어. 아마 그 일은 이번 사건과 관련이 없을지도 모르지.”

“장례식엔 참석하지 않았다, 그러나 나중에 무덤을 찾아가서 사진을 찍었을 것이다, 뭐 이런 얘기를 하려는 겁니까?”

“다른 가능성도 있어.”

“어떤 거죠?”

“콜브룬이 사진을 찍어서 홀베르그에게 보냈을 수도 있지.”

에를렌두르는 잠시 동안 생각해 보았다.

“하지만 왜요? 만일 그가 여자를 겁탈한 거라면 왜 딸 사진을 그에게 보냈겠습니까?”

“좋은 질문이군.”

마리온 브리엠이 잠시 입을 다물고 있다가 물었다. “혹시 사망신고서에 아우두르가 왜 죽었는지 나와 있던가? 사고였나?"

"뇌종양으로 죽었더군요. 그게 중요하다고 보십니까?"

"부검은 했던가?"

"물론이죠. 의사 이름이 사망신고서에 있었습니다."

"애 엄마는?"

"집에서 갑자기 죽었습니다."

"자살했나?"

"네."

"요즘은 도통 만나자고 연락을 안 하는구먼." 마리온 브리엠이 약간의 뜸을 두었다가 말했다.

"너무 바빠서요. 정말 죽도록 바쁩니다." 에를렌두르가 대답했다.

8

Tainted Blood

다음날 아침에도 비는 내렸다. 케플라비크로 가는 도로에는 커다란 타이어 자국 사이로 물이 고인 곳이 있어 차들이 피해 가고 있었다. 비가 양동이로 퍼붓듯이 쏟아져 에를렌두르는 차창 밖을 제대로 볼 수 없었다. 물보라가 차창을 뒤덮었고, 게다가 남동쪽에서 무지막지하게 불어오는 폭풍이 차창을 마구 흔들어대고 있었다. 와이퍼가 아무리 빨리 움직여도 차 유리의 비를 제거할 수 없기에 에를렌두르는 손마디가 하얗게 변할 정도로 핸들을 꽉 잡고 가물가물하게 보이는 앞 차의 브레이크 등만 간신히 쫓아갔다.

그는 혼자서 운전 중이었다. 혼자 가보는 것이 낫겠다고 생각해서였다. 아침 일찍 그는 콜브룬의 언니와 통화했다. 사망신고서에 적힌 가장 가까운 가족이었다. 그녀는 그리 협조적이지 않았고 만나자는 것도 거절했다. 죽은 노인의 사진과 이름이 신문마다 실려서 에를렌두르는 그녀에게 신문을 보았는지, 혹 그 노인을 기억하는지 물어보았지만 그녀는 그냥 전화를 끊어버렸다. 그는 자신이 갑자기 문 앞에 나타나면 그녀가 어떤 반응을 보일지 시험해 보기로 했다. 굳이 경찰서로 끌고 오고 싶지는 않았다.

에를렌두르는 전날 밤 잠을 제대로 자지 못했다. 에바가 혹시나 엉뚱한 일이라도 저지를까 걱정이 돼서였다. 그녀에게 여러 번 전화를 걸었지만 그때마다 없는 번호라는 기계음이 흘러나왔다. 에를렌두르는 무슨 꿈을 꾸었는지 잘 기억나지 않았다. 그러나 기분이 영 좋질 않았다. 잠에서 깨었을 때 악몽의 단편 단편이 머릿속을 스쳐 지나가더니 그다음부터는 전혀 기억나는 게 없었다.

경찰은 콜브룬과 관련된 기록을 보관하고 있었다. 그녀는 1934년에 태어났고, 홀베르그를 강간죄로 1963년 11월 23일에 고소했다. 에를렌두르가 케플라비크로 떠나기 전에 올리는 홀베르그의 경찰 기록에서 찾은 사건 내용을 바탕으로 강간 혐의에 대한 전반적인 내용을 보고했다. 마리온 브리엠에게서 귀띔을 받은 후였다.

콜브룬은 서른 살 때 아우두르를 낳았다. 홀베르그를 고소하고 9개월 뒤였다. 콜브룬 측 증인은 케플라비크와 냐르드비크 사이에 있는 크로스 댄스홀에서 그녀가 홀베르그를 만났다고 했다. 토요일 밤이었다. 그전까진 콜브룬은 그를 알지 못했고, 만난 적도 없었다고 했다. 그녀는 다른 두 명의 친구와 그곳에 갔는데, 그때 홀베르그도 다른 두 남자와 함께 그곳에 와 콜브룬 일행과 어울렸다. 댄스가 모두 끝나고 그들은 콜브룬의 친구가 집에서 벌인 파티에 함께 갔다. 밤이 꽤 늦어서야 콜브룬은 집에 가려고 일어섰다. 홀베르그가 위험하니 그녀를 바래다주겠다고 했다. 그녀는 순순히 응했으며 둘 다 술에 취하지도 않았다. 콜브룬은 댄스홀에서 보드카 두 잔과 콜라를 한 잔 마셨을 뿐 그 이후에는 아무것도 마시지 않았다고 조서에 썼다. 홀베르그는 그날 저녁 아무것도 마시지 않았다고 했다. 귀에 염증이 생겨서

페니실린을 복용 중이라고 콜브룬에게 말했다는 것이다. 고소장에는 이를 증명하는 의사의 진단서도 들어 있었다.

◇◇◇◇◇◇◇◇◇◇

홀베르그는 레이캬비크까지 타고 갈 택시를 부르게 전화를 써도 되겠냐고 콜브룬에게 물었다. 그녀는 잠시 주저하다가 전화기 있는 곳을 가르쳐 주었다. 홀베르그가 전화를 걸러 거실로 들어가자, 그녀는 입구에서 겉옷을 벗고는 물을 가지러 주방에 들어갔다. 실제로 그가 전화를 걸었는지는 몰라도, 그녀는 홀베르그가 전화 통화를 끝내는 소리는 듣지 못했다. 그녀가 주방 싱크대 앞에 서 있을 때 갑자기 뒤에 그가 와 있는 것이 느껴졌다.

그녀는 너무 놀라서 들고 있던 잔을 떨어뜨렸고, 그 바람에 물이 쏟아졌다. 그의 손이 콜브룬의 가슴을 움켜쥐었고 그녀는 소리를 지르고는 구석으로 피했다.

"무슨 짓이에요?" 그녀가 물었다.

"재미 좀 봐야 하지 않겠어?" 홀베르그가 그녀 앞에 서서 말했다. 그는 근육질에 손가락이 굵고 손아귀 힘도 셌다.

"나가주세요, 당장! 여기서 나가요!" 그녀가 단호하게 말했다.

"재미 좀 봐야 하지 않겠냐고?" 그가 반복해서 얘기했다. 홀베르그가 한 걸음 더 다가오자 그녀는 자기방어라도 할 듯이 팔을 앞으로 뻗었다.

"가까이 오지 마! 경찰을 부르겠어!" 그녀가 외쳤다. 갑자기 그녀는 자신이 집 안에 낯선 남자를 들였고, 그 남자 앞에서 지금 그녀는 혼자이며 무방비 상태라는 것을 깨달았다. 남자는 점점 다가와서는 그녀의 팔을 뒤로 비틀고 입 맞추려 했다.

그녀는 맞서 싸웠지만 별 소용이 없었다. 대화도 시도해 보며 어떻게든 상황을 바꿔보려 했지만 결국 자신의 연약함만 똑똑히 깨달을 수 있었다.

◇◇◇◇◇◇◇◇◇◇

거대한 화물트럭이 요란한 경적을 울리며 그를 추월했다. 그 바람에 에를렌두르는 정신이 번쩍 들었다. 트럭이 옆을 지나며 튀긴 빗물이 파도가 되어서 그의 차를 덮쳤다. 에를렌두르는 핸들에 바짝 매달렸고 차는 잠시 동안 물 위를 춤추듯 미끄러졌다. 차 뒷바퀴가 미끄러지자 순간적으로 에를렌두르는 이러다가 중심을 잃고 아래 화산암층으로 추락하는 게 아닌가 하는 생각이 들었다. 속도를 있는 대로 늦추고서야 겨우 도로 위에 정지할 수 있었다. 그는 지금은 빗속에 사라져 보이지도 않는 트럭 운전사를 향해 욕을 퍼부어댔다.

20분 후에 그는 골철판으로 만든 집 하나를 발견했다. 케플라비크에서 가장 오래된 지역에 있는 그 하얀 집 주위에는 하얀색 울타리가 둘러쳐져 있었으며, 정원은 지나칠 정도로 꼼꼼하게 가꿔져 있었다. 언니의 이름은 엘린이었다. 콜브룬보다 몇 살 위로, 지금은 은퇴한 상태였다.

에를렌두르가 초인종을 눌렀을 때 그녀는 마침 외출하려고 현관에서 겉옷을 걸치고 있던 중이었다. 그녀는 놀란 눈으로 그를 바라보았다. 작고 마른 여자였다. 얼굴은 강한 인상을 풍겼고, 눈빛은 날카로

웠으며, 광대뼈는 튀어나와 있고, 입가에는 주름이 잡혀 있었다.

"아까 전화로 말씀드린 걸로 아는데요. 나는 경찰이나 당신네들 누구한테도 상관하고 싶지 않다고." 에를렌두르가 자신을 소개하자마자 그녀가 화를 내며 대꾸했다.

"압니다. 하지만……." 에를렌두르가 말했다.

"날 귀찮게 하지 말아주세요. 여기까지 오느라 시간낭비만 하신 것 같군요."

그녀는 현관을 나와서 문을 닫고 정원으로 통하는 계단 세 개를 내려간 다음 담장의 작은 문을 열었다. 그러고는 에를렌두르에게 나가 달라는 신호로 문을 그대로 열어두었다. 에를렌두르 쪽은 쳐다보지도 않았다. 에를렌두르는 현관 앞에 서서 그녀가 멀어지는 것을 바라보았다.

"홀베르그가 죽은 것은 아시죠?" 그가 외쳤다.

그녀는 대답하지 않았다.

"집에서 살해되었습니다. 아시겠지만."

에를렌두르는 재빨리 그녀의 뒤를 쫓아 계단 아래까지 내려갔다. 그녀가 쓴 까만 우산 위로 비가 쏟아졌다. 그에게는 비를 가릴 만한 것이 모자밖에 없었다. 그녀가 걸음을 재촉했다. 에를렌두르는 그녀를 따라잡으려고 뛰어갔다. 무슨 말을 해야 자신의 얘기를 들어줄지도 몰랐다. 왜 그녀가 그렇게 반응하는지도 알 수 없었다.

"아우두르에 대해 여쭤보고 싶었습니다." 그가 말했다.

엘린이 갑자기 멈춰서더니 돌아서서 그를 향해 걸어왔다. 모멸감으로 가득한 표정으로.

"당신네 그 잘난 경찰들," 그녀가 이를 갈 듯이 말했다. "그 아이 이름을 감히 부르지도 말아요. 감히 어떻게. 그 애 엄마한테 그렇게 해 놓고선. 꺼져버려, 당장 꺼져 버리라고! 돼먹지 못한 경찰 같으니!"

그녀는 눈에 증오를 가득 담고 그를 쏘아보았다. 에를렌두르는 그녀를 마주 쏘아보았다.

"그렇게 해 놓고서라니? 누구한테요?"

"가세요." 그녀는 에를렌두르에게 등을 돌리고 걸어가 버렸다. 그는 쫓아가는 것을 포기하고 녹색 비옷에 검은 장화를 신은 채 약간 구부정한 자세로 걸어가는 뒷모습이 빗속으로 사라지는 것을 지켜보았다. 에를렌두르는 생각에 잠긴 채 돌아서서 그녀의 집 앞에 주차해 놓은 차로 걸어갔다. 차에 올라타곤 담배에 불을 붙였다. 차창을 약간 열고, 엔진을 켜고, 그리고 서서히 그 집에서 멀어져 갔다.

담배연기를 들이키자 가슴에 미약한 통증이 다시 느껴졌다. 처음은 아니었다. 통증이 있은 지 1년 정도 되었다. 아주 희미한 통증이 아침에 주로 느껴졌다가 침대에서 나올 때쯤에는 없어지곤 했다. 침대 매트리스가 좋지 않은 탓도 있었다. 어떤 때는 거기 오래 누워 있으면 온몸이 아플 정도였으니까.

그는 연기를 빨아들이며 낡은 매트리스 때문이기를 바랐다.

담배를 비벼 끌 때쯤 휴대폰이 외투 주머니에서 울려댔다. 법의학팀 팀장이었다. 비문을 마침내 해독했으며, 그 문장은 성경에서 따온 것이라는 소식을 전했다.

"시편 64편에서 따온 겁니다." 법의학팀 팀장이 말했다.

"네."

“원수의 두려움에서 나의 생명을 보존하소서.”

“뭐라고요?”

“비문에 적혀 있는 문굽니다. ‘원수의 두려움에서 나의 생명을 보존하소서.’ 시편 64편 구절이죠.”

“원수의 두려움에서 나의 생명을 보존하소서.”

“좀 도움이 됩니까?”

“잘 모르겠군요.”

“사진에 두 종류의 지문이 있었습니다.”

“네, 올리에게 들었습니다.”

“하나는 홀베르그의 것이고, 다른 하나는 우리 파일에 없더군요. 상당히 희미합니다. 아주 오래된 지문이라서요.”

“혹시 무슨 카메라로 찍은 건지는 알 수 없나요?” 에를렌두르가 물었다.

“무슨 카메란지 밝혀낼 순 없지만 그렇게 좋은 건 아닌 듯하군요.”

9

Tainted Blood

올리는 차를 아이슬란드 화물터미널 안에 주차했다. 화물트럭의 진입을 방해하지 않을 만한 자리라고 생각하면서. 트럭들은 줄을 지어 서 있었다. 물건이 실린 트럭도 있었고, 막 하적한 트럭도 있었으며, 화물창고에 후진시켜 놓은 트럭도 있었다. 휘발유 냄새가 사방에서 풍기고 있었고 트럭 엔진소리가 천지에 진동했다. 직원과 손님들은 창고와 터미널 안을 바삐 쏘다니고 있었다.

기상청에서는 앞으로도 비가 더 올 것이라는 예보를 냈다. 올리는 창고를 향해 뛰어가면서 비를 조금이라도 막아보려고 머리에 코트를 뒤집어썼다. 그는 유리 칸막이로 된 좁은 공간에 앉아 서류를 검사하는 작업장 감독을 바로 찾아갔다. 그는 굉장히 바빠 보였다.

피둥피둥 살이 찐 감독은 파란색 방한복 차림이었는데, 단추는 뱃살 근처에서 간신히 한 개가 끼워 맞춰져 있었다. 그는 시가 꽁초를 손가락에 끼우고서 홀베르그가 죽었다는 것을 알고 있으며 그와도 잘 아는 사이였다고 말했다. 홀베르그는 믿을 만한 사람이었고, 아이슬란드 끝에서 끝까지 몇 십년간 운전을 해온 성실한 직원이었으며 아이슬란드 도로망을 마치 손바닥 들여다보듯 훤히 꿰고 있었다고 했다. 하지만 의뭉스러운 구석도 있어서, 자신과 관련된 얘기는 절대로 하지 않고 회사 안에서 친구도 사귀지 않았으며, 그전에 무슨 일을 했는지도 얘기한 적이 없다고 했다. 그는 그전에도 화물트럭을 운전했을 것이라 생각했다고 하면서, 홀베르그 역시 그랬었던 것처럼 얘기했다고 했다. 그가 아는 한 홀베르그는 미혼에 아이도 없었다. 단 한 번도 가족 얘기를 한 적이 없다는 것이다.

"대충 그런 정돕니다." 감독이 대화를 끝내려는 듯이 말하고는 방한복 주머니에서 라이터를 꺼내 시가 꽁초에 불을 붙였다. "안타까운 일이죠." 뻐끔뻐끔 시가를 빨아들였다. "그렇게 가다니 말이오." 그리고 또 뻐끔뻐끔.

"주로 여기서는 어떤 사람들과 어울렸습니까?" 올리는 이상한 냄새가 나는 시가 연기를 피하려고 애쓰면서 물었다.

"힐마르와 얘기해 보쇼. 그 친구가 그 사람을 제일 잘 알고 있었으니까. 힐마르는 지금 저 앞에 나가 있어요. 집은 레이다르표르두르에 있는데, 이곳에 와서 머물러야 할 때는 노르두르미리에 있는 홀베르그의 집에서 묵고 가곤 했죠. 운전사들은 반드시 휴식을 취해야 한다는 규칙을 따라야 하기 때문에, 시내 어딘가 묵을 곳을 마련해 둬야 하거든."

"그 사람이 지난 주말에도 거기 묵었는지 아십니까?"

"아니, 그 사람은 그때 동부에 있었지요. 하지만 그 전 주말에는 거기서 묵었을 거요."

"혹시 누구 홀베르그를 해치려 하는 사람은 없었습니까? 직장에서 무슨 마찰이 있었다거나……."

"아니, 없었죠. 전혀." 뻐끔. "뭐," 뻐끔. "그런 것은," 뻐끔. 이 사람은 시가가 없으면 말을 할 수 없는 같았다. "힐마르랑," 뻐끔. "얘기해 보슈." 뻐끔. "아마 그 친구가 도움이 될 거니까."

올리는 감독이 가르쳐 준 방향으로 가서 힐마르를 찾아냈다. 그는 창고 기둥 옆에 서서 트럭에서 짐 내리는 일을 감독하고 있었다. 그는 헐크를 연상시켰다. 2미터 키에 근육질 몸매, 불그스름한 혈색에 턱수염을 길렀고, 털북숭이 팔이 티셔츠 아래로 비죽 나와 있었다. 나이는 50세 정도로 보였으며 낡아빠진 청바지에 촌스러운 파란색 멜빵을 걸쳤다. 작은 지게차가 트럭에서 짐을 나르고 있는데 또 다른 화물 트럭이 다른 칸으로 후진해서 들어오자, 두 운전사가 동시에 경적을 울리며 서로에게 욕을 퍼부어 댔다.

올리는 힐마르에게로 다가가서 어깨를 살짝 두드렸지만 전혀 알아차리지 못했다. 좀 더 세게 두드리자 그제야 뒤로 돌아섰다. 그는 올리가 자신에게 얘기하는 것은 보았지만 무슨 말인지 알 수가 없어서 멍청하게 쳐다보기만 했다. 올리는 목청을 돋웠지만 별 소용이 없었다. 그는 목청을 더 높였다. 순간 힐마르의 눈에 뭔가 알아들은 듯한 눈빛이 스친 것 같았지만 잘못 본 것이었다. 힐마르는 고개를 저으며 자신의 귀를 가리켰다.

그러자 올리는 두 배의 노력을 기울였다. 사방이 완전히 조용해진 순간, 그는 어깨를 웅크리고 발끝으로 서서 목청껏 고함을 질렀다. 고함소리는 거대한 창고 안에서 엄청나게 크게 메아리쳐 울린 뒤 터미널 안에까지 모두 퍼지고 말았다.

"당신 홀베르그랑 잤소?"

10

Tainted Blood

정원에서 낙엽을 그러모으고 있는 그를 에를렌두르가 찾아냈다. 한참 동안 서서 바라봤지만 그는 한 번도 고개를 들지 않았다. 노인 특유의 느린 몸짓으로 열심히 낙엽을 모을 뿐이었다. 코끝에서 콧물 방울이 떨어지는 것도 손으로 문질러 닦았다. 비가 와서 나뭇잎들이 서로 달라붙어 그러모으기가 쉽지 않았는데도 전혀 개의치 않는 것 같았다. 그는 조금도 서두르지 않고 갈퀴로 나뭇잎을 그러모아서 작은 무더기를 만들고 있었다. 여전히 케플라비크에 살고 있다. 그가 태어나서 자란 곳이다.

에를렌두르는 엘린보르그에게 관련된 모든 자료를 수집해 달라고 부탁했고, 그녀는 지금 정원에 있는 이 노인과 관련된 모든 세부사항을 뒤졌다. 그의 경찰 근무경력, 근무기간 동안 수없이 받았던 경고와 징계, 콜브룬 사건의 불성실한 처리와 그로 인해 특별 징계를 받았던 일까지. 에를렌두르가 마침 케플라비크에 와서 식사를 하고 있을 때 그녀가 전화를 걸어서 이 모든 내용을 알려주었다. 하루 정도 더 기다릴까 생각했지만, 이 폭풍 속에서 케플라비크까지 또 올 수는 없겠다 싶어 바로 노인을 찾아가기로 마음먹었다.

노인은 녹색 점퍼에 야구모자를 쓰고 있었다. 뼈만 앙상한 하얀 손가락이 갈퀴를 꼭 잡고 있었다. 그는 키가 컸고, 한때는 단단한 몸집에 꽤나 권위적인 분위기를 풍겼겠지만, 지금은 쪼글쪼글 주름투성이에 콧물이나 질질 흘리는 노인네가 되어 있었다. 에를렌두르는 그를 지켜보았다. 노인이 되어 정원에서 꿈지럭거리고 있는 그를. 노인은 낙엽에서 눈을 떼고 그를 올려다보았지만 그에게 아무런 관심도 보이지 않았다. 한참 후에야 에를렌두르가 마침내 다가가 말을 걸었다.

"왜 그 여자 언니가 나랑 얘기를 안 하려고 합니까?" 그렇게 묻자 노인은 흠칫 놀라며 그를 올려다보았다.

"뭐? 뭐라고 했소?" 그는 하던 일을 멈췄다. "당신 누구요?" 노인이 물었다.

"콜브룬이 고소하러 왔을 때 그녀한테 어떻게 한 겁니까?" 에를렌두르가 물었다.

노인은 정원에 침입한 이 낯선 사람을 가만 바라보다가 손등으로 콧물을 훔쳤다. 그는 에를렌두르를 위아래로 훑어보았다.

"당신 날 알아? 무슨 소리를 하는 게요? 당신 누구요?" 그가 말했다.

"저는 에를렌두르라고 합니다. 레이캬비크에서 살해된 홀베르그라는 사람의 사건을 조사하고 있지요. 그 사람은 40년 전에 강간으로 고소된 적이 있습니다. 당신이 담당자였죠. 피해 입은 여성의 이름은 콜브룬이고, 지금은 죽었습니다. 그 여자 언니가 경찰과 얘기를 하지 않으려 해서 그 이유를 지금 제가 찾고 있는 중입니다. 그녀가 '동생한테 그렇게 해놓고선'이라고 하던데, 그 여자가 무슨 말을 하는 건지 말씀을 해주셨으면 합니다."

그는 아무 말 없이 에를렌두르를 바라보았다. 똑바로 쳐다보면서 침묵을 지켰다.

"그 여자에게 무슨 일이 있었습니까?" 에를렌두르가 다시 물었다.

"기억이 나지 않아. 당신 무슨 권리요? 도대체 이런 모욕이 어디 있나? 내 정원에서 나가지 않으면 경찰을 부르겠소." 그의 목소리가 가볍게 떨렸다.

"잘못 생각하셨습니다, 루나르 씨, 제가 경찰이거든요. 그리고 전 이런 터무니없는 일에 낭비할 시간도 없습니다."

루나르는 그 말을 조롱했다. "이게 새로운 수사기법이오? 사람을 비난하고 모욕이나 주는 게?"

"당신이 수사기법이랑 모욕 얘기를 다 하시는군요. 예전에 직무위반으로 여덟 번이나 기소된 적이 있죠, 폭행까지 포함해서. 도대체 상사가 누구였기에 계속 경찰 일을 할 수 있었는지 모르겠지만, 나중에는 상사도 참기 힘들었던 모양이죠? 결국에는 불명예 퇴직을 했으니까. 해고 당했다고……."

"닥치시오, 어디서 감히." 루나르가 재빨리 주위를 살피며 말했다.

"수차례 성폭행한 혐의로."

그는 창백하고 마른 손으로 갈퀴의 손잡이를 꽉 쥐었다. 핏기 없는 피부가 바짝 당겨져 손마디가 튀어나올 정도로. 얼굴은 굳어졌고, 입가에는 불쾌한 듯 주름이 잡혔다. 그는 눈이 반쯤 감길 정도로 눈을 가늘게 떴다. 루나르를 만나러 가는 길에 엘린보르그가 전해준 정보들이 마치 전기충격을 가한 듯 에를렌두르의 머릿속을 맴돌았고, 그는 루나르가 과연 죽기 전까지 이생에서 자신이 한 일 때문에 앙갚음을 받을지 궁금했다. 에를렌두르는 경찰에 오래 근무했기 때문에 루나르에 대한 소문과 그가 얼마나 말썽을 일으켰는지 들어왔다. 그는 사실 몇 년 전에 그와 한두 번 마주친 적도 있었다. 그러나 지금 정원에서 보고 있는 이 노인은 너무 늙고 노쇠해서 정말 이 노인이 그 사람인지 확인하는 데 한참이 걸렸다. 루나르에 관한 얘기들은 지금도 경찰들 사이에서 입방아에 오르고 있었다. 에를렌두르는 '과거란 전혀 다른 또 하나의 세계'라는 말을 들은 적이 있는데 지금에야 그 뜻이 이해가 갔다. 시간은 흐르고 사람도 변한다. 하지만 그렇다고 해서 과거를 지워버릴 수는 없는 일이다.

그들은 정원에서 마주 보며 서 있었다.

"콜브룬은?" 에를렌두르가 물었다.

"꺼져!"

"콜브룬 얘기를 해주기 전에는 못 갑니다."

"그 여자는 창녀 같은 년이었어! 그러니까 그렇게 알고 꺼져! 그 여자가 나에 대해 한 말이나, 나한테 한 말이나 전부 거짓말이야. 강간은 있지도 않았다고. 그 여자는 처음부터 끝까지 거짓말만 했어!" 루나르가 이를 꽉 문 채 갑작스럽게 말했다.

에를렌두르는 콜브룬이 이 남자 앞에서 홀베르그를 고소하던 당시를 눈앞에 그려보았다. 그는 그녀가 용기를 내서 경찰에게 무슨 일이 있었는지 이야기하러 찾아간 모습을 상상했다. 그리고 그녀가 겪었을 공포를 생각했다. 그녀는 그런 일은 일어나지 않았다는 듯이, 그저 악몽일 뿐 깨어나면 그만이라고 생각하면서 잊어버리려 했을 것이다. 그러나 그녀는 악몽에서 깨어날 수 없다는 사실만 깨달았다. 고소는 접수되지 않았다. 그녀가 겁탈당하고 뺨까지 맞았는데도.

"그 여자는 사건이 일어난 지 사흘이나 뒤에 나타나서 그 남자를 강간죄로 고소했소. 그건 그다지 설득력이 없어." 루나르가 말했다.

"그래서 그 여자를 내쫓았군요." 에를렌두르가 말했다.

"거짓말을 하고 있었으니까."

"그리고 그녀를 비웃고, 모욕하고, 그러곤 잊어버리라고 했겠죠. 하지만 그녀는 잊지 않았습니다, 그죠?"

노인이 증오가 가득 담긴 눈으로 에를렌두르를 바라보았다.

"그녀는 레이캬비크로 가버렸어요. 맞습니까?" 에를렌두르가 물었다.

"홀베르그는 아무런 벌도 받지 않았어."

"누구 덕인지 혹시 아십니까?"

에를렌두르는 루나르의 사무실에서 언쟁을 벌였을 콜브룬을 상상했다. 저런 인간과 언쟁을 벌이다니! 저런 인간과! 자기가 겪은 일을 두고. 자기 얘기가 진실이라는 것을 입증하려고 애쓰면서. 마치 저 남자가 최종 판결을 내릴 판사라도 되듯이.

◇◇◇◇◇◇◇◇◇◇

그녀는 있는 힘을 다해서 그날 밤에 있었던 일들을 순서대로 그에게 설명하려 했다. 그러나 너무 고통스러웠다. 도저히 설명할 수가 없었다. 역겹고 끔찍했다. 설명이 불가능한 것을 설명할 수는 없었다. 앞뒤가 뒤죽박죽된 얘기를 간신히 끼워 맞춰냈다. 지금 저 사람이 웃었나? 그녀는 왜 웃는지 이해할 수 없었다. 분명히 웃은 거라는 의심이 들었지만 그럴 리가 없다. 그런데 그때 그가 자세히 물어오기 시작했다.

"상황이 어땠는지 정확히 설명을 해주시죠."

그녀는 당황해서 그를 바라보았다. 머뭇대면서 그녀는 자신이 한 얘기를 되풀이했다.

"아니, 그건 이미 들었고. 정확히 무슨 일이 있었는지 말해봐요. 팬티는 입고 있었을 거 아뇨. 그 남자가 팬티를 어떻게 벗겼습니까? 어떻게 당신 몸 안에 들어갔죠?"

'이 사람 제정신이야?' 마침내 그녀는 여자 경찰이 있는지 물었다.

"없어요. 만일 강간죄로 이 사람을 고소하고 싶다면 그것보다는 좀 더 정확하게 설명을 해야 합니다, 아시겠어요? 혹시 당신도 그걸 원하고 있다고 믿게 한 건 아닙니까?"

'원하고 있었다고?' 그녀는 거의 들릴락 말락 한 목소리로 절대 아니라고 대답했다.

"좀 더 크게 말씀하셔야죠. 팬티를 어떻게 벗기던가요?"

웃는 게 분명했다. 그는 폭력적으로 그녀를 심문했다. 말꼬투리를 잡고 무례하게 굴면서 아주 모욕적이고도 혐오스러운 질문도 서슴지 않았다. 마치 그녀가 성폭행을 일으킨 주범이라도 된 듯이. 그 남자와 성관계를 원했다가 아마 막판에 마음을 바꾼 모양인데, 그때는 이미 늦은 거라고. 그런 일은 그때쯤 가서는 빼도 박도 못하는 거라고.

"중간에서 그만둘 거면 뭐 하러 댄스홀에 가서 그 남자와 시시덕거렸소. 그럴 이유가 없지." 그가 말했다.

그녀는 마침내 울면서 핸드백을 열고 비닐봉지를 그에게 건넸다.

그는 봉지를 열고 찢겨진 그녀의 팬티를 꺼냈다.

◇◇◇◇◇◇◇◇◇◇◇

루나르는 갈퀴를 팽개치고 에를렌두르를 지나쳐 가려 했다. 그러나 에를렌두르는 길을 막고 그를 집 쪽으로 몰아붙였다. 두 사람은 서로를 노려보았다.

"그 여자가 당신에게 증거물을 줬을 테죠. 중요한 증거물을. 그 여자는 홀베르그가 거기에 뭔가 흔적을 남겼을 거라고 생각했어요." 에를렌두르가 말했다.

"아무것도 주지 않았어. 날 내버려둬." 루나르가 이를 갈며 말했다.

"팬티를 줬잖아요."

"그 여자는 거짓말을 했어."

"당신은 그때 바로 쫓겨났어야 해! 이 한심한 짐승 같은 인간아!" 에를렌두르는 혐오스런 표정을 짓곤 벽에 기대어 웅크리고 있는 노쇠한 늙은이에게서 떨어졌다.

"나는 그 여자에게 고소를 하려면 어떻게 해야 되는지를 가르쳐 준 것뿐이야. 그 여자를 도와주려 한 거라고. 그런 식으로 고소했다간 법정에선 쳐다보지도 않아." 그가 째지는 목소리로 대꾸했다.

에를렌두르는 돌아서서 걸어갔다. 신이 정말 존재한다면 어떻게 루나르 같은 인간은 오래 살게 두고, 천진난만한 네 살짜리 아이의 목숨은 앗아갔을까 생각하면서.

그는 콜브룬의 언니를 다시 보러 갈까 하다가 먼저 케플라비크 도서관에 전화를 걸었다. 도서관 책장 사이를 돌아다니면서 눈으로 제목을 훑으며 성경을 찾았다. 에를렌두르는 성경에 익숙했다. 그는 시편을 찾아 64편을 펼쳤다. 비석에 새겨져 있는 문구가 바로 나왔다.
"원수의 두려움에서 나의 생명을 보존하소서."

기억은 정확했다. 그 비문은 시편 64편 1절의 일부분이었다. 에를렌두르는 그 구절을 여러 번 읽었다. 차근차근 손가락으로 짚어가면서. 그러고는 책장 옆에 서서 조용히 구절을 되뇌었다.

64편의 첫 구절은 하느님께 간구하는 내용이었다. 에를렌두르는 시공을 초월한 여인의 흐느낌을 들을 수 있었다.

"하느님이여 나의 근심하는 소리를 들으소서."

11
Tainted Blood

에를렌두르는 하얀 골철판으로 만든 집 앞에 차를 세우고 엔진을 껐다. 그는 그대로 앉아 담배를 마저 피웠다. 끊어보려고 노력 중이었다. 하루에 다섯 개비까지 줄여본 적도 있다. 그런데 이날만큼은 오후 3시가 되기도 전에 벌써 여덟 개비째를 피우고 있었다.

차에서 내린 에를렌두르는 집 앞의 계단을 올라가 초인종을 눌렀다. 한참을 기다려도 아무 대답이 없다. 또 눌러 보았지만 역시 마찬가지였다. 그는 얼굴을 창문에 바짝 갖다대고 안을 들여다보았다. 녹색 비옷과 우산과 장화가 눈에 들어왔다. 에를렌두르는 세 번째로 초인종을 누르고는 비를 피해보려고 제일 윗계단에 섰다. 갑자기 문이 열리더니 엘린이 그를 노려보며 서 있는 게 눈에 들어왔다.

"가만 놔두라니까, 알겠어요? 가라고! 꺼지라고!" 그녀는 문을 쾅 닫으려 했지만 에를렌두르는 문 사이에 발을 끼워 넣었다.

"우리가 전부 루나르 같지는 않습니다. 동생분이 정당한 대우를 못 받았다는 건 압니다. 제가 루나르를 찾아가서 얘기를 나눠 봤습니다. 그 인간이 저지른 짓은 용서할 수가 없죠. 하지만 지금 와서 바꿀 수도 없잖습니까. 그 노인네는 노쇠했고 병까지 들었습니다. 자기가 뭘 잘못했는지도 모를 겁니다." 그가 말했다.

"날 좀 가만 놔두래도!"

"부인과 얘기할 게 좀 있습니다. 만일 싫으시다면 경찰서로 모시고 가는 수밖에 없습니다. 그건 저도 원치 않습니다." 그는 주머니에서 묘지 사진을 꺼내어 문틈 사이로 들이밀었다. "홀베르그의 아파트에서 이 사진을 발견했습니다."

엘린은 아무 대답도 하지 않았다. 한참이 지났다. 에를렌두르는 열린 문틈 사이로 사진을 들이밀고 있었지만 엘린은 보이지 않았다. 그녀는 여전히 문을 밀어 닫으려 하고 있었다. 서서히 발에 가해지던 압력이 줄어들면서 엘린이 사진을 받아 들었다. 그리고 곧 문이 열렸다. 그녀는 사진을 들고 집 안쪽으로 들어갔다. 에를렌두르도 들어가서 문을 조심스럽게 닫았다.

엘린이 자그마한 거실로 사라지자 에를렌두르는 젖은 신발을 벗어야 하는지 망설였다. 그는 신발을 문 앞 깔개에 닦고는, 엘린의 뒤를 따라 주방과 서재를 지나쳐 거실로 들어갔다.

거실 벽에는 금테 액자에 넣은 각종 사진과 자수 작품들이 걸려 있었고, 한쪽 구석에는 전자오르간이 놓여 있었다.

"이 사진을 알아보시겠습니까?" 에를렌두르가 조심스럽게 물었다.

"한 번도 본 적 없는 사진이에요." 그녀가 말했다.

"혹시 동생분이 홀베르그와 연락을 취한 적 있습니까? 그……, 사건 이후에 말이죠."

"내가 아는 한은 전혀 없어요. 전혀. 짐작이 가시겠지만."

"혹시 그 사람이 아버지라는 걸 확인할 혈액검사 같은 건 하지 않았나요?"

"왜 하겠어요?"

"그럼 동생분의 주장이 뒷받침되었을 텐데요, 그런 일이 있었다는 걸."

그녀는 사진에서 눈을 떼고 한참 동안 그를 바라보고는 입을 열었다.

"당신들 경찰은 똑같군요. 하나같이 게을러터져서 일을 제대로 안 한다니까."

"그럴 리가요?"

"그 사건을 조사해 봤어요?"

"주요 사항은 다 확인해 봤습니다."

"당시에 홀베르그는 성관계를 가졌다는 건 부인하지 않았어요. 그럴 정도로 멍청하진 않았죠. 강간이었다는 것만 부인했어요. 그 인간은 내 동생이 자기를 원했다고 했어요. 콜브룬이 유혹해서 자신을 집으로 끌어들였다고. 그렇게 변명했죠. 콜브룬이 원해서 자기와 관계를 가졌다고. 자기는 결백한 척했다고요. 깨끗한 척하다니, 그 개 같은 자식."

"하지만……."

"내 동생은 부녀관계를 증명하는 데는 관심이 없었어요. 그 인간이 자기 아이와 관련되는 것을 원치 않았으니까. 홀베르그가 아버지라는 것이 증명된다고 해서 고소 내용이 달라질 것도 없어요. 그러니 혈액검사 따위는 쓸모가 없었죠."

"그건 미처 몰랐군요."

"내 동생이 가진 것이라고는 찢어진 팬티뿐이었어요." 엘린이 계속 말을 이어갔다. "동생은 그렇게 우악스럽지도 못했고, 강한 편도 아니라서 싸움도 잘 못했어요. 그 인간이 주방에서 몸을 더듬기 시작하는데 온몸이 굳어지는 것 같았다고 나한테 얘기했죠. 그 인간이 그 애를 방으로 끌고 가서 겁탈했대요, 두 번이나. 그 애를 꽉 내리누르고는 몸을 더듬으면서 다시 할 때까지 저질스런 얘기들을 퍼부어 댔대요. 동생이 경찰에 갈 용기를 낼 때까진 사흘이 걸렸어요. 병원에 가서 검사를 받아봤지만 그것도 별 도움은 안 됐어요. 동생은 도대체 그 인간이 왜 자기를 공격했는지 이해하지 못하겠다고 했어요. 자기가 원인을 제공했다고 자책도 많이 했고. 댄스홀이 문을 닫은 뒤 함께 간 파티장에서 자기가 그 인간을 그렇게 유도했을지도 모른다고. 자기가 한 말이나 무의식중에 한 행동 중에서 오해하게 만든 게 있었을지도 모른다고. 동생은 스스로를 원망했죠. 그게 일반적인 반응이고요."

엘린은 잠시 말을 멈췄다.

"동생이 마침내 행동에 나섰을 때 하필이면 루나르에게 찾아간 거죠." 그녀가 다시 입을 열었다. "내가 같이 갔더라면 좋았을걸……. 동생은 너무 부끄러워 그 일이 일어나고 한참이 지나서야 내게 알려줬어요. 그 사이 홀베르그가 협박까지 했었대요. 만일 그 일로 자기에게 좋지 않은 일이 생기면 가만두지 않겠다고. 동생은 안전을 보장받으려고 경찰을 찾아간 거였어요. 경찰이 자신을 도와주고 막아줄 거라고 생각해서. 그런데 루나르가 동생을 오히려 데리고 놀다가 팬티를 빼앗고는 잊어버리라고 하고서 돌려보냈죠. 그제야 동생은 나를 찾아온 거예요."

"그 팬티에 대한 부분은 서류에 언급이 없었습니다." 에를렌두르가 말했다. "루나르는 그런 사실이 없었다고……."

"콜브룬은 그 사람에게 줬다고 했어요. 나는 그 애가 거짓말하는 걸 본 적이 없어요. 그 인간이 무슨 생각에서 그런 말을 했는지는 몰라도. 그 인간이 이 동네를 돌아다니는 걸 몇 번 본 적 있어요. 생선가게나 슈퍼마켓에서. 그 인간에게 한번은 쌍욕을 해줬어요. 참을 수가 없어서. 그 인간은 그걸 즐기는 것 같았어요. 히죽히죽하면서 웃더군요. 동생이 그 인간이 히죽거리던 얘기를 한 적 있었어요. 그 인간은 팬티를 받은 적도 없고, 콜브룬의 주장이 너무 모호해서 술에 취한 줄 알았다고 했대요. 그래서 돌려보냈다고."

"결국 그 사람은 경고조치를 받았습니다." 에를렌두르가 말했다. "별 효과는 없었습니다만. 루나르는 자주 경고조치를 받았죠. 경찰 사이에서는 흉악하다고 알려져 있었지만 누군가 뒤를 봐주는 사람이 있었던 모양입니다. 그런데 그 누군가가 더 이상 뒤를 봐주기가 힘들게 되니까 쫓겨나고 말았죠."

"감옥에 처넣기에는 증거가 부족하다고 다들 그랬어요. 루나르 그 인간 말이 맞았죠. 내 동생은 그냥 잊어버리고 말았어야 했어요. 그런데 그냥 머뭇거린 거예요, 너무 오래. 그리고 바보처럼 집 안을 전부 치워 버렸어요. 침대 시트며 잠옷이랑 모든 증거를 없애버린 거지. 팬티만 보관하고. 그래도 증거 일부는 남긴 거죠. 그 정도면 충분하겠다, 사실을 증명하는 데 그 정도면 됐다 싶었던 거예요. 동생은 그 사건을 자기 인생에서 깨끗이 씻어버리고 싶어했어요. 그걸 짊어지고 살고 싶진 않았죠. 그리고 말씀드렸듯이 그 애는 그렇게 강하지 못했어요. 그 인간이 입을 틀어막는 바람에 입술은 찢어지고 한쪽 눈도 멍이 들었죠. 하지만 다른 외상은 없었어요."

"그 사건에서 회복이 됐나요?"

"전혀. 내 동생은 굉장히 여린 애였어요. 영혼이 순수한 아이였지만 노리는 사람에게는 먹잇감밖엔 안 됐죠. 홀베르그나 루나르 같은 인간들에게는. 둘 다 그걸 잘 알고 있었던 거예요. 그 애를 각각 다른 방법으로 공격한 거죠. 먹잇감을 잔인하게 물어뜯은 거예요." 그녀가 바닥을 내려다보았다. "짐승 같은 놈들."

에를렌두르는 잠시 기다렸다가 말문을 열었다.

"임신했다는 걸 알았을 때 반응이 어땠나요?" 그가 물었다.

"상당히 분별 있게 대처했어요. 동생은 곧바로 상황이 어찌되었건 아이가 생긴 것은 기쁘게 받아들이기로 마음먹었어요. 아우두르를 정말로 사랑했죠. 둘은 서로 떼려야 뗄 수 없을 만큼 가까웠고, 딸을 정말 잘 길렀어요. 그 아이를 위해서라면 무엇이든 했죠. 그 가여운 예쁜 아이를 위해선."

"홀베르그는 그 아이가 자기 자식이라는 것을 알았습니까?"

"당연히 알았죠. 하지만 철저히 부정했어요. 그 아이가 자신과는 아무 관계가 없다고 했죠. 내 동생이 이 남자 저 남자와 어울려 다닌다고 오히려 비난해댔죠."

"그럼 서로 연락은 전혀 없었겠군요. 딸 얘기라거나……."

"연락이라고? 절대로 없었어요. 어떻게 그런 생각을 할 수 있죠? 절대 있을 수 없는 일이에요."

"콜브룬이 사진을 보냈을 리도 없고요?"

"아뇨, 없어요. 그런 일은 상상도 할 수 없어요. 물어볼 필요도 없는 일이에요."

"그 사진을 그가 직접 찍었을 수도 있겠군요. 아니면 사건의 배경을 아는 사람이 찍어서 그에게 보냈거나. 아니면 그가 신문에 난 부고기사를 봤을 수도 있고. 아우두르에 관한 부고기사가 났었습니까?"

"지역신문에 부고기사를 냈죠. 제가 짤막하게 내용을 썼고요. 그 인간이 읽었을지도 모르지."

"아우두르는 여기 케플라비크에 묻혔습니까?"

"아뇨, 동생과 나는 모두 산드게르디 출신이에요. 거기서 조금 나가면 발스네스라는 곳에 작은 묘지가 있어요. 콜브룬은 딸을 거기에 묻고 싶어했어요. 한겨울이었죠. 무덤을 파는 데 정말 오래 걸렸어요."

"사망신고서에는 아이의 병이 뇌종양이라고 되어 있더군요."

"사람들이 그렇게 말해 줬어요. 그 아이는 그냥 죽은 거예요. 그 가엾은 어린 것이, 네 살배기가, 우리 앞에서 죽어가는데 손도 쓸 수가 없었어요."

엘린은 사진에서 눈을 들어 에를렌두르를 바라보았다. "그 아이는 그냥 죽었어요."

집 안은 어두웠다. 질문과 비통함 속에서 두 사람의 대화는 어두운 집 안에 메아리쳤다. 엘린은 천천히 일어나서 불을 켜고는 복도를 지나 주방으로 들어갔다. 에를렌두르는 그녀가 물을 틀고 뭔가에 채웠다가 다시 부은 다음 양철 뚜껑을 여는 소리를 들었다. 커피 향이 코를 간질였다. 그는 자리에서 일어나 벽에 걸린 그림들을 들여다보았다. 스케치와 그림이었다. 아이가 파스텔로 그린 듯한 그림이 얇은 검정색 액자에 담겨 있었다. 마침내 그는 찾고 있던 것을 발견했다. 2년 간격으로 찍은 듯한 두 장의 사진. 아우두르의 사진이었다.

먼저 사진은 사진관에서 찍은 것이었다. 흑백이었다. 한 살이 될까 말까 한 어린 여자아이가 예쁜 드레스를 입고 커다란 쿠션에 앉아 있었다. 머리에는 리본을 달고 손에는 딸랑이를 든 채. 아이는 사진사를 향해 반쯤 돌아앉아서 작은 이빨 네 개를 보이며 미소 짓고 있었다. 또 한 사진은 세 살 때쯤 찍은 것이었다. 에를렌두르 생각에 아이 어머니가 찍은 것 같았다. 컬러였다. 아이는 덤불 사이에 서 있었고, 햇볕이 내리쬐이고 있었다. 아이는 두꺼운 빨간 스웨터에 작은 치마를 입고, 하얀 양말과 반짝거리는 장식이 달린 검정 신발을 신고 있다. 카메라를 똑바로 응시한 채. 표정이 심각해 보였다. 웃고 싶지 않았던 모양이다.

"동생은 거기서 벗어나지 못했어요." 엘린이 거실 문간에 서서 말했다. 에를렌두르는 똑바로 몸을 일으켰다.

"누구든 견뎌내기 힘든 일이죠." 그가 커피를 받아들며 말했다. 엘린이 자기 컵을 들고 다시 소파에 앉자 에를렌두르도 그녀의 맞은편에 다시 앉아 커피를 한 모금 들이켰다.

"담배 피우고 싶으면 피세요." 그녀가 말했다.

"끊으려는 중입니다." 에를렌두르가 변명하듯 얼버무리며 말했다. 가슴 통증이 마음에 걸렸지만 결국 그는 코트 안주머니에서 구겨진 담뱃갑을 끄집어내어 한 개비를 꺼냈다.

오늘만 아홉 개비째. 그녀가 재떨이를 에를렌두르 쪽으로 밀어주었다.

"다행히 아이는 고통을 오래 겪진 않았어요." 엘린이 말했다. "처음엔 머리가 아프다고만 했어요. 마치 두통처럼. 그 아이를 진찰한 의사는 소아 편두통이라고 했는데. 약을 처방해줬지만 전혀 나아지지가 않았어요. 돌팔이였던 거지. 콜브룬은 의사 입에서 술 냄새가 난다면서 걱정했어요. 그러고 나서 한꺼번에 일이 일어났어요. 갑자기 아이 상태가 나빠졌거든요. 피부암인가 보다는 말도 있었어요. 의사가 못 보고 놓친 거라고들 했죠. 반점이 생겼거든요. 병원에서는 카페오레라고 하더군요. 주로 아이 겨드랑이 부분에 나타났어요. 나중엔 케플라비크 종합병원으로 보냈는데, 거기 가서야 신경계통의 종양이라는 진단이 나왔어요. 알고 보니 뇌종양이었던 거예요. 그게 전부 6개월 동안 일어난 일이었어요."

엘린이 잠잠해졌다. "말씀드렸듯이 동생은 그 이후로 완전히 다른 사람이 됐어요." 그녀가 한숨을 내쉬며 말을 이었다. "그런 끔찍한 일을 이겨낼 사람이 얼마나 되겠어요."

"아우두르를 부검해 보았습니까?" 에를렌두르가 물었다. 형광등 아래에 그 작은 몸이 철제 테이블에 뉘어지고 가슴은 Y자 모양으로 절개되는 것을 상상하면서.

"콜브룬은 원치 않았지만 아무도 말해 주지 않았죠. 하지만 나중에 그 아이를 부검했다는 얘기를 듣고는 거의 미치다시피 했어요. 제정신이 아니었지. 자기 아이이니 당연히 그럴 만도 했죠. 그리고 누구 말도 듣지 않았어요. 자기 딸을 누가 째고 열어봤다고 생각하면 참을 수가 없었을 테니까. 그렇게 한들 죽은 애가 살아 돌아오는 것도 아니고. 부검결과는 의사의 진단과 일치했어요. 아이의 뇌에서 악성 종양이 발견됐으니까."

"그리고 동생분은?"

"3년 뒤에 자살했어요. 손쓸 수 없을 정도로 심하게 우울증을 앓아서 치료를 받아야 했어요. 레이캬비크 정신병원에 꽤 오래 있었죠. 나중에 케플라비크 집으로 돌아왔어요. 전 최선을 다해서 그 애를 돌본다고 했지만 이미 산송장 같았어요. 살고자 하는 의욕이 없었으니까. 끔찍한 일로 얻은 아이였지만, 아우두르 덕분에 동생은 많이 행복해 했었거든요. 그렇지만 결국 아이를 잃었죠."

엘린은 에를렌두르를 바라보았다. "어떻게 죽었는지 궁금하시죠?"

에를렌두르는 대답하지 않았다.

"욕조에 들어가 양쪽 손목을 그었어요. 그러려고 면도칼을 샀죠."

엘린은 말을 멈췄다. 거실의 음침하고 침울한 분위기가 두 사람을 감쌌다.

"그 일을 생각할 때마다 머릿속에 떠오르는 게 뭔지 알아요? 욕조에 가득 찬 피도 아니고, 시뻘건 물속에 쓰러져 있었던 동생도 아니고, 상처도 아니에요. 상점에서 면도칼을 사고 있는 그 애 모습이에요. 면도칼 값을 치르는 모습, 동전을 세면서."

엘린은 말을 멈췄다.

"생각이라는 게 어떻게 돌아가는지 우습지 않나요?" 그녀가 자기 자신에게 말하듯 물었다.

에를렌두르는 뭐라고 대답해야 좋을지 몰랐다.

"그 애는 내가 발견했어요." 엘린이 계속했다. "처음부터 계획이 있었던 거예요. 처음엔 전화를 해서 그날 저녁에 집에 들러달라고 하더군요. 그리고 아주 짧은 얘기를 나눴죠. 우울증이 심해서 항상 대비를 하고 있었는데, 그날은 죽을 때가 돼서 그런지 좀 나아진 것 같더라고요. 마치 안개가 걷히는 것처럼. 다시 악착같이 살아보려는 듯이 느껴졌어요. 동생 목소리에 자살할 거라는 기미는 하나도 안 보였었죠. 그런 것과는 거리가 멀었어요. 앞으로 어떻게 할 건지 얘기를 나눴거든요. 우린 함께 여행을 가자고 했어요. 나중에 동생을 발견했을 때 그 앤 너무 평온해 보였어요. 그런 모습을 본 지 오래됐죠. 평온과 체념. 하지만 난 알았죠, 그 애는 조금도 받아들이지 않았고 마음의 안식도 찾지 못했다는 것을."

"딱 한 가지만 더 묻고 귀찮게 하지 않겠습니다. 하지만 답변은 꼭 해주셔야 합니다." 에를렌두르가 말했다.

"뭐죠?"

"이번 살인사건에 대해서 아시는 것이 있습니까?"

"아뇨, 없어요."

"혹시 직간접적으로 관련된 것은 없으십니까?"

"없어요."

두 사람은 잠시 동안 침묵을 지켰다.

"아우두르의 비문에 적힌 글은 원수에 관한 것이었습니다." 에를렌두르가 말했다.

"'원수의 두려움에서 나의 생명을 보존하소서'였죠. 동생이 직접 골랐어요. 하지만 동생 비석에는 새기지 않았어요." 엘린이 말했다. 그녀는 유리가 달린 멋진 장식장으로 걸어가더니 서랍을 열고 작고 까만 상자를 꺼냈다. 그녀는 열쇠로 상자를 열고는 봉투 몇 개를 들추고서 작은 종이쪽지를 하나 꺼냈다.

"동생이 죽던 날 밤에 식탁에서 이걸 발견했어요. 이걸 비석에 새겨달라고 한 것인지는 잘 모르겠어요. 그런 것 같지는 않아요. 이걸 보고서야 그 애가 얼마나 고통스러워했는지 알게 됐죠."

그녀가 에를렌두르에게 종이쪽지를 건넸다. 쪽지에는 그가 도서관에서 찾아본 시편 64편의 첫 구절이 적혀 있었다.

"하느님이여 나의 근심하는 소리를 들으소서."

12

Tainted Blood

에를렌두르가 집에 돌아와 보니 에바가 아파트 문에 기대어 잠들어 있었다. 그는 딸에게 말도 걸어보고 깨워 보려고도 했지만 아무런 반응이 없었다. 그는 딸의 몸을 받쳐 들고 집으로 들어갔다. 잠이 든 것인지 약에 취한 것인지 분간할 수가 없었다. 에를렌두르는 에바를 거실 소파에 뉘였다. 숨소리는 규칙적이었고 심장박동도 정상이었다. 그는 딸을 한참 바라보면서 어떻게 할까 망설였다. 일단은 욕조에 처넣고 싶었다. 지독한 냄새에 손은 지저분했으며 머리는 때에 찌들어 있었다.

"도대체 어디에 가 있었니?" 에를렌두르는 혼자 중얼거렸다.

그는 코트와 모자도 벗지 않은 채 옆에 놓인 의자에 앉아서 딸 생각을 하다가 깊은 잠에 빠져들었다.

다음날 아침 에바가 흔들어 깨웠을 때도 그는 잠에서 깨고 싶지 않았다. 흩어지려 하는 꿈의 단편들을 놓치지 않으려 했다. 며칠 전처럼 기분 나쁜 꿈이었다. 저번 꿈과 같다는 건 알았지만 이번에도 내용이 떠오르진 않았다. 도무지 실마리가 잡히지 않았다. 그저 찝찝한 느낌만 남아 있을 뿐이었다.

시간은 8시도 되지 않았고, 바깥은 아직도 칠흑같이 어두웠다. 비와 가을바람은 에를렌두르가 보기에 아직 잦아들지 않았다. 놀랍게도 주방에서 커피 냄새가 풍겨왔다. 누가 목욕이라도 한 듯 집 안에 증기가 그득했다. 그는 에바가 자신의 셔츠와 낡은 청바지를 입고 있는 것을 보았다. 그녀의 가는 허리에 맞도록 바지 벨트가 꼭 죄어져 있었다. 에바는 맨발에 깨끗했다.

"어젯밤엔 아주 보기 좋더구나." 에를렌두르는 이렇게 말하고는 바로 후회했다. 딸의 일에는 이미 신경을 껐어야 했다는 생각이 들었다.

"마음을 정했어요." 에바가 주방으로 걸어 들어가면서 말했다. "아빠를 할아버지로 만들어 드리기로. 에를렌두르 할아버지."

"그래서 어젯밤에는 마지막으로 놀아먹은 거냐?"

"있을 데를 찾을 때까지 여기서 지내도 돼요?"

"맘대로 해."

그는 딸과 함께 식탁에 앉아 그녀가 컵에 따라준 커피를 마셨다.

"어떻게 그런 결정을 내렸냐?"

"그냥."

"그냥?"

"여기 있어도 돼요, 안 돼요?"

"있고 싶은 만큼 있어도 돼."

"그럼 아무것도 물으면 안 돼요. 그 심문하는 거 하지 말란 말예요. 누가 형사 아니랄까 봐."

"그래, 그게 내 직업이다."

"가르다바에르 여자애는 찾았어요?"

"아니. 별로 중요한 사건이 아니라서. 어제 그 신랑과 얘기를 해봤는데 아무것도 모르더구나. 그 여자애가 '그는 괴물이 되어버렸다. 내가 무슨 짓을 한 거지?'라는 쪽지를 남겼던데."

"누가 파티에서 그 애를 꼴같잖게 보고 있었던 모양이네요."

"꼴같잖게? 그건 무슨 소리냐?" 에를렌두르가 말했다.

"결혼식에서 어떻게 했으면 신부가 도망갈까?"

"그거야 모르지." 에를렌두르가 무관심하게 말했다. "내 생각에는 신랑이 들러리한테 치근덕거리는 걸 본 게 아닌가 싶다. 아무튼 네가 아이를 낳기로 했다니 기쁘구나. 이 악순환에서 벗어나는 데 도움이 될지도 모르겠다. 그럴 때도 됐잖니."

에를렌두르는 잠시 뜸을 들였다가 마침내 입을 열었다. "어제는 그 모양이더니 오늘은 너무 쾌활해서 오히려 이상하구나."

그는 이 말을 최대한 조심스럽게 꺼냈다. 그가 아는 바로는, 평소 같으면 에바가 한여름의 태양처럼 이렇게 밝게 빛나거나, 목욕을 막 마친 모습을 하고 있다거나, 커피를 끓여 내오면서 항상 아버지를 돌봐온 것처럼 행동하는 것은 있을 수 없는 일이었다. 에바가 그를 쳐다보았다. 에를렌두르는 딸이 머리를 굴리고 있다는 것을 눈치챘다. 그는 그녀가 일장 연설을 하고 발딱 일어서서 한바탕 화를 내길 기다렸다. 하지만 이번엔 달랐다.

"약을 가져왔어요." 그녀가 침착하게 말했다. "저절로 끊어지진 않아요. 하룻밤에 끊지도 못하고. 시간도 오래 걸리고 진행도 더디겠지만, 그렇게 해서라도 끊고 싶어요."

"그럼 아기는?"

"내가 쓰는 약은 아기에게는 별로 해가 되지 않아요. 아기를 해치고 싶진 않아요. 낳을 거니까."

"마약이 태아에 미치는 영향을 알기나 하니?"

"알아요."

"네 마음대로 해라. 뭘 먹든지 축 늘어져 있든지, 아니면 다른 걸 하든지. 어떻든 이 아파트에 머물면서 네 자신에 대해서 잘 생각해 봐라. 나는……."

"아뇨." 에바가 말했다. "아무것도 하지 마세요. 아빠는 아빠대로 살고, 날 감시하지 마세요. 내가 뭘 하고 있는지도 알려고 하지 말고요. 집에 돌아와서 내가 집에 없어도 상관하지 마세요. 내가 집에 늦게 오거나 아예 들어오지 않더라도 참견하면 안 돼요. 만일 돌아오지 않으면 난 그냥 떠난 거예요, 땡이죠."

"그러니까 난 관심 끊어라 이거구나."

"어차피 관심 끊었잖아요." 에바가 대답하고는 커피를 홀짝거렸다.

전화가 울리고 에를렌두르는 자리에서 일어나 받았다. 올리였다.

"어제 연락이 되질 않아서요." 올리가 말했다. 에를렌두르는 케플라비크에서 엘린과 얘기할 동안 전화기를 껐다가 다시 켜지 않은 것이 생각났다.

"무슨 진전이라도 있었나?" 에를렌두르가 물었다.

"어제 힐마르라는 남자와 얘기를 했습니다. 역시 트럭 운전사인데, 노르두르미리의 홀베르그 집에서 가끔 묵었다더군요. 휴식처나 뭐 그런 것 때문이래요. 그 사람 말로는 홀베르그가 좋은 사람이었다던데요. 나무랄 만한 것도 없었고, 직장 동료들도 다들 그를 좋아했던 것 같다고요. 항상 도움이 됐고, 사람들과도 잘 어울렸고 어쩌고저쩌고하면서. 그 사람한테 적이 있다는 건 상상하기 힘들다고 하면서도, 한편으로는 그렇게 잘 알지는 못했다고 하더군요. 힐마르 얘기로는 한 열흘 전에 홀베르그 집에서 묵었는데, 평소와는 많이 달랐다고 하더라고요. 이상하게 행동했다고."

"어떻게 이상했다는 거야?"

"힐마르 말로는 전화 받기를 두려워했답니다. 그 사람 말에 따르면 어떤 놈이 가만 놔두질 않고 자꾸 전화질을 한다고 했다는 거예요. 힐마르는 토요일 밤에 그 집에 갔었는데, 한번은 홀베르그가 전화를 대신 받아달라고 했답니다. 그래서 그렇게 했더니, 받은 사람이 홀베르그가 아니라는 것을 알고는 바로 끊어 버리더랍니다."

"최근에 홀베르그에게 전화를 건 사람이 누군지 알아낼 수 있겠나?"

"지금 확인 중입니다. 그리고 한 가지 더 있는데요. 전화국에 연락을 해서 홀베르그의 발신기록을 받아냈는데, 아주 흥미로운 게 있더군요."

"뭔데?"

"그 사람의 컴퓨터 기억나십니까?"

"그럼."

"한 번도 살펴보지 않았죠."

"안 했지. 그런 건 전문가들이 하는 거니까."

"혹시 전화선과 연결됐는지 확인했습니까?"

"아니."

"대부분의 전화가, 아니 거의 모든 전화가 인터넷 서버를 통해 걸려왔더군요. 퇴근 후에는 인터넷 서핑을 하면서 시간을 보낸 모양입니다."

"그게 무슨 뜻인가?" 에를렌두르는 컴퓨터에 관해서는 잘 몰랐다.

"아마 그 사람 컴퓨터를 켜보면 알게 될 겁니다."

두 사람은 동시에 노르두르미리의 홀베르그 집 앞에 도착했다. 노란색 경찰 통제선은 치워져 있었고 범죄현장이라는 표시도 남아 있지 않았다. 위층 집들에서는 전혀 새어나오는 불빛이 없었다. 전부 집을 비운 모양이었다. 에를렌두르가 지하실 현관을 열었다. 그들은 바로 컴퓨터로 달려가 스위치를 켰다. 컴퓨터가 윙 하는 소리를 내기 시작했다.

"속도가 꽤 빠른 건데요." 올리가 말했다. 그는 에를렌두르에게 컴퓨터의 용량과 종류에 대해 설명해야 하는지 생각하다가 그만두기로 했다.

"됐습니다. 즐겨찾는 웹사이트가 어떤 것들인지 확인해보죠. 많기도 하네, 젠장, 정말 많네. 파일도 몇 개 내려받았나 봅니다. 이야!"

"왜?" 에를렌두르가 말했다.

"하드가 꽉 찼네요."

"그러니까 그 말은?"

"하드를 채우려면 정말 뭐가 진짜 많아야 하거든요. 아마 영화란 영화는 여기 다 있는 모양입니다. 여기 avideo03이라는 파일이 있네요. 뭔지 열어볼까요?"

"물론이지."

올리가 파일을 열자 창이 하나 뜨면서 비디오가 나왔다. 그들은 잠시 동안 비디오를 보았다. 포르노였다.

"그 여자 몸 위에 있었던 게 염소 맞나?" 에를렌두르가 믿을 수 없다는 듯이 물었다.

"여기 avideo 파일이 312개 있네요. 이것도 저 영화 비슷한 거겠죠. 다른 영화들 전부도 마찬가질 테고."

"avideo?" 에를렌두르가 물었다.

"글쎄요, 아마 동물 비디오(Animal video)라는 뜻이겠죠. 여기 gvideo라는 파일도 있습니다. 여기 gvideo88이라는 파일을 열어볼게요. 더블클릭하고……, 창을 크게 열어서……."

"더블……?"

에를렌두르가 말을 하려다 중간에서 멈췄다. 그들 앞에 놓인 17인치 모니터에 네 명의 남자가 성행위하는 장면이 펼쳐졌기 때문이다.

"gvideo라는 것은 동성애 비디오(Gay video)란 뜻인 모양입니다." 화면이 끝나자 올리가 말했다.

"완전히 푹 빠졌었군. 그런 영화가 총 몇 개나 있나?"

"보이는 것만 해도 천 개도 넘는 것 같습니다. 하지만 하드 어딘가에 더 많이 있을 수도 있죠."

에를렌두르의 휴대폰이 코트 주머니에서 울렸다. 엘린보르그였다. 그녀는 콜브룬에게 사건이 있었던 그날 밤에 홀베르그와 함께 케플라비크의 파티에 갔었던 두 남자의 행방을 쫓고 있었다.

엘린보르그는 그중 한 명인 그레타르라는 사람이 몇 년 전에 실종되었다고 말했다.

"실종됐다고?" 에를렌두르가 물었다.

"네, 우리 실종자 명단에도 있었습니다."

"그럼 또 다른 사람은?"

"그 사람은 감옥에 있어요. 항상 말썽을 일으켰죠. 4년을 선고받았는데 이제 1년 남았습니다."

"무슨 일로?"

"맞춰보시죠."

13

Tainted Blood

에를렌두르는 법의학팀에게 컴퓨터 얘기를 했다. 컴퓨터에 있는 것들을 모두 조사하는 덴 꽤 시간이 걸릴 것이다. 그는 법의학팀에게 모든 파일을 살펴보고 리스트를 만들어 구분한 다음, 파일 내용에 대한 보고서를 만들어 달라고 했다. 그러고 나서 올리와 함께 시내 동쪽에 위치한 리틀라 라운 교도소로 출발했다. 거기까지 한 시간이 소요됐다. 시야 확보가 어려웠고, 길은 얼어붙은 데다가 차에는 아직도 여름용 타이어가 부착되어 있어서 운전을 굉장히 조심해야 했다. 트렝슬린 패스를 지나고 나서부터는 날씨가 조금 풀리기 시작했다. 올푸사 강을 건너자 자갈둑 위에 세워진 두 개의 감옥 건물이 어렴풋이 눈에 들어왔다. 둘 중 오래된 건물은 삼각 지붕에 3층 높이였다. 여러 해 동안 건물 지붕은 붉은색 골철판으로 되어 있었다. 그래서 멀리서 보면 거대한 농가처럼 보였다. 이제는 옆에 새로 지어진 건물에 맞춰 지붕을 회색으로 바꿔 칠해놓았다. 새 건물은 청회색으로 철조망에 감시탑도 설치되어 있었다. 세련되고 경비가 철저한 점에선 레이캬비크에 있는 은행들과 별로 다를 바 없었다.

'세월이 많이 변했구나.' 하고 에를렌두르는 생각했다.

엘린보르그가 관할 교도소에 미리 수감자를 만나러 간다고 연락해 놓았다. 교도소장은 형사들을 반갑게 맞이하며 자신의 사무실로 안내했다. 수감자를 만나기 전에 자세한 내용을 알려주기 위해서였다. 그런데 찾아온 시기가 좋질 않았다. 문제의 죄수가 다른 두 명과 함께 아동 성범죄자를 폭행해서 죽이는 바람에 독방에 갇혀 있었던 것이다. 소장은 자세한 내용은 들려주지 않았지만, 분명한 것은 그를 면회하는 게 독방수감 규칙에 위반되는 것이며, 현재 수감자는 상당히 불안정한 상태라고 알려주었다. 대화가 끝난 뒤 두 사람은 면회실로 안내를 받았다. 그들은 앉아서 수감자를 기다렸다.

이름은 엘리디, 나이는 56세였으며 재범이었다. 에를렌두르는 그를 알고 있었다. 리틀라 라운 교도소까지 직접 그를 호송해 온 적이 있었다. 엘리디는 온갖 일을 다 하며 비참한 삶을 살았다. 어선과 무역선에서 일하며 술과 마약을 몰래 들여오다가 적발되어 유죄선고를 받았다. 20톤짜리 배에 불을 질러서 서남쪽 해안에 침몰시키고는 보험사기를 치려 한 적도 있었다. 네 명이 그 사기사건에 연루되었는데 그 중 세 명만 '살아남았다.' 나머지 한 명은 엔진실에 갇히는 바람에 침몰될 때 함께 가라앉고 말았다. 다이버들이 침몰된 배를 조사하러 내려갔다가 세 군데에서 동시에 불이 난 것이 드러나면서 범행이 들통났다. 엘리디는 리틀라 라운 교도소에서 보험사기죄와 살인죄로 4년을 복역했으며, 검찰청 기록에 그동안 쌓인 크고 작은 범행 때문에 2년 반을 또 복역했다.

엘리디는 폭행으로 악명이 높았으며, 심한 경우는 피해자를 반신불수로 만들기도 했다. 에를렌두르는 특별히 기억에 남는 사건 얘기를 선착장을 지나오는 동안 올리에게 들려주었다. 엘리디가 스노라브라우트에서 한 청년을 집에 20일 동안 감금한 일이 있었다. 경찰이 찾아냈을 때쯤엔 그 청년은 너무 심하게 폭행당해서 중환자실에서 나흘을 보내야 했다. 그는 청년을 의자에 묶어놓고 깨진 병으로 얼굴을 그으며 즐겼다고 한다. 엘리디에게 경찰 한 명이 맞아 쓰러지고, 또 한 명의 팔이 부러진 뒤에야 겨우 그를 제압할 수 있었다. 그런데 자비심이 많기로 유명한 아이슬란드 판사들은 그에게 그 폭행 사건과 다른 작은 범죄들을 포함해서 겨우 2년 형을 선고했다. 형이 확정되자 엘리디는 코웃음을 쳤다.

문이 열리고 엘리디가 간수 두 명에게 붙잡힌 채 면회실로 들어왔다. 그는 나이에 비해 몸이 아주 단단했다. 피부색은 거무튀튀하고 머리는 빡빡 밀었다. 귓불이 짝 달라붙은 작은 귀에 그래도 어떻게 뚫을 자리는 찾아서 한쪽에 나치 귀걸이를 걸고 있었다. 말할 때마다 의치에서 새는 소리가 났다. 그는 낡은 청바지에 검정색 티셔츠를 입고 있었는데, 문신이 새겨진 불뚝한 팔 근육이 그대로 드러나 보였다. 180센티미터가 넘는 그가 우뚝 멈춰섰다. 두 형사는 수갑을 차고 있는 모습을 살펴보았다. 한쪽 눈은 붉게 물들어 있었고, 얼굴은 여기저기 긁혀 상처투성이에 윗입술은 부어 있었다.

'정신 나간 변태 자식' 에를렌두르는 속으로 중얼거렸다.

간수들은 문 옆에 자리를 잡았고, 엘리디는 테이블에 앉아 에를렌두르와 올리를 마주했다. 그는 둔해 보이는 회색 눈으로 무관심하게 둘을 훑어보았다.

"홀베르그라는 남자를 아나?" 에를렌두르가 물었다.

엘리디는 아무 반응이 없었다. 질문을 못 들은 척했다. 그는 에를렌두르와 올리를 멍청한 눈으로 차례로 보았다. 간수들은 문 옆에 서서 조용한 목소리로 얘기를 나누었다. 소리를 치면 건물 안이 다 울렸다. 문이 쾅 닫히는 소리까지도. 에를렌두르가 질문을 반복했다. 그의 말이 텅 빈 면회실 안에 메아리쳤다.

"홀베르그! 그 사람 기억나나?"

여전히 엘리디는 마치 앞에 사람이 없는 듯 멍하게 주위만 둘러볼 뿐 대답이 없었다. 조용하게 시간만 흘렀다. 에를렌두르와 올리는 서로를 쳐다보았다. 에를렌두르가 세 번째로 질문을 반복했다. 홀베르그를 알고 있었는지, 어떤 사이였는지. 그리고 홀베르그가 죽었다, 살해됐다고.

마지막 말을 듣자 엘리디가 조금 흥미를 보였다. 그는 수갑을 쩔렁거리면서 단단한 팔을 테이블 위에 올렸다. 놀란 표정이 역력했다. 그는 호기심에 찬 표정으로 에를렌두르를 바라보았다.

"홀베르그가 자신의 집에서 지난 주말에 살해됐네. 그동안 홀베르그가 알아왔던 사람들을 조사 중인데, 자네 둘이 서로 알고 지냈던 것 같더군."

엘리디는 올리를 뚫어져라 쳐다보기 시작했다. 올리도 엘리디의 시선을 맞받았다. 그러나 그는 에를렌두르의 말에는 대답하지 않았다.

"이건 일상적인……."

"수갑을 차고는 한마디도 하지 않을 거요." 엘리디가 갑자기 말했다. 여전히 시선은 올리를 향하고 있었다. 그의 목소리는 거칠고 귀에 거슬렸으며 상당히 도발적이었다. 에를렌두르는 잠시 생각하다가 문 옆에 서 있는 간수들에게 다가갔다. 그는 엘리디의 요구를 설명해주고 수갑을 푸는 것이 가능한지 물었다. 그들은 잠시 머뭇거리다가 다가와서 그의 수갑을 풀고는 다시 문 옆의 위치로 되돌아갔다.

"홀베르그에 대해서 뭘 알고 있나?" 에를렌두르가 물었다.

"간수들부터 내보내지." 엘리디가 간수들을 턱짓으로 가리키며 말했다.

"그건 안 돼." 에를렌두르가 말했다.

"당신 호모 아냐?" 엘리디가 물었다. 시선은 여전히 올리에게 고정되어 있었다.

"까불지 않는 게 좋을걸." 에를렌두르가 말했다. 올리는 대답하지 않았다. 그들은 서로 노려보았다.

"안 되는 게 어딨어. 나한테 안 된다는 얘기는 하지 마." 엘리디가 말했다.

"간수들은 안 나갈 거야." 에를렌두르가 말했다.

"너 호모지?" 엘리디가 다시 말했다. 여전히 올리를 노려보면서. 올리는 아무 반응도 보이지 않았다.

그들은 잠시 동안 말이 없었다. 마침내 에를렌두르는 자리에서 일어서서 간수들에게 다가가 엘리디가 한 말을 전해 주고, 나가줄 수 있겠느냐고 물었다. 간수들은 수감자는 반드시 감시하도록 되어 있다며 그건 불가능하다고 말했다. 잠시 실랑이를 벌인 끝에 간수들은 에를렌두르가 무전기로 소장과 얘기할 수 있게 해주었다. 에를렌두르는 간수가 문 바깥에 서 있다고 해서 크게 달라질 것도 없고, 자기와 올리는 레이캬비크에서 이 수감자를 만나려고 먼 길을 왔으며, 수감자 역시 요구조건이 맞는다면 얼마든지 협조해 줄 의사를 보이고 있다고 말했다. 소장은 간수들에게 형사들의 안전 문제는 자기가 책임을 지겠다고 말했다. 간수들이 면회실을 나가자 에를렌두르는 돌아와서 다시 테이블에 앉았다.

"이제 얘기하겠나?" 에를렌두르가 물었다.

"홀베르그가 살해된 것은 몰랐어. 저 파시스트 놈들이 내가 하지도 않은 일을 가지고 독방에 가뒀거든. 어떻게 죽었지?" 엘리디가 여전히 올리를 노려보며 말했다.

"그건 상관할 바 아니야." 에를렌두르가 말했다.

"우리 아버지는 늘 나처럼 호기심 많은 자식은 처음 본다고 하셨지. 네가 상관할 바가 아냐, 넌 몰라도 돼! 항상 그렇게 말했어. 아버진 돌아가셨어. 칼에 찔려 죽었나? 홀베르그가 칼에 찔렸나?"

"상관할 바 아니라니까."

"상관할 바 아니라고!" 엘리디가 같은 말을 반복했다. 그러고는 에를렌두르를 쳐다보았다. "그럼 꺼져."

에를렌두르는 잠시 생각에 잠겼다. 수사과 사람들 외에는 자세한 사건 내용을 아는 사람이 없었다. 그는 이 따위 인간에게 자꾸 양보를 해야 하는 것이 진저리가 났다.

"머리를 얻어맞았어. 두개골이 함몰돼서 거의 즉사했지."

"망치로?"

"재떨이였어."

엘리디가 서서히 시선을 에를렌두르에게서 떼어 다시 올리에게 옮겼다.

"어떤 바보 같은 놈이 재떨이를 썼지?" 그가 말했다. 에를렌두르는 올리의 눈썹에 땀이 맺히는 것을 보았다.

"그걸 우리가 지금 알아내려 하는 거야. 홀베르그와는 연락을 하고 지냈나?" 에를렌두르가 물었다.

"고통스러워했나?"

"아니."

"바보 같은 놈."

"그레타르 기억해? 그 친구도 자네랑 홀베르그와 함께 케플라비크에 갔었지."

"그레타르?"

"기억나?"

"그 인간 얘기는 왜 묻는 거지? 그 인간이 뭘 어쨌는데?" 엘리디가 물었다.

"그레타르가 몇 년 전에 실종됐다고 알고 있어." 에를렌두르가 말했다. "실종에 대해서 아는 게 있나?"

"어떻게 알겠어? 왜 내가 알고 있다고 생각하는 거지?" 엘리디가 물었다.

"너희 셋 말이야. 너, 그레타르, 그리고 홀베르그. 케플라비크에서 뭘 했는지……."

"그레타르는 미친놈이야." 엘리디가 에를렌두르의 말을 끊으며 말했다.

"케플라비크에서 그때 뭘 했어?"

"그 인간이 그 계집을 먹었을 때?" 엘리디가 끼어들었다.

"뭐라고?" 에를렌두르가 물었다.

"그것 때문에 온 건가? 케플라비크의 그 계집에 대해서 물어보려고?"

"기억해?"

"그게 이 일과 무슨 상관인데?"

"나는 그런 얘기는 안 했는데……."

"홀베르그는 그 얘기를 하는 걸 좋아했어. 자랑했지. 무죄로 빠져나왔다고. 두 번이나 먹었다던대, 그거 알아?" 엘리디가 툭 던지듯이 말하고는 둘을 차례로 보았다.

"케플라비크에서 있었던 사건 말이야?"

"이쁜아, 무슨 색 팬티 입었니?" 엘리디가 올리를 향해 물어보면서 다시 그를 뚫어져라 쳐다보았다. 에를렌두르도 올리를 돌아보았다. 올리는 시선을 엘리디에 고정시키고 있었다.

"말조심해." 에를렌두르가 말했다.

"그 인간이 그 여자에게 그렇게 물었단 말야. 홀베르그가. 그 여자 팬티에 대해 물었다고. 그 인간은 나보다 더 미쳤어. 그런데 나만 감옥에 집어넣다니!" 엘리디가 낄낄거리며 말했다.

"팬티에 대해서 누구에게 뭘 물어봤다고?"

"케플라비크의 그 계집한테."

"홀베르그가 그 얘길 했나?"

"아주 자세히. 맨날 그 얘기만 하고 다녔어. 어쨌거나 케플라비크 얘기는 왜 물어? 케플라비크가 이거랑 무슨 상관이지? 이제 와서 그레타르에 대한 건 또 왜 묻고? 이해가 안 가네."

"재미없고 의례적인 조사과정일 뿐이야." 에를렌두르가 말했다.

"그렇군. 그럼 여기서 내가 얻는 건?"

"원하는 건 이미 다 얻었잖아. 여기 너하고 우리만 달랑 남았어, 수갑도 풀어줬고. 게다가 네가 하는 추잡스런 소리까지 다 들어줬으니 이제 더 이상 해줄 일도 없어. 질문에 대답을 안 하면 우리는 그만 가야겠어."

에를렌두르는 테이블 건너편으로 팔을 뻗어 억센 손아귀로 엘리디의 턱을 붙잡아 자기를 향하게 했다.

"너네 아버지가 남을 빤히 쳐다보는 건 무례한 행동이라고 가르쳐주지 않았나?" 에를렌두르가 말했다. 올리가 그를 보았다.

"괜찮습니다, 이런 놈쯤은 제가 다룰 수 있어요." 올리가 대신 대답했다.

에를렌두르는 엘리디의 얼굴을 잡았던 손을 놓았다.

"홀베르그를 어떻게 알았어?" 그가 물었다. 엘리디가 턱을 손으로 문질렀다. 엘리디는 자신이 한 점 올렸다고 생각했다. 그러나 거기서 멈추지 않았다.

"내가 댁을 기억하지 못한다곤 생각하지 마쇼." 그가 에를렌두르에게 말했다. "내가 댁이 누군지 모른다고 생각하지 마시라니까. 에바를 모른다고도 생각하지 말고."

에를렌두르는 한 방 얻어맞은 듯 엘리디를 바라보았다. 범죄자에게서 이런 얘기를 들은 것이 처음은 아니었지만 이렇게 무방비 상태로 당하기는 처음이었다. 에바가 어떤 사람들과 어울리는지는 정확히 몰랐지만, 개중에는 전과자나 마약밀매상, 좀도둑, 매춘부, 불량배도 있었다. 하여튼 리스트가 길었다. 그녀 자신도 한통속이었으니까. 한 번은 학교 앞에서 마약을 팔다가 학부모의 고발로 체포된 적도 있었다. 엘리디 같은 인간이라면 그녀를 알 만도 했다.

"홀베르그를 어떻게 알게 됐어?" 에를렌두르가 반복해서 물었다.

"에바, 괜찮던데." 엘리디가 말했다. 에를렌두르는 그 말에 많은 뜻이 내포돼 있다는 것을 알았다.

"그 아이 얘기를 한 번이라도 더 하면 우리는 여길 뜨겠어." 에를렌두르가 말했다. "그러면 너하고 놀아줄 사람도 없어."

"담배, 텔레비전 넣어주고, 노예처럼 부리지도 말고, 독방에 가두는 것도 못하게 해주면 되는데, 그게 뭐 많이 바라는 건가? 댁들같이 힘 있는 경찰이 그런 것쯤 하나 못해 주겠어? 그리고 한 달에 한번쯤 계집 하나를 넣어주는 것도 괜찮고. 저놈 여자면 더 좋고." 그가 올리를 가리키면서 말했다.

에를렌두르가 일어서자 올리도 천천히 자리에서 일어섰다. 엘리디가 웃음을 터뜨렸다. 몸속에서 가래가 끓는 듯한 거친 웃음소리였다. 그러더니 갑자기 요란하게 컥컥거리며 기침을 하더니 노란 가래를 바닥에 퉤 하고 뱉었다. 두 사람은 등을 돌리고 문을 향해 걸어갔다.

"홀베르그가 그 계집 이야기를 많이 해줬지!" 그가 두 사람 뒤에 대고 소리쳤다. "그 계집에 대해 전부 말해 줬다니까. 그 계집이 꼭 돼지새끼마냥 끽끽거렸고, 한 번 하고 기다리면서 그 계집 귀에 뭐라고 속삭였는지도. 그게 무슨 얘기였는지 알고 싶어? 그 계집에게 뭐라고 말했는지 알고 싶냐고? 이 병신들아! 그게 무슨 얘기였는지 알고 싶냐 말야?"

에를렌두르와 올리는 발을 멈췄다. 그들이 돌아서서 보니 엘리디가 두 사람을 향해 머리를 흔들고 입에 거품을 물어가며 온갖 욕설을 퍼붓고 있었다. 그는 일어서서 손으로 테이블을 짚고 몸을 앞으로 내민 다음, 커다란 머리를 그들을 향해 쭉 뻗고는 성난 황소처럼 울부짖었다.

면회실 문이 열리고 두 간수가 안으로 들어왔다.

"그 인간이 다른 계집들도 말해 줬어!" 엘리디가 소리쳤다. "그 인간이 강간한 다른 계집들 말야!"

14

Tainted Blood

엘리디는 간수들이 들어오는 것을 보자 더 광폭해졌다. 그는 테이블을 뛰어넘어 네 사람을 향해 달려들었다. 무섭게 소리를 지르면서 그들 쪽으로 온몸을 내던졌다. 그는 에를렌두르와 올리에게 달려들었고, 두 사람은 어떻게 해보기도 전에 바닥에 쾅하고 쓰러졌다. 그는 올리를 박치기로 쓰러뜨렸다. 두 사람의 코에서 피가 터져나왔다. 엘리디는 주먹을 쳐들어 무방비 상태나 다름없는 에를렌두르의 얼굴을 내리치려 했다. 그때 간수 한 명이 전기충격기를 꺼내들어 그의 옆구리에 전기충격을 가했다. 엘리디의 동작이 조금 굼떠지기는 했지만 그렇다고 멈춰지지는 않았다. 그는 다시 팔을 위로 쳐들었다. 바로 그때 또 다른 간수가 그에게 두 번째 전기충격을 가하자 그제야 그는 비틀거리며 물러나다가 에를렌두르와 올리 위로 쓰러졌다.

두 사람은 엘리디 밑에서 기어나왔다. 올리는 코피를 멈추려고 손수건을 코에 갖다댔다. 엘리디는 세 번째 전기충격을 받고 나서야 마침내 완전히 조용해졌다. 간수들은 다시 그에게 수갑을 채우고는 아주 힘겹게 들어올렸다. 막 끌려 나가려던 참에 에를렌두르가 잠시만 기다려 달라고 하고는 엘리디에게 다가섰다.

“어떤 여자들?” 그가 물었다.

엘리디는 아무런 반응도 보이지 않았다.

“홀베르그가 겁탈한 다른 여자들이 누구야?” 에를렌두르가 반복해서 물었다.

엘리디는 전기충격으로 멍한 미소를 지으려 했으나, 이내 얼굴을 찌푸렸다. 코피가 입속으로 흘러들어서 의치가 온통 피투성이였다. 에를렌두르는 엘리디가 아는 정보에 실은 별 관심이 없는 듯이, 안달하는 듯 들리지 않도록 조심했다. 아무런 약점도 보이지 않도록, 어떤 감정도 보이지 않으려 했다. 작은 약점만 잡혀도 엘리디 같은 한심한 인간은 가슴이 벌렁거려서 본능이 나오고, 환상을 갖는다는 것을 잘 알기 때문이다. 아주 조그만 약점만으로도. 목소리에 배어 있는 간절함, 눈빛에 담긴 어떤 표시, 손의 움직임, 안달하는 기미 같은 것들만으로도 그들은 동요한다. 엘리디는 에바 얘기로 에를렌두르의 기선을 눌렀었다. 하지만 두 번이나 엘리디의 호기심을 만족시켜 주고 싶지 않았다.

둘은 서로의 눈을 노려보았다.

“데려가십시오.” 에를렌두르가 말하고는 엘리디에게서 등을 돌렸다. 간수들이 끌고 나가려는데, 그는 몸을 꼿꼿하게 세우고는 아무리 움직이려 해도 꼼짝도 하지 않았다. 뭔가 깊이 생각하는 듯이 에를렌두르를 한참 동안 쳐다보았지만 결국은 포기한 듯, 간수들이 이끄는 대로 방을 빠져나갔다. 올리는 여전히 코피를 멈추려고 애쓰고 있었다. 그의 코는 퉁퉁 부어올랐고, 손수건에선 피가 뚝뚝 떨어졌다.

“코피가 아주 심하군.” 에를렌두르가 말하고는 올리의 코를 살펴보았다. "그 외에는 괜찮은데. 심각한 것도 없고. 상처도 없고. 코도 부러지지 않았어." 그가 코를 꽉 꼬집자 올리가 비명을 질렀다.

"이런, 아마 부러진 모양이야. 내가 의사는 아니잖아." 에를렌두르가 말했다.

"그 빌어먹을 개자식, 개새끼." 올리가 말했다.

"그놈이 우릴 가지고 장난을 친 걸까, 아니면 정말 다른 여자들이 있었던 걸까? 그게 사실이면, 홀베르그에게 겁탈당하고도 신고하지 않은 여자들이 있다는 얘긴데." 에를렌두르가 면회실을 나서면서 말했다.

"그런 인간이 제대로 된 얘기를 할 리가 없어요. 그놈은 우리를 놀리려고 헛소리를 지껄인 겁니다. 우리를 가지고 논 거라고요. 그놈이 한 말을 믿으면 안 됩니다. 그 병신, 빌어먹을 새끼."

두 사람은 소장실로 가서 무슨 일이 있었는지 간단하게 보고했다. 그리고 엘리디에게 가장 어울리는 장소는 온 벽에 푹신한 패드를 댄 정신병원일 것 같다는 말도 덧붙였다. 소장도 힘없이 그 얘기에 동의하면서 그래도 정부에서 할 수 있는 일은 그저 리틀라 라운 교도소에 잘 가둬두는 것뿐이라고 말했다. 엘리디가 교도소 내 폭행 건으로 독방에 갇힌 것이 처음 있는 일도 아니고, 이번이 마지막이 될 리도 없다면서.

두 사람은 바깥으로 나왔다. 막 교도소에서 차를 몰고 나와 주차장의 파란 문이 열리기를 기다리고 있을 때, 간수 한 명이 멈추라는 신호로 손을 흔들면서 달려오는 것이 올리의 눈에 띄었다. 두 사람은 그가 차에 가까이 올 때까지 기다렸다. 에를렌두르가 차창을 내렸다.

"당신과 얘기하고 싶답니다." 간수가 헉헉거리며 말했다.

"누가?" 에를렌두르가 물었다.

"엘리디요. 엘리디가 당신과 얘기하고 싶답니다."

"이미 얘기할 만큼 했습니다. 그냥 잊어버리라고 하세요." 에를렌두르가 말했다.

"원하는 정보를 드리겠답니다."

"거짓말하고 있는 거요."

"그렇게 하겠다고 말했습니다."

에를렌두르가 올리를 쳐다보자 그는 그저 어깨만 으쓱할 뿐이었다. 에를렌두르는 잠시 생각해보았다.

"좋습니다, 그럼 가보죠." 그가 마침내 말했다.

"당신만 와달랍니다. 저분은 빼고." 그가 올리를 보면서 말했다.

엘리디는 독방에 있어야 했다. 그래서 에를렌두르는 문에 나 있는 작은 구멍으로 엘리디와 대화를 나눠야 될 형편이었다. 작은 판자를 한쪽으로 밀자 구멍이 나왔다. 감방은 어두워서 에를렌두르는 안을 들여다볼 수 없었다. 거칠고 꾸르륵거리는 엘리디의 목소리만 들렸다. 간수는 에를렌두르를 문까지 안내하고는 자리를 떴다.

"그 호모는 어때요?" 엘리디가 제일 먼저 물어본 말이었다. 문구멍 앞으로 오지 않고, 감방 깊숙한 곳으로 물러나 있었다. 아마도 침대에 누웠거나 벽에 기대앉은 모양이었다. 에를렌두르는 그의 목소리가 어둠 속 깊은 곳에서 울려나오는 것처럼 느껴졌다. 그는 아주 차분해져 있었다.

"지금 차나 마시러 온 게 아니야. 자네가 나랑 얘기하고 싶다고 했지." 에를렌두르가 대답했다.

"홀베르그를 죽인 인간이 누군 거 같으쇼?"

"우리도 몰라. 홀베르그 얘기 좀 해봐."

"그 여자 이름은 콜브룬이었어요. 케플라비크에서 그가 먹은 계집 말이죠. 그 얘기를 자주 했어요. 그 계집이 바보같이 고소하는 바람에 잡힐 뻔했다고. 그때 일은 홀베르그가 아주 상세하게 설명을 해줬죠. 무슨 얘기를 했는지 듣고 싶죠?"

"아니. 넌 그와 어떤 관계였지?" 에를렌두르가 말했다.

"가끔씩 만났지. 나는 그에게 술을 팔았고, 배를 타고 나갈 때는 포르노를 사다주기도 했고. 만난 건 항구등대관리과에서 함께 일할 때였어요. 트럭운전 일을 하기 전이었지. 함께 시내에도 나갔었소. 나한테 절대 길을 잃고 지랄하지 말라고 했지. 그런 것부터 가르쳐 주더군요. 말솜씨가 아주 뛰어났어요. 특히 여자들하고 얘기하는 데는 선수였지. 재미있는 놈이었죠."

"시내에 나갔다고?"

"그래서 케플라비크에 간 거예요. 우리는 레이키야네스 등대에 페인트칠했는데, 거기에 빌어먹을 유령이 얼마나 많은지. 거기 가본 적 있어요? 밤새 비명을 지르고 울부짖고. 이 개똥 같은 데보다도 훨씬 심했지. 홀베르그는 유령을 무서워하지 않았어요. 무서운 게 없는 친구였지."

"너를 만난 지 얼마 되지도 않았는데 어떻게 콜브룬을 겁탈했는지 바로 얘기를 해줬지?"

"그 여자를 따라 파티에서 빠져나가면서 나한테 윙크를 하더군요. 무슨 뜻인지 알아차렸죠. 그놈은 아주 매력적으로 보이는 법을 알았거든. 그 사건에서 그렇게 빠져나온 걸 재미있어했어요. 그 계집을 만난 경찰이 사건을 오히려 망쳐놨다고 신나게 웃어댔죠."

"서로 아는 사이였나? 홀베르그와 그 경찰?"

"그건 모르죠."

"혹시 홀베르그한테서 콜브룬이 딸을 낳았다는 얘기를 들은 적이 있나?"

"딸이라고? 아뇨. 임신했었나요?"

"그 인간이 다른 여자도 겁탈했다고 했지? " 에를렌두르는 질문에 대답하지 않고 물었다. "겁탈한 다른 여자들 말야. 누구지? 이름이 뭐야?"

"몰라요."

"그럼 날 왜 부른 거야?"

"누군지는 모르지만 언제 그랬는지, 어디서 그랬는지는 압니다. 그 정도죠. 그 정도면 그 여자를 충분히 찾을 수 있을 거 아뇨."

"언제, 그리고 어디서?"

"웃기시는군. 내가 얻는 게 뭐요?"

"너?"

"나한테 뭘 해줄 거요?"

"너한테 해줄 수 있는 일도 없고, 해주고 싶지도 않아."

"해주고 싶을걸. 그럼 내가 아는 것을 말해 주죠."

에를렌두르는 곰곰이 생각한 뒤에 대답했다.

"어떤 것도 약속은 못해."

"독방에 있는 건 정말 못 참겠소."

"그래서 날 부른 건가?"

"독방에서 지낸다는 게 어떤 건지 모를 거요. 이 감방에 있으면 미칠 것 같다니까. 불도 안 켜주고, 며칠인지도 모르고. 우리에 갇힌 동물처럼 여기 갇혀 있다고요. 짐승 취급을 당하면서."

"그래서 뭐? 자네는 몬테크리스토 백작이잖아!" 에를렌두르가 비꼬면서 말했다. "넌 변태야, 엘리디. 최악의 미치광이 변태지. 게다가 폭력을 좋아하는 머저리고. 동성애자를 혐오하고, 인종차별주의자이기도 해. 내가 아는 한 최악이지. 네가 여기 평생 갇혀 있든 말든 난 상관 안 해. 올라가서 그렇게 해주라고 오히려 권할 참이야."

"여기서 날 꺼내주면 그 여자가 어디 사는지 말해 주죠."

"이 병신아, 내가 너를 여기서 어떻게 꺼내주나? 난 권한이 없어. 설사 있어도 그렇게 안 할 거고. 독방에 갇히고 싶지 않으면 사람들 좀 그만 때려."

"거래를 하자는 거요. 그쪽에서 나를 흥분시켰다고 말해 주면 돼요. 그 호모 자식이 먼저 시작했다고. 나는 협조적이었는데 그 자식이 똑똑한 척을 했다고. 나는 질문에 잘 대답을 하고 있었다고. 그 사람들은 당신 얘기는 듣잖소. 난 당신이 누군지 잘 알아. 당신 얘기는 듣는다니까."

"그 두 사람 외에 홀베르그가 얘기한 다른 사람들이 또 있나?"

"그렇게 해줄 겁니까?"

에를렌두르가 생각을 해보았다. "한번 해보지. 다른 여자들 얘긴

안 했었나?"

"아뇨, 한 번도. 나는 그 둘밖에 몰라요."

"거짓말 아냐?"

"아닙니다. 다른 여자는 그를 고소하지 않았어요. 60년대 초반이었죠. 그는 거기엔 두 번 다시 가지 않았어요."

"어느 장소?"

"여기서 꺼내줄 거요 말 거요!"

"어느 장소?"

"약속하쇼!"

"어떤 것도 약속은 못해. 얘기는 해보지. 어느 장소?" 에를렌두르가 말했다.

"후사비크."

"그 여자는 몇 살이었어?"

"케플라비크랑 비슷한 경우였지, 좀 더 잔인했던 것만 빼고는." 엘리디가 대답했다.

"잔인해?"

"듣고 싶지 않아요?" 엘리디가 말했다. 그는 얘기하고 싶어서 안달한다는 걸 감추지 못했다. "무슨 짓을 했는지 듣고 싶죠?"

엘리디는 대답을 기다리지 않았다. 그의 목소리가 문구멍을 통해 쏟아져 나왔다. 에를렌두르는 그 앞에 서서 어둠 속에서 흘러나오는 거친 목소리의 얘기를 들었다.

올리는 차에서 그를 기다리고 있었다. 그들이 교도소에서 일단 벗어나자 에를렌두르는 올리에게 대화 내용을 간략하게 설명해 줬지만, 끝에 있던 엘리디의 독백 부분은 생략했다. 그들은 1960년대에 후사비크에 살았던 사람들의 주민등록을 뒤져보기로 했다. 만일 그 여자가 엘리디가 암시한 대로 콜브룬과 비슷한 나이 대였다면 그녀를 찾아낼 가능성이 있었다.

"엘리디는 어떻게 됐습니까?" 레이캬비크로 향하면서 다시 트렝슬린 패스로 들어서자 올리가 물었다.

"독방에 갇혀 있는 기간을 줄여줄 수 있냐고 교도소 측에 물었는데 거부하더군. 어쩔 수 없지 뭐."

"적어도 약속은 지키셨네요." 올리가 웃었다. "홀베르그가 그 둘을 겁탈한 게 사실이라면 피해자가 더 있을 수도 있지 않을까요?"

"그럴 수도 있지." 에를렌두르가 멍한 표정으로 대답했다.

"무슨 생각 하세요?"

"두 가지가 신경 쓰여." 에를렌두르가 말했다. "하나는 그 딸이 왜 죽었는지 정확한 이유를 알고 싶고," 그는 올리가 옆에서 한숨 쉬는 소리를 들었다. "또 하나는 그 아이가 정말 홀베르그의 아이였는지도 알고 싶어."

"왜 그게 궁금하세요?"

"엘리디가 홀베르그에게 누이동생이 있었다고 했어."

"누이동생?"

"어려서 죽었대. 그 애의 진료기록을 찾아야 해. 병원에서 찾아봐. 뭐가 나올지 보자고."

"왜 죽었대요? 홀베르그 누이동생이?"

"아마 아우두르와 비슷한 경우겠지. 홀베르그가 누이동생의 머리 얘기를 한번 했다더군. 엘리디가 그 애 머리에 무슨 일이 있었다고 하기에 혹시 뇌종양이었냐고 물었더니, 자기는 모른대."

"그게 이 사건과 무슨 상관이 있죠?" 올리가 물었다.

"친족관계가 얽힌 문제라고 봐." 에를렌두르가 말했다.

"친족관계? 아니, 우리가 발견한 그 메시지 때문에요?"

"그렇지, 메시지 때문에. 아마 친족에 관계된 문제일 거야."

15

Tainted Blood

의사는 그라파르보구르 교외 서쪽 지구에 있는 고급 연립주택에서 살았다. 정기적으로 진료를 하지는 않는 상태였다. 그는 에를렌두르를 문 앞에서 직접 맞이하고는 사무실로 쓰고 있는 현관 옆의 커다란 방으로 안내했다. 요즘은 변호사들을 위해 장애 정도를 판단해 주는 일을 가끔씩 하고 있다고 말했다. 사무실은 작은 책상과 타자기 정도로 간단하고 깔끔하게 꾸며져 있었다. 의사는 키가 작고 말랐으며 날카로운 인상을 풍겼다. 성격은 아주 쾌활했는데 셔츠 주머니에 볼펜 두 개를 넣고 있었다. 이름은 프랑크였다.

에를렌두르는 미리 전화를 해서 그와 약속을 잡았다. 오후도 한참 지나 날은 어둑어둑해지고 있었다. 한편, 경찰서에서는 올리와 엘린보르그가 후사비크의 40년 전 주민등록 자료 사본을 놓고 앉아 논의를 하고 있었다. 그 사본은 북부의 한 관청에서 팩스로 보내준 것이었다. 의사는 에를렌두르에게 자리를 권했다.

"여기 진단 받으러 오는 사람 대부분이 거짓말 아닙니까?" 에를렌두르가 사무실을 둘러보며 말했다.

"거짓말? 그렇게 말하기는 힘들죠. 물론 그런 사람들도 있기는 있죠. 목 부상이 가장 판단하기 힘듭니다. 그저 사고 이후에 목을 다쳤다는 얘기를 믿는 것 외에 어떻게 해볼 도리가 없거든요. 가장 다루기가 힘들지요. 다른 사람들보다 더 고통스러워하는 사람들도 있긴 하지만, 정말 너무 고통스런 사람들은 그렇게 많지 않을 겁니다."

"아까 전화드렸을 때 케플라비크의 그 여자아이를 바로 기억하시더군요."

"그런 일은 잊기가 힘들죠. 그 어머니도 잊기가 힘듭니다. 이름이 콜브룬이었죠? 자살했다고 들었습니다."

"처음부터 끝까지 비극적인 사건이죠." 에를렌두르가 말했다. 그는 아침에 일어날 때마다 가슴에 느껴지는 통증에 대해 의사에게 물어볼까 하다가 지금은 그럴 때가 아니라고 생각하고 말을 삼켰다. 의사는 그가 살 가망이 없을 정도로 아픈 걸 알아내고는 그를 종합병원에 보낼 것이며, 그럼 주말쯤에는 천사들과 함께 하프를 켜게 될지도 모른다. 에를렌두르는 되도록이면 나쁜 소식은 듣지 않으려는 편이어서, 어차피 좋은 소식을 듣지 못할 바에는 조용히 입 다물고 있는 게 상책이라고 생각했다.

"노르두르미리에서 있었던 살인사건과 관련이 있다고 하셨죠?" 의사의 말에 에를렌두르는 다시 현실로 돌아왔다.

"네, 홀베르그라는 그 살인사건 피해자가 아마 케플라비크의 그 여자아이 아버지였던 것 같습니다. 콜브룬이 아이 아버지로 홀베르그를 지목했다는데, 홀베르그는 긍정도 부정도 하지 않았답니다. 그가 콜브룬과 성관계를 가진 사실은 시인했지만 강간인지는 입증하지 못했죠. 그런 사건의 경우 뒷받침할 만한 단서를 찾기가 힘들거든요. 홀베르그의 과거를 지금 수사하고 있습니다. 그 여자아이가 네 살 때 병으로 죽었다고요? 어떻게 된 일인지 얘기해 주시겠습니까?"

"그게 살인사건과 무슨 관계가 있는지 모르겠군요."

"글쎄요, 들어보면 알겠죠. 질문에 대답해 주시겠습니까?"

의사는 에를렌두르를 한참 동안 바라보았다.

"솔직하게 말씀드리는 게 좋을 것 같군요, 반장님." 그가 마음을 다잡은 듯이 말했다. "그때의 나는 지금과 많이 달랐습니다."

"달랐다니?"

"지금보다 더 나쁜 사람이었죠. 술에 손을 안 댄 지 이제 30년쨉니다. 내가 아주 탁 까놓고 말씀드려야 덜 번거로우시겠죠? 1969년에서 1972년 사이에 나는 의사면허가 정지됐었습니다."

"그 여자아이 때문인가요?"

"아뇨, 그 때문은 아닙니다. 하지만 그 일도 충분한 이유가 될 수 있었겠죠. 의료과실과 음주 때문이었습니다. 꼭 필요한 것이 아니면 그 얘기는 자세히 말씀드리고 싶지 않군요."

에를렌두르는 그 얘기는 그쯤에서 없던 걸로 치고 싶었지만 그럴 수가 없었다.

"그럼 그때는 거의 항상 술에 취해 있었다는 겁니까?"

"거의 그랬었죠."

"면허는 다시 회복됐나요?"

"네."

"그 이후로는 다른 말썽은 없었습니까?"

"없었습니다. 그 이후로는 전혀 없었죠." 의사가 고개를 내저으며 말했다. "하지만, 말하자면 콜브룬의 딸을 진찰했을 때는 내가 그다지 좋은 상태가 아니었습니다. 아우두르 말입니다. 그 아이는 머리가 아프다고 했는데, 나는 소아 편두통이라고만 생각했죠. 아침에 구토를 하곤 했거든요. 통증이 심해지면 그냥 좀더 센약을 처방해 주었습니다. 사실 기억은 좀 희미합니다만. 그 당시에 있었던 일들은 잊으려고 했거든요. 남들도 다 실수라는 것을 하지 않습니까. 의사도 마찬가지죠."

"사인이 뭐였습니까?"

"내가 빨리 행동을 취해서 종합병원에 일찍 보냈더라도 크게 달라질 일은 없었을 겁니다." 의사가 신중하게 말했다. "적어도 그게 내가 스스로에게 항상 하는 말입니다. 그 당시엔 뇌 촬영을 할 수 있는 소아과 의사가 많지 않았습니다. 그저 생각되는 대로, 아는 대로 진료할 수밖에 없었죠. 그리고 방금도 말씀드렸듯이 그 당시에 나는 술 외에는 관심이 없었어요. 이혼 문제 때문에 골머리를 앓고 있었거든요. 뭐 변명을 하자는 건 아닙니다만." 그는 에를렌두르의 눈치를 보면서 뻔한 변명을 늘어놓았다.

에를렌두르가 고개를 끄덕였다.

"한두 달쯤 뒤에야 소아 편두통보다 조금 더 심각한 문제일 수도 있겠다는 의심이 들었습니다. 아이가 조금도 나아지질 않았거든요. 오히려 상태가 점점 더 나빠지기만 했죠. 아이는 쇠약해지고 삐쩍 말라 갔습니다. 여러 가지 가능성이 있었지만 머리에 혹시 결핵균이 침투한 것은 아닐까 하고 생각했죠. 결핵은 코감기로도 보일 수 있는 병입니다. 그런 뒤엔 뇌수막염이 아닌가도 생각해 봤는데, 뇌수막염 증상은 많이 보이지 않았어요. 그리고 훨씬 진행이 빨랐죠. 아이의 피부에 카페오레가 나타나고 나서야 발암성 질병일 가능성에 대해 생각하게 됐어요."

"카페오레?" 에를렌두르는 그 말을 어디선가 들었다고 생각하면서 물었다.

"발암성 질병에 나타나는 증상이죠."

"그래서 케플라비크 종합병원으로 보낸 겁니까?"

"거기서 죽었습니다. 그 어머니가 얼마나 상심했었는지 기억이 납니다. 완전히 이성을 잃었죠. 진정제를 놔줘야 했을 정도니까. 아이의 부검도 완강히 거부했죠. 하지 말라고 소리를 질러댔어요."

"하지만 부검을 했잖습니까."

의사는 주저했다.

"피할 수 없잖습니까? 방법이 없었으니까."

"그래서 뭐가 밝혀졌습니까?"

"내가 말씀드린 대로 발암성 질병이었습니다."

"발암성 질병이라는 게 무슨 말입니까?"

"뇌종양이었죠. 뇌종양으로 죽은 겁니다."

"어떤 종류의 뇌종양이었나요?"

"확실히는 모르겠군요. 그곳에서 좀 더 깊이 조사를 해봤는지는 잘 모르겠지만. 아마 그랬을 걸로 예상합니다. 유전병이라는 말도 나왔던 것으로 기억합니다."

"유전병!" 에를렌두르가 목소리를 높이며 말했다.

"요새는 그런 게 많잖습니까. 근데 그게 살인사건과 무슨 관련이 있나요?" 의사가 물었다.

에를렌두르는 생각에 잠긴 채 가만히 앉아 있었다.

"왜 그 여자아이에 대해서 묻는 겁니까?"

"꿈을 좀 꿨거든요." 에를렌두르가 대답했다.

16

Tainted Blood

그날 저녁 에를렌두르가 집에 돌아와 보니 에바는 아파트에 없었다. 그는 에바가 말한 대로 딸이 어디서 자든, 집에 돌아오든 말든, 마약을 하고서 꼬락서니가 어떻게 되든 신경 쓰지 않기로 했다. 그는 저녁에 먹을 닭튀김을 전화로 주문한 뒤에 차를 타고 집에 돌아올 때 받아왔다. 음식을 의자에 던져놓고 코트를 벗는데 어디선가 익숙한 음식 냄새가 풍겨왔다. 꽤 오랫동안 주방에서는 요리하는 냄새가 난 적이 없었다. 식사라곤 의자에 내팽개쳐져 있는 닭튀김이나 햄버거, 포장 주문한 기름진 음식, 슈퍼마켓에서 파는 냉장용 양 머리 고기, 치즈 덩어리, 맛이라고는 없는 전자레인지용 식사 등과 같은 인스턴트 음식이 대부분이었다. 주방에서 제대로 된 음식이라는 것을 만들어 본 게 언제인지 기억도 나지 않았다. 요리를 하고 싶었던 적이 언제인지도 생각나지 않았다.

에를렌두르는 주방에 침입자가 들어와 있기라도 한 듯 조심스럽게 주방 쪽으로 다가갔다. 식탁에는 그동안 있는 줄도 몰랐던 멋진 식기들이 차려져 있었다. 목이 긴 와인 잔들이 접시 옆에 놓여 있었고, 한 번도 본 적이 없는, 짝이 맞지 않는 촛대 위에는 빨간색 초도 타고 있었으며, 심지어 냅킨까지 놓여 있었다.

천천히 그는 주방으로 조금 더 전진해 갔다. 커다란 냄비에서 뭔가가 끓고 있었다. 뚜껑을 열어보니 아주 맛있어 보이는 고기 스튜가 있다. 순무, 감자, 고기와 각종 향료들 위에 기름기가 둥둥 떠 있었고, 가정식 요리 냄새가 아파트를 가득 메우고 있었다. 그는 냄비에서 스튜 한 국자를 떠서 고기와 삶은 야채 향내를 들이마셨다.

"야채가 더 필요하더라고요." 에바가 주방 문 앞에서 말했다. 에를렌두르는 딸이 아파트에 들어오는 것도 알아채지 못했다. 에바는 아버지의 방한복을 입고 당근 한 봉지를 손에 들고 있었다.

"고기 스튜 만드는 걸 어디서 배웠니?" 에를렌두르가 물었다.

"엄마가 항상 스튜를 만들었거든요. 아빠 욕을 하지 않을 때는 아빠가 고기 스튜를 가장 좋아했다고 했어요. 그다음엔 아빠가 나쁜 놈이라고 했죠." 에바가 말했다.

"둘 다 맞는 말이다." 에를렌두르가 말했다. 그는 에바가 당근을 썰어서 냄비에 다른 야채와 함께 넣는 것을 지켜보았다. 이제야 제대로 된 가정이라는 것을 맛보는구나 하고 생각하니 즐겁기도 하고 한편으로는 서글프기도 했다. 그는 이런 기쁨이 자신에게는 허락되지 않은 사치라고 생각했었다.

"살인범은 찾았어요?" 에바가 물었다.

"엘리디가 안부를 전하더구나." 입에서 이 말이 흘러나왔다. 엘리디 같은 짐승은 이런 분위기에 어울리지 않는다는 생각을 하기도 전에.

"엘리디. 리틀라 라운에 있잖아요. 내가 누군지 알던가요?"

"내가 가끔 만나는 쓰레기 같은 인간 중에 네 이름을 말하는 놈들이 있더구나. 나한테 한 방 먹였다고들 생각하겠지." 에를렌두르가 말했다.

"그럼 한 방 먹나요?"

"그럴 때도 있지. 엘리디 같은 경우엔. 그놈은 어떻게 아는 거냐?" 에를렌두르가 조심스럽게 물었다.

"얘기만 많이 들었어요. 몇 년 전에 한 번 만난 적 있었죠. 플라스틱 풀로 의치를 끼워넣던데요. 하지만 잘은 몰라요."

"그 인간은 끔찍한 놈이야."

그들은 그날 저녁 엘리디 얘기는 더 이상 하지 않았다. 두 사람이 식탁에 앉자 에바는 와인 잔에 물을 따랐다. 에를렌두르는 너무 많이 먹어 나중엔 거실까지 걸어가기도 힘들 정도였다. 그는 거기서 옷을 입은 채 잠이 들어서 아침까지 잤으나 편안한 잠은 아니었다.

이번에는 꿈을 거의 다 기억해 낼 수가 있었다. 그는 이 꿈이 최근 며칠간 꾸었던 그 꿈과 똑같다는 것을 알았다. 깨어날 때쯤이면 흔적도 없이 사라지던 바로 그 꿈.

에바가 여태까지 한 번도 본 적이 없는 모습으로 그의 앞에 나타났다. 발목까지 오는 여름 드레스를 입고 긴 검은 머리는 허리까지 드리우고 있었으며, 그가 모르는, 그 어디선가에서 흘러나오는 빛에 둘러싸여 있었다. 너무나도 아름다운 그 모습을 보는 순간 어디선가 여름의 향내가 풍겨오는 듯했다. 그녀가 그를 향해서 걸어왔는데, 에바의 발이 땅에 닿지 않는다고 생각한 걸로 봐서 공중에 떠서 온 듯도 하다. 주위를 봐서는 어딘지 구별하기 힘들었고, 보이는 것은 눈부신 빛과 그 빛 속에서 에바가 그를 향해 환하게 미소 지으며 다가오는 모습뿐이었다. 그는 자신이 팔을 벌려 그녀를 맞아주고 안아주려 하는 것을 보았다. 자신이 안달하는 것도 느꼈다. 그러나 에바는 그에게 안기는 대신 사진을 한 장 건네주었다. 그 순간 빛이 사라지면서 에바도 사라졌다. 그 혼자 사진을 들고 서 있었는데, 그것은 너무도 잘 아는 바로 그 묘지 사진이었다. 사진이 살아 움직이더니 어느새 그가 사진 속에 들어가 있었다. 어두운 하늘을 올려다보니 얼굴 위로 비가 쏟아졌고, 아래를 내려다보자 비석이 뒤로 넘어지더니 무덤이 쩍 벌어지면서 어둠 속에서 관이 나타났다. 관이 열리고 상체 중간에서 어깨까지 잘린 여자아이의 모습이 보였는데, 갑자기 그 애가 눈을 번쩍 뜨더니 그를 쳐다보았다. 그리고 입이 벌어지면서 고통에 찬 비명을 질러댔다.

에를렌두르는 헉 소리와 함께 잠에서 깼다. 그는 잠시 허공을 바라보며 마음을 가라앉혔다. 에바를 불러 보았지만 대답이 없었다. 방으로 가보았지만 문을 열어보기도 전에 이미 방이 비어 있음을 깨달았다. 그는 에바가 떠날 줄 알고 있었다.

후사비크의 주민등록 자료를 조사한 뒤 엘린보르그와 올리는 홀베르그가 겁탈했을 가능성이 있는 여성 176명의 리스트를 작성했다. 그들은 엘리디가 말해 준 '비슷한 종류의 직업'이라는 얘기만을 근거로 삼고 콜브룬의 나이에서 열 살 안팎의 편차를 두었다. 첫 조사에서 이 여성들을 세 부류로 나눌 수 있겠다는 결론이 나왔다. 그들 중 4분의 1은 아직 후사비크에 살고 있고, 반은 레이캬비크로 이사했으며,

나머지 4분의 1은 아이슬란드 전역에 흩어져 있었다.

"사람 미치게 만드는군." 엘린보르그가 리스트를 내려다보며 한숨을 쉬고는 에를렌두르에게 건네주었다. 그녀는 에를렌두르가 그 어느 때보다 행색이 말이 아닌 것을 알아차렸다. 수염은 안 깎은 지 며칠 되어 보였고, 부스스한 붉은 머리는 사방으로 뻗쳐 있었으며, 오래되고 주름진 양복은 당장 드라이클리닝을 해야 할 정도였다. 엘린보르그는 그에게 이런 점들을 알려줄까 생각했지만 에를렌두르의 표정을 보니 농담을 주고받을 상태가 아니었다.

"반장님, 요새 잠은 잘 주무시나요?" 그녀가 조심스럽게 물었다.

"말도 꺼내지 마." 에를렌두르가 말했다.

"그럼 이제 어떻게 하죠? 이 여자들을 하나하나 찾아가서 40년 전에 있었던 사건에 대해 물어봅니까? 좀……, 뻔뻔한 거 아닐까요?"

"다른 방법이 없어 보이는데. 후사비크에서 이사 간 사람들부터 시작해 보지. 레이캬비크부터 시작을 해보고, 그동안에 그 여자에 관한 정보도 더 모아보자고. 그 얼간이 같은 엘리디가 거짓말한 게 아니라면 홀베르그가 콜브룬에게 그 여자 얘기도 한 게 되거든. 그렇다면 언니나 루나르에게 그 얘기를 했을 수도 있지. 케플라비크로 다시 가봐야겠어." 에를렌두르가 말했다.

"범위를 조금 좁힐 수 있을 거야." 에를렌두르가 잠시 생각한 뒤 다시 말했다.

"어떻게 줄인다는 겁니까? 무슨 생각을 하고 계신 거예요?" 엘린보르그가 물었다.

"다 방법이 있지."

"뭔데요?" 엘린보르그는 벌써 조급해졌다. 그녀는 새로 장만한 녹색 정장을 입고 출근했지만 알아주는 사람은 아무도 없었다.

"친족관계, 유전, 그리고 질병." 에를렌두르가 말했다.

"아, 그거요."

"홀베르그가 강간범이라고 하자고. 우리는 그 인간이 몇 명을 겁탈했는지는 몰라. 두 명에 관해서만 알고 있지만 그나마 제대로 아는 건 한 명뿐이지. 비록 부인했다 해도 모든 단서는 그가 콜브룬을 겁탈했다는 사실을 가리켜. 그는 아우두르의 아버지였어. 설사 아니더라도 적어도 우린 그런 가정 하에서 수사를 해야 돼. 그렇지만 후사비크에 살았던 여자와의 사이에서 아이가 또 하나 있을 수도 있지."

"또 다른 아이?" 엘린보르그가 물었다.

"아우두르 이전에." 에를렌두르가 대답했다.

"그건 좀 가능성이 없지 않나요?" 올리가 물었다.

에를렌두르는 어깨를 으쓱했다.

"그럼 1964년 이전에 아이를 낳은 여자들로 범위를 좁혀볼까요?"

"괜찮은 생각인 것 같군."

"그 인간이 사방에 아이를 만들어 뒀을 수도 있어요." 엘린보르그가 대답했다.

"그렇기도 하지. 한두 명이 아닐 수도 있으니 일이 좀 오래 걸릴 수도 있지. 그놈 누이동생에 대해서는 알아낸 게 있나?" 에를렌두르가 말했다.

"아뇨, 수사 중입니다. 가족에 대해서 알아보고 있는데 나오는 게 없습니다." 올리가 대답했다.

"그레타르에 대해서도 확인해 봤는데, 마치 땅속으로 꺼져버린 것처럼 갑자기 사라졌더군요. 별로 안타까워하는 사람도 없었고요. 그레타르 어머니가 두 달 동안 연락이 없었다며 경찰에 신고를 했습니다. 신문과 텔레비전에 사진을 내보냈지만 아무것도 나오지 않았어요. 그게 1974년이었습니다. 아이슬란드 독립을 기념하는 축제가 벌어졌던 해죠. 그해 여름에. 그때 띵벨리르에서 열린 축제에 가보셨나요?" 엘린보르그가 말했다.

"갔었지. 띵벨리르는 왜? 거기서 사라졌다고 생각하나?" 에를렌두르가 물었다.

"아마도. 그게 제가 아는 전붑니다. 당시 경찰은 그 실종사건을 수사했었고, 그레타르 어머니가 아들이 알고 지냈다고 한 사람들과는 다 얘기를 해본 모양입니다. 홀베르그와 엘리디까지 포함해서. 그 외에 세 사람을 더 심문해 봤는데 아무도 아는 게 없었답니다. 어머니와 누나 외에는 그레타르를 보고 싶어하는 사람도 없었고요. 레이캬비크에서 태어났고, 아내나 자식, 여자친구도 없었고, 딸린 가족도 없었습니다. 그 사건은 몇 달 전까지도 미제 사건으로 남아 있었는데, 그 다음에는 그냥 폐기되었어요. 당시 나이는 34세였습니다."

"그 친구가 홀베르그나 엘리디 같은 놈이라면 보고 싶어하는 사람이 아무도 없었다 해도 별로 놀랄 것도 없지." 올리가 말했다.

"그레타르가 사라졌던 1970년대에 아이슬란드에서 열세 명이 실종됐고, 80년대에는 열두 명입니다. 바다에서 실종된 어부들은 빼고."

"실종이 열세 건이라. 너무 많은 것 아냐? 해결된 사건은 하나도 없나?" 올리가 물었다.

"꼭 범죄와 관련될 필요는 없지. 사람들은 사라지고, 사라지고 싶어하고, 또 일부러 사라지기도 하니까." 엘린보르그가 대꾸했다.

"내가 제대로 이해하고 있다면 말이지, 각본은 이래. 엘리디, 홀베르그와 그레타르는 1963년 가을 어느 주말에 '크로스'라는 댄스홀에 놀러 갔다." 에를렌두르가 말했다.

그는 올리의 얼굴에 영문을 모르겠다는 표정이 떠오르는 것을 보았다.

"크로스라는 곳은 옛날엔 군병원이었다가 나중에 댄스홀로 바뀐 곳이지. 거기서 아주 야한 춤들을 추기도 했어."

"아이슬란드판 비틀스*가 거기서부터 공연을 시작했던 것 같아요." 엘린보르그가 끼어들었다.

"그 친구들은 거기서 여자 몇 명을 만났는데, 그중 하나가 나중에 집에서 파티를 열었지. 그 여자들을 찾아야 해. 홀베르그는 그 여자 중 하나를 집까지 바래다주고는 끔찍한 일을 저질렀어. 그전에도 그런 비슷한 수법을 쓴 것 같아. 그놈은 다른 여자에게 한 일을 그 여자에게 속삭였다는군. 홀베르그 입에서 나온 여자는 아마 후사비크에 살았을 테고, 고소하지 않았을 가능성이 높아. 그 일이 있고 나서 사흘 뒤에 콜브룬이 용기를 내서 고소하러 갔는데, 경찰서에서 만난 인간은 춤추러 갔다가 남자를 집으로 불러들이고선 겁탈당했다고 한다며 그 여자에겐 손톱만큼도 관심을 보이지 않았지. 그 뒤 콜브룬은 딸을 낳았고, 홀베르그도 그 딸에 대해서 알고 있었을 수도 있어. 그 사

* 아이슬란드판 비틀스: 1960년대에 아이슬란드의 비틀스란 별명을 얻으며 활동했던 밴드로 정식명칭은 'HJOMAR', 국외적으론 'THOR'S HAMMER'란 이름으로 활동했다.

람 책상에서 아이의 무덤 사진이 나왔으니까. 누가 사진을 찍었을까? 왜? 그 아이는 불치병으로 죽었고, 3년 뒤에 아이 어머니는 자살했어. 그리고 3년 후에 홀베르그의 친구가 사라졌고. 홀베르그는 며칠 전에 살해됐고 말야. 게다가 이해 못할 메시지까지 남겨놨다고." 에를렌두르가 말을 이어갔다. "왜 홀베르그가 이제야 살해되었을까? 그렇게 늙어서? 범인이 그의 과거와 어떤 연관이 있는 걸까? 그렇다면 왜 홀베르그를 진작 공격하지 않았을까? 아니, 이 살인이 그가 강간범이라는 사실과—그게 사실이라면—관련이 있는 걸까?"

"계획된 살인처럼은 보이지 않아요. 그 부분을 무시해서는 안 된다고 봅니다." 올리가 끼어들었다. "엘리디 말처럼 어떤 바보 같은 인간이 재떨이를 사용하겠습니까? 뭔가 요란한 배경이 깔려 있는 것 같지는 않습니다. 메시지는 그저 장난일 뿐입니다. 해독도 안 되고요. 홀베르그 살인사건은 강간과는 아무 상관이 없습니다. 아마도 그 녹색 군용 재킷을 입었다던 청년을 찾아야 할 것 같습니다."

"홀베르그가 천사는 아니었잖아. 복수였을 수도 있어. 누군가가 그래야 한다고 생각한 거겠지." 엘린보르그가 말했다.

"홀베르그를 싫어하는 사람 중에 우리가 확실히 아는 사람은 콜브룬의 언니뿐이야. 그 여자가 누구를 재떨이로 죽이는 건 상상이 안 가." 에를렌두르가 말했다.

"그 여자가 다른 사람을 시켜서 할 수도 있지 않을까요?" 올리가 말했다.

"누구?" 에를렌두르가 물었다.

"모르죠. 어쨌든 저는 누군가가 동네를 돌아다니다가 어느 집에 들어갔고, 물건을 훔치고 기물을 훼손하려다 홀베르그에게 들키자, 순간적으로 재떨이로 내리친 게 아닌가 싶은데요. 아마 자기 머리가 어디 달렸는지도 모르는 얼간이 짓이겠죠. 과거는 과거고 지금은 지금입니다. 요새 레이캬비크가 그런 식이듯 말이죠."

"아니, 적어도 누군가는 그가 죽는 게 마땅하다고 생각했을 겁니다. 절대 그 메시지를 가볍게 생각해선 안 돼요. 장난은 아닌 것 같아요." 엘린보르그가 말했다.

올리가 에를렌두르를 쳐다보았다. "반장님은 그 아이가 왜 죽었는지 정확히 알고 싶다고 했는데, 혹시 그 얘기가 제가 생각하는 그런 겁니까?" 그가 물었다.

"그럴지도 모른다는 불길한 느낌이 드는군." 에를렌두르가 대꾸했다.

17

Tainted Blood

루나르는 직접 문을 연 뒤 얼어붙은 표정으로 에를렌두르를 한참 쳐다보았다. 에를렌두르는 건물 복도에 서 있었다. 차에서 건물까지 뛰어오는 바람에 비에 흠뻑 젖은 채였다. 오른쪽에는 위층으로 통하는 계단이 나 있었다. 계단에는 카펫이 깔려 있었고, 많이 밟힌 자리는 심하게 닳아 있었다. 마구간에서 날 법한 퀴퀴한 냄새가 풍겨서 에를렌두르는 이 건물에 말을 키우는 사람이 살고 있나 생각했을 정도였다. 에를렌두르가 자신을 기억하냐고 묻자 루나르는 기억을 하는 듯했다. 바로 문을 닫아버리려 했기 때문이다. 하지만 에를렌두르는 그보다 훨씬 동작이 빨랐다. 루나르가 손을 쓰기도 전에 이미 집 안에 들어간 것이다.

"아늑하군요." 에를렌두르가 어두침침한 실내를 둘러보며 말했다.

"날 좀 가만두시오!" 루나르가 에를렌두르에게 소리쳤지만 갈라지고 찢어지는 소리만 날 뿐이었다.

"혈압 조심하는 게 좋을 거요. 당신이 쓰러져서 내가 인공호흡을 해줘야 하는 상황만은 피하고 싶으니까. 몇 가지만 더 물어보고 가줄 테니까, 그다음에는 여기서 천천히 죽어가는 일에만 신경 쓰시죠. 뭐 그렇게 오래 걸리지는 않을 거요. 올해의 슈퍼 노인네로 보이진 않으니까."

"꺼져!" 루나르가 말했다. 나이가 허락하는 데까지 화를 내면서. 그러고는 돌아서서 거실로 가 소파에 앉았다. 에를렌두르는 그를 따라 들어가 루나르의 맞은편에 있는 의자에 털썩 주저앉았다. 루나르는 그를 쳐다보지 않았다.

"콜브룬이 홀베르그 때문에 당신을 찾아왔을 때 혹시 다른 여자 얘기도 했소?"

루나르는 대답하지 않았다.

"빨리 대답해야 나도 빨리 내쫓을 수 있잖소."

루나르가 고개를 들고 에를렌두르를 쏘아보았다.

"다른 여자 얘긴 없었어. 이젠 나가주겠어?"

"홀베르그가 겁탈한 여성이 콜브룬 한 명이 아니라는 믿을 만한 정보가 있소. 아마 콜브룬에게도 같은 수법을 썼을 가능성이 높지, 잘은 몰라도. 그놈을 고소한 사람은 콜브룬밖에 없었소. 물론 아무런 처벌도 받지 않았지만. 당신 덕에."

"나가!"

"다른 여자 얘기는 전혀 하지 않았다고 확신합니까? 홀베르그가 콜브룬에게 떠벌렸을 가능성이 높은데."

"그런 얘기는 전혀 하지 않았어." 루나르가 테이블을 내려다보며 말했다.

"홀베르그는 그날 두 친구와 있었소. 한 명은 엘리디라고, 댁도 아는 전과자지. 지금은 감옥에 있소, 유령이랑 괴물들과 싸우면서 독방에 갇혀 있지. 또 다른 하나는 그레타르라고 하는데, 전국축제가 열리던 해 여름에 지구상에서 사라져 버렸소. 홀베르그의 친구들에 대해 아는 게 있소?"

"없어. 귀찮게 굴지 마!"

"홀베르그가 콜브룬을 겁탈한 그날 그들은 시내에서 뭘 하고 있었을까?"

"난 몰라."

"그들과 얘기해 본 적 있소?"

"없어."

"레이캬비크에서는 누가 수사를 담당했소?"

루나르가 처음으로 에를렌두르의 얼굴을 쳐다보았다.

"마리온 브리엠."

"마리온 브리엠?"

"바로 그 머저리."

에를렌두르가 문을 두드렸을 때 엘린은 집에 없었다. 그래서 그는 다시 차로 돌아가 담배에 불을 붙이고 산드게르디까지 계속 더 갈까 망설였다. 차 위로 비가 쏟아져 내렸다. 일기예보라고는 일체 보지 않는 에를렌두르는 도대체 이 마법이 언제쯤에나 풀릴 것인지 궁금했다. 그는 담배연기를 내뿜으며 이게 노아의 홍수 축소판인 모양이라고 생각했다. 인간의 죄를 가끔은 씻어줘야 하는 모양이다.

에를렌두르는 사실 엘린을 다시 만나는 일이 좀 걱정되었다. 그래서 엘린이 집에 없다는 것을 알고는 오히려 마음이 놓였다. 엘린이

'못돼 먹은 경찰'이라는 말을 할 때마다 성질이 곤두섰었고, 또 엘린의 화를 돋우는 일만큼은 하고 싶지 않았다. 하지만 피해갈 수도 없었다. 지금이 아니면 기회도 없다. 그는 한숨을 길게 내쉬며 손가락 끝이 뜨끈해질 때까지 담배를 태웠다. 담배를 끄면서 연기를 입 안에 머금었다가 길게 내뱉었다. 금연광고의 한 문구가 머릿속에 떠올랐다. '암은 세포 하나에서 시작됩니다.'

그는 아침에도 가슴에서 통증을 느꼈으나 지금은 괜찮았다.

에를렌두르가 차를 뒤로 빼려 할 때 엘린이 차창을 두드렸다.

"절 보러 오신 거죠?" 에를렌두르가 차창을 내리자 그녀가 우산 밑으로 고개를 내밀고 물었다.

에를렌두르는 괜한 미소를 한번 짓고는 살짝 고개를 끄덕였다. 그녀가 집 문을 열어주자 그는 갑자기 배신자가 된 듯한 느낌이 들었다. 다른 사람들은 이미 묘지 쪽으로 달려갔을 터였다.

그는 모자를 벗어 걸고 겉옷과 구두를 벗은 다음 구겨진 양복을 입은 채 거실로 향했다. 속에는 소매 없는 갈색 카디건을 입고 있었는데, 옷을 제대로 챙겨 입지를 못해서 마지막 단춧구멍은 비어 있었다. 그는 저번에 찾아갔을 때 앉았던 그 의자에 다시 앉았다. 엘린이 주방에 가서 커피메이커를 켜자 곧 커피 향이 집 안 전체에 가득 퍼졌다. 그녀는 거실로 돌아와서 의자에 마주 앉았다.

배신자가 목소리를 가다듬었다. "사건이 있었던 날 밤에 홀베르그와 함께 시내에 나갔던 사람 중에 엘리디라는 사람이 있었습니다. 지금은 리틀라 라운 교도소에 수감되어 있죠. 그는 으레 범인으로 지목되는 사람 중 하나가 된 지 오래됐습니다. 세 번째 사람은 그레타르라고, 1974년에 그냥 사라져 버렸죠. 전국축제가 있던 해였습니다."

"그때 팅벨리르에 나도 갔었어요. 시인들을 봤죠." 엘린이 말했다.

에를렌두르가 또 목청을 가다듬었다.

"그 엘리디라는 사람과 얘기를 해봤나요?" 엘린이 물었다.

"아주 질 나쁜 인간이더군요." 에를렌두르가 대답했다.

엘린은 잠시 실례하겠다며 일어나서 주방으로 갔다. 컵 부딪히는 소리들이 들려왔다. 에를렌두르의 휴대폰이 겉옷 주머니에서 울렸다. 그는 전화를 열면서 숨을 멈췄다. 발신자 번호에 올리라는 이름이 보였다.

"준비됐습니다." 올리가 말했다. 전화기 너머로 빗소리가 들렸다.

"내가 다시 전화할 때까진 아무것도 하지 마, 알겠나? 내가 다시 전화를 하거나, 거기 갈 때까진 아무것도 하면 안 돼!" 에를렌두르가 말했다.

"그 늙은이하고는 얘기해 보셨습니까?"

대답 대신 에를렌두르는 전화를 끊고 다시 주머니에 넣었다. 엘린이 쟁반을 들고 와서 에를렌두르 앞 테이블에 컵을 놓고, 커피를 따랐다. 둘 다 커피에 아무것도 넣지 않았다. 그녀는 유리 포트를 테이블에 내려놓고 나서 에를렌두르를 마주하고 자리에 앉았다. 에를렌두르가 다시 말을 시작했다.

"엘리디 말로는, 홀베르그가 콜브룬 이전에도 다른 여자를 겁탈했다고 하면서 아마 콜브룬에게도 그 얘기를 했을 거라고 하더군요."

엘린의 얼굴에 놀란 표정이 떠올랐다.

"콜브룬이 다른 사람 일을 알았더라도 나한테는 전혀 말한 게 없어요.” 그녀가 고개를 조심스럽게 저었다. “그 말이 사실일까요?”

“그런 가정에서 수사를 해야죠. 엘리디는 워낙 미친놈이라 뭐 그런 거짓말을 할 수도 있습니다. 하지만 그 말에 반박할 만한 어떤 단서도 아직 얻지 못했습니다.” 에를렌두르가 말했다.

“그날 얘기는 자주 하지 않았어요. 무엇보다도 아우두르 때문이었던 것 같아요. 콜브룬은 수줍음도 많이 타고 얌전하고 과묵한 애였어요. 그 일이 있은 뒤에는 더 소심해졌죠. 그리고 물론 그 일 때문에 임신한 사람한테 얘기를 꺼내는 것 자체가 아주 불편한 일이잖아요. 아이가 태어난 뒤에는 말할 것도 없고. 콜브룬은 그 일 자체를 잊으려고 했어요. 그것과 관련된 모든 것을.”

“만일 콜브룬이 다른 여자에 대해 알았다면 자신의 주장을 뒷받침하려고 경찰에 얘기했을 거라고 생각했는데, 제가 읽은 보고서엔 어디에도 그런 얘기가 없더군요.”

“아마 그 여자에게 피해를 주고 싶지 않았겠죠.” 엘린이 대꾸했다.

“피해를 주지 않는다고요?”

“콜브룬은 강간의 고통이 어떤 것인지 잘 알고 있었어요. 그 사건을 고소하는 게 어떤 일인지도. 그 애 자신도 상당히 망설였고, 또 고소하고 나서도 얻은 것이라곤 굴욕뿐이었죠. 만일 다른 여자가 고소하지 않기로 했다면 콜브룬은 그 결정을 존중해 주려 했을 거예요. 그랬을 거라고 생각해요. 하지만 딱 잘라 말하기는 힘들군요. 그 말이 사실인지 나도 잘 모르니까.”

“자세한 내용은 잘 몰랐을 수도 있습니다. 이름이라거나 그런 건 말이죠. 어렴풋하게 짐작만 했을지도 몰라요. 그 사람이 그 비슷한 얘기를 했다면 말입니다."

"나한테는 그런 얘기 한 번도 안 했어요."

"그 얘기를 할 때는 주로 어떤 식이었습니까?"

"행위에 대해선 얘기 안 했어요." 엘린이 말했다.

에를렌두르의 주머니에서 전화가 다시 울리자 엘린이 말을 멈췄다. 에를렌두르는 전화기를 꺼내어 확인을 했다. 올리였다. 에를렌두르는 전화를 끄고 옆으로 치웠다.

"죄송합니다." 그가 말했다.

"정말 짜증나지 않나요, 그런 전화기?"

"정말 그렇습니다." 에를렌두르가 말했다. 시간이 부족했다. "계속 하시죠."

"내 동생은 자기가 딸을 얼마나 사랑하는지 얘기했어요. 아우두르 말이죠. 그 모녀는 아주 특별했어요, 끔찍한 상황에서 비롯되긴 했지만. 콜브룬에게 아우두르는 세상의 전부였죠. 별로 할 말은 못되지만, 엄마가 될 기회를 놓치고 싶지 않았던 것 같아요. 무슨 말인지 아시겠어요? 아우두르를 그런 끔찍한 일로부터 받은 어떤 보상으로 여기는 것 같았으니까. 정확한 표현은 아니지만, 그 아이를 모든 불행 속에서 하느님이 보내주신 선물이라고 생각하는 것 같았어요. 내 동생이 무슨 생각을 했는지, 뭘 느끼고 가슴속에 뭘 담고 있었는지는 모르죠. 난 그냥 보고 들은 것만 얘기할 뿐이고, 그 애를 대신해서 말한다고 할 순 없어요. 하지만 시간이 갈수록 동생은 딸을 거의 숭배하는 지경이었고 잠시도 눈에서 떼질 못했어요. 절대로. 그 모녀는 불행한 일로 연결되어 있긴 했지만 단 한번도 콜브룬은 그 딸을 자기 인생을 망쳐

놓은 괴물이라고 생각하지 않았어요. 그 애는 아주 예쁜 아이만을 본 거죠. 아우두르가 실제 그랬고요. 동생은 딸을 과잉보호했고, 그건 죽음과 무덤도 넘어섰죠. 비문에서도 나타나잖아요, '원수의 두려움에서 나의 생명을 보존하소서.'"

"동생분이 무슨 뜻으로 그 구절을 골랐는지 아십니까?"

"하느님께 호소하는 거겠죠, 시편을 보면 아시겠지만. 그 어린애가 죽었으니 그랬겠죠. 그런 일이 일어났으니 얼마나 기가 막혔겠어요. 콜브룬은 아우두르를 부검한다는 걸 참지 못했어요. 그건 생각할 수조차 없는 일이었죠."

에를렌두르가 어색하게 바닥을 바라보았지만 엘린은 알아차리지 못했다.

"콜브룬이 겪은 그런 끔찍한 일들, 겁탈당하고 딸을 잃는 것 말예요, 그런 일들이 그 애의 정신에 얼마나 심각한 영향을 미쳤는지는 상상이 가실 거예요. 그 애는 신경쇠약에 걸렸죠. 의사들이 부검 얘기를 하자 펄쩍 뛰었어요. 그걸 막으려고 의사들을 적처럼 대했죠. 그런 끔찍한 사건을 통해 얻은 딸이지만, 너무 일찍 떠났잖아요. 그 앤 그것을 하느님의 뜻이라고 보고 그저 딸이 편한하게 잠들기를 바랐던 거예요."

에를렌두르는 말을 꺼내기 전에 잠시 기다렸다.

"제 생각에 저도 그 적들의 하나인 것 같습니다."

엘린이 무슨 뜻인지 이해할 수 없다는 표정으로 그를 쳐다보았다.

"관을 꺼내서 좀 더 제대로 된 부검을 할 필요가 있을 것 같습니다, 가능하다면 말이죠."

에를렌두르는 최대한 조심스럽게 이 말을 꺼냈다. 엘린이 그 말을 알아듣고 문맥을 이해하는 데 한참이 걸렸다. 말뜻이 전달되자 그녀는 멍한 표정으로 그를 바라보았다.

"무슨 말이죠?"

"왜 죽었는지에 대한 설명을 찾을 수 있을 것 같습니다."

"설명이라니? 그 앤 뇌종양이었어요!"

"그럴 수도 있죠……."

"무슨 말을 하는 거예요? 그 아이의 무덤을 파헤친다고? 그 아이의? 믿을 수가 없어! 내가 말했지만……."

"두 가지 이유가 있습니다."

"두 가지 이유?"

"부검을 하려는 이유." 에를렌두르가 대답했다.

엘린이 자리에서 일어서더니 미친 듯이 거실을 돌아다녔다. 에를렌두르는 꼼짝 않고 앉아 푹신한 팔걸이의자에 더욱 깊숙이 몸을 파묻었다.

"여기 케플라비크 종합병원의 의사들과 얘기해 보았습니다. 아우두르의 보고서를 보니 부검의가 사망 이후에 만든 임시 보고서 외에는 어떤 것도 없더군요. 그 부검의는 지금은 이 세상에 없습니다. 아우두르가 죽은 바로 그 해에 그는 그 병원을 떠났죠. 그 사람은 뇌종양에 대해서만 언급했고, 그 애의 죽음을 그것과만 연결시켰습니다. 저는 그 아이의 사인이 정확히 어떤 것인지 알고 싶습니다. 혹 유전병은 아니었는지도."

"유전병이라고? 유전병이란 말은 들어본 적도 없어!"

"그건 홀베르그 쪽에서 찾고 있는 겁니다. 시체를 발굴하려는 또 다른 이유는 아우두르가 홀베르그의 딸이었는지 확인하기 위해섭니다. 유전자 테스트를 해보려는 거죠." 에를렌두르가 말했다.

"그 애가 그 사람 딸이라는 게 의심스럽다는 거요?"

"뭐 꼭 그렇지는 않지만 확인할 필요는 있죠."

"왜?"

"홀베르그는 그 애가 자신의 자식이라는 것을 부인했습니다. 그는 콜브룬이 승낙한 상태에서 그녀와 성관계를 가졌다고 하면서도 부녀관계는 부인했죠. 그 사건이 접수되지 않은 뒤로는 그에 관해 어떤 것도 확인되지 않았습니다. 동생분도 홀베르그가 아버지라는 것을 주장한 적 없고요. 그녀는 모든 게 지긋지긋해서 홀베르그가 자기 인생에서 사라져 주기를 바랐겠죠."

"그럼 누가 그 아이의 아버지라는 거죠?"

"그걸 확인해야 하는 겁니다. 그래야 홀베르그 살인사건의 해답을 좀 얻을 수가 있거든요."

"홀베르그 살인사건?"

"네."

엘린이 에를렌두르 앞에 서서 그를 뚫어져라 내려다보았다.

"그 괴물이 무덤에서도 우리를 괴롭히고 있는 거야?"

에를렌두르가 대답하려 했으나 그녀는 틈을 주지 않았다.

"댁은 아직도 내 동생이 거짓말을 하고 있다고 생각하고 있어. 당신은 내 동생 말을 절대 믿지 않아. 그 못된 루나르하고 똑같아. 조금도 다를 게 없어."

그녀는 의자에 앉아 있는 에를렌두르 위로 몸을 숙였다.

"못돼 먹은 경찰!" 그녀가 이를 갈며 말했다. "당신을 집에 들이는 게 아니었어!"

18

Tainted Blood

올리는 빗속에서 헤드라이트가 다가오는 것을 보고 에를렌두르임을 알아차렸다. 굴착기가 우르르 움직이며 무덤을 팔 자세를 취하고 있었다. 이제 신호만 나면 바로 파고들어 갈 태세였다. 굴착기가 칙칙 소리를 내며 무덤 사이를 덜컹거리며 움직였다. 무한궤도 바퀴가 진흙 위로 미끄러졌다. 굴착기에서는 검은 연기구름이 뿜어져 나오고, 주위는 진한 휘발유 냄새로 가득했다.

무덤가에 선 올리와 엘린보르그 곁에는 부검의, 검찰청에서 나온 법률가, 교회 목사와 집사, 그리고 케플라비크에서 온 경찰과 지방의회 사람 두 명이 함께 서 있었다. 그들은 모두 엘린보르그와 올리를 부러운 눈으로 쳐다보고 있었다. 엘린보르그가 그들 중 유일하게 우산을 쓰고 있었고 올리는 우산을 반쯤 얻어쓸 수 있었기 때문이다. 그들은 에를렌두르가 혼자 왔다는 것을 알아차렸다. 에를렌두르는 차에서 내려 천천히 그들 쪽으로 걸어왔다. 그들은 무덤발굴을 허가하는 서류들을 가져왔지만 그래도 에를렌두르의 허락 없이는 발굴을 시작할 수 없었다.

에를렌두르는 무덤가 주위를 둘러보았다. 주변이 온통 헤쳐지고 망

가져 모독된 것이 안타까웠다. 비석은 무덤가의 통로로 치워져 있었고, 그 옆에는 흙에 묻혀 있었던 녹색의, 끝이 길고 뾰족한 항아리가 놓여 있었다. 그 안에는 시든 장미 한 다발이 있었다. 에를렌두르는 엘린이 갖다놓은 게 틀림없다고 생각했다. 그는 멈춰서서 비문을 다시 한번 읽어보고는 고개를 흔들었다. 무덤을 표시하는 하얀 나무말뚝은 땅 위로 20센티미터 정도 솟아 있었는데, 이제는 비석 옆에 부러진 채 놓여 있었다. 에를렌두르는 아이들의 묘지 옆에 이런 울타리를 쳐놓는 것을 본 적이 있었다. 이런 식으로 쓰러져 있는 것을 보자 가슴이 아팠다. 그는 고개를 들어 어두운 하늘을 쳐다보았다. 빗물이 모자챙을 따라 그의 어깨로 흘러내렸다. 에를렌두르는 빗방울을 맞으며 눈을 찌푸렸다. 그는 굴착기 옆에 서 있는 사람들을 바라보다가 마침내 올리를 돌아보고는 고개를 끄덕였다. 올리가 굴착기 기사에게 신호를 보냈다. 버킷이 공중으로 올라갔다가 젖은 흙 속으로 깊게 파고들었다.

에를렌두르는 굴착기가 30년 묵은 상처를 파헤치는 장면을 지켜보았다. 그는 버킷이 땅을 파고들 때마다 움찔거렸다. 흙더미가 점점 쌓여갈수록 구덩이는 점점 깊어지면서 그 속의 어둠도 짙어져 갔다. 에를렌두르는 조금 거리를 두고 서서 버킷이 그 상처를 더 깊게, 깊게 파헤치는 것을 보았다. 갑자기 그 장면이 낯익다는 느낌이 들었다. 마치 꿈속에서 이미 다 본 것처럼. 순간적으로 그의 눈앞에 펼쳐진 장면이 마치 꿈속에서 펼쳐지는 일 같았다. 동료들이 거기 둘러서서 무덤 속을 들여다보고 있고, 지방의회 사람들이 주황색 작업복을 입고 나와 삽에 기대어 서 있고, 목사는 커다란 검정색 코트를 입은 채 서 있었고, 무덤 속으로 쏟아지는 빗물은 굴착기의 버킷 안으로 마치 구덩이가 흘리는 피인 양 쏟아져 들어갔다.

이 장면과 똑같은 꿈을 꾼 적이 있었던가?

그러다가 갑자기 그 느낌이 사라졌다. 그런 일이 있을 때면 늘 그렇듯 도대체 그런 느낌이 어디서 오는 것인지 이해할 수 없었다. 왜 한 번도 일어나지 않았던 일인데 그 일을 다시 겪는 듯한 느낌이 드는지. 에를렌두르는 예시라거나, 예감, 꿈, 환생, 인연 같은 것은 전혀 믿지 않았다. 그는 가끔 성경을 읽기는 했지만 신도 믿지 않았으며 영생도 믿지 않았고, 현세에 자신이 한 행동들이 천당이나 지옥에 가는 일에 어떤 영향을 준다고도 생각지 않았다. 인생 자체가 이미 천당과 지옥이 섞인 것이라고 생각했다.

그러나 가끔 그는 이 이해할 수 없는 초자연적인 기시감*을 느끼곤 했고, 마치 그가 전에 그 시간과 그 장소를 이미 겪은 것 같은 느낌을 받았다. 자신의 몸속에서 빠져나와 제삼자의 입장에서 자기 자신을 지켜보는 것 같았다. 그게 무엇인지, 왜 마음이 그런 장난을 치는지 설명할 수 없었다.

버킷이 관 뚜껑을 때리는 바람에 무덤 안에서 통 하는 소리가 울려 나오자 다시 정신이 들었다. 에를렌두르는 한 걸음 가까이 다가갔다. 구덩이 속으로 쏟아져 들어가는 빗물 사이로 관의 흐릿한 윤곽이 눈에 들어왔다.

"조심해!" 에를렌두르가 굴착기 기사에게 팔을 휘두르며 소리쳤다.

* 기시감(既視感): 한번도 경험한 적이 없는 상황이나 장면을 어디에선가 경험한 것처럼 느끼는 현상.

저 끝에서 헤드라이트가 다가오는 것이 보였다. 그들은 빛이 비치는 방향으로 모두 눈을 돌렸다. 차가 빗속을 기어오듯 느리게 와서는 묘지 문 앞에서 멈췄다. 녹색 코트를 입은 노파가 차에서 내렸다. 그들은 차 위에 붙은 택시 표시를 보았다. 택시는 떠나고 노파는 무덤을 향해 돌진해 왔다. 에를렌두르에게 들릴 만한 거리가 되자마자 노파는 그를 향해 주먹을 휘두르면서 소리치기 시작했다.

"도굴꾼! 도굴꾼아! 시체 도둑놈아!" 엘린이 소리치는 것이 들렸다.

"가까이 못 오게 해." 에를렌두르가 차분하게 경찰에게 말했다. 경찰은 엘린 쪽으로 다가가 무덤 몇 미터 앞에서 더 이상 오지 못하도록 붙잡았다. 그녀는 미친 듯이 화를 내며 그들을 떨쳐버리려 했지만 남자들의 억센 팔을 뿌리칠 수가 없었다.

의회 사람 둘이 삽을 들고 무덤 속으로 내려가서 관 주위를 파내고, 관 양쪽 끝에 줄을 매었다. 관은 꽤 잘 보존되어 있었다. 빗방울이 관 뚜껑을 때리자 통통하는 텅 빈 소리가 들렸다. 뚜껑의 흙이 빗물에 씻겨 내렸다. 에를렌두르가 생각했었던 것처럼 하얀 관이었다. 황동 손잡이가 달리고 뚜껑에 십자가가 그려진 작고 하얀 관. 사람들이 줄을 굴착기의 버킷에 붙들어 매자 굴착기가 서서히 조심스럽게 아우두르의 관을 땅 위로 끌어올렸다. 여전히 손상된 곳은 없었지만 굉장히 약해 보였다. 몸부림치는 것을 멈춘 엘린이 그에게 소리치는 쪽으로 에를렌두르의 시선이 향했다. 그녀는 하얀 관이 무덤에서 나와 줄에 매달려 떠서 움직이지 않는 것을 보더니 울기 시작했다. 관이 땅에 내려지자 목사는 관으로 가서 그 위에 십자가를 긋고 조용히 기도문을 읊었다. 작은 밴이 갓길을 따라 천천히 후진해 들어와서는 멈춰섰다. 지방의회 사람들이 줄을 풀고 관을 들어서 밴에 넣고는 문을 닫았다. 엘린보르그가 운전석 옆자리에 올라타자 차는 서서히 묘지 밖으로 이동하기 시작했다. 차는 묘지 정문을 지나 도로로 나섰고, 빨간색 꼬리등 불빛마저 빗줄기와 어둠 속에 결국 완전히 사라져 버렸다.

목사가 엘린이 있는 쪽으로 다가오더니 경찰에게 그녀를 놔달라고 부탁했다. 경찰은 즉시 그녀를 놔주었다. 목사는 그녀에게 자기가 도와줄 수 있는 일이 있겠느냐고 물었다. 그들은 서로 잘 아는 듯했고, 뭐라고 속삭이며 얘기를 주고받았다. 엘린은 아까보다는 냉정을 되찾은 듯 보였다. 에를렌두르와 올리는 서로 시선을 교환하고는 무덤 속을 들여다보았다. 구덩이 안에는 벌써 빗물이 고여 들기 시작했다.

"아이의 묘를 모독하는 이런 끔찍한 일을 막고 싶었어요." 에를렌두르의 귀에 엘린이 목사에게 이렇게 말하는 소리가 들렸다. 그는 엘린이 이성을 되찾아 가는 것을 보자 마음이 놓였다. 에를렌두르는 그녀에게로 다가갔다. 올리도 그의 뒤를 바짝 따라오고 있었다.

"당신을 절대 용서 못해, 절대로!" 엘린이 에를렌두르에게 말했다. 목사가 그녀 곁에 서 있었다.

"이해합니다. 하지만 수사를 하는 것이 우선입니다." 에를렌두르가 말했다.

"수사라고? 수사 좋아하고 있네. 시체를 어디로 가져간 거야?" 엘린이 소리쳤다.

"레이캬비크로 가져갔습니다."

"언제 도로 가져다 놓을 거야?"

"이틀 후에요."

"당신이 그 애 무덤에 무슨 짓을 했는지 좀 봐." 엘린이 말했다. 맥이 풀려버린 지친 목소리였다. 아직 눈앞에 벌어진 일을 받아들이기 힘들다는 듯. 그녀는 에를렌두르를 지나쳐 비석으로, 울타리 잔해와 꽃병이 있는 곳으로, 그리고 입을 벌리고 있는 무덤을 향해 다가갔다. 에를렌두르는 홀베르그의 아파트에서 발견한 메시지를 그녀에게 말해 주기로 마음먹었다.

"홀베르그의 시체를 발견했을 때 집에 쪽지가 남겨져 있었습니다." 에를렌두르가 엘린의 뒤를 따라가며 말했다. "우리는 쪽지 내용이 무슨 뜻인지 알아낼 수 없었습니다. 아우두르가 나타나기 전까지, 또 아우두르의 의사와 얘기를 해볼 때까지는요. 아이슬란드식 살인사건은 보통 뒤에 어떤 것도 남기지 않습니다. 엉망진창을 만들고 갈 뿐이죠. 그러나 홀베르그를 죽인 사람은 우리 머릿속을 뒤엎어놓고 싶었던 모양입니다. 의사가 유전병 얘기를 했을 때 그 메시지가 갑자기 어떤 뜻인지 알게 됐죠. 엘리디가 또 감옥에서 한 얘기도 있었고요. 홀베르그에게는 가족이 하나도 없었습니다. 아홉 살 때 죽은 누이동생이 하나 있었을 뿐이죠. 여기 있는 올리가……." 하면서 에를렌두르는 동료를 가리켰다. "그 애에 대한 진료기록을 찾아냈습니다. 엘리디 말이 맞더군요. 아우두르처럼 홀베르그의 누이동생도 뇌종양으로 죽었습니다. 아마도 같은 병이겠죠."

"무슨 얘기를 하는 거요? 무슨 메시지길래?" 엘린이 물었다.

에를렌두르는 잠시 주저하다가 올리를 쳐다보았다. 올리는 엘린을 쳐다보다가 다시 에를렌두르에게 시선을 돌렸다.

"내가 바로 그다." 에를렌두르가 말했다.

"그게 무슨 뜻이지?"

"그게 메시지였습니다. '내가 바로 그다.' 마지막에 '그다'라는 부분은 전부 대문자로 썼습니다. 딱히 설명할 순 없지만 혹시 어떤 연고를 암시하는 것은 아닌가 하고 생각했습니다. '내가 바로 그다'라는 말을 쓴 사람은 뭔가 홀베르그와 공통점이 있다고 느꼈을 수도 있을 거라고. 홀베르그를 전혀 모르는 정신 나간 인간의 헛소리일 수도 있겠지만 우린 그렇게 생각지 않습니다. 그 질병이 도움이 될 것 같습니다. 그 병이 무엇이었는지 정확히 알아내야 할 것 같아요."

"연고라니?"

"기록상 홀베르그에겐 자식이 없습니다. 아우두르도 그의 이름을 따지 않았죠. 그 아이의 성은 '콜브루나르도티르'*니까. 만일 홀베르그가 겁탈한 여자가 콜브룬 말고도 더 있다는 엘리디의 말이 맞고, 또 그 여자는 고소를 하지 않았다면 다른 자식들이 태어났을 가능성도 있는 거죠. 그의 아이를 가진 피해자는 콜브룬 하나가 아니었을 수도 있다는 겁니다. 후사비크에 살았고, 피해를 당했을 가능성이 있는 여성 중 일정 기간 동안 아이를 낳은 사람들로 범위를 좁혀서 수사하고 있습니다. 거기서 조만간 뭔가 나오는 것이 있기를 바랄 뿐이죠."

"후사비크라고?"

"홀베르그의 예전 피해자가 거기 살았었던 것 같습니다."

"유전병이라니? 어떤 병? 아우두르를 죽인 바로 그 병인가?" 엘린이 물었다.

* Kolbrunardottir: 콜브룬(Kolbrun)의 딸이라는 뜻.

"홀베르그를 검사해서 그가 아우두르의 아버지라는 것을 먼저 확인한 다음 얘기들을 끼워맞춰 봐야죠. 하지만 우리 말이 맞는다면 아주 드문, 유전적으로 내려오는 병일 수도 있습니다."

"아우두르가 그런 병에 걸렸다고?"

"만족할 만한 결과를 얻기에는 죽은 시점이 좀 오래된 것도 같습니다만, 어떻게든 그걸 밝혀내려고 하는 겁니다."

그들은 교회를 향해 걷기 시작했다. 엘린은 에를렌두르의 곁에서 걸었고, 올리는 그들 뒤를 따랐다. 엘린이 길을 안내했다. 교회 문은 열려 있었다. 그들은 빗속을 벗어나 교회 안으로 들어갔다. 교회 현관에 서서 그들은 음침한 가을 날씨를 바라보았다.

"저는 홀베르그가 아우두르의 아버지라고 생각합니다. 부인이 말한 것이나, 동생분이 부인에게 얘기한 것을 의심할 이유가 전혀 없지요. 하지만 확증이 필요합니다. 수사과정에서 가장 중요한 부분이죠. 만일 아우두르가 홀베르그로부터 유전병을 물려받았다면 그 병에 걸린 사람이 또 있을 수 있거든요. 그러면 바로 그 병이 홀베르그 살인사건과 연관이 있을 가능성이 높죠."

그들은 잘 닦이지 않은 오래된 길을 따라 차 한 대가 서서히 묘지를 떠나는 것을 알아채지 못했다. 차는 불빛을 완전히 끈 상태여서 어둠 속에선 전혀 보이지 않았다. 산드게르디에 이르러서야 그 차는 속력을 내기 시작했다. 헤드라이트를 다시 켜고는 관을 실은 밴을 쫓아갔다. 케플라비크로 가는 도로에 올라서서는 밴에서 두세 차량 정도 사이를 두고 달렸다. 그래야만 레이캬비크까지 관을 제대로 따라갈 수가 있을 테니까.

밴이 바론스티구르에 있는 시체공시소에 멈춰서자, 운전자는 차를 멀리 세우고 관이 건물 안으로 옮겨진 뒤 건물 문이 닫히는 것을 지켜보았다. 밴이 자리를 뜨고, 밴에 탔던 여자가 시체공시소에서 나와 택시를 타는 것이 보였다.

모든 것이 잠잠해지자 그는 다시 차를 몰고 사라졌다.

19

Tainted Blood

마리온 브리엠이 문을 열어주었다. 에를렌두르는 찾아간다고 미리 알리지도 않았다. 산드게르디에서 곧장 이리로 왔다. 집에 가기 전에 마리온을 보고 가야겠다고 마음먹었던 것이다. 시간은 저녁 6시였지만 바깥은 칠흑같이 깜깜했다. 마리온은 에를렌두르를 들어오라고 하고는 집이 지저분한 것을 이해해 달라고 말했다. 거실과 방, 화장실, 그리고 주방이 딸린 작은 아파트였다. 그 집은 혼자 사는 사람들이 어디까지 관리에 무신경할 수 있는지를 그대로 보여주는 모델하우스였다. 에를렌두르의 집과는 차원이 달랐다. 신문과 잡지, 책들이 사방에 펼쳐져 있었고, 카펫은 오래되고 닳아 해어진 데다, 더러운 식기들이 싱크대에 가득 쌓여 있었다. 어두운 거실을 탁자 위의 희미한 스탠드 불빛만이 밝히고 있었다. 마리온은 에를렌두르에게 의자에 놓인 신문지를 치우고 거기 앉으라고 했다.

"그 사건을 담당했다고 얘기하지 않으셨더군요." 에를렌두르가 말했다.

"자랑할 만한 업적은 아니었으니까." 마리온이 여송연을 꺼내면서 말했다. 작고 가는 손이었다. 세심하게 단련한 몸에 머리는 컸다. 그는 고통스런 표정이었다. 에를렌두르는 마리온이 여전히 흥미로운 사건에 관심을 가지고 있으며, 아직 현직에 있는 동료들에게서 정보를 듣기도 하고, 또 때론 정보를 건네주기도 한다는 것을 알고 있었다.

"홀베르그에 대해서 더 알아보고 싶진 않았나?" 마리온이 물었다.

"그의 친구들도 알아봤죠. 케플라비크의 루나르까지도." 에를렌두르가 신문을 쓸어버리고 의자에 앉으며 말했다.

"맞아, 케플라비크의 루나르. 한번은 나를 죽이려고도 했었지." 마리온이 말했다.

"지금은 그렇게 못할 것 같더군요. 폭삭 늙었던데." 에를렌두르가 대꾸했다.

"만나봤구먼. 그 친구 암에 걸렸어, 알고 있나? 몇 달이 아니라 몇 주나 버틸지 모르지." 마리온이 말했다.

"몰랐습니다." 에를렌두르가 말했다. 루나르의 야위고 뼈만 남은 얼굴이 떠올랐다. 그가 정원에 쌓인 낙엽을 치우는 동안 코끝에 콧물 방울이 달랑거리던 것도.

"그 친구에게 아주 입김 센 경찰청 친구들이 많이 있었지. 그 덕에 오래 붙어 있었던 거고. 내가 해고시킬 것을 요청했지만 경고처분만 받았어."

"콜브룬을 기억하십니까?"

"내가 만난 사람 중에 가장 불쌍한 피해자였네. 잘 알지는 못했지만 내가 만나본 바로는 절대 거짓말을 할 여자는 아니었어. 알다시피 그녀는 홀베르그를 고소하면서 루나르에게 어떤 대접을 받았는지 설명했지. 루나르의 말과 그녀의 말은 서로 상반됐어. 하지만 그녀의 말이 훨씬 설득력 있었지. 그녀를 그냥 돌려보내지 말았어야 했어. 팬티가 있든 없든. 홀베르그가 그녀를 겁탈한 건 분명해. 너무 확실해. 서로 대질시켜 봤거든, 콜브룬과 홀베르그를. 그러니까 그 사실은 의심의 여지가 없어."

"그 둘을 대질시켰다고요?"

"실수였지. 도움이 될 줄 알았거든. 불쌍한 여자지."

"어떻게 하셨습니까?"

"우연인 듯이 만들었어. 생각이 좀 짧았었지……. 이런 얘기 자네에게 하면 안 되는데. 그땐 수사를 하다가 벽에 부딪친 것 같았거든. 여자는 이렇게 말하고, 남자는 저렇게 말하고. 그래서 둘을 다 불러 대질시킨 거지."

"어떻게 됐나요?"

"그녀가 거의 발작을 일으켜서 의사를 불러야 했어. 한 번도 그런 경우를 본 적이 없었네. 그전에도, 그 후에도."

"그 남자는?"

"그냥 실실 웃기만 하더군."

에를렌두르는 잠시 동안 침묵을 지키다가 입을 열었다.

"아이가 홀베르그의 자식이라고 생각하십니까?"

마리온이 어깨를 으쓱거렸다. "콜브룬은 항상 그렇게 말했어."

"콜브룬이 혹시 홀베르그가 다른 여자한테도 그랬다는 얘기도 하던가요?"

"다른 여자도 있었나?"

에를렌두르는 엘리디가 한 얘기를 반복해서 들려주고, 그 일에 대한 대강의 줄거리를 요약해 주었다. 마리온은 앉아서 시가를 피우며 얘기를 들었다. 작고 빈틈없어 보이고 꿰뚫는 듯한 두 눈으로 에를렌두르를 똑바로 쳐다보면서. 그 눈은 어떤 것도 놓치는 법이 없었다. 바로 그 눈에 눈가에 기미가 잔뜩 낀 피곤해 보이는 중년 남자의 모습이 들어왔다. 수염은 며칠째 깎지 않았고, 두꺼운 눈썹이 삐져나와 있으며, 부스스한 붉은 머리칼은 새집을 지어 여기저기 뭉쳐져 있었고, 핏기 없는 입술 뒤로 가끔씩 튼튼해 보이는 이빨만 비쳐 보일 뿐인 남자. 에를렌두르의 얼굴에는 인간 쓰레기들의 모든 더러운 면모를 목격한 자의 지친 표정이 떠올라 있었다. 마리온 브리엠의 눈에 동정하는 눈빛이 떠올랐다. 그리고 그 모습이 바로 자기 자신이라는 슬픈 확신도 들었다.

처음 수사과에 들어갔을 때 에를렌두르는 마리온 밑에서 일했다. 그가 첫 해에 배운 모든 것들은 마리온에게 배운 것이었다. 에를렌두르처럼 마리온도 승진은 하지 못하고 수사에만 매달린 덕에 경험이 아주 풍부했다. 한번 머릿속에 들어온 기억은 나이가 들어도 절대 잊는 법이 없었다. 보고 들은 모든 것들은 한도 끝도 없는 마리온의 두뇌창고에 항목별로 구분되어 저장되었다. 그리고 필요할 때는 힘도 들이지 않고 정보를 꺼내곤 했다. 마리온은 오래된 사건도 아주 상세한 정보까지 기억해 냈다. 아이슬란드 범죄학에 관한 한 그는 지식창고와도 같은 사람이었다. 논리적이면서도 필요 없는 정보는 과감하게 뺄 줄도 알았고.

에를렌두르는 에바에게 마리온과 함께 일한 얘기를 하면서 한번은 이렇게도 말했다. 마리온은 엄청 박식한 척하는 데다가 아주 깐깐해서 정말 참아내기 힘든 늙은 개자식이었다고. 그 훌륭한 조언자와 에를렌두르 사이에 깊은 불화가 일기 시작해서 결국 둘은 서로 말도 하지 않는 상태에 이르게 되었다. 에를렌두르는 딱 꼬집어 얘기할 수는 없었지만, 마리온이 자신에게 실망했다고 느꼈다. 그리고 그게 분명하다고 생각되던 중에 그 조언자가 은퇴를 하고 말았다. 에를렌두르에게는 다행스런 일이었다.

마리온이 직장을 떠나고 나자 그들의 관계는 다시 정상으로 돌아온 것 같았다. 둘 사이의 긴장감은 줄어들었고 경쟁관계는 사라져 버렸다.

"그래서 선배님을 잠깐 뵙고 혹시 홀베르그나 엘리디, 그리고 그레타르에 대해 뭐 생각나는 게 없는지 여쭤봐야겠다고 생각했습니다." 에를렌두르가 마침내 얘기를 했다.

"지금 와서 그레타르를 찾아낼 생각은 아니겠지?" 마리온이 놀란 듯이 말했다. 에를렌두르는 마리온의 걱정스런 표정을 알아차렸다.

"수사가 당시에 어느 정도까지 진행됐습니까?"

"아무것도 진행시키지 못했어. 부수적으로 주어진 일이었거든." 마리온이 말했다. 말투에서 약간 미안한 듯한 분위기가 풍겨나자 에를렌두르는 잠시 기분이 좋아졌다. "팅벨리르에서 있었던 전국축제에서 사라졌을 걸세. 그 어머니와 친구들, 엘리디와 홀베르그, 그리고 직장 동료들과 만나 얘기해봤지. 그레타르는 에임스키프에서 부두하역꾼으로 일했어. 사람들이 전부 바다에 떨어진 모양이라고 하더군. 화물 버팀목 쪽으로 떨어지기만 했더라도 찾지 못할 리가 없다고들 하면서 말야."

"그레타르가 실종됐을 당시에 홀베르그와 엘리디는 어디 있었습니까? 기억나세요?"

"둘 다 축제에 가 있었다고 했고, 우리가 확인을 했네. 하지만 그레타르가 언제 실종됐는지는 정확하지 않아. 어머니가 우리에게 전화를 걸어왔을 때 이미 그 사람을 본 지가 다들 2주가 넘었다고 했으니까. 무슨 생각하나? 그레타르에 대해서 새로운 단서라도 있나?"

"아뇨. 그 사람을 찾고 있는 건 아닙니다. 갑자기 실종된 사람이 노르두르미리에서 홀베르그를 죽였을 리는 없으니까, 그 사람이 사라졌건 말건 제가 알 바는 아니지요. 단지 홀베르그와 엘리디, 그리고 그레타르 세 사람이 어떤 무리였는지가 궁금합니다."

"쓰레기들이지 뭐. 셋 다. 엘리디는 자네가 알 거고. 그레타르도 그보다 하나 나을 게 없었네. 겁이 좀 많았지. 한번 좀도둑질을 해서 그녀석 사건을 처리한 적이 있었는데, 아주 한심한 삼류 범죄자 같더군. 셋은 항구등대관리과에서 함께 일했지. 그렇게들 만난 거야. 엘리디는 머리가 나쁜 변태였어. 기회만 있으면 싸우려고 들었지. 자기보다 약한 사람을 주로 공격했어. 지금도 별로 변한 게 없는 것 같더구먼. 홀베르그는 그 사이에서 리더 역할을 했지. 그중 제일 머리가 잘 돌아갔거든. 콜브룬 사건도 가볍게 넘겼으니까. 그 녀석에 관해 물어보고 다닐 때 사람들이 얘기하기 꺼려하더군. 그레타르는 자기주장도 별로 없고 겁도 많아서, 그들 사이에 빈대 붙어 다니던 겁쟁이였지. 하지만 그런 기색만 가지고 우습게 볼 인간은 아니라는 느낌도 받았었네."

"루나르와 홀베르그는 서로 알던 사이인가요?"

"그런 것 같지는 않아."

"발표는 아직 하지 않았습니다만, 시체에서 쪽지를 하나 발견했습니다."

"쪽지?"

"살인자가 '내가 바로 그다'라는 글을 써서 홀베르그 위에 올려놓았습니다."

"내가 바로 그다?"

"둘이 연관이 있다는 얘기가 아닐까요?"

"메시아 콤플렉스가 있는 놈이거나. 종교에 미친 녀석 같은데."

"저는 친족 문제라고 생각합니다."

"내가 바로 그다? 무얼 알리려는 거지? 무슨 뜻일까?"

"알면 얼마나 좋겠습니까." 에를렌두르가 대꾸했다.

에를렌두르는 일어서서 모자를 쓰고는 집에 가 봐야겠다고 말했다. 마리온은 에바가 어떻게 지내는지 물었고, 에를렌두르는 딸이 문제들을 극복하려 애쓰고 있다는 정도로만 말을 맺었다. 마리온이 그를 문 앞까지 배웅하러 나왔다. 두 사람은 악수를 나눴다. 에를렌두르가 막 계단을 다 내려갔을 때 마리온이 그를 불러세웠다.

"에를렌두르, 잠깐만, 에를렌두르!"

에를렌두르는 돌아서서 문 앞에 서 있는 마리온을 올려다보았다. 존경심이 우러나던 모습에 세월이 어떤 흔적을 남겼는지를 보았다. 어깨가 처지면서 위풍당당하던 위엄도 간데없이 사라졌고, 주름진 얼굴은 힘든 인생살이를 여실히 보여주고 있었다. 그가 이 집에 찾아온 것은 꽤 오래전이었는데, 그는 좀 전에 마리온과 마주 앉아 있는 동안에도 세월이 사람을 어떻게 훑고 지나가는지를 실감했었다.

"홀베르그 때문에 피해 입지 않도록 하게. 그 녀석 때문에 자네가 원치 않는 것을 잃지 말란 말야. 그놈한테 지지 마. 그게 달세." 마리온 브리엠이 말했다.

에를렌두르는 빗속에 서 있었다. 이 충고가 무슨 뜻인지 감을 잡을 수 없었다. 마리온 브리엠이 그를 향해 고개를 끄덕였다.

"무슨 도둑질을 했죠?"

"도둑질?" 마리온이 물었다.

"그레타르가 저질렀다는 그 도둑질 말예요. 뭘 훔쳤습니까?"

"카메라 가게를 털었어. 사진에 집착을 했지. 사진을 좀 찍었거든."

그날 저녁 가죽점퍼 차림에 종아리 위까지 구두끈이 달린 검정 가죽장화를 신은 두 남자가 에를렌두르의 집 문을 두드렸다. 에를렌두르가 안락의자에 앉아 꾸벅꾸벅 졸고 있을 때였다. 그는 집에 와서 에바를 불러 보았지만 대답이 없었다. 의자에는 어젯밤 그가 자는 내내 깔고 앉았던 닭고기가 아직 놓여 있었는데, 그는 또다시 그 위에 앉아 있었다. 두 남자는 에바의 행방을 물었다. 에를렌두르는 두 남자를 전에 본 적이 없었고, 그의 딸 역시 그에게 고기 스튜를 끓여준 이후로는 본 적이 없었다. 그들은 예의라곤 하나도 없어 보였는데, 에를렌두르에게 어디 가야 그녀를 찾을 수 있냐고 물어보면서 에를렌두르 너머로 집을 들여다보기도 했다. 에를렌두르는 왜 딸을 찾느냐고 물었다. 그들은 이 재수 없는 늙은이가 혹시 집 안에 숨기고 있는 것이 아니냐고 대꾸했다. 혹시 빚을 받으러 왔냐고 묻자, 그들은 신경 끄라고 내뱉었다. 꺼지라는 말에 그들은 똥이나 처먹으라며 욕을 퍼부었다.

문을 닫으려 하자 그중 한 명이 문틈으로 무릎을 끼워 넣었다.

"당신 딸은 아주 싸가지 없는 년이야." 그가 외쳤다. 그는 가죽바지를 입고 있었다.

에를렌두르는 한숨을 내쉬었다. 정말 길고 지루한 하루였다.

그는 문틀의 위쪽 돌쩌귀가 빠질 정도로 있는 힘껏 문을 닫았다. 무릎이 으스러지는 소리가 들려왔다.

20

Tainted Blood

올리는 어떻게 질문해야 하나 고민했다. 그의 손에는 1960년 전후에 후사비크에 살다가 레이캬비크로 이사 간 여성 열 명의 리스트가 들려 있었다. 두 명은 죽었고, 두 명은 자식이 없었다. 나머지 여섯 명은 강간이 일어났을 법한 시기에 모두 엄마가 되었다. 올리는 그중 제일 첫 번째 여자를 만나러 가는 길이었다. 그녀는 바르말리드에 살았다. 이혼했고, 다 큰 아들이 셋이었다.

하지만 어떻게 중년이 다 된 여자에게 그런 질문을 한단 말인가? "실례합니다, 부인. 경찰에서 나왔습니다. 혹시 후사비크에서 사시던 당시에 강간당한 적이 있는지 여쭤보러 왔습니다." 그는 엘린보르그에게 그런 얘기를 했다. 엘린보르그는 그게 뭐가 문제인지 전혀 이해를 못했다. 그녀 역시 다른 열 명의 여자들을 만나러 가야 했다. 올리는 에를렌두르가 쓸데없는 일을 벌였다는 생각이 들었다. 엘리디가 한 말이 사실이고, 시간과 장소도 맞아떨어졌으며, 그래서 결국 오랜 수사 끝에 그 여자를 찾았다고 치자. 그렇다 한들 그 여자가 자신이 그런 일을 겪었다고 말한다는 보장이 어디 있는가? 그녀는 평생토록 그 일에 대해서 함구해 왔다. 그런데 이제 와서 왜 그 얘기를 하겠는가? 올리나, 그 비슷한 리스트를 가진 다른 다섯 명의 형사가 문간에 나타났을 때 여자들이 할 말은 "아뇨."이며, 그럼 "귀찮게 해드려서 죄송합니다." 하는 말 외에는 더 할 것도 없었다. 설사 그 여자를 찾는다고 해도 그 일 때문에 정말 애를 가졌다는 보장 또한 없는 것이다.

"이건 어떤 반응을 얻어내느냐 하는 문제야. 심리전을 펼쳐야 한단 말야." 올리가 에를렌두르에게 문제점을 지적하자 에를렌두르는 그렇게 대답했다. "집 안에 들어가 보도록 해. 앉아서 커피도 얻어 마시면서 이 얘기 저 얘기를 꺼내봐."

"심리전이라고!" 올리는 콧방귀를 뀌면서 차에서 내렸다. 그는 애인인 베르그토라를 떠올렸다. 올리는 애인에게조차 어떤 심리전을 써야 하는지 모르고 있었다. 두 사람은 몇 년 전 아주 특이한 상황에서 만났다. 상당히 복잡한 사건에 그녀가 증인으로 나섰었다. 잠깐 사귄 뒤에 동거에 들어갔다. 그들은 서로 잘 맞았다. 관심사도 비슷했고, 예술품이나 비싼 가구로 집 안을 꾸미는 것도 좋아했다. 마음만은 여피족이었던 것이다. 직장에서 오래 시간을 보낸 뒤에 집에 돌아오면 언제나 열렬히 키스를 나눴다. 작은 선물을 건네거나 함께 와인 병을 따기도 했다. 때로는 퇴근해 집에 돌아오자마자 바로 침실로 향하는 일도 있었지만 최근 들어선 '그 일'은 거의 하지 않았다.

일은 그녀가 아주 평범한 핀란드산 웰링턴 부츠를 올리의 생일에 선물로 주고 난 뒤에 생겼다. 그는 기쁜 표정을 지으려 했으나 믿을 수 없다는 표정이 그의 얼굴에 너무 오래 남아서 눈에 띄고 말았다. 그녀는 뭔가 낌새를 챘다. 올리가 미소를 짓긴 지었는데 억지미소였던 것이다.

"부츠가 없기에." 그녀가 말했다.

"나한테 웰링턴 부츠가 있었던 적이 없지. 열 살……, 이후로는." 올리가 말했다.

"마음에 안 들어?"

"아주 좋은데 뭘." 올리가 대답했다. 질문에 대한 대답이 아니라는 것을 알면서도. 그녀도 그것을 알아차렸다. "아니, 정말이야. 너무 좋아." 그렇게 덧붙였지만 그는 자기 무덤을 파고 있다는 걸 느꼈다.

"마음에 안 드는구나." 언짢은 기색이었다.

"아냐, 마음에 들어." 그가 말했다. 그러나 여전히 자기가 그녀의 생일에 사준 3만 크로나짜리 시계를 생각하면 속이 쓰렸다. 그 시계를 사려고 온 동네를 뒤지고 돌아다녔다. 시계방 주인이랑 시계 브랜드, 도금술, 시계장치, 시곗줄, 방수 정도, 스위스와 뻐꾸기시계 얘기까지 나눴었다. 그는 모든 수사기법을 동원해서 그녀에게 꼭 맞는 시계를 찾아다니다가 마침내 찾아냈다. 그녀는 기뻐서 어쩔 줄 몰라했다. 그녀는 정말로 기뻐했다.

그런데 올리는 그녀 앞에 마주앉아 얼굴에 억지미소를 짓고 말았다. 너무도 기쁜 듯이 보이려고 애썼지만 죽어도 그렇게 할 수가 없었다.

"심리전이라고?" 올리가 다시 코웃음을 쳤다.

그는 바르말리드에서 첫 번째로 만나야 할 사람의 초인종을 눌렀다. 여자가 나오자 그는 할 수 있는 한 최대한의 심리학적 깊이를 그러모아서 질문을 던졌다. 그러나 참담하게 실패하고 말았다. 자신도 모르게 당황한 나머지 여자가 문을 열자마자 강간당한 적 있느냐고 물었던 것이다.

"도대체 뭐 하는 인간이야?" 여자가 말했다. 진한 화장에 온갖 보석으로 손가락을 치장하고 얼굴에는 사나운 표정을 짓고 있었다. 그 표정이 쉽게 사라질 것 같지 않았다. "너 누구야? 뭐하는 변태 자식이야?"

"아닙니다. 죄송합니다." 올리는 걸음아 날 살려라 계단을 달려 내려갔다.

엘린보르그는 훨씬 운이 좋았다. 그녀는 이 일에 아주 진지하게 임했고, 교묘하게 얘기를 이끌면서 사람들의 마음을 얻는 일에도 능숙했다. 그녀의 특기는 요리였다. 그녀는 요리에 관심이 많았고, 요리도 잘했으며, 아무 거리낌 없이 그 얘기를 꺼냈다. 기회가 왔다 싶으면 그녀는 바로 주방에서 풍기는 이 맛있는 냄새의 정체가 무엇이냐고 묻는 통에 지난주 내내 팝콘으로 끼니를 때운 사람이라도 그녀를 집 안으로 들이지 않고는 못 배겼다.

엘린보르그는 브레이드홀트의 한 지하 아파트 거실에 앉아서 후사비크 출신의 여성에게서 커피를 받아 들었다. 그녀는 몇 년 전에 남편을 잃었으며 다 큰 자식이 둘 있었다. 이름은 '시구를라우그'였으며, 이 여자가 마지막 순서였다. 그녀는 찾아간 사람들에게 그 민감한 문제를 어렵지 않게 꺼냈으며, 혹시나 아는 사람들 사이에서 무슨 얘기를 듣거나, 후사비크에 대한 소문을 듣고 도움이 될 만하다 싶으면 언제든지 연락해 달라고 부탁했다.

"……그래서 우리는 지금 후사비크 출신의 여성 중에 부인 나이대의 여성들을 찾고 있습니다. 홀베르그와 그때 알고 지냈을 수도 있고,

그 사람으로 인해서 피해를 봤을 가능성이 있는 사람들을요."

"후사비크 출신 중에 홀베르그라는 사람은 전혀 기억이 안 나는데요. 어떤 피해를 말씀하시는 거예요?" 그 여자가 물었다.

"홀베르그는 후사비크에 그저 잠시 머물렀습니다. 그에 관한 것은 기억을 못하실 겁니다. 거기서는 전혀 살지 않았거든요. 그 사람은 폭행을 가했습니다. 몇십 년 전에 그 지역에 살던 어느 여성을 공격했는데, 그 사람을 찾고 있는 겁니다."

"그건 경찰서류에 나와 있지 않을까요?"

"그 사건은 신고되지 않았습니다."

"어떤 사건인데요?"

"성폭행이었습니다."

여자는 본능적으로 손을 입에 갖다댔다. 그녀의 눈이 접시만 하게 커졌다.

"세상에! 난 전혀 모르는 일이에요. 성폭행이라니! 세상에! 그런 얘기는 들어본 적도 없어요."

"없으실 테죠. 아주 철저하게 숨겨진 비밀이었던 것 같습니다." 엘린보르그가 말했다. 엘린보르그는 더 자세한 내용을 알고 싶어서 던지는 여자의 질문들을 능숙하게 피하면서 준비해 두었던 질문과 소문들 얘기만 했다.

"아시는 분 중에 그런 일을 알 만한 분이 있는지 궁금하네요." 엘린보르그가 말했다. 여자는 후사비크에서 온 친구 두 명의 이름을 말해 주고는, 그 친구들은 어떤 것도 그냥 지나치는 법이 없다고 덧붙였다. 엘린보르그는 그들의 이름을 받아 적은 뒤 그냥 일어서면 실례가 될 것 같아 잠시 더 앉아 있다가 마침내 자리를 떴다.

에를렌두르는 이마에 난 찢어진 상처에 반창고를 붙였다. 전날 밤에 찾아온 두 남자 중 하나는 에를렌두르가 문을 닫는 바람에 무릎을 다쳐 움직이지도 못하고 층 전체가 울리도록 울부짖었다. 다른 한명은 이런 공격에 놀라 바라보기만 하다가 다음 순간 갑자기 문 앞에 나타난 에를렌두르에게 밀려서 주춤할 새도 없이 계단 아래로 떨어졌다. 간신히 난간을 붙잡아서 일층까지 구르는 일은 면했지만, 너무 놀라서 에를렌두르를 공격할 엄두는 내지 못했다. 에를렌두르는 이마가 붓고 멍이 들었지만 계단 꼭대기에 서 있었다. 계단에 넘어진 남자는 바닥에 드러누워 고통에 울부짖는 자기 동료를 잠시 바라보다가 다시 에를렌두르를 쳐다보았다. 그리고 조용히 사라져 버렸다. 그는 스무 살도 채 안 되어 보였다.

에를렌두르는 구급차를 불렀다. 구급차를 기다리는 동안 그는 남자들이 원하는 바를 알게 되었다. 그는 처음에는 말하지 않으려 하더니, 에를렌두르가 무릎을 봐주겠다고 하자 곧 입을 열었다. 그들은 사채업자의 수금원이었다. 에를렌두르가 한 번도 들어보지 못한 어떤 사람에게 에바가 마약과 돈 두 가지 모두를 빚졌다는 것이다.

에를렌두르는 다음날 출근했지만 아무에게도 반창고 일을 설명하지 않았고, 누구도 감히 그에게 물어볼 엄두도 내지 못했다. 그는 머리를 맞고 자빠질 뻔했었다. 수금원의 다리를 때린 문이 도로 튕겨나와 자기 머리를 쳤던 것이다. 이마는 아직도 아팠고, 에바도 걱정되고, 게다가 잠도 제대로 자지 못했다. 상황이 악화되기 전에 딸이 그저 무사히 돌아오기만을 바라면서 의자에서 한두 시간 눈을 붙인 게 다였다.

사무실에 잠깐 들른 그는 그레타르에게 누이동생이 있었고, 그의 어머니는 생존해 있으며, 현재 그룬드에 있는 노인주택에 살고 있다는 것을 알아냈다.

마리온 브리엠에게 말했듯이 그는 실종된 가르다바에르 신부만큼이나 그레타르를 찾는 일에 관심이 없었지만, 더 알아낸다고 해서 손해 볼 것도 없다고 생각했다. 그레타르는 사건이 있었던 그날 밤 그 파티에 갔었다. 아마도 그날 밤 일을 어디 가서 횡설수설 떠벌렸을지도 모른다. 실종과 관련된 새로운 단서가 발견될 거라는 기대는 없었다. 그레타르는 그쯤에서 내버려 둬도 상관없다. 그러나 그는 실종사건에는 오랫동안 관심이 많았다. 실종자 또는 실종사건마다 끔찍한 얘기가 배경에 깔려 있었지만, 그는 왠지 모르게 아무 흔적도 없이 사라지는 사람들 얘기에 마음이 끌렸다.

그레타르의 어머니 이름은 테오도라이며 나이는 90세였고, 앞을 보지 못했다. 에를렌두르는 관리인과 짧게 얘기를 나눴다. 관리인은 에를렌두르의 이마에서 눈을 떼지 못하면서 테오도라는 여기서 가장 나이가 많고 가장 오래 지내온 사람으로, 모든 면에서 그 공동체와 일심동체를 이루고 있으며 직원들과 모든 사람의 존경과 사랑을 받고 있다고 했다.

에를렌두르는 테오도라에게 안내되어 소개를 받았다. 노파는 방 안에 있는 휠체어에 앉아 있었다. 잠옷 차림에 모직 담요를 덮고, 회색 머리는 잘 땋아서 휠체어 뒷부분까지 길게 늘어뜨렸다. 몸은 구부정했고 손은 뼈만 앙상했으나, 표정은 부드러웠다. 소지품은 얼마 되지 않았으며, J.F. 케네디 사진이 든 액자가 침대 머리맡에 걸려 있었다. 에를렌두르는 노파 앞에 놓인 의자에 앉아 이제는 앞을 보지 못하는 눈을 들여다보며 그레타르 얘기를 하고 싶다고 말했다. 그녀의 귀는 아주 밝았으며 정신도 말짱했다.

노파는 놀란 티도 전혀 내지 않고 바로 입을 열었다. 에를렌두르는 스카라표르두르 출신이라는 것을 알아차렸다. 심한 북부 사투리를 썼기 때문이다.

"우리 그레타르는 선량한 애는 아니었어요. 사실대로 말하자면 몹쓸 불량배였지. 도대체 누구한테서 그런 기질을 물려받았는지 모르겠어. 아주 치사한 불량배였지. 불량배, 부랑자, 깡패, 그런 사람들과 어울렸어. 그 애를 찾았나요?"

"아닙니다. 아드님의 친구 중 한 명이 최근에 살해되었습니다. 홀베르그라고. 아마 들으셨을 겁니다."

"몰랐어요. 그 사람이 지구를 떠났다고?"

에를렌두르는 그 말에 미소 지었다. 참으로 오랜만에 웃을 만한 이유가 생겼다.

"집에서요. 예전에 둘이 함께 일했다죠? 홀베르그와 아드님이. 항구등대관리과에서."

"내가 우리 아들을 마지막으로 본 건 전국축제가 있던 그해 여름에 그 아이가 집으로 날 보러 왔을 때였어요. 내 지갑에서 돈이랑 은을 훔쳐서 달아났지. 그 애가 떠났을 때까진 몰랐는데 나중에 보니까 돈이 없어졌더구먼. 그 뒤부터 그 애가 사라져 버렸어. 누가 훔쳐 간 것처럼. 누가 그 아이를 훔쳐 갔는지 알아요?"

"모릅니다. 아드님이 실종되기 전에 무슨 일을 하고 있었는지 아십니까? 어떤 사람과 연락을 하고 지냈는지?" 에를렌두르가 물었다.

"모르죠. 그 애가 무슨 짓을 하고 다니는지 알고 산 적이 없어요. 그때도 그렇게 말씀드렸는데." 노파가 말했다.

"사진 찍는 것은 아셨나요?"

"네, 항상 찍었죠. 늘 사진기를 들고 다녔어요. 왜 그랬는진 모르지만. 그 애는 사진이 시간의 거울이라고 했어. 그 애가 무슨 소리를 하는 건지 나는 통 모르겠더라구."

"아드님치곤 아주 유식한 말인데요."

"그 애가 그런 말을 하는 건 한 번도 못 들어봤어."

"마지막 주소는 베르그스타다스트라에티이며 그곳에서 방을 얻은 것으로 되어 있던데요. 소지품은 어떻게 됐는지 아십니까? 카메라나 필름이나 그런 것들. 아세요?"

"클라라가 알겠죠. 제 딸이에요. 그 애가 그레타르의 방을 정리했거든. 쓰레기는 전부 내다 버렸을 거요."

에를렌두르가 일어서자 노파의 머리가 그의 움직임을 따라 움직였다. 에를렌두르는 그녀에게 도움을 주어 감사하다고, 상당히 도움이 되었다고 말했다. 그는 정말 정정하고 기억력도 좋으시다고 추켜세워 주려다가 그만두었다. 괜히 우쭐대고 싶지 않았던 것이다. 그는 벽을 쭉 돌아보다가 침대 머리맡에 걸린 케네디 사진이 보여 묻지 않을 수 없었다.

"왜 침대에 케네디 사진을 붙여 놓으셨습니까?"

에를렌두르가 그녀의 초점 없는 눈을 들여다보며 물었다.

"아, 그 양반이 살아 있을 때 내가 아주 좋아했거든."

테오도라가 한숨을 내쉬며 대답했다.

21

Tainted Blood

바론스티구르의 시체공시소에는 두 구의 시신이 안치대 위에 나란히 놓여 있었다. 에를렌두르는 어떻게 이 부녀가 죽은 후에야 함께 모이게 됐는지 생각하지 않으려 했다. 홀베르그의 시신에 대한 모든 부검과 테스트는 이미 끝났지만, 유전병이나 그와 아우두르의 관계를 알아내려면 좀 더 검사가 필요했다. 에를렌두르는 시신의 손가락들이 까만 것을 알아차렸다. 죽은 뒤에 지문을 채취한 모양이었다. 아우두르의 시신은 하얀 캔버스 종이에 싸인 채 홀베르그 옆에 놓여 있었다. 아직 손대진 않았다.

부검의는 에를렌두르가 잘 모르는 사람이었고 거의 본 적도 없었다. 키도 크고 손도 큰 사람이었다. 그는 비닐장갑을 끼고 녹색 가운 위에 하얀 앞치마를 뒤로 묶어 맸으며, 같은 종류의 녹색 바지를 입고 있었다. 입에는 마스크를 썼고, 머리엔 파란색 비닐 모자, 그리고 흰 운동화를 신고 있었다.

에를렌두르는 이 시체공시소에 여러 번 와봤지만 올 때마다 기분이 안 좋았다. 죽음의 냄새가 그의 오감에 와닿아 옷에 내려앉았다. 살균소독제와 포르말린, 그리고 해부된 시체에서 풍기는 끔찍한 냄새가.

밝은 형광등이 천장에서부터 길게 내려와서 창문이라곤 없는 이 방에 하얀 빛을 뿌리고 있었다. 바닥은 하얀 타일이 깔려 있고, 벽에는 반만 타일을 붙였고 나머지 반은 하얀 페인트를 칠해 놓았다. 벽 앞에는 현미경과 실험기구들이 놓인 탁자가 있었다. 벽에는 각종 선반들이 붙어 있었고, 유리문이 달린 장들 속에는 각종 기구와 병이 놓여 있었다. 에를렌두르가 도통 알 수 없는 기구들이었다. 그래도 기다란 탁자에 널브러진 메스와 집게 그리고 톱이 어디에 쓰이는 건지는 잘 알고 있었다.

에를렌두르는 방향(芳香) 카드가 수술대 위의 형광등 줄에 걸려 있다는 걸 알아차렸다. 카드 안에서 빨간색 비키니 차림의 여자가 하얀 모래밭을 뛰어다니고 있었다. 테이블 하나에는 카세트도 놓여 있었고, 그 옆에는 테이프도 몇 개 있었다. 클래식 음악이 카세트에서 흘러나왔다. 말러*의 음악이라고 에를렌두르는 생각했다. 부검의의 점심 도시락도 현미경이 놓인 테이블에 함께 있었다.

"이 여자가 이젠 더 이상 향기를 내뿜지 않는군요, 몸매는 아직 좋은데." 부검의가 에를렌두르를 돌아보며 말했다. 에를렌두르는 환하게 밝혀진 이 '죽음과 부패의 방'에 들어갈까 말까 주저하는 듯이 문간에 서 있었다.

"뭐라고요?" 에를렌두르가 물었다. 하얀색 무더기에서 눈을 떼지 못하면서.

부검의의 목소리는 이상하리만치 기대에 들떠 있었다.

* 구스타프 말러: 오스트리아의 작곡가 겸 지휘자. 낭만주의 말기의 대표적 교향곡 작곡가로 인정받고 있다.

"비키니 입은 여자 말입니다." 그가 턱으로 카드를 가리키며 말했다. "새 카드를 사야겠어요. 아마 이곳 냄새에 절대 익숙해지지 못하실 겁니다. 들어오세요, 겁내지 마시고. 그냥 고깃덩어리라 생각하세요." 그는 홀베르그의 시체 위로 칼을 흔들었다. 영혼도 없고 생명도 없는, 그저 죽은 고기를 향해서.

"유령이 있다고 믿으세요?"

"네?" 에를렌두르가 되물었다.

"이 사람들 영혼이 우릴 보고 있다고 생각하시냐고요? 여기 이 방안을 떠돌아다니고 있다거나, 아니면 다른 육체로 옮겨가서 머물고 있다고 믿으세요? 환생해서 말입니다. 죽은 뒤의 삶에 대해서 믿으시나요?"

"아뇨, 안 믿습니다." 에를렌두르가 대답했다.

"이 사람은 머리를 아주 세게 맞아서 사망했군요. 머리에 가한 타격이 머리 가죽을 뚫고 나가 두개골을 부수고 뇌에까지 영향을 미쳤습니다. 내가 보기에 가격한 사람은 마주 보고 서 있었던 것 같군요. 서로 눈을 마주치고 있었을 가능성도 없지 않죠. 상처가 왼쪽에 있는 걸로 봐서 가해자는 오른손잡이겠죠. 건강 상태가 좋은 사람일 겁니다. 아주 젊거나 많아야 중년 정도. 여자일 가능성은 별로 없어 보이네요. 중노동을 하는 여자가 아니라면. 그 타격으로 거의 즉사했을 것으로 보입니다. 터널 끝에서 밝은 빛을 봤겠군요."

"다른 길로 갔을 수도 있죠." 에를렌두르가 말했다.

"위는 거의 비어 있습니다. 달걀과 커피 찌꺼기가 조금 남아 있고. 직장은 꽉 찼군요. 고생했다고 할 것까지는 없지만 변비는 심했군요.

그 나이에는 흔하죠. 내가 알기로 아무도 시체를 찾으러 안 오더군요. 그래서 교육용으로 써도 되는지 허락을 요청한 상태입니다. 어떻게 생각하십니까?"

"살았을 때보다 죽어서 더 쓸모가 있군요."

부검의가 에를렌두르를 쳐다보고는 테이블로 걸어가서, 철제 쟁반에서 붉은 고깃덩어리 하나를 집어 손에 올려놓았다.

"이분이 착한 사람이었는지 나쁜 사람이었는지 난 모릅니다. 이게 성자의 심장이 되었을 수도 있겠죠. 우리가 알아내야 하는 것은, 내가 형사님 말을 제대로 이해하고 있다면, 이것이 나쁜 피를 뿜어냈느냐 하는 거겠죠."

에를렌두르는 놀란 눈으로 부검의가 홀베르그의 심장을 검사하는 것을 바라보았다. 세상에 이렇게 자연스러운 일이 어디 있냐는 듯이 죽은 사람의 장기를 다루는 모습을.

"심장은 튼튼했군요. 몇 년은 더 뛸 수 있었겠는데요. 심장 주인이 백 년은 너끈하게 살 수 있었겠어요." 그가 말했다.

부검의가 심장을 다시 철제 쟁반에 올려놓았다.

"이 홀베르그라는 사람 말이죠, 상당히 흥미로운 점이 있더군요. 아직 그 부분은 자세히 검사를 해보진 않았지만, 아마 검사를 원하실 겁니다. 특정 질병의 여러 증상이 약하게 나타나 있더군요. 뇌에서 작은 종양을 발견했는데, 양성이라 좀 불편은 했을 겁니다. 그리고 피부에는 카페오레가 나타나 있었고요, 특히 여기 팔 아래쪽에."

"카페오레?" 에를렌두르가 물었다.

"주로 그런 용어를 쓰지요. 반점이 마치 커피 얼룩 같아서요. 거기에 대해서 아시는 바가 있습니까?"

"전혀 없습니다."

"더 자세히 검사해 보면 더 많은 증상을 발견하게 되겠죠."

"그 여자아이도 카페오레가 있었다고 했습니다. 아이는 뇌종양에 걸렸지요. 악성이었습니다. 그게 무슨 병인지 아십니까?"

"아직 얘기하기는 좀 이릅니다."

"유전병인가요?"

"모르겠습니다."

부검의가 아우두르가 누워 있는 테이블로 다가갔다.

"아인슈타인에 대한 얘기를 들어보셨습니까?" 그가 물었다.

"아인슈타인?" 에를렌두르가 말했다.

"알베르트 아인슈타인 말입니다."

"무슨 얘기요?"

"이상한 얘기죠. 병리학자 토머스 하비라고 아십니까? 들어본 적 없으세요?"

"못 들어봤는데."

"아인슈타인이 죽었을 때 그 사람이 마침 근무 중이었죠. 아주 호기심이 많은 사람이었습니다. 그가 부검을 했는데, 상대가 아인슈타인이다 보니 충동을 못 가누고 머리를 열어본 거죠. 그런데 거기서 끝난 게 아닙니다. 아인슈타인의 뇌를 훔쳤지요."

에를렌두르는 아무 말도 하지 않았다. 그는 부검의가 무슨 얘기를 하려고 이런 말을 꺼내는지 알 수 없었다.

"그걸 집으로 가져갔답니다. 이상하게 수집하는 것을 좋아하는 사람들이 있잖습니까, 특히나 유명인이 관련되었을 때는 더 말이죠. 나중에 그 사실이 밝혀지자 하비는 직장에서 쫓겨났는데, 그 후로는 신비로운 인물, 전설적인 인물이 되고 말았죠. 그에 관한 갖가지 소문이 돌았습니다. 집에 항상 뇌를 보관하고 있다는 거죠. 어떻게 그 사건에서 빠져나갔는지는 모르겠습니다. 어쨌든 아인슈타인의 친척들이 뇌를 되찾으려 했지만 헛수고였죠. 그 사람은 결국 나이가 들어서야 그 친척들과 타협하고 뇌를 돌려주었답니다. 뇌를 차 트렁크에 싣고 미국을 횡단해서 캘리포니아 주에 사는 아인슈타인의 손주들에게 갖다 주었다죠."

"그게 사실입니까?"

"물론입니다."

"그 얘기를 왜 하는 겁니까?" 에를렌두르가 물었다.

부검의가 아이의 사체에서 종이를 들추고 안을 들여다보았다.

"아이의 뇌가 사라졌습니다." 그의 얼굴에서 태연함이 사라졌다.

"뭐라고요?"

"뇌 말입니다. 그게 없어요."

22

Tainted Blood

에를렌두르는 부검의의 말을 바로 이해하지 못했다. 그는 아무 얘기도 없었던 것처럼 부검의를 바라보았다. 무슨 얘기를 하고 있는지 가늠할 수가 없었다. 그는 사체를 내려다보다가 종이 사이로 삐져나온 작은 손뼈를 보고는 얼른 시선을 돌렸다. 에를렌두르는 그 아래 놓여 있는 것을 볼 자신이 없었다. 그 여자아이가 이승에 남겨놓은 나머지 부분들을 보고 싶지 않았다. 생각할 때마다 그 모습이 떠오르는 것이 싫었다.

"그전에 부검을 했었군요." 부검의가 말했다.

"뇌가 없어졌다고요?" 에를렌두르가 신음소리를 냈다.

"그전에 부검을 했었어요?"

"네, 케플라비크 종합병원에서."

"언제 죽었습니까?"

"1968년입니다."

"그리고 내가 제대로 이해하는 거라면 말이죠, 홀베르그가 이 아이의 아버지인데, 부모가 함께 살지는 않았나 보죠?"

"아이는 엄마 손에서 자랐습니다."

"혹시 아이의 장기를 연구용으로 써도 좋다는 허락이 있었습니까?" 부검의가 말을 계속했다. "그건 전혀 모르세요? 아이 어머니가 혹시 허락을 했습니까?"

"아마 안 했을 겁니다." 에를렌두르가 말했다.

"그럼 허락 없이 가져갔을 수도 있겠군요. 이 아이가 죽었을 때 누가 담당했었나요? 누가 담당의였죠?"

에를렌두르는 프랑크의 이름을 말했다. 부검의는 잠시 동안 침묵을 지켰다.

"이런 경우가 드물다고 말씀드릴 순 없습니다. 가끔씩 친족에게 장기를 연구용으로 써도 되겠느냐고 물을 때가 있지요. 물론 그건 필요한 일입니다. 교육용으로. 내가 알기론 연고자가 없을 때는 사체를 묻기 전에 연구용으로 쓸 장기를 미리 적출하는 경우도 있습니다. 하지만 친족이 거절한 상태에서 장기를 훔치는 경우는 거의 본 적이 없습니다."

"어떻게 뇌가 사라질 수 있죠?" 에를렌두르가 또다시 물었다.

"머리를 반으로 자르고 통째로 가져간 겁니다."

"아니, 그게 아니라 제 말은……."

"아주 깔끔하게 했는데요. 숙달된 사람입니다. 척추를 따라 잘라가다가 여기 뒤쪽 목 부분을 통해서 뇌를 꺼냈군요."

"종양 때문에 뇌를 조사한 건 알고 있습니다만, 다시 넣어놓지 않았단 말입니까?" 에를렌두르가 말했다.

"그럴 수도 있겠네요." 부검의가 사체를 덮으면서 말했다. "만일 뇌를 연구하기 위해서 적출했다면 장례식 시간에 맞춰서 제자리에 넣어두웠을 가능성은 적습니다. 고정시켜야 하거든요."

"고정시켜요?"

"연구하기 쉽게 하기 위해서죠. 그렇지 않으면 치즈처럼 변하거든요. 뇌는 고정시키는 데 시간이 많이 걸립니다."

"샘플만 채취하면 충분하지 않은 건가요?"

"모르죠." 부검의가 말했다. "내가 아는 것은 뇌가 제자리에 있지 않아서 사인을 밝히기가 힘들다는 것뿐입니다. 아마 뼈조직으로 유전자 감식을 할 수는 있겠죠. 그걸로 뭔가 알아낼 수도 있긴 할 겁니다."

프랑크는 문을 열더니 깜짝 놀란 눈치였다. 문 앞 계단 위에서 쏟아지는 폭우를 그대로 맞으며 에를렌두르가 서 있었기 때문이다.

"그 여자아이를 무덤에서 파냈습니다." 에를렌두르가 거두절미하고 말했다. "그런데 뇌가 없더군요. 혹시 아는 게 있습니까?"

"그 아이를 파냈다고? 그리고 또 뇌라니?" 의사가 에를렌두르를 사무실로 안내하면서 물었다. "뇌가 사라졌다니 무슨 말입니까?"

"말씀드린 대롭니다. 뇌가 제거되었습니다. 아마도 사인을 알아내려다 그런 모양입니다. 하지만 돌려놓질 않았죠. 당신이 그 아이의 담당의였죠. 무슨 일이 있었는지 아십니까? 그 일에 대해서 아는 게 있습니까?"

"나는 그 아이의 가정의에 불과했습니다. 저번에 오셨을 때 설명드렸던 것 같은데요. 그 아이는 케플라비크 병원과 거기 의사들의 감독하에 있었습니다."

"그때 부검을 한 사람은 죽었습니다. 그 사람의 부검보고서 사본을 받아보았는데, 아주 간략했고 뇌종양에 대해서만 언급했더군요. 조사를 더 했는지 안 했는지에 관한 기록은 전혀 없습니다. 하지만 뇌 샘플만으로도 충분하지 않았을까요? 꼭 뇌 전체를 다 적출했어야 한 건가요?"

의사는 어깨를 으쓱했다.

"잘 모르겠습니다."

그는 잠시 머뭇거리다가 물었다.

"다른 장기도 사라졌습니까?"

"다른 장기들이라뇨?"

"뇌 말고. 사라진 장기는 그게 답니까?"

"무슨 말씀입니까?"

"다른 것은 손댄 게 없느냐고요."

"그런 것 같지는 않던데요. 부검의가 다른 말은 안 하더군요. 왜 그러십니까?"

프랑크가 에를렌두르를 진지하게 바라보았다. "유리병 도시라는 말은 들어본 적이 없는 모양이군요."

"유리병 도시?"

"내가 알기로 지금은 문을 닫았죠. 뭐 그리 오래되지는 않았습니다. 그 방을 그렇게 불렀죠, 유리병 도시."

"무슨 방을?"

"바론스티구르의 이층에 있었죠. 거기에 장기들을 보관했었습니다."

"계속하시죠."

"포르말린을 채운 유리병에 장기들이 보관되어 있었죠. 병원에서 보내온 온갖 종류의 장기들이. 교육용이었죠. 의과대학에서 쓰려고. 의대생들이 그곳을 유리병 도시라 부른 겁니다. 내장, 심장, 간, 팔, 다리 등이 보관되어 있었지요. 뇌도 있었고."

"병원에서 보내왔다고요?"

"사람들이 병원에서 죽잖아요. 그럼 부검을 받죠. 장기들도 모두 검사를 합니다만 전부 되돌려주는 것은 아니죠. 어떤 것들은 교육용으로 보관합니다. 한때 그 장기들은 유리병 도시에 보관됐었죠."

"왜 그 얘기를 하는 겁니까?"

"뇌가 영원히 사라졌을 리는 없죠. 아마 어느 유리병 도시에 있을 겁니다. 교육용으로 보관된 샘플은 전부 등급이 매겨져서 문서화됩니다. 꼭 그 뇌를 찾아야겠다면 지금도 기회는 있죠."

"그런 얘기는 전혀 들어본 적이 없습니다. 그럼 가족들의 양해를 구하거나 허락을 받은 후에 장기들을 가져가는 겁니까? 어떻게 합의를 보는 겁니까?"

의사는 어깨를 들썩했다. "사실대로 말하자면 난 모릅니다. 뭐 경우에 따라 다르겠죠. 장기는 의대 교육에서 아주 중요합니다. 모든 대학병원이 장기를 상당량 보관하고 있죠. 내가 듣기로는 개인적으로 장기를 보관하고 있는 의사나 의학 연구자들도 있다고 합니다. 장담은 못하지만."

"장기 수집가?"

"그런 셈이죠."

"그럼 그……, 유리병 도시라는 곳은 어떻게 됐습니까? 문을 닫았다면서요?"

"모르지요."

"그럼 그 뇌가 거기에 보관되어 있을 거라는 뜻입니까? 포르말린에 넣어서?"

"그랬을 수 있죠. 왜 그 아이를 무덤에서 꺼냈습니까?"

"아마 실수를 한 것 같습니다." 에를렌두르가 한숨을 내쉬었다. "이 사건 전부가 실수 같아요."

23

Tainted Blood

엘린보르그는 그레타르의 누이동생 클라라를 찾아냈다. 에를렌두르의 표현대로 하면 홀베르그의 다른 희생자인, 후사비크 여인을 찾는 일에서는 그렇다 할 결과가 없었다. 그녀가 접근한 여자들은 모두 똑같은 반응을 보였다. 처음에는 진심으로 놀라고, 그다음에는 호기심 섞인 관심을 보였다. 엘린보르그는 책에서 배운 모든 기법을 이용해서 사건에 대한 세부사항이 새어나가지 않도록 막아야 했다. 그녀는 자신이나 다른 경찰이 민감한 사건이니 얘기하지 말라고 당부한다 해도 이미 그날 저녁 안에 소문이 쫙 퍼질 거라는 사실을 알고 있었다.

클라라는 셀랴베르피 지역의 브레이드홀트 교외에 살았다. 그녀는 아담하고 깔끔한 자신의 아파트 문 앞에서 엘린보르그를 맞이했다. 50대의 날씬한 여자로, 청바지에 파란색 스웨터를 입고 담배를 피우고 있었다.

"우리 어머니랑 얘기해 보셨어요?" 엘린보르그의 소개를 듣자마자 그녀가 말했다. 그러고는 관심을 내비치며 그녀를 친절하게 안으로 안내했다.

"에를렌두르 반장님이 얘기하셨죠. 저랑 같이 일하시는 분입니다." 엘린보르그가 대답했다.

"어머니 말로는 그분이 몸이 썩 안 좋았다고 하던데요." 클라라가 엘린보르그에 앞서 거실로 들어가면서 말했다. 그녀가 의자를 권했다. "어머니는 항상 이해할 수 없는 얘기들을 하시죠."

엘린보르그는 대답하지 않았다.

"마침 오늘 휴가를 냈거든요." 마치 왜 이 대낮에 담배나 피우면서 집에서 빈둥거리는지를 설명하려는 듯 그녀가 말했다. 그녀는 여행사에서 일한다고 했다. 남편은 직장에 가 있었고, 다 큰 두 아이들은 독립해 나갔다. 딸은 의대에 다닌다고 자랑스럽게 얘기했다. 그녀는 피우고 있던 담배를 끄기도 전에 다른 담배에 또 불을 붙였다. 엘린보르그는 점잖게 기침을 했지만 클라라는 눈치를 전혀 못 채는 것 같았다.

"신문에서 홀베르그에 대해 읽었어요." 클라라가 혼자 장황하게 떠드는 것은 피하고 싶다는 듯 이야기했다. "어머니 말로는 그분이 그레타르에 대해 물었다더군요. 우리는 배다른 남매죠. 어머니가 잊어버리고 그 얘기를 안 했죠. 어머니는 같아요. 우리 아버지들은 둘 다 오래전에 돌아가셨어요."

"그건 몰랐습니다." 엘린보르그가 말했다.

"그레타르의 아파트에서 가져온 물건들을 보실래요?"

"괜찮으시다면." 엘린보르그가 말했다.

"집이 돼지우리 같았어요. 그를 찾았나요?"

클라라가 엘린보르그를 바라보며 연기를 게걸스럽게 폐 속으로 빨아들였다.

“못 찾았습니다.” 엘린보르그가 대답했다. “특별히 찾고 있는 것도 아니고요.” 그녀는 다시 한번 점잖게 기침을 했다. “실종된 지 벌써 25년은 됐으니까…….”

“무슨 일이 있었던 건지 난 몰라요.” 클라라가 말을 자르고 끼어들었다. 진한 담배연기를 내뿜으면서. “연락은 자주 하지 않았어요. 나이차도 많이 났고, 이기적인 데다가 사실 아주 골칫덩이였죠. 입에서 제대로 된 말이 나오는 법이 없었어요. 어머니에게도 욕을 퍼붓고, 틈만 나면 집에 있는 걸 훔쳐 갔어요. 그러더니 집을 나갔죠.”

“그럼 홀베르그란 사람은 모르세요?” 엘린보르그가 물었다.

“몰라요.”

“엘리디도?” 그녀가 덧붙였다.

“그 사람이 누구죠?”

“모르셔도 됩니다.”

“그레타르가 누구와 어울렸는지 난 몰라요. 실종됐을 때 마리온이라는 사람이 연락을 해서 그레타르가 살았던 집으로 저를 데려갔어요. 집이 돼지우리 같더군요. 방에서는 지독한 냄새에, 바닥은 쓰레기로 뒤덮여 있었어요. 먹다 남은 양고기랑 곰팡이 핀 순무 간 것만 남아 있더군요. 어떻게 그런 걸 먹고 살았는지 몰라요.”

“마리온이라고요?” 엘린보르그가 물었다. 그녀는 그 이름을 알 만큼 수사과에 오래 근무하지는 않았다.

“네, 그래요.”

“소지품에 카메라가 있었던 건 기억하세요?”

“그 집 안에 깨지지 않고 제대로 있었던 물건은 그거 하나였어요.

우리 집에 가지고는 왔지만 한 번도 쓴 적은 없죠. 경찰이 그걸 장물이라고 여기고 있어서, 난 별로 반갑지 않았거든요. 지하에 있는 창고에 보관해 뒀는데, 보실래요? 그 카메라 때문에 오신 건가요?"

"한번 봐도 될까요?" 엘린보르그가 물었다.

클라라가 자리에서 일어섰다. 그녀는 엘린보르그에게 잠시 기다리라고 한 뒤 주방에 가서 열쇠를 들고 나왔다. 그들은 함께 복도를 지나 지하로 걸어 내려갔다. 클라라가 창고로 가는 문을 열고 불을 켠 다음, 여러 문 가운데 하나를 또 열었다. 안에는 베란다용 의자, 침낭, 스키용품과 캠핑도구들같이 오래된 허섭스레기들이 사방에 쌓여 있었다. 엘린보르그는 파란색 발 마사지 기계와 소다스트림 사의 칵테일 기계도 발견했다.

"여기 상자에 들어 있어요." 클라라가 물건 사이를 비집고 창고 중간까지 들어가서 말했다. 그녀는 몸을 숙이고 갈색 종이상자를 집어 들었다. "여기에 그레타르의 물건을 전부 넣어뒀죠. 카메라 빼고는 별것도 없었어요." 그녀가 상자를 열고 막 물건들을 꺼내려 할 때 엘린보르그가 그녀를 막았다.

"꺼내지 마세요." 엘린보르그가 상자를 받으려고 손을 내밀었다. "그 안에 있는 게 우리에겐 중요한 단서가 될지도 모릅니다." 그녀가 설명하듯 덧붙였다. 클라라가 약간 기분이 상한 듯 상자를 건네주자 엘린보르그는 상자를 열어보았다. 그 안에는 낡은 문고판 책 세 권과 주머니칼, 동전 몇 개와 카메라가 들어 있었다. 카메라는 주머니에 들어갈 크기의 코닥 인스터매틱* 모델로 엘린보르그가 기억하기로 크리스마스나 성인식 선물용으로 한때 각광을 받았었다. 사진에 관심이 많은 사람이 갖고 있기에는 그다지 세련된 물건은 아니었지만 찍는 데는 아무런 지장이 없는 것이었다. 상자 안에 필름은 없었다. 에를렌두르는 그레타르가 필름을 남긴 것이 있는지 확인해 보라고 특별히 일렀었다. 그녀는 손수건을 꺼내어 카메라를 뒤로 돌려보았다. 거기에도 필름은 없었다. 상자 안에는 사진도 없었다.

"그리고 여기 현상그릇과 현상액도 있어요." 클라라가 창고 안쪽을 가리키며 말했다. "자기가 직접 필름을 현상했나 봐요. 현상용 종이도 있어요. 지금은 별로 필요가 없겠죠? 안 그래요?"

"그것도 가져가야겠군요." 엘린보르그가 말하자 클라라는 허섭스레기들 속으로 다시 잠수해 들어갔다.

"그 집에서 보관해 둔 필름 같은 거 본 적 있으세요?"

"아뇨, 전혀." 클라라가 접시 위로 몸을 숙이며 말했다.

"어디에 보관했을진 아세요?"

"아뇨."

"그 사진이라는 게 뭐였는지 아세요?"

"글쎄, 그냥 즐기던 뭐 그런 거겠죠." 클라라가 말했다.

"내 말은 대상 말예요. 그가 찍은 사진을 본 적 있으세요?"

"아뇨, 한번도 나한테 뭘 보여준 적이 없어요. 아까도 말씀드렸듯이 자주 연락을 안 했거든요. 찍은 사진들이 어디 있는지도 몰라요. 그레타르는 진짜 부랑자였거든요." 클라라가 말했다. 그녀는 자기가 똑같은 말을 반복하고 있진 않나 싶었지만, 곧 어깨를 으쓱하고 넘어

* Instamatic: 1963년 코닥에서 첫 출시된 모델로, 필름 교환이 간단해서 당시에 대중적으로 인기가 높았다.

가기로 했다. 마치 좋은 얘기는 자주 할수록 좋다는 듯이.

“이 상자가 필요할 것 같은데요. 빨리 돌려드릴게요.” 엘린보르그가 말했다.

“무슨 일이세요?” 클라라가 물었다. 처음으로 경찰이 자기 오빠에 대해 물어보고 심문하는 것에 관심을 표하면서. “그레타르가 어디 있는지 아세요?”

“아뇨.” 엘린보르그는 모든 의혹을 쫓아버리려고 말에 힘을 주었다. “어떤 단서도 없습니다, 전혀.”

콜브룬이 홀베르그의 공격을 받았던 그날 밤 콜브룬과 함께 있었던 두 여자의 이름이 경찰 기록에 남아 있었다. 에를렌두르는 그들을 찾기 시작했다. 둘 다 케플라비크 출신이지만 지금은 거기에 살지 않았다.

한 명은 그 일이 있은 지 얼마 안 돼서 나토 지부에 와 있던 미국인과 결혼해서 현재는 미국에 살고 있었고, 다른 한 명은 그로부터 5년 후에 케플라비크에서 스티키숄무르로 이사를 가서 지금도 거기 사는 것으로 나와 있었다. 에를렌두르는 하루를 몽땅 바쳐서 스티키숄무르까지 서쪽을 향해 가야 할지, 아니면 전화상으로 확인만 할지를 고민했다.

에를렌두르의 영어 실력은 변변치 못했다. 그래서 올리를 시켜 미국에 있는 여자를 찾도록 했다. 올리는 그녀의 남편과 얘기를 나눴는데, 그녀는 이미 15년 전에 죽었다고 했다. 암이었다. 그녀는 미국에 묻혔다.

에를렌두르는 스티키숄무르로 전화를 걸었다. 별 어려움 없이 두 번째 여자와 접촉할 수 있었다. 처음에는 집으로 전화를 했는데 아직 직장에 있다고 했다. 그녀는 그곳의 종합병원 간호사였다. 여자는 에를렌두르의 질문들을 가만히 듣더니, 안타깝지만 도와줄 수 없다고 했다. 그 당시에도 경찰에 별 도움을 줄 수 없었고, 지금도 마찬가지라고.

"홀베르그가 살해됐습니다. 그리고 그 일이 이번 사건과 연관이 있을 거라고 생각합니다." 에를렌두르가 말했다.

"뉴스에서 봤어요." 전화기 너머의 목소리가 말했다. 여자의 이름은 아그네스였는데, 에를렌두르는 목소리로 그녀의 모습을 눈앞에 그려보려 했다. 처음에는 유능하고 건실한 60대의 여성을 생각했다. 숨이 가쁜 것으로 보아 약간 비만일 수도 있다. 그러나 흡연자들 특유의 기침을 하는 걸 들으니, 이번에는 다른 이미지가 떠올랐다. 빗자루처럼 비쩍 마르고 피부는 누렇게 뜬 데다 주름이 자글자글한 모습이. 그녀의 기침은 규칙적으로 아주 거슬리는 소리를 냈다.

"그날 밤 케플라비크에서 있었던 일을 기억하십니까?" 에를렌두르가 물었다.

"난 그 사람들보다 먼저 집에 갔어요." 아그네스가 말했다.

"남자 셋이 함께 있었다죠?"

"난 그레타르라는 남자와 함께 집으로 갔어요. 그때 경찰에게도 그렇게 말했어요. 얘기하기가 좀 꺼림칙하더군요."

"그레타르와 함께 집에 갔다는 건 처음 듣는 얘긴데요." 에를렌두르가 눈앞에 놓인 보고서를 들추면서 말했다.

"그 옛날에 똑같은 질문을 받았을 때도 그렇게 대답했어요." 그녀가 에를렌두르를 생각해서 기침소리를 조심하며 다시 기침을 했다. "죄송해요. 이놈의 담배를 끊을 수가 없어서. 좀 모자란 사람 같았어요. 그 그레타르란 사람. 그 이후로는 한 번도 본 적 없어요."

"콜브룬과는 어떻게 아는 사이십니까?"

"같이 일했어요. 간호학을 공부하기 전이었죠. 케플라비크에 있는 가게에서 일했는데, 지금은 문 닫은 지 꽤 됐죠. 그때가 처음이자 마지막으로 같이 어울렸던 거였어요."

"콜브룬의 일을 들었을 때 그 말을 믿으셨나요?"

"난 전혀 몰랐어요. 갑자기 경찰이 집에 찾아와서 그날 밤 일을 물을 때까지. 나는 그런 일로 콜브룬이 거짓말을 할 거라고는 상상이 안 가요. 콜브룬은 모범적인 사람이었거든요. 자기가 하는 일에 아주 정직했어요. 좀 나약하긴 했지만, 섬세하고 몸도 약했죠. 강한 성격은 아니었어요. 할 얘기는 아니지만, 별로 재미는 없는 사람이었죠. 무슨 뜻인지 아시죠? 그녀 주위에선 별로 일어나는 일도 없었어요."

아그네스가 말을 멈췄다. 에를렌두르는 그녀가 말을 계속하기를 기다렸다.

"어울려 다니는 것도 좋아하질 않아서 그날 저녁 내 친구 헬가와 함께 놀러 가자고 열심히 꼬드겼죠. 그 친구는 미국으로 이사 갔는데 몇 년 전에 죽었어요. 아마 아시겠죠. 콜브룬은 너무 내성적인 데다가 좀 외로움을 타고 있어서 재미있는 일을 만들어주고 싶었거든요. 억지로 춤추러 가겠다고 약속을 받고, 그다음에 우리는 헬가네 집으로 간 거예요. 하지만 그러고 나서 그 앤 바로 집에 가겠다고 했죠. 난 그녀보다 먼저 자리를 떴기 때문에 무슨 일이 있었는지는 잘 몰라요. 그녀가 월요일에 가게에 안 나와서 전화했던 기억이 나요. 전화를 안 받았죠. 며칠 뒤에 경찰이 나를 찾아와서 콜브룬에 대해 묻더군요. 하지만 말해 줄 게 하나도 없었어요. 홀베르그가 이상한 사람이라는 걸 전혀 눈치채지 못했거든요. 내 기억이 맞다면 그 사람 꽤 괜찮았던 것 같아요. 경찰이 강간이라는 얘기를 꺼냈을 땐 정말 놀랐죠."

"꽤 좋은 인상을 풍겼던 모양이더군요. 여자들에게 인기가 많았다니까. 그렇게들 얘기하더군요."

"그 남자가 가게에 왔었던 게 기억나요."

"그 남자? 홀베르그가요?"

"네, 홀베르그가요. 그래서 우리가 그 사람들과 함께 가게 됐었던 것 같아요. 자기가 레이캬비크에서 온 회계사라고 했어요. 그런데 그거 전부 거짓말이죠, 그죠?"

"그 친구들은 전부 항구등대관리과에서 일했습니다. 어떤 가게였죠?"

"옷가게였어요. 여자 옷과 속옷도 팔았죠."

"그 사람이 가게에 왔었단 말이죠?"

"네, 그 전날 금요일에. 그때도 이 얘길 전부 했는데, 아직도 기억이 생생하네요. 아내한테 줄 선물을 찾고 있다고 했어요. 내가 그 사람을 담당했는데, 댄스클럽에서 다시 만났을 때는 마치 잘 아는 사람처럼 행동하더군요."

"그 사건 이후에 콜브룬과 연락을 했습니까? 무슨 일이 있었는지 그녀와 얘기해 봤습니까?"

"그녀는 가게에 두 번 다시 오지 않았어요. 이미 말씀드렸지만, 경찰이 나한테 질문을 할 때까진 무슨 일이 있었는지 전혀 몰랐죠. 그녀가 가게에 나오지 않아서 몇 번 전화도 해보고 집에도 찾아가 봤는데 결국 못 만났어요. 나도 더 이상은 관여하고 싶지 않았어요. 그 애가 좀 그랬거든요, 다가가기 힘든 구석이 있었죠. 그런 뒤에 그녀 언니가 찾아와서는 콜브룬이 가게를 그만두게 됐다고 했어요. 그러곤 몇 년 뒤에 죽었다는 소식을 들었죠. 그때 난 이미 여기 스티키숄무르로 이사 와 있었어요. 자살이었다면서요? 그렇게 들었어요."

"죽었습니다." 에를렌두르는 아그네스에게 시간을 내줘서 고맙다고 정중하게 인사를 했다.

에를렌두르는 책에서 읽었던 스베인이라는 남자를 머릿속에 떠올렸다. 그는 모스펠스바이르 폭풍 속에서 살아남았다. 동료들의 고통이나 죽음은 스베인에겐 그렇게 큰 문제는 아니었던 모양이다. 그는 함께 간 사람들 중에서 가장 장비를 잘 갖추고 있었는데, 그 덕분인지 그 혼자서만 문명 세계로 무사히 돌아올 수 있었다. 사람들이 그를 황야에서 발견해 가장 가까운 농가로 데려가 보살펴주고 나자, 그가 제일 먼저 한 일은 근처 호수에 나가 스케이트를 타는 것이었다.

같은 시간 그의 동료들은 여전히 황야에서 얼어 죽어가고 있었다.

그 이후로 그는 인정머리 없는 스베인으로 불렸다.

24

Tainted Blood

저녁시간이 다 됐지만 후사비크 출신의 여성을 찾는 일은 어떤 진전도 보이지 않았다. 올리와 엘린보르그는 퇴근하기 전에 에를렌두르의 사무실에 모여 그동안 있었던 일을 종합했다. 올리는 놀랄 일도 아니라면서 이런 식으로는 그 여자를 절대 찾을 수 없다고 했다. 에를렌두르가 다른 방법이 있느냐고 언짢게 물어보자 그는 고개만 내저었다.

"우리가 지금 홀베르그의 살해범을 찾고 있는 것 같지가 않아요." 엘린보르그가 에를렌두르를 똑바로 쳐다보며 말했다. "사건과는 완전히 별개의 것을 찾고 있는 것 같고, 그게 무슨 도움이 되는지도 잘 모르겠어요. 반장님은 그 여자아이의 무덤을 파헤쳤는데, 전 왜 그랬는지 사실 전혀 모르겠습니다. 게다가 한 세대 전에 실종된 남자까지 찾아나섰는데 그게 이 사건과 무슨 상관인지 잘 모르겠고요. 살해범이 홀베르그가 아는 사람이냐, 아니면 전혀 모르는, 도둑질을 하려고 침입해 들어간 사람이냐는 문제부터 생각해 봐야 될 것 같아요. 개인적으로는 그게 가장 합리적입니다. 그 사람을 찾는 일에 수사력을 집중해야 한다고 생각해요. 아마 어떤 마약중독자겠죠. 녹색 군용 재킷을 입은 사람. 그 일은 전혀 수사를 안 하고 있잖아요."

"어쩌면 홀베르그한테 서비스를 해준 사람일 수도 있지." 올리가 말했다. "컴퓨터에 있는 그 포르노 자료들을 보면 돈 주고 성관계를 맺었을 가능성이 충분히 있어."

에를렌두르는 비난이 쏟아지는 가운데, 가만히 앉아 자신의 무릎만 내려다보고 있었다. 그는 엘린보르그가 한 말이 거의 다 옳다는 것도 알고 있었다. 어쩌면 판단력이 에바를 걱정하느라 흐려졌을 수도 있다. 그는 딸이 지금 어디에 있으며 어떤 상태로 지내는지도 모르는 실정이었다. 에바가 자신을 해치려는 사람들에게 쫓기고 있지만 그는 도와줄 수도 없었다. 그는 올리나 엘린보르그에게 부검의에게서 들은 사실은 얘기하지 않았다.

"쪽지가 있잖아. 시체에 그게 놓인 건 우연이 아니야." 에를렌두르가 입을 열었다.

문이 갑자기 열리더니 법의학팀 팀장이 고개를 비쭉 내밀었다.

"난 퇴근합니다. 아직 다들 카메라를 조사하고 있는데, 보고할 만한 것이 발견되면 즉시 알려드리라고 해놨습니다." 그가 말했다.

그는 인사도 하지 않고 문을 닫고 사라졌다.

"아마 숲만 보고 나무는 보지 못하는 모양이야." 에를렌두르가 말했다. "어쩌면 여기 정말 간단한 해답이 있을지도 몰라. 어떤 미친 자식의 소행일 수도 있지. 그렇지만 내 생각에 이 사건은 아니라고 봐. 살인은 우리가 생각하는 것보다 뿌리가 더 깊을 수도 있어. 전혀 간단한 사건이 아닐지도 몰라. 어쩌면 모든 해답이 홀베르그라는 인물과 그가 과거에 저지른 일에 놓여 있을지도 몰라."

에를렌두르가 잠시 말을 끊었다.

"그리고 그 쪽지, '내가 바로 그다'라는 것 말인데, 그건 어떻게 했으면 좋겠나?"

"'친구들'이 보낸 것일 수도 있죠." 올리가 손가락으로 따옴표를 그려가며 말했다. "아니면 직장 동료거나. 그 방면으로는 별로 수사를 하지 않아서요. 사실 저는 나이든 여성을 찾는 일이 사건에 어떤 도움이 될지 전혀 모르겠습니다. 그 사람들에게 강간당한 적이 있는지를 어떻게 물어야 할지도 막막하고. 물을 때마다 몽둥이로 얻어맞을 지경이었어요."

"엘리디가 그전에 그 비슷한 거짓말을 한 적은 없나요?" 엘린보르그가 물었다. "그게 그 인간이 바라는 거 아닐까요? 우리를 갖고 노는 것. 그 생각은 해보셨어요?"

"아, 왜들 이러나." 에를렌두르가 더 이상 징징거리는 소리를 들어줄 수 없다는 듯이 말했다. "수사를 하다 보니 이런 쪽으로 오게 된 것 아닌가. 어디서 단서가 나왔건 간에, 그 단서를 수사해 보지 않는다는 건 잘못된 일 아냐? 나도 아이슬란드식 살인사건이 복잡하지 않다는 것은 잘 알아. 하지만 그저 우연이라고 하기에는 이 사건에는 뭔가 꼭 맞아 떨어지지 않는 점이 있어. 나는 이게 아무 생각 없이 저지른 사건 같지 않아."

에를렌두르의 책상 위에서 전화벨이 울렸다. 그는 수화기를 들고 잠시 동안 듣기만 한 다음 고개를 끄덕이고는, 고맙다고 말하고 수화기를 내려놓았다. 그가 의심하던 것이 확인된 순간이었다.

"법의학팀이야." 그가 올리와 엘린보르그를 바라보며 말했다. "그레타르의 카메라가 아우두르의 무덤을 찍는 데 사용되었다더군. 그 카메라로 다른 사진을 찍어보니까 똑같이 긁힌 자국이 나왔다고 해. 그럼 이제 적어도 그레타르가 그 사진을 찍었을 가능성이 크다는 사실은 알게 됐지. 다른 사람이 카메라를 빌려썼을 수도 있지만, 첫 번째가 더 가능성이 커."

"그래서 뭐가 어떻다는 겁니까?" 올리가 시계를 들여다보며 물었다. 그는 생일날 저지른 바보 같은 행동을 사과하는 차원에서 베르그토라에게 저녁을 사기로 돼 있었다.

"그러니까 그레타르는 아우두르가 홀베르그의 딸이라는 걸 알았다는 얘기가 되지. 그걸 아는 사람은 얼마 안 돼. 또 그레타르는 첫째, 그 무덤을 찾아갈, 둘째, 사진을 찍을 어떤 이유가 있었던 거지. 홀베르그가 부탁해서 그랬을까? 아니면 그에게 앙갚음을 하려고 그런 걸까? 그레타르의 실종사건이 그 사진과 관계가 있는 걸까? 그렇다면 어떻게? 그레타르가 사진으로 얻어내려 한 건 뭘까? 왜 홀베르그의 책상 속에 그 사진이 있었을까? 도대체 어떤 인간이 아이의 무덤 사진을 찍은 걸까?"

엘린보르그와 올리는 에를렌두르가 이렇게 질문을 던지는 것을 바라보기만 했다. 목소리가 점차 반쯤 속삭이는 톤으로 변해가고 있었다. 더 이상 그들과 얘기를 나누고 있는 것이 아니었다. 그는 자신의 내면으로 사라져 버렸다. 덩그러니 외진 마음속으로. 그는 가슴에 손을 얹고 본능적으로 문질렀다. 그는 자신이 뭘 하고 있는지 알아차리지 못하는 것 같았다. 올리와 엘린보르그는 서로 마주 보기만 할 뿐 물어볼 엄두도 내지 못했다.

“어떤 사람이 아이의 무덤 사진을 찍을까?” 에를렌두르가 다시 말했다.

그날 저녁 늦게 에를렌두르는 자신의 집에 수금원을 보내 에바를 만나려 한 장본인을 찾았다. 마약단속반이 그 사람에 대한 상세 정보를 보관하고 있다가 에를렌두르에게 보내준 것인데, 그 사람이 시내에 있는 나폴레옹이라는 술집에 드나든다는 것을 알게 되었다. 에를렌두르는 그리로 찾아가서 그 남자를 마주하고 앉았다. 이름은 에디였고, 나이는 마흔 살쯤으로 보였다. 뚱뚱하고 대머리였는데, 얼마 남지 않은 이빨은 전부 노랗게 변색되어 있었다.

“댁이 경찰이라고 해서 에바를 봐줄 줄 아쇼?” 에를렌두르가 자리에 앉자 그가 말했다. 서로 한 번도 만난 적이 없는데도 에를렌두르가 누군지 단번에 알아차린 모양이었다. 에를렌두르는 그가 자신을 기다리고 있었다는 느낌을 받았다.

“그 아이를 찾았소?” 에를렌두르가 묻고는 어두운 방 주위를 둘러보았다. 방 안에는 한심한 인간들 몇몇이 테이블에 앉아 터프가이인 양 폼을 잡고 있었다. 갑자기 술집 이름이 그럴듯하게 느껴졌다.

“내가 그 애하고 잘 안다는 건 아시죠? 에바가 원하는 건 죄다 내가 대줍니다. 어떤 때는 잘 갚는데, 질질 끌 때도 있죠. 무릎 다친 친구가 안부 전하랍디다.” 에디가 말했다.

“그 친구가 자네에게 일러바친 모양이군.”

“믿을 만한 사람은 찾기가 힘들지요.” 에디가 방을 죽 가리키며 말했다.

“얼만가?”

"에바요? 20만이요. 그리고 그냥 빚만 진 것도 아니지."

"나랑 거래를 하겠나?"

"원하신다면."

에를렌두르는 오는 길에 현금인출기에서 뽑은 2만 크로나를 꺼내어 테이블에 올려놓았다. 에디가 돈을 받아들고 조심스럽게 세어보더니 주머니에 넣었다.

"1~2주 안에 더 갖다주지."

"좋습니다."

에디가 에를렌두르를 탐색하듯 쳐다보았다.

"나를 심문하려 들 줄 알았는데요." 그가 말했다.

"뭐하러?" 에를렌두르가 대꾸했다.

"그 애가 어디 있는지 알거든요. 하지만 댁이 에바를 구해낼 수는 없을 거요."

에를렌두르는 그 집을 찾아냈다. 전에도 그런 일로 그 집에 찾아간 적이 있었다. 에바는 짐승 우리 같은 곳에 매트리스를 깔고 다른 사람들과 함께 누워 있었다. 몇몇은 그녀와 비슷한 나이 같았고, 또 몇몇은 나이가 많아 보였다.

현관문은 활짝 열려 있어서 거기까지 들어가는 데 장애물이라곤 입구에서 만난 남자 하나뿐이었다. 에를렌두르가 보기에 스무 살 남짓한 그 남자는 문 앞에 서서 팔을 휘둘러 댔다. 에를렌두르는 그를 벽에다 꽉 밀어붙인 뒤 밖으로 던져버렸다. 방에는 갓도 없는 전구가 달랑 천장에 매달려 있었다. 그는 몸을 구부려 에바를 깨웠다. 호흡은 고르고 정상이었는데 맥박이 조금 빨랐다. 에를렌두르는 그녀를 흔들다가 뺨을 살짝 때렸다. 에바가 눈을 떴다.

"할아버지." 하더니 에바가 다시 눈을 감았다. 에를렌두르는 딸을 둘러업고 방에서 나갔다. 꼼짝 않고 누워 있는 다른 사람들을 밟지 않도록 조심하면서. 그는 그들이 깨어 있는 건지 자는 건지 알 수가 없었다. 에바가 다시 눈을 떴다.

"그 여자가 여기 있어요." 그녀가 속삭였다. 에를렌두르는 그게 무슨 얘긴지 몰라 에바를 업고 차 있는 곳까지 갔다. 차 문을 열려고 에바를 잠시 내려놓자 그녀가 그에게 기대섰다.

"그 여자 찾았어요?" 딸이 물었다.

"누굴 찾아? 무슨 얘기를 하는 거냐?" 에를렌두르는 에바를 조수석에 태우고 안전벨트를 매주었다. 그러고는 운전석에 앉아서 차를 출발시키려 했다.

"그 여자 여기 있어요?" 에바가 눈도 뜨지 않고 물었다.

"젠장, 누구 말이야!" 에를렌두르가 소리쳤다.

"그 신부 말예요. 가르다바에르. 내 옆에 누워 있었어요." 에바가 말했다.

25

Tainted Blood

에를렌두르는 전화벨 소리에 잠에서 깼다. 눈을 뜨고 주위를 둘러볼 때까지도 전화벨 소리는 머릿속에서 계속 울렸다. 그는 거실 안락의자에서 잠이 들었었다. 코트와 모자는 소파에 팽개쳐져 있었다. 아파트 안은 어두웠고, 에를렌두르는 천천히 자리에서 일어나서 오늘도 똑같은 옷을 또 입을 수 있으려나 생각했다. 옷을 갈아입은 지가 언제인지도 기억나지 않았다. 그는 전화를 받으러 가는 길에 방 안을 들여다보았다. 침대에는 어젯밤에 데려다 놓은 두 여자가 그대로 잠들어 있었다. 그는 조심스럽게 문을 닫았다.

"카메라에 있는 지문이 사진에 있었던 것과 일치합니다." 에를렌두르가 마침내 전화를 받자마자 올리가 말했다. 에를렌두르가 무슨 소린지 빨리 알아듣지 못하는 바람에 올리는 같은 말을 두 번 반복해야 했다.

"그레타르의 지문 말하는 건가?"

"네, 그 사람 지문."

"홀베르그의 지문도 사진에 있던가? 도대체 그 친구들이 뭘 하고 있었던 거지?" 에를렌두르가 물었다.

"좆도 모르겠는데요."

"뭐라고?"

"아무것도 아닙니다. 아무튼 사진은 그레타르가 찍은 거예요. 그렇게 볼 수 있죠. 그 인간이 홀베르그에게 사진을 보여줬거나, 아니면 홀베르그가 사진을 발견한 거겠죠. 오늘도 후사비크의 여자를 찾으러 가야겠죠, 그렇죠? 다른 새로운 단서는 없습니까?"

"그래. 없네."

"지금 그라파르보구르로 가는 길입니다. 레이캬비크 쪽은 거의 끝난 것 같은데, 여기 일을 다 끝내고 나면 후사비크로 사람을 또 올려 보낼 겁니까?"

"그래야지." 에를렌두르가 대답하고 전화를 끊었다. 에바가 주방에 있었다. 전화벨 소리에 잠이 깬 모양이었다. 그녀는 옷을 그대로 입고 있었고, 가르다바에르의 그 여자도 마찬가지였다. 에를렌두르는 그 짐승 우리로 다시 들어가서 그녀를 둘러업고 나와, 그 둘을 모두 자기 집으로 데려왔다.

에바가 말도 없이 화장실로 갔다. 심하게 구토하는 소리가 들렸다. 그는 주방에 가서 커피를 아주 진하게 탔다. 이런 경우에 그가 아는 유일한 처방법이었다. 그런 다음 식탁에 앉아서 딸이 나오기를 기다렸다. 한참이 지났다. 그는 커피를 두 잔 따랐다. 에바가 마침내 화장실에서 나와 얼굴을 문질렀다. 상태가 좋아 보이지 않았다. 뼈만 앙상한 것이 살아 있는 게 신기할 정도였다.

"저 여자가 가끔 마약을 한다는 건 알고 있었어요. 하지만 만난 건 정말 우연이었어요." 에바가 에를렌두르 옆에 앉으면서 쉰 목소리로 말했다.

"너는 어떻게 된 거니?" 에를렌두르가 물었다.

에바가 에를렌두르를 쳐다보았다.

"노력 중이에요. 그런데 어렵네요." 에바가 대답했다.

"남자 둘이 널 찾아왔었다. 아주 입이 더럽더구나. 에디라는 인간한테 네가 빚졌다는 돈을 좀 줬다. 그 인간이 네가 그 소굴에 있다고 했어."

"에디는 괜찮은 편이에요."

"계속 노력은 해볼 거니?"

"아이를 지워야 할까요?" 에바가 바닥을 내려다보았다.

"모르겠다."

"아이를 망치지 않았을까 겁나요."

"어쩌면 네가 일부러 그러는지도 모르지."

에바가 아버지를 올려다보았다.

"아빠는 정말 구제불능이야."

"내가!"

"그래, 아빠가."

"내가 어떻게 생각해야 하는데? 한번 말해봐라!" 에를렌두르가 소리쳤다. "도대체 이런 자학을 언제까지 할 작정이냐? 너야말로 한심하기 짝이 없어. 넌 더 나아질 수 없다고 생각해서 그런 인간들과 좋아라고 다니는 거냐? 네가 무슨 권리로 네 인생을 그렇게 막 굴리는 거야? 도대체 어떤 권리로 네 속에서 자라는 생명을 함부로 대하는 거야? 너한테만 안 좋은 일이 일어난다고 생각하는 거냐? 이 세상에 너만큼 힘들게 사는 사람이 없다고 생각해? 난 지금 다섯 살도 되기 전에 죽은 여자아이 사건을 수사하고 있다. 병에 걸려서 죽었어. 아무도 그 아이를 파괴하고 죽인 게 뭔지 몰라. 그 아이 관 길이가 1미터도 안 되더구나. 내 말 듣고 있냐? 무슨 권리로 너는 그렇게 살고 있는 거야? 한번 말해 봐!"

에를렌두르가 고함을 쳐댔다. 그는 일어서서 식탁을 아주 세게 내리쳤다. 컵들이 들썩거렸다. 에를렌두르는 하나를 집어 에바 뒤쪽 벽에 힘껏 내던졌다. 화가 너무 나서 자기 스스로도 제어할 수가 없었다.

그는 식탁을 뒤집고, 주방 선반에 늘어선 것들도 모조리 쓸어버렸다. 냄비며 유리 등이 바닥과 벽에 요란한 소리를 내며 쏟아졌다. 에바는 꼼짝도 못하고 의자에 앉아서 아버지가 광기 부리는 것을 지켜보기만 했다. 그녀의 눈에 눈물이 고였다.

마침내 에를렌두르의 화가 가라앉았다. 그는 에바를 향해 돌아섰다. 그녀의 어깨가 떨렸다. 손에 얼굴을 파묻고 있었다. 그는 딸을 바라보았다. 더러워진 머리카락, 가는 팔, 그의 손가락보다 조금 굵을까 말까 한 손목, 떨고 있는 깡마른 몸, 맨발에 손톱 밑에는 때까지 끼어 있었다. 그는 딸에게 다가갔다. 손을 얼굴에서 떼어내려 했지만 그녀는 완강했다. 그는 딸에게 사과하고 싶었다. 품에 안아주고 싶었다. 그러나 아무것도 하지 않았다.

대신, 딸 옆에, 바닥에 앉았다. 전화가 울렸지만 받지 않았다. 방 안에 있는 여자 쪽에선 아무 소리도 들리지 않았다. 전화벨이 멈추자 아파트 안은 다시 조용해졌다. 들리는 소리는 에바의 흐느낌뿐이었다. 에를렌두르는 자신이 좋은 아버지가 아니거니와, 소리친 내용도 자신을 향한 것임을 잘 알고 있었다. 그 얘기들 대부분은 자기 자신에게나 어울리는 것이었다. 에바에게 화가 난 것만큼이나 자신에게도 화가 나 있었던 것이다. 심리학자라면 그가 분노를 딸에게 표출했다고 할 것이다. 그러나 에를렌두르의 말이 효과가 있긴 했던 모양이다. 그는 에바가 우는 것을 여태 본 적이 없었다. 아주 어렸을 때 이후론. 그는 딸이 두 살 때 집을 나왔다.

마침내 에바가 얼굴에서 손을 떼고 코를 훌쩍이며 얼굴을 닦았다.

"저 여자 아빠래요." 그녀가 말했다.

"아빠라고?" 에를렌두르가 물었다.

"괴물 말예요. '그는 괴물이 되어버렸다. 내가 무슨 짓을 한 거지?' 라고 쓴 거. 그게 저 여자 아빠래요. 저 여자 가슴이 커지기 시작하니까 아빠가 몸을 더듬더래요. 그리고 점점 심해졌대요. 결혼식에서조차도 손을 댔대요. 아무도 없는 방으로 데려가서는 웨딩드레스를 입고 있으니까 정말 섹시해 보인다면서 못 참겠다고 했대요. 딸이 집을 떠난다니까 더 그렇다면서. 그러고는 섹스까지 하려고 했나 봐요. 저 여자는 기겁했대요."

"대단한 사람들이군." 에를렌두르가 신음했다.

"가끔 마약을 하는 건 알고 있었어요. 전부터 좀 구해 달라고 나한테 말했거든요. 그런데 그 일 이후로 완전히 돌아서 에디를 찾아간 거죠. 그 이후로 그 짐승 우리 같은 곳에 계속 누워 있었던 거예요."

에바가 말을 멈췄다.

"내 생각엔 그 엄마도 알고 있었던 것 같아요." 에바가 한참 뒤에 말했다. "항상. 그런데도 저 여자는 아무것도 하지 않았어요. 집도 너무 좋고, 차도 좋은 걸 사줬으니까."

"왜 경찰에 신고하지 않았을까?"

"어우, 왜 이러세요."

"왜?"

"겨우 집행유예 3개월 받는 걸 보려고 그 고생을 하라고요? 말도 안 되지."

"어떻게 할 거래?"

"그 남자한테 돌아갈 거래요. 신랑한테. 그 사람을 좋아하는 것 같아요."

"자학하고 있는 모양이구나, 응?"

"어떻게 해야 할지 모르는 모양이에요."

"'내가 무슨 짓을 했지?'라고 쓴 걸 보니 자기 잘못이라고 생각하는 거야."

"저 여자가 저 꼴이 된 게 이상할 것도 없어."

"항상 빌어먹을 변태 자식들이 제일 행복한 것 같단 말야. 양심에 거리끼는 건 하나도 없다는 듯이 세상을 비웃고 있으니."

"나한테 다신 그런 식으로 말하지 마세요. 절대로." 에바가 말했다.

"에디 말고도 또 빚진 사람 있니?" 에를렌두르가 물었다.

"좀 있어요. 에디가 제일 큰 골치였고."

전화벨이 다시 울리기 시작했다. 방에 있던 여자가 몸을 뒤척이더니 일어나 앉아 주위를 둘러보고는 침대에서 빠져나왔다. 에를렌두르는 전화를 받아야 할지 말아야 할지 생각했다. 일하러 나가야 할지, 오늘 하루를 에바와 보내야 할지도. 그녀와 함께 있어 주든가, 아니면

산부인과에 데려가 검사를 받게 할 수도 있다. 태아라고 부를 수 있을지는 모르지만, 아무튼 모든 것이 정상인지 확인해 보고. 딸의 곁을 지켜주면서.

그러나 전화는 도대체 멈출 줄을 몰랐다. 여자가 복도로 나와 어리둥절한 표정으로 주위를 둘러보았다. 그녀가 아파트에 누가 있느냐고 소리쳤다. 에바가 주방에 있다고 큰 소리로 대답했다. 에를렌두르는 일어서서 주방 문 앞에서 그 여자에게 인사를 건넸다. 안녕하세요 하고. 그녀는 대답하지 않았다. 둘 다 입었던 옷을 그대로 입은 채 잠을 잤다. 그녀는 에를렌두르가 다 부숴버린 주방을 둘러보고는 곁눈으로 그를 흘겨보았다.

결국 에를렌두르는 전화를 받았다.

"홀베르그의 지하실에서 무슨 냄새가 났나?" 에를렌두르가 마리온 브리엠의 목소리를 알아차리는 데 한참이 걸렸다.

"냄새라뇨?" 에를렌두르가 물었다.

"거기 지하실 어땠냐고?" 마리온 브리엠이 반복해서 물었다.

"지저분한 지하실 냄새였죠. 습한 냄새, 악취. 글쎄, 말 냄새 같은 거?" 에를렌두르가 대답했다.

"아냐, 말 냄새가 아니야. 노르두르미리에 관한 것을 읽었네. 배관공 친구 한 명에게 얘기를 했더니 다른 배관공을 소개시켜 주더군. 배관공들 여럿하고 얘기를 해봤네."

"배관공은 왜요?"

"이 사건 전체가 아주 흥미로워. 자네, 나한테 사진에 있었던 지문 얘기는 안 했더군." 마리온이 힐책하는 투로 말했다.

"못했죠. 거기까지는 미처 말씀 못 드렸죠."

"그레타르와 홀베르그에 대해서도 들었네. 그레타르는 죽은 여자아이가 홀베르그의 딸이라는 것을 알고 있었어. 그 외에 알고 있었던 것이 또 있었는지도 모르지."

에를렌두르가 침묵을 지키다가 마침내 물었다.

"무슨 말씀이십니까?"

"자네, 노르두르미리의 가장 중요한 점이 뭔지 아나?" 마리온 브리엠이 말했다.

"아뇨." 에를렌두르는 마리온 브리엠의 생각을 따라가기가 힘들다고 느꼈다.

"그땐 미처 그 생각이 나질 않았어."

"뭔데요?"

마리온이 다음 말에 뭔가 무게를 두려는 듯 뜸을 들이더니 말했다.

"노르두르미리(Nordurmyri). 북쪽의 늪(North Mire)."

"그래서요?"

"거기 집들은 늪지대 위에 지어진 거야."

26

Tainted Blood

올리는 놀라지 않을 수 없었다. 문을 열어준 여자가 설명도 하기 전에 자기가 무슨 일로 찾아왔는지 이미 알고 있었기 때문이다. 그는 이번에도 계단에 서 있었다. 이번에는 그라파르보구르에 있는 3층짜리 아파트 건물이었다. 그는 자기소개도 생략하고 자기가 왜 왔는지 설명하려던 참이었다. 그런데 여자가 그를 집 안으로 들어오라고 하면서 기다리고 있었다고 말하는 것이었다.

아주 이른 아침이었다. 바깥에는 가랑비가 내리고 있었고 음산한 가을 날씨는 도시 전역에 퍼져 있었다. 곧 겨울이 다가오고, 날씨는 더 춥고 음산해진다는 걸 확인시켜 주듯이. 라디오에서는 사람들마다 몇십 년 만에 찾아온 최악의 비의 저주라고 얘기하고 있었다.

여자는 코트를 받아 주겠다고 했다. 올리가 건넨 코트를 옷장에 걸어주었다. 여자와 비슷한 나이 또래의 남자가 작은 주방에서 나와서는 악수를 청하며 인사를 건넸다. 둘 다 70대였는데, 막 조깅이라도 하러 나갈 듯이 운동복 차림에 하얀 양말을 신고 있었다. 아침식사 중에 방해를 한 모양이었다.

아파트는 굉장히 작았지만 구조가 효율적이었다. 작은 화장실, 작은 주방, 거실과 넓은 방 하나. 안이 찌는 듯이 더워서 올리는 커피를 받아들고, 또 물 한 잔을 따로 청했다. 들어서자마자 목이 바짝 타들어갔다. 그들은 날씨 얘기를 몇 마디 주고받았으나 올리는 더 기다릴 수가 없었다.

"마치 저를 기다리고 계셨던 것 같은데요." 그가 커피를 마시면서 말했다. 커피는 너무 연했고 맛이 없었다.

"모든 사람이 그쪽에서 찾는 그 불쌍한 여자 얘기만 하고 있으니까요." 그녀가 말했다.

올리가 멍하니 그녀를 바라보았다.

"후사비크에서 온 사람들 모두가 말예요." 여자가 말했다. 마치 그렇게 뻔한 것까지 설명해야 하느냐는 듯이. "당신들이 그 여자를 찾기 시작한 이후로 다른 얘기는 거의 들은 적이 없어요. 이 동네에 아주 큰 후사비크 출신자 모임이 있거든요. 다들 당신이 그 여자를 찾고 있다는 걸 알고 있을 거예요."

"그럼 동네에 소문이 퍼졌습니까?" 올리가 물었다.

"북쪽에 살다가 이리로 이사 온 친구 세 명이 어젯밤 전화를 했더군요. 후사비크에서도 전화가 왔었어요. 다들 그 얘기만 하고 있지요."

"그래서 어떤 결론이라도 났습니까?"

"아뇨." 그녀가 말하고는 남편을 바라보았다. "그 남자가 그 여자한테 무슨 짓을 한 거죠?"

그녀는 호기심을 전혀 감추려 하지 않았다. 참견하고 싶은 내색도 숨기려 하지 않았다. 올리는 그녀가 자세한 내용을 알아내려고 안달하는 게 역겨웠다. 본능적으로 그는 말을 삼갔다.

"폭행사건이었습니다. 피해자를 찾고 있죠. 그건 이미 알고 있으시겠죠?"

"아, 그럼요. 그런데 왜요? 그 사람이 그 여자한테 무슨 짓을 했는데요? 그리고 왜 지금에 와서? 내 생각에는, 아니 우리 생각엔," 그녀는 조용히 얘기를 듣고 있는 남편을 힐긋 쳐다보았다. "세월이 다 지난 이 마당에 그게 무슨 상관인지 좀 이상하네요. 듣기로는 성폭행을 당했다던데, 맞아요?"

"안타깝게도 더 자세한 것은 말씀드릴 수 없습니다. 다만, 그렇게 소란을 떨 만한 일은 아닌 것 같습니다. 다른 분들과 얘기하시면서 말이죠. 혹시 저에게 도움될 만한 얘기가 있으십니까?"

노부부는 서로를 쳐다보았다.

"소란을 떤다고?" 그녀가 놀라며 말했다. "우린 절대 소란 떠는 게 아니에요. 에이비, 당신도 우리가 그렇다고 생각해요?" 그녀가 남편을 돌아보며 말했다.

남편은 뭐라고 대답해야 할지 모르는 것 같았다. "빨리 대답해 봐요!" 그녀가 날카롭게 말하자 남편이 입을 떼었다.

"아니, 뭐 꼭 그렇다고는 할 수 없지. 그렇지 않아."

올리의 휴대폰이 울렸다. 그는 휴대폰을 에를렌두르처럼 주머니에 대충 넣어서 보관하지 않았다. 잘 다린 바지에 맨 벨트에 휴대용 고리로 부착해 놓았다. 올리는 노부부에게 양해를 구하고 일어나서 전화를 받았다. 에를렌두르였다.

"홀베르그의 아파트로 오겠나?" 그가 물었다.

"무슨 일입니까?" 올리가 말했다.

"땅 팔 일이 또 생겼네." 에를렌두르가 말하고는 전화를 끊었다.

올리가 노르두르미리에 도착해 보니 에를렌두르와 엘린보르그는 이미 그곳에 와 있었다. 에를렌두르는 지하실 문 앞에 서서 담배를 피우고 있었으며 엘린보르그는 집 안에 있었다. 그가 보기에 엘린보르그는 열심히 무슨 냄새를 맡고 돌아다니는 것 같았다. 고개를 삐죽 내밀고 코를 킁킁거리며 숨을 내쉰 다음에는 또 다른 곳에 가서 냄새를 맡았다. 올리가 에를렌두르를 쳐다보자, 에를렌두르는 어깨를 한번 으쓱하더니 담배를 정원으로 던져 버리고는 그와 함께 지하실로 들어갔다.

"여기서 무슨 냄새가 나는 것 같나?" 에를렌두르가 올리에게 물었다. 올리도 엘린보르그처럼 허공에 대고 킁킁거리기 시작했다. 그들은 코를 쳐들고 방들을 오갔다. 에를렌두르만 빼고. 그는 오랫동안 담배를 피워서 후각이 그리 좋지 못했다.

"처음 여기 들어왔을 때, 이 건물 안이나 아파트에 누가 말을 키우나 했어요. 말이나 승마용 부츠, 안장 뭐 그런 것에서 풍기는 냄새가 났거든요. 마구간이랑 말똥 냄새랄까. 제가 남편이랑 처음으로 산 아파트에서도 꼭 이런 냄새가 났어요. 하지만 거기도 말 키우는 사람이 살았던 건 아니었죠. 오물이랑 습기 때문에 그랬던 거예요. 히터가 새서 물이 카펫과 나무 바닥으로 흘렀는데 아무도 고칠 생각을 안 했으니까요. 게다가 남는 화장실을 방으로 개조했는데, 배관공이 일을 제대로 해놓지 않았어요. 하수구 구멍에다 지푸라기 몇 가닥 넣고 그 위에 콘크리트만 얇게 발라놓았죠. 그래서 수리한 부분에서 항상 하수구 냄새가 올라왔어요." 엘린보르그가 말했다.

"그 얘기는?" 에를렌두르가 물었다.

"냄새는 똑같은 것 같은데, 여기 냄새가 더 지독하네요. 습기랑 오물이 차오른 데다 하수구에 쥐들도 있나 봐요."

"마리온 브리엠을 만났네." 에를렌두르가 말했다. 두 사람이 그 이름을 알까 생각하면서. "마리온이 노르두르미리에 관한 책을 읽다가 이 지역이 늪지대였다는 사실이 중요하다고 생각했지."

엘린보르그와 올리가 시선을 교환했다.

"노르두르미리는 레이캬비크 중심지에 자리 잡은 아주 특별한 동네지." 에를렌두르가 계속 말을 이어갔다. "여기 집들은 전쟁 중에, 또는 전쟁이 끝나자마자 지어졌어. 아이슬란드가 그때 독립국가가 되었고, 사람들의 입에 오르내리는 영웅들의 이름을 따 거리 이름도 지었어. 구나르스브라우트, 스케기야가타 같은 사람들. 그야말로 온갖 계층의 사람들이 이리로 다 모여들었지. 잘사는 사람—갑부들도 있었지—에서 못사는 사람들까지 다양했어. 돈 한 푼 없는 사람들은 이런 싸구려 지하 아파트에 세를 들어 살았네. 홀베르그 같은 노인네들이 노르두르미리엔 많이 살고 있지. 물론 대부분이 홀베르그보다야 훨씬 양반들이지만, 그 사람들도 꼭 이런 종류의 아파트에서 살고 있네. 다 마리온한테서 들은 얘기야."

에를렌두르가 잠시 말을 쉬었다.

"노르두르미리의 또 하나 특색은 바로 이런 식의 지하 아파트야. 원래는 이런 지하 아파트가 없었어. 그런데 주인이 개조해서 주방을 만들고 벽을 세우고 방을 만들어 살 만한 장소로 바꾼 거지. 그전에는 이런 지하실은 일하는 곳으로 쓰였어. 마리온이 뭐라고 불렀더라? 하인 방? 그게 뭔지 아나?"

그들은 모두 고개를 저었다.

"하긴 자네들은 너무 어리지." 에를렌두르는 두 사람이 이 말을 아주 싫어한다는 것을 잘 알고 있었다. "이런 지하실은 여자들 방이었어. 부자들에게 고용된 하녀들. 이런 토굴 같은 곳에 방이 있었던 거야. 세탁실도 있었고, 예를 들면 해기스* 같은 음식을 만드는 방이나 저장고, 화장실 등 뭐 그런 것들 말야."

"늪지대라는 것도 잊지 마시고요." 올리가 비꼬듯이 말했다.

"지금 뭔가 중요한 얘기를 하시려고 했던 것 같은데요?" 엘린보르그가 물었다.

"이런 지하실 밑에는 건물 토대가 있는데……." 에를렌두르가 말했다.

"그것 참 특이하군." 올리가 엘린보르그를 쳐다보며 말했다.

"다른 집들도 모두 그렇듯 말이야." 에를렌두르가 올리에게 빈정거릴 틈을 주지 않고 계속 말을 이어갔다. "마리온 브리엠처럼 배관공하고 얘기를 해보았더니……."

"도대체 그 마리온 브리엠은 누굽니까?" 올리가 물었다.

"배관공들이 노르두르미리 지역으로 자주 수리를 나갔었다는 사실을 알게 된 거야. 집이 늪지대에 지어졌기 때문에 몇 년 혹은 몇십 년이 지나고 나니 문제들이 생긴 거지. 문제 있는 집도 있고, 없는 집도

* Haggis: 양의 내장을 다져 오트밀 등과 함께 양의 위 속에 넣어 삶은 요리.

있어. 문제 있는 집들은 밖에서도 티가 나지. 외벽에 자갈 박힌 모르타르를 덧입혀 놓았거든. 그래서 모르타르를 덧입힌 곳이 어느 부분인지, 그리고 맨 벽이 지면 높이에서 시작된다는 것도 볼 수 있어. 모르타르를 씌운 부분은 보통 한두 자 정도지. 요점은 말이야, 집 안에서도 땅이 내려앉는다는 거야."

에를렌두르는 둘의 미소가 사라지는 것을 눈치챘다.

"부동산업자들은 이런 걸 두고 잠복된 결함이라고 하는데, 이런 종류의 문제는 다루기가 힘들다더군. 집이 내려앉기 시작하면 하수구 배관에 압력이 가해져 마루 밑에서 배관이 터지게 돼. 모르는 사이에 화장실 물을 내리면 그게 집 맨 밑으로 들어가는 거야. 그럼 콘크리트에서는 냄새도 빠지지 않고, 그런 식으로 몇 년이 가게 되는 거지. 게다가 군데군데 습기 때문에 얼룩이 지게 돼. 보통은 온수가 하수구 배관으로 연결되어 빠져나가는데, 이런 오래된 집에서는 하수구 배관이 터져서 그게 지하실로 스며들거든. 그럼 지하실 온도는 높아지고, 수증기가 표면으로 올라오면서 나무 마루가 뒤틀리게 되는 거지."

두 사람은 에를렌두르의 얘기에 주의를 기울였다.

"그걸 고치려면 바닥을 뜯어내야 해." 에를렌두르가 말을 계속 이어갔다. "그리고 집 맨 아래까지 파고 내려가서 배관까지 고쳐야 하지. 배관공들이 마리온에게 한 얘기는 가끔 바닥을 드릴로 뚫고 내려가다 보면, 밑이 빈 경우가 있다는 거야. 어떤 집들은 토대가 얇고, 그 밑으로 구멍이 나 있대. 집이 두세 자 정도 가라앉아 있다는 거지. 그게 늪지대라서 그렇다는 거야."

올리와 엘린보르그는 서로를 쳐다보았다.

"그럼 이 바닥 아래가 비어 있다는 겁니까?" 엘린보르그가 바닥을 발로 쿵쿵 구르며 말했다.

에를렌두르가 미소를 지었다.

"마리온이 용케 이 집을 수리했었던 배관공을 찾아냈네. 바로 그 전국축제가 있던 해였지. 사람들이 그 해는 모두들 기억하지. 게다가 그 배관공은 바닥에 낀 습기 때문에 이 집을 아주 잘 기억하고 있다더군."

"무슨 말을 하려는 겁니까?" 올리가 물었다.

"배관공이 여기 바닥을 뜯어냈지. 토대가 그렇게 두껍지는 않았어. 밑에는 빈 공간이 여러 군데 있었고. 그런데 그 배관공이 그때 일을 똑똑히 기억하고 있는 게, 홀베르그가 일을 다 마치지 못하게 해서 놀랐다는 거야."

"어째서요?"

"배관공이 바닥을 뜯어내고 파이프를 고쳤는데, 그 시점에서 일을 멈추게 하고는 나머지는 자기가 고치겠다고 했다는 거야. 정말로 그렇게 했대."

두 사람은 한참 침묵을 지켰다. 마침내 올리가 참지 못하고 질문을 던졌다.

"마리온 브리엠? 마리온 브리엠!"

올리가 이해하기 어렵다는 듯이 몇 번 되풀이해서 이름을 말했다. 에를렌두르가 옳았다. 그는 너무 어려서 마리온이 경찰이었다는 것을 기억하지 못했다. 올리는 마치 그게 무슨 수수께끼라도 되는 양 그 이름을 반복해서 말했다. 그러더니 갑자기 멈추고 진지한 표정으로 에를렌두르를 바라보더니 마침내 물었다.

“잠깐만, 그 마리온이란 사람이 누구죠? 무슨 이름이 그렇습니까? 여잡니까, 남잡니까?”

“나도 때론 그게 궁금해.”

에를렌두르는 휴대폰을 꺼냈다.

27

Tainted Blood

법의학팀은 지하실 바닥을 모두 뜯어내기 시작했다. 주방과 화장실 그리고 서재까지 모두. 이 작업에 필요한 허락을 받아내는 데만 한나절이 걸렸다. 에를렌두르는 경찰국장을 만나 사건을 설명했다. 국장은 홀베르그의 지하실 바닥을 파헤쳐야 할 만큼 의심의 여지가 충분하다는 점에 마지못해 동의했다. 일은 그때부터 순식간에 진행되었다. 바로 그 아파트가 살인사건이 일어난 건물이었기 때문이다.

에를렌두르는 그 작업을 홀베르그 살인사건과 연관시켜서 발표했다. 그는 그레타르가 그곳에 있을지 모르며, 살인자와 연관성이 있을 수 있다고 암시했다. 이 작업은 말하자면 꽃놀이패와 같은 것이었다. 혹 마리온 브리엠의 예감이 맞는다면 그레타르는 용의자 선상에서 제외되고, 25년간이나 풀지 못했던 실종의 수수께끼도 풀 수 있게 되는 것이다.

그들은 홀베르그의 붙박이 가구와 그 안에 들어 있는 것들을 제외한 모든 집기를 옮겨 실을 만한 초대형 화물트럭을 불렀다. 트럭이 집으로 후진해 들어왔을 때는 날이 저물어가고 있었다. 곧이어 압축드릴을 실은 트랙터가 도착했다. 법의학 전문가들이 전부 그리로 모였고, 다른 형사들도 합류했다. 건물에 사는 사람들은 다 어디로 갔는지 보이지 않았다.

비는 전날에도 그랬듯 하루 종일 내리더니 이제는 이슬비로 변했다. 찬 가을바람에 빗줄기가 흩어지면서 에를렌두르의 얼굴에 와 닿았다. 그는 한쪽에 기대서서 손가락 사이에 담배를 끼워 들고 있었다. 올리와 엘린보르그도 그 옆에 있었다. 건물 앞에 사람들이 모여들었지만 가까이 오는 것은 꺼리는 것 같았다. 군중 속에는 기자, 방송국 카메라맨, 사진기자들이 섞여 있었다. 신문사와 방송국 로고가 새겨진 온갖 크기의 차들이 동네에 쫙 깔려 있었고, 모든 언론과의 접촉을 금했던 에를렌두르는 저 사람들을 쫓아내야 할지 고민스러웠다.

홀베르그의 지하실은 곧 비워졌다. 트럭을 여전히 앞마당에 세워놓은 채 그 집기들을 다 어떻게 할 것인지 회의를 했다. 회의 끝에 에를렌두르는 그 물건들을 경찰 창고로 보내라고 지시했다. 카펫과 장판도 트럭에 싣는 것이 보였다. 잠시 후 덜컹거리면서 트럭이 거리를 빠져나갔다.

법의학팀 팀장이 에를렌두르에게 악수를 청하며 인사를 건넸다. 그는 50세 정도로 이름은 라그나르였다. 뚱뚱한 체격에 검은 빗자루 같은 머리칼이 사방으로 뻗쳐 있었다. 그는 영국에서 교육을 받았고, 영국 스릴러 소설만 읽었으며, 텔레비전에서 방영되는 영국 탐정 시리즈라면 사족을 못 쓰는 사람이었다.

"또 무슨 터무니없는 짓에 우리를 끌어들인 겁니까?" 그가 언론에서 나온 사람들을 돌아다보며 말했다. 농담하는 투였다. 그는 시체를 찾기 위해 바닥을 뜯어내는 것이 아주 잘하는 일이라고 생각하고 있었다.

"어떻습니까?" 에를렌두르가 물었다.

"바닥 전체에 선박용 페인트를 두껍게 발라놓았습니다. 어디를 고쳤는지 알아보기 힘들게 해놨어요. 콘크리트가 깔린 시기나, 어디에 뭘 손댔는지 구분할 수가 없어요. 바닥을 망치로 두드려보고 있는데, 거의 모든 곳이 비어 있는 것 같더군요. 땅이 가라앉아서 그런 건지, 아니면 다른 이유가 있는 건진 모르겠습니다. 건물에 쓰인 콘크리트는 단단하고 품질이 좋은 겁니다. 무슨 알칼리 따위가 아니고. 하지만 바닥에는 습기로 얼룩진 부분이 많습니다. 혹시 접촉해 보셨다던 배관공이 좀 도와줄 순 없을까요?" 라그나르가 말했다.

"그 사람은 지금 아쿠레이리에 있는 양로원에 있습니다. 죽기 전에는 남쪽으로 오기 힘들다고 하더군요. 하지만 바닥의 어디를 열었는지는 꽤 자세하게 설명해 주었습니다."

"지금 하수구 배관으로 카메라를 넣고 있는 중입니다. 배관이 다 괜찮은지, 혹시 예전에 수리한 부분은 없는지 찾아보려는 거죠."

"저렇게 많이 뚫어야 하나요?" 에를렌두르가 트랙터를 턱으로 가리키며 물었다.

"모르겠습니다. 작은 전기드릴이 있긴 한데, 그걸로는 젖은 부분을 뚫을 수가 없어서요. 압축드릴도 작은 게 있습니다. 빈 곳을 발견하면 그걸로 토대를 뚫고 작은 카메라를 밀어 넣을 수 있죠. 망가진 하수구 배관을 조사할 때 쓰는 카메랍니다."

"그렇게 되면 다행이겠네. 이 집 전체를 뚫어놓을 순 없잖습니까."

"어차피 냄새도 지독한데요 뭘." 법의학팀 팀장이 말했다. 두 사람은 함께 지하실로 걸어갔다. 하얀 종이로 된 작업복 차림의 법의학 전문가 세 명이 고무장갑을 낀 채 망치를 들고 아파트 안을 돌아다니고 있었다. 그들은 돌바닥을 쿵쿵 쳐보고 텅 빈 소리가 들리는 곳마다 파란색 매직펜으로 표시를 했다.

"건물관리청 자료에 따르면 이 지하실은 1959년에 아파트로 개조됐더군요." 에를렌두르가 말했다. "홀베르그는 1962년에 이 집을 사서 바로 이사 왔을 겁니다. 그 이후로 여기에서 계속 살았고."

법의학팀 사람 하나가 다가와서 에를렌두르에게 인사를 건넸다. 남자는 각 층의 건물 도면을 들고 있었다.

"각 층마다 한가운데에 변기가 있습니다. 하수구 배관은 위층에서부터 내려와 지하실의 변기가 있는 맨 밑바닥을 통과합니다. 변기는 지하실이 아파트로 개조되기 전부터 있었으니, 대충 이 아파트가 변기를 중심으로 설계되었다는 것이 상상이 가실 겁니다. 변기 파이프는 화장실 하수구 배관과 연결되어 있고, 파이프가 계속 동쪽으로 뻗어 나가면서 거실 일부와 방을 지나 거리로 나가게 되어 있습니다."

"우리 작업은 하수구 파이프에만 한정된 것이 아니네." 팀장이 말했다.

"물론이죠. 하지만 거리에서부터 배수구로 카메라를 넣어봤습니다. 이 설계도에 의하면 방에 들어가면서부터 파이프가 두 갈래로 나뉩니다. 제 생각에 바닥을 뜯어낸 부분은 그 근처가 아닌가 싶습니다."

라그나르는 고개를 끄덕이고 에를렌두르를 바라보았다. 에를렌두르는 마치 법의학팀 일은 자신과는 상관없다는 듯이 어깨만 들썩했다.

"파이프가 나뉜 지는 그리 오래되지 않았을 겁니다. 냄새도 거기서 나오는 것이 틀림없고요. 그 남자가 밑바닥에 25년 전에 매장되었다는 겁니까?" 법의학팀 팀장이 말했다.

"적어도 실종된 건 그때지요." 에를렌두르가 대답했다.

대화는 벽을 두드리는 망치 소리에 묻혀버렸다. 텅 빈 집 안에 소리가 지속적으로 울려 퍼졌다. 법의학팀 기사가 작은 여행가방 크기의 검정색 상자를 열더니 귀마개를 꺼내어 끼고, 작은 전기드릴을 집어서 상자에 연결했다. 몇 번 드릴 방아쇠를 시험 삼아 당겨보더니 바닥에 밀어 넣고 부수기 시작했다. 소음이 끔찍하리만치 심해서 나머지 법의학팀 사람들도 모두 귀마개를 꺼내어 꼈다. 그러나 진척이 거의 없었다. 콘크리트는 워낙 단단해서 조금도 부서지지 않았다. 그는 뚫던 것을 포기하고 머리를 흔들었다.

"트랙터 엔진을 켜야겠어요." 법의학팀 기사가 말했다. 미세한 먼지가 그의 얼굴을 덮고 있었다. "압축드릴을 들여와야겠습니다. 마스크도 필요하고요. 어떤 멍청한 인간이 이런 일을 시킨 겁니까?" 그가 바닥에 침을 뱉으며 말했다.

"홀베르그가 바닥을 뚫으려고 압축드릴을 사용했을 리는 없는데." 법의학팀 팀장이 말했다.

"기를 쓰고 바닥을 뚫을 필요까진 없었겠죠. 배관공이 바닥에 구멍을 내줬으니까."

"그럼 홀베르그가 남자를 그 구멍에 집어넣었단 말입니까?"

"두고 봅시다. 어쩌면 건물 아랫부분을 대대적으로 수리하려고 그랬는지도 모르죠. 우리가 뭘 잘못 알았을 수도 있고."

에를렌두르는 밤공기 속으로 걸어 나왔다. 올리와 엘린보르그는 차에 앉아 올리가 가장 가까운 노점에서 사온 핫도그를 먹고 있었다. 계기판 위에는 에를렌두르 몫의 핫도그가 그를 기다리고 있었다. 에를렌두르는 게걸스럽게 핫도그를 먹어치웠다.

"만일 여기서 그레타르의 시체가 발견되면 그건 무슨 얘기가 되나요?" 엘린보르그가 에를렌두르에게 묻고는 입가를 닦았다.

"알면 얼마나 좋겠나." 에를렌두르가 신중하게 대답했다. "알면 얼마나 좋겠어."

바로 그때 경찰서장이 그들을 향해 급하게 다가와서 차창을 두드리는 바람에 열었더니, 에를렌두르를 잠깐 보자며 불러냈다. 올리와 엘린보르그도 차에서 내렸다. 경찰서장의 이름은 롤푸르이며 낮에는 병 때문에 출근하지 않았었는데 지금은 건강해 보였다. 그는 너무 비대해서 옷으로도 몸매가 가려지지 않았다. 게다가 아주 둔해서 수사에 도움이 되는 일은 거의 하지 않는 사람이었다. 매년 병가도 일주일씩 받고는 했다.

"이 수색작업 얘길 왜 나에겐 하지 않은 건가?" 서장이 물었다. 화가 난 티가 역력했다.

"아파서 안 나오셨잖아요." 에를렌두르가 대답했다.

"말도 안 돼. 자네 멋대로 부서를 움직이려고 하지 마. 나는 자네 상사야. 이런 수색작업을 하기 전엔 나한테 먼저 보고를 해. 잔머리 굴리지 말고 말야!"

"잠깐만, 전 서장님이 아프신 줄 알았는데요." 에를렌두르가 놀란 척하며 같은 말을 반복했다.

"도대체 국장은 어떻게 속여먹은 거야? 저 바닥에 사람이 있다는 생각은 또 어떻게 한 거고? 단서도 하나 없는 주제에! 기껏해야 건물 기반과 냄새 같은 개소리밖에 더 있냐고. 자네 미쳤어?"

올리가 머뭇거리면서 두 사람 곁으로 다가갔다.

"반장님, 여기 이 여자분과 통화를 하셔야 할 것 같은데요." 에를렌두르가 차에 놔둔 휴대폰을 올리가 들고 있었다. "사적인 문제랍니다. 화가 단단히 났는데요."

롤푸르가 올리를 향해 방해하지 말고 꺼지라고 말했다.

올리는 움직이지 않았다.

"반장님, 지금 당장 이 여자분과 얘기하셔야겠습니다."

"이게 무슨 짓들이야? 내가 여기 없는 것처럼 행동하잖아!" 롤푸르가 발을 구르며 소리쳤다. "에를렌두르, 지금 작당이라도 하는 거야? 냄새가 난다고 건물을 때려 부수면, 다음부터는 아예 아무것도 못한다고. 이건 정말 말도 안 돼! 웃기는 짓이라고!"

"마리온 브리엠이 이 흥미진진한 생각을 해냈죠." 에를렌두르가 아까처럼 차분한 목소리로 말했다. "그리고 저도 수사할 만한 가치가 있다고 생각했습니다. 국장님도 마찬가지였고요. 연락을 안 드린 점은 죄송합니다만, 건강하신 것을 보니 다행이네요. 서장님, 정말 생기발랄해 보인다는 말씀을 꼭 드려야겠습니다. 잠시 실례하겠습니다."

에를렌두르는 롤푸르를 지나쳐 가버렸다. 롤푸르는 그와 올리를 노려보며 무슨 말인가를 하려 했지만 말은 나오지 않았다.

"지금 한 가지 막 생각난 게 있네. 벌써 했어야 했어." 에를렌두르가 말했다.

"뭡니까?" 올리가 물었다.

"항구등대관리과에 연락해서 홀베르그가 후사비크나 그 근처에 60년대 초반에 살았었는지 알아보게."

"알겠습니다. 여기요, 이 여자분과 얘기해 보시죠."

"어떤 여자?" 에를렌두르가 대꾸하고는 전화를 받았다. "나는 별로 아는 여자가 없는데."

"휴대폰으로 통화를 연결했더군요. 사무실로 전화해서 반장님을 찾았던 모양입니다. 바쁘다고 말을 했는데, 여자가 도무지 말을 듣지를 않더라고요."

바로 그때 트랙터에 연결된 공기압축 드릴이 돌아가기 시작했다. 고막이 터질 것 같은 소리가 지하실에서 들리더니 진한 먼지구름이 뿜어져 나왔다. 경찰은 창문을 모두 막아서 아무도 들여다볼 수 없게 해놓았다. 드릴 기사를 빼고는 모두 밖으로 빠져나와서 멀찍이 떨어진 채 기다리고 있었다. 시계를 들여다보면서. 시간이 얼마나 늦었는가 하는 얘기를 나누는 것 같았다. 밤새 주택가에서 이런 소음을 내선 안 된다는 것은 모두 잘 알고 있었다. 이 일은 조만간 이쯤에서 접고 내일 다시 시작하거나 다른 작업에 착수해야 할 것이다.

에를렌두르는 전화기를 들고 서둘러 차로 돌아가 드릴 소리가 들리지 않게 문을 닫았다. 그는 그 목소리가 누군지 단번에 알아차렸다.

"그 사람이 여기 있어요." 에를렌두르의 목소리를 듣자마자 엘린이 말했다. 그녀는 굉장히 흥분한 것 같았다.

"진정하세요, 엘린. 누구 얘기를 하시는 겁니까?" 에를렌두르가 물었다.

"지금 우리 집 앞에 비를 맞으며 서 있어요. 나를 똑바로 쳐다보면서." 그녀의 목소리가 거의 속삭임으로 바뀌었다.

"누구 말예요, 엘린? 지금 집이신가요? 케플라비크?"

"언제 왔는지도 몰라요. 저기에 얼마나 서 있었는지도 모르겠고. 지금 막 발견했어요. 경찰서에서는 당신을 바꿔주지 않더군요."

"무슨 말씀이신지 이해하기가 힘드네요. 누구 말씀입니까? 엘린?"

"그 남자죠, 당연히. 그 짐승. 확실해요."

"누구?"

"콜브룬을 겁탈한 그 잔인한 놈 말예요!"

"콜브룬? 무슨 말씀이세요?"

"알아요, 그럴 수는 없죠. 그래도 그놈이 여기 와 있다고요."

"지금 뭔가 착각하신 것 아닙니까?"

"내가 착각하고 있다고요? 그런 말 하지 말아요! 내가 무슨 말을 하고 있는지 정확히 알고 있으니까!"

"콜브룬을 겁탈하다뇨?"

"홀베르그!" 목소리를 높이는 대신 엘린은 속삭이는 소리로 전화기에 대고 말했다. "그놈이 지금 우리 집 밖에 서 있다고요."

에를렌두르는 아무 말도 하지 않았다.

"여보세요? 어떻게 하실 거예요?" 엘린이 속삭였다.

"엘린!" 에를렌두르가 단호하게 말했다. "홀베르그일 리가 없어요. 홀베르그는 죽었어요. 아마 다른 사람일 겁니다."

"어린애 어르듯이 말하지 말아요. 그놈이 지금 여기 빗속에 서 있단 말예요. 나를 똑바로 쳐다보면서. 저 짐승 같은 놈."

28

Tainted Blood

전화가 끊어지자마자 에를렌두르는 차 시동을 켰다. 올리와 엘린보르그는 그가 군중을 헤치고 차를 돌려 거리를 빠져나가는 모습을 지켜보았다. 두 사람은 서로를 바라보다가 어깨를 으쓱할 뿐이었다. 그를 이해하려고 노력하는 것조차 오래전에 포기했다는 뜻으로.

거리를 채 빠져나가기도 전에 에를렌두르는 케플라비크 경찰서에 전화를 걸었다. 그러고는 경찰을 엘린의 집으로 보내, 그녀의 집 근처에 있는 파란색 파카에 청바지, 하얀 운동화를 신은 남자를 체포하라고 지시했다. 엘린이 그 남자의 인상착의를 설명해 주었다. 그는 전화를 받은 경사에게 사이렌이나 경광등을 켜지 말고 최대한 조용히 다가가서 그 남자가 도망가지 못하게 하라고 당부했다.

"얼빠진 할망구." 그는 전화를 끊고는 혼자 중얼거렸다.

에를렌두르는 최대한 빨리 레이캬비크를 벗어나서 하프나르표르두르를 지나 케플라비크로 들어섰다. 차도 많이 막히는 데다가 시야도 잘 보이지 않았지만 그는 차 사이를 요리조리 피해 가며 달렸다. 심지어 앞 차를 추월하려고 중앙선까지 침범해 가면서. 모든 신호등을 무시하고 달린 결과 30분 만에 케플라비크에 도착했다. 최근에 수사과에서 파란색 사이렌을 나눠준 것이 도움이 되었다. 비상시에는 일반차량 지붕에 부착할 수 있었다. 그때는 그걸 보고 비웃었다. 텔레비전의 수사 프로그램에 나오는 특수장치가 연상돼서, 그런 스릴러물에나 등장하는 소품 따위를 레이캬비크에서 울려대고 돌아다니는 것이 우습게 보였던 것이다. 도착해보니 엘린의 집 앞에 경찰차 두 대가 서 있었다. 엘린은 세 명의 경관과 함께 그를 기다리고 있었다. 그녀는 그 남자가 경찰이 도착하기 직전에 어둠 속으로 사라졌다고 말했다. 그녀는 그가 서 있던 장소와 도망간 방향을 가르쳐 주었지만, 경찰은 어떤 흔적도 발견하지 못했다. 경찰들은 엘린을 어떻게 해야 할지 몰라 난감해했다. 그 남자가 누구였는지, 왜 그 사람이 위험한지를 말해주려 하지 않았기 때문이다. 남자의 유일한 죄목은 비를 맞으며 그녀의 집 바깥에 서 있었다는 것뿐이다. 경찰이 그 얘기를 에를렌두르에게 하자 그는 그 남자가 레이캬비크 살인사건과 관련이 있다고 대답했다. 에를렌두르는 인상착의가 동일한 사람을 보게 되면 레이캬비크 경찰서로 바로 연락해 달라고 당부했다.

상당히 흥분한 엘린을 보자 에를렌두르는 경찰을 되도록 빨리 내보내는 편이 현명하겠다고 생각했다. 별로 힘들지 않은 일이었다. 그들에게 할머니의 공상 속 얘기를 쫓아다니는 것보다 훨씬 중요한 일이 많지 않겠느냐고 말하면서, 엘린이 듣지 못하도록 조심했다.

"그 사람이 밖에 있었다고 맹세할 수 있어요." 그녀는 에를렌두르와 단 둘이 남자 그렇게 말했다. "어떻게 그럴 수 있는지 몰라도, 정말로 그 사람이었어요."

에를렌두르는 그녀를 쳐다보면서 농담으로 하는 말이 아님을 알 수 있었다. 그는 그녀가 요즘 스트레스를 많이 받고 있다는 것도 알고 있었다.

"말도 안 됩니다, 엘린. 홀베르그는 죽었어요. 시체공시소에서 그의 시체를 봤습니다." 그는 잠시 말을 멈추고 생각을 한 뒤 덧붙였다. "심장도 봤고요."

엘린이 에를렌두르를 쳐다보았다.

"내가 미쳤다고 생각하는군요. 내가 없는 걸 있다고 했다는 거지. 남들 관심이나 끌어보려고. 왜냐하면……."

"홀베르그는 죽었습니다." 에를렌두르가 그녀의 말을 끊었다. "그러니 제가 뭐라고 생각을 하겠습니까?"

"그렇다면 그 남자와 꼭 닮은 사람이겠군요." 엘린이 대꾸했다.

"그 남자의 인상착의를 자세히 설명해 주시지요."

엘린은 자리에서 일어나 거실 창가로 다가갔다. 그리고 빗속을 가리켰다.

"저기에 서 있었어요. 집들 사이에 난, 큰길로 통하는 골목 옆에. 꼼짝도 않고 서서 나를 올려다보고 있었어요. 나를 봤는지는 잘 모르겠어요. 그 사람은 남이 못 보게 숨으려고도 하더군요. 난 책을 읽다가 거실이 어두워지기 시작해서 자리에서 일어났죠. 불을 켜려다 우연히 창밖을 내다본 거예요. 머리에 아무것도 쓰지 않았어요. 비를 맞든 말든 상관 안 한다는 듯이. 바로 저기 서 있었는데도 몇 킬로 떨어져 있는 것 같았어요."

엘린은 잠시 생각을 더듬었다. "머리는 검은색이었고 40세 정도로 보였어요. 키는 보통이었고."

"엘린, 바깥은 깜깜합니다. 비도 쏟아지고요. 창밖에 있는 것들을 제대로 볼 수가 없어요. 저 골목엔 불도 없습니다. 게다가 부인은 안경도 쓰시잖아요. 지금 말씀하시는 게……."

"그때는 막 어두워지기 시작할 때였어요. 그리고 바로 전화를 건 것도 아니고. 이 창문이랑 주방 창문으로 그 남자를 잘 살펴봤다고요. 그 사람이 홀베르그나 홀베르그를 닮은 사람이라는 걸 알아차리는 데 한참 걸렸어요. 길에는 불이 안 켜져 있었지만, 차들이 길거리에 많이 지나다녔어요. 차가 지나갈 때마다 그 사람의 모습이 비쳤고, 그래서 내가 얼굴을 제대로 알아볼 수 있었다구요."

"어떻게 그렇게 확신하십니까?"

"그 사람은 홀베르그가 젊었을 때의 모습 그대로였어요. 신문에 실린 늙은 남자가 아니라." 엘린이 말했다.

"홀베르그를 젊었을 때 봤습니까?"

"네. 봤어요. 콜브룬이 수사과에 한번 불려간 적이 있었어요. 갑자기. 조서에 나온 내용 중에 좀 더 자세한 설명이 필요한 부분이 있다고 했죠. 말도 안 되는 거짓말이었어요. 그땐 마리온 브리엠이라는 사람이 그 사건을 담당했죠. 도대체 무슨 이름이 그 모양이에요? 마리온 브리엠? 콜브룬더러 레이캬비크까지 와달라고 했다는 거예요. 그 애가 날더러 같이 가자고 하기에 따라갔죠. 내 기억엔 아침에 갔던 것 같아요. 거기 가서 마리온을 만났더니 어느 방으로 안내하더군요. 거기 한참 앉아 있었는데 문이 열리면서 홀베르그가 걸어 들어왔어요. 그 마리온이란 사람은 그놈 뒤에, 문 옆에 서 있었고요."

엘린이 말을 잠시 멈췄다.

"그래서 어떻게 됐습니까?" 에를렌두르가 물었다.

"내 동생은 경기를 일으켰죠. 홀베르그가 씩 웃으면서 혓바닥을 내밀고 이상한 짓거리를 하더군요. 콜브룬은 마치 물에 빠진 사람처럼 나를 붙잡았어요. 제대로 숨도 쉬지 못했어요. 홀베르그가 웃기 시작하자 발작을 일으켰죠. 눈동자가 돌아가더니 입에 거품을 물고 바닥에 쓰러졌어요. 마리온이 홀베르그를 데리고 나갔지만, 나는 그때 처음이자 마지막으로 홀베르그를 보았죠. 그 흉악한 얼굴은 절대 못 잊을 거예요."

"그리고 오늘 밤 똑같은 얼굴을 창밖에서 보신 겁니까?"

엘린이 고개를 끄덕였다.

"충격이었어요. 물론 홀베르그 그 자식은 아니었겠지만, 똑같이 생겼었어요."

에를렌두르는 엘린에게 자신이 최근 추리해낸 내용을 얘기해야 하는지 망설였다. 에를렌두르는 그녀에게 얼마나 많이 얘기해 주어야 할지, 자기가 하는 얘기에 현실적인 기반은 있는지 이리저리 재보았다. 그가 곰곰이 생각을 하는 동안 두 사람 사이에 침묵이 흘렀다. 밤이 늦었고, 에를렌두르의 생각은 에바에게 미쳤다. 가슴에 다시 통증이 느껴졌다. 에를렌두르는 그렇게 해야 통증이 사라지기라도 할 듯 가슴을 쓰다듬었다.

"어디 안 좋으세요?" 엘린이 물었다.

"최근에 수사를 벌이고 있는 일이 있습니다. 그런데 그 뒤에 뭔가가 숨겨져 있는지는 아직 잘 모르겠습니다. 하지만 여기서 일어난 일이 그 이론을 뒷받침해 주는군요. 만일 홀베르그에게 당한 다른 피해자가 있다면, 또 그녀가 콜브룬과 같은 일을 겪었다면, 콜브룬처럼 그들 사이에서도 아이가 생겼을 수 있습니다. 그 가능성이 항상 궁금했지요. 홀베르그의 시체에 쪽지가 떨어져 있었거든요. 그 아이가 아들이었을 수도 있지요. 만일 사건이 1964년 이전에 일어났다면 그 아들은 지금 40세 가까이 됐을 겁니다. 그리고 오늘 밤 이 집 앞에 서 있었던 사람이 아마 그 아들이었을 수도 있지요."

엘린이 벼락이라도 맞은 표정으로 에를렌두르를 바라보았다.

"홀베르그의 아들이라고? 그게 가능할까요?"

"그 남자가 그와 꼭 닮았다고 했죠?"

"네, 하지만……."

"머릿속에서 이리저리 굴려보고 있는 중입니다. 이 사건엔 뭔가 빠진 부분이 있었어요. 아마도 그게 그 남자인 것 같습니다."

"하지만 왜요? 그 사람이 여기서 뭘 하고 있었던 거예요?"

"뻔하지 않습니까?"

"뭐가 뻔하다는 거예요?"

"그 사람 여동생의 이모시잖아요." 에를렌두르는 엘린의 표정이 변하는 것을 지켜보았다. 말뜻을 서서히 이해한 모양이었다.

"아우두르가 그의 여동생이 되겠군요. 하지만 나를 어떻게 알았죠? 내가 어디 사는지는 또 어떻게 안 거죠? 어떻게 홀베르그를 나랑 연결시킨 거죠? 그 인간 과거는 서류상으론 남은 게 없어요. 고소를 당했다거나, 딸이 있다거나 하는 얘기들도. 아우두르에 대해서도 아는 사람이 없고요. 그 사람이 내가 누군지 어떻게 알았을까요?"

"그 사람을 찾으면 말해주겠죠."

"그 사람이 홀베르그를 죽인 건가요?"

"이제 저한테 그 사람이 친아버지를 죽였느냐고 물으시는군요." 에를렌두르가 말했다.

엘린은 생각해 보더니, "세상에나." 하고 속삭였다.

"모르겠습니다. 만일 그가 다시 나타나면 저에게 연락 주십시오." 에를렌두르가 말했다.

엘린은 자리에서 일어서서 그 골목이 나 있는 창가로 갔다. 마치 그를 거기서 다시 보게 되리라 기대하는 듯이.

"형사님께 전화를 했을 땐 좀 많이 흥분한 상태였어요. 그래서 홀베르그가 나타났다고 말했죠. 잠시 동안 정말 그 사람일지도 모른다고 느꼈거든요. 정말 충격이 컸어요. 무섭지는 않았죠. 하지만 너무 화가 났는데, 그 사람에겐 좀 이상한 데가 있었어요. 서 있는 자세나, 고개를 숙이고 있는 것이나. 아무튼 그 사람에겐 좀 특이한 면이 있었어요. 얼굴엔 어떤 슬픔이랄까, 그런 것이 담겨 있었고. 몸이 좋지 않아 보인다고 생각될 정도였으니까. 하긴 좋을 리가 없겠지. 그 사람이 자기 아버지랑 연락을 했을까요? 아세요?"

"그 사람이 실제로 존재하는지도 확실치 않습니다." 에를렌두르가 말했다. "오늘 보신 것은 그런 이론을 뒷받침해 주긴 합니다. 하지만 그 사람에 대한 단서는 없어요. 홀베르그의 집에도 그의 사진은 전혀 없었습니다, 만일 그런 뜻으로 말씀하신 거라면요. 하지만 홀베르그가 죽기 전에 어떤 사람이 홀베르그에게 짧게 몇 번 전화를 걸었는데, 홀베르그는 그 전화 때문에 무척 긴장했죠. 그 이상은 모릅니다."

에를렌두르는 휴대폰을 꺼내 들더니 엘린에게 잠시 실례하겠다고 말했다.

“도대체 지금 우리를 무슨 개 같은 일에 끌어들인 겁니까?” 올리가 화가 잔뜩 난 목소리로 소리쳤다. “지금 똥 파이프를 건드렸는데, 그 속에 벌레가 우글거리고 있어요. 이 빌어먹을 바닥 밑에 더러운 벌레들만 득실거린다고요! 토하겠어요! 도대체 어딥니까?”

“케플라비크야. 그레타르가 나올 기색은 없나?”

“없어요. 그 거지 같은 그레타르 자식이 나올 기색은 쥐뿔도 없다고요.” 올리는 전화를 탁 끊었다.

“한 가지 더 있어요, 형사님.” 엘린이 말했다. “아우두르와 남매가 된다는 말을 하니까 생각이 나네요. 이제야 내가 맞았다는 것을 알겠어요. 그때는 이해가 안 갔는데, 그 사람 얼굴에 내가 다시는 보지 못할 줄 알았던 표정이 떠올라 있었어요. 과거에 알았던 얼굴, 절대 잊지 못하는 얼굴이었죠.”

“뭐였습니까?” 에를렌두르가 말했다.

“그래서 내가 그 사람이 무섭지 않았던 거예요. 처음에는 깨닫지 못했죠. 아우두르를 연상시켰거든요. 그 모습에서 아우두르가 생각났다고요.”

29

Tainted Blood

올리는 전화기를 다시 벨트에 달린 고리에 걸고 나서 건물을 향해 걸어갔다. 그는 압축드릴이 건물 토대를 뚫자, 다른 경찰관 여러 명과 함께 집 안으로 들어갔다가 냄새를 맡고 거의 토할 뻔했다. 그는 집 안에 있던 다른 사람들과 문 쪽으로 달려가면서 바깥 공기를 쐬기도 전에 다 토해버릴지도 모른다고 느꼈다. 다시 들어갔을 때는 고글을 쓰고 입 주위에는 마스크도 꼈지만, 그 끔찍한 냄새는 여전히 스며 들어왔다.

드릴 기사가 깨어진 하수구 파이프에 뚫린 구멍을 더 넓혔다. 막상 바닥을 뚫고 나자 그다음은 쉬웠다. 올리는 파이프가 얼마나 오래 전에 깨어졌을지 생각하기도 싫었다. 배설물이 바닥 밑의 커다란 공간으로 스며들어 쌓여 있었던 모양이다. 구멍에선 아주 약하게 증기가 올라왔다. 그는 각종 오물 사이로 플래시를 비춰보았다. 보아하니 토대에서 땅바닥이 50센티미터 정도 가라앉아 있는 모양이었다.

오물은 아주 진한 작고 검은 벌레 떼처럼 보였다. 어떤 생물체가 불빛을 향해 달려들자 그는 펄쩍 뛰어 뒤로 물러섰다.

"조심해!" 올리가 소리치고는 지하실에서 밖으로 한 발 물러났다.

"저 빌어먹을 것 밑에 쥐들이 있어. 구멍을 일단 막고 해충방제반을 먼저 불러요. 이쯤에서 그만둡시다. 지금 당장 전부 그만둬요!"

아무도 반대하는 사람이 없었다. 법의학팀 사람 하나가 구멍에 비닐커버를 씌우고, 사람들은 순식간에 지하실에서 빠져나왔다. 올리는 지하실에서 나오자마자 마스크를 찢어버리고는 신선한 공기를 허겁지겁 들이켰다. 나온 사람들 모두 다.

케플라비크에서 집으로 가는 길에 에를렌두르는 노르두르미리의 수사진행 상황에 대해 보고를 받았다. 해충방제반을 불렀고, 건물 토대에 살고 있는 모든 생물체가 소탕될 다음날 아침까지 경찰은 어떤 행동도 취하지 않을 것이라고. 에를렌두르가 수사상황을 알아보려고 올리에게 전화를 했을 땐 그는 이미 퇴근해서 샤워를 마치고 나오는 중이었다. 엘린보르그 역시 퇴근했다. 해충방제반이 일을 하는 동안 홀베르그의 집 주위는 경계가 삼엄했다. 두 대의 경찰차가 밤새 집 앞을 지켰다.

에를렌두르가 집에 돌아가자 에바가 그를 문 앞에서 맞이했다. 밤 9시를 넘은 시간이었고, 그 여자는 이미 떠나고 없었다. 떠나기 전에 그녀는 신랑과 얘기를 해볼 거라면서 그가 어떻게 생각할지 모르겠다고 했단다. 결혼식에서 도망간 진짜 이유를 신랑에게 말해야 하나 망설인 것이다. 에바는 그렇게 하라고 설득하고, 그 아버지라는 망할 놈의 인간을 더 이상 보호해 줘야 할 필요가 없다고 말했다. 그를 감싸주는 건 절대 해서는 안 될 일이라고.

두 사람은 거실에 앉았다. 에를렌두르는 에바에게 살인사건 수사상황을 모두 얘기해 주었다. 자기가 어디까지 추리를 했고, 지금은 어떤 추리를 하고 있는지. 그럼으로써 그 자신도 사건을 더 이해할 수 있었고, 지난 며칠 사이의 일들에 대해서 조금 더 명확한 그림을 그려 볼 수 있었다. 그는 에바에게 거의 모든 것을 들려주었다. 처음 지하실에서 홀베르그의 시체를 발견했던 일, 그 아파트의 냄새, 쪽지, 서랍 속에 있던 오래된 사진, 컴퓨터에 있었던 포르노물, 비석에 새겨진 비문, 콜브룬과 그녀의 언니 엘린, 아우두르의 갑작스런 죽음, 자기를 괴롭히는 꿈, 감옥에 있는 엘리디와 행방불명된 그레타르. 마리온 브리엠, 홀베르그의 또 다른 희생자를 찾는 작업, 엘린의 집 앞에 나타났다는 남자, 그가 아마 홀베르그의 아들일지도 모른다는 얘기까지. 그는 여기에 논리적인 체계를 부여하려고 여러 이론과 질문을 스스로에게 던져 보았지만, 결국은 막다른 골목에 다다르고 말자 입을 다물었다.

에를렌두르는 에바에게 아이의 뇌가 없어졌다는 얘기는 하지 않았다. 그도 어떻게 그런 일이 가능한지 이해할 수 없었기 때문이다.

에바는 그의 말을 끊지 않고 듣다가 에를렌두르가 얘기하면서 가슴을 쓰다듬는 것을 눈치챘다. 그녀는 홀베르그 사건이 그에게 어떤 영향을 주고 있는지 알아차릴 수 있었다. 그에게서 단 한 번도 본 적이 없는 기운이 느껴졌다. 바로 체념이었다. 그 아이 얘기를 할 때는 침울해하는 것도 느껴졌다. 마치 내면으로 빨려 들어간 것 같았다. 그의 목소리는 점점 작아졌고, 현실에서 멀어지는 것 같았다.

"아우두르가, 아침에 나한테 소리치면서 얘기한 그 여자아인가요?" 에바가 물었다.

"그 아이는, 잘은 모르겠지만 그 어머니한테는 하늘에서 온 선물 같은 존재였던 것 같다." 에를렌두르가 말했다. "그 여자는 죽음이나 무덤도 뛰어넘을 만큼 딸을 사랑했지. 아침에 너한테 심하게 행동해서 미안하구나. 그러려고 그런 게 아니었다만. 하지만 네가 어떻게 살아가는지를 보니, 네가 생각 없이 행동하고 스스로를 지켜내지 못하는 것, 네가 벌이고 있는 일들, 너를 파괴시키는 것들을 보는 것도 모자라서 땅에서 그 작은 관을 파내는 것까지 지켜보니까 도대체 죄다들 어찌된 것인지 모르겠더구나. 세상이 어떻게 돌아가고 있는 건지. 내가 하고 싶었던 말은……."

에를렌두르가 조용해졌다.

"날 죽도록 때려주고 싶었겠죠." 에바가 대신해서 말을 끝내주었다.

에를렌두르가 어깨를 으쓱했다.

"내가 뭘 하고 싶어하는지 모르겠다. 아마 가장 좋은 건 아무것도 하지 않는 것이겠지. 그냥 죄다들 나름대로 살아가게 내버려두는 게 가장 좋겠지. 모든 걸 다 잊고서 말이야. 지금보다 좀 더 이성적인 일을 하면서. 난들 이런 일을 하고 싶겠냐? 이 추잡한 일을. 엘리디 같은 쓰레기랑 얘기하고. 에디 같은 개자식들을 상대하면서. 홀베르그 같은 인간들이 어떻게 죽었는지나 살펴보고. 강간 보고서나 읽고 똥과 벌레로 가득 찬 집 밑바닥이나 파고, 작은 아이의 관이나 파내고."

에를렌두르는 가슴을 좀 더 세게 문질렀다.

"너는 그런 일과는 아무 상관없다고 생각하겠지. 너는 강한 사람이라 그런 일을 봐도 잘 견뎌낼 수 있을 것 같겠지. 그런 일은 너랑은 아무 상관없는 듯 갑옷을 입고 멀리서 지켜볼 수 있을 거라고 생각하겠지. 정신만 똑바로 차리면 된다고. 하지만 거리를 두는 건 있을 수 없는 일이고, 철판이나 갑옷도 다 소용없어, 아무도 그렇게 강하지 못해. 죄책감이 악령처럼 따라다니면서 마음속에 똬리를 틀고 들어앉으면 절대 마음 편히 못 살아. 그 구역질나는 일들이 바로 삶이라는 것을 알아차리게 될 때까진. 그런 게 바로 보통사람들이 살아가는 모습이거든. 이번 일도 꼭 그래. 그런 것들이 고삐 풀린 유령처럼 네 속을 휘젓고 다니다가 결국에는 상처만 입히게 될 거야."

에를렌두르는 크게 한숨을 지었다. "모든 게 아주 커다란 빌어먹을 늪이야."

그가 말을 멈추자 에바는 입을 다물고 조용히 앉아 있었다.

그렇게 잠시 시간이 흐르고 그녀는 일어서서 에를렌두르 옆으로 가 앉았다. 그리고 팔을 두르고 바짝 당겨앉았다. 그의 심장이 규칙적으로 뛰는 소리가 들렸다. 마치 마음을 달래주는 시계 소리처럼. 그리고 만족스러운 미소를 머금은 채 그녀는 잠이 들었다.

30

Tainted Blood

다음날 아침 9시경에 법의학팀과 수사과가 홀베르그의 집 앞에 모여들었다. 아침인데도 햇빛이라고는 눈곱만큼도 비치지 않았다. 하늘은 어두침침했고 여전히 비가 내리고 있었다. 라디오에서는 레이캬비크에 내리는 비가 1926년 10월의 기록을 갱신할 것이라고 떠들어대고 있었다.

하수구 파이프는 깨끗이 청소되었고, 집 밑바닥에 이제 살아 있는 것이라곤 아무것도 없었다. 토대의 구멍은 더 넓어져서, 이제는 두 사람이 한꺼번에 아래로 내려갈 수 있었다. 위층 주민들이 지하실 문 앞에 몰려 있었다. 그들은 배관공에게 파이프를 고쳐달라고 주문하고서, 경찰이 허락하는 대로 그에게 전화를 하려고 기다리고 있었다.

파이프 근처의 빈 공간은 다소 좁았다. 세 평 정도의 넓이에 콘크리트 조각이 가득 쌓여 있었다. 토대 아래 집 밑바닥이 전체적으로 모두 가라앉은 것이 아니었기 때문이다. 파이프는 전에 깨어진 부분이 다시 깨어져 있었다. 예전에 수리한 부분이 눈에 띄었고, 파이프 아래와 그 주위로 종류가 다른 자갈이 깔려 있었다. 법의학팀의 기사가 구멍을 더 넓히고 자갈을 퍼내서 토대 아래가 다 보일 때까지 그 안을 비워야 하는지 논의를 했다. 한참 상의 끝에, 안에 있는 것을 모두 제거하면 토대가 무너질 수 있으니 좀 더 안전하고 기술적인 방법으로 바닥에 구멍을 여기저기 뚫어서 소형 카메라를 밑바닥에 내려보내자는 결론이 났다.

올리는 그들이 바닥에 드릴로 구멍을 뚫은 뒤 작은 모니터 두 개를 법의학팀에서 사용하는 소형 카메라에 연결하는 것을 지켜보았다. 카메라는 파이프보다 조금 더 컸고, 앞에 전구가 달려 있었다. 구멍으로 내려보내면 리모컨으로 작동이 가능했다. 아래가 비어 있다고 생각되는 곳에 구멍을 몇 개 더 뚫고서 카메라를 내려보내고 모니터를 켰다. 화면은 흑백에다 화질도 별로 좋지 않았다. 무려 50만 크로나짜리 독일제 텔레비전 세트를 집에 마련해놓은 올리에겐 그렇게 보였다.

에를렌두르는 카메라를 막 내려보낼 무렵 지하실에 도착했고, 뒤이어 엘린보르그도 모습을 나타냈다. 올리는 에를렌두르가 면도도 하고 다림질도 한 것으로 보이는 깨끗한 옷을 입고 나타난 것을 알아차렸다.

"뭐 좀 나온 게 있나?" 에를렌두르가 올리에게는 안된 일이지만, 담배를 꺼내어 불을 붙이며 물었다.

"카메라로 탐색할 거랍니다. 여기 화면으로 볼 수 있답니다." 올리가 말했다.

"하수구에는 아무것도 없던가?" 에를렌두르가 연기를 빨아들이며 말했다.

"벌레랑 쥐 빼고는 없던데요."

"냄새 한번 끔찍했어요." 엘린보르그가 향수를 뿌린 손수건을 핸드백에서 꺼내들었다. 에를렌두르가 그녀에게 담배를 권했지만 사양했다.

"배관공이 뚫어놓은 구멍으로 홀베르그가 그레타르를 마룻바닥 아래에 집어넣었을 거야. 토대 바닥이 비어 있다는 것을 알고 그레타르를 적당한 곳에 집어넣은 뒤 자갈로 덮어놓았을 거라고." 에를렌두르가 말했다.

그들은 화면 앞에 옹기종기 모여 있었지만 자신들이 보는 것이 무엇인지 알아차릴 수가 없었다. 작은 불빛이 앞뒤, 위아래, 옆으로 움직일 뿐이었다. 토대인가 싶으면 자갈이 나타나면서. 땅은 다양한 각도로 내려앉아 있었다. 토대 바로 아래가 땅인 곳도 있고, 1미터까지 공간이 뜬 곳도 있었다.

그들은 한참 서서 두 대의 카메라를 지켜보았다. 지하실 안은 법의학팀 사람들이 계속 드릴로 구멍을 내는 바람에 시끄러웠다. 에를렌두르는 참지 못하고 곧 밖으로 나가버렸다. 엘린보르그가 금세 그의 뒤를 따랐고, 그다음에 올리가 따라 나왔다. 세 사람 모두 에를렌두르의 차에 올라탔다. 에를렌두르는 두 사람에게 그 전날 저녁 왜 갑작스럽게 케플라비크에 가야 했는지 얘기를 해줬지만, 그걸 가지고 자세히 토론할 시간은 없었다.

"물론 노르두르미리에 남겨진 메시지 내용과도 들어맞지. 그리고 만일 엘린이 케플라비크에서 봤다는 남자가 홀베르그와 똑같이 닮았다면 그에게 또 다른 아이가 있다는 이론과도 맞아떨어져."

"홀베르그의 아들이라 해도, 겁탈해서 낳았는지는 알 수 없습니다.

그 얘기의 단서는 엘리디가 또 다른 여자에 대해서 말한 것 빼고는 전혀 없어요. 그게 전부예요. 게다가 엘리디는 머저리라고요."

"홀베르그를 안다는 사람과 얘기해 봤는데, 아무도 아들이 있다는 얘기는 안 했어요." 엘린보르그가 말했다.

"우리가 얘기한 사람 중에는 홀베르그를 제대로 아는 사람도 없었어. 그게 문제야. 홀베르그는 혼자였어. 동료 중에서도 몇몇하고만 어울리고, 인터넷에서 포르노나 다운받고, 엘리디나 그레타르 같은 머저리들하고만 지냈지. 그 남자를 제대로 알고 있는 사람은 없어." 올리가 말했다.

"내가 궁금한 건 이거야. 만일 홀베르그의 아들이 존재한다면 엘린, 그러니까 아우두르의 이모를 어떻게 알았을까? 그 얘기는 그 사람이 아우두르, 그러니까 자기 여동생에 대해서도 알고 있다는 얘기가 아닐까? 만일 엘린을 알고 있다면, 그 남자는 콜브룬 사건도 역시 알고 있다고 봐야 돼. 그런데 그걸 어떻게 알게 됐지? 수사와 관련된 세부사항이 언론에 노출된 적도 없는데. 어디서 그 사실을 알았을까?" 엘린보르그가 말했다.

"홀베르그를 재떨이로 내리치기 전에 그에게서 얻어낸 건 아닐까? 그럴 수도 있지 않을까?" 올리가 말했다.

"자백하게 만들려고 고문했을 수도 있겠지." 엘린보르그가 대꾸했다.

"먼저, 우리는 그 남자가 실제로 존재하는지도 잘 몰라." 에를렌두르가 말했다. "엘린은 그 남자를 봤을 때 이성을 잃었어. 진짜 홀베르그라고 생각했을 정도니까. 그 사람이 홀베르그를 죽였는지도 알 수 없어. 성폭행 피해자의 아들로 태어났으니 아버지의 존재 여부를 알고 있었는지도 알 수 없고. 엘리디 말로는 콜브룬 이전에도 똑같이, 더 심하게 당한 여자가 있다고 했어. 만일 그 여자가 그 일로 임신했다면 나는 그 어머니가, 누가 아버지인지 말해줄 리가 없다고 생각해. 그녀는 경찰에 그 일을 알리지도 않았잖아. 홀베르그가 저지른 다른 사건에 대해서 우리는 아무것도 몰라. 그 여자를 찾아야 해. 그런 여자가 실제로 존재한다면……."

"그럼 우리는 지금 사건과 아무 관련이 없을 수도 있는 사람을 찾으려고 집을 부수고 있는 거군요." 올리가 말했다.

"그레타르는 이곳에 없을지도 몰라요." 엘린보르그가 거들었다.

"어째서?" 에를렌두르가 물었다.

"아직 살아 있을지도 모른다는 거야?" 올리가 엘린보르그에게 물었다.

"그레타르가 홀베르그의 모든 것을 알았다고 쳐. 그 딸에 관한 것까지도. 그렇지 않다면 그 아이의 무덤 사진을 찍었을 리가 없지. 그 아이가 어떻게 세상에 태어났는지 분명히 알고 있었던 거야. 그러니까 만일 홀베르그에게 다른 아이가 있었다면, 그 아이에 대해서도 알고 있었을 거야."

에를렌두르와 올리는 흥미롭다는 듯이 엘린보르그를 바라보았다.

"그레타르는 아직 살아 있을 수도 있어. 그리고 그 아들과 연락하고 있을지도 몰라. 그 아들이 아우두르에 대해서 알고 있다면 이렇게밖엔 설명이 안 돼."

"하지만 그레타르는 실종된 지 25년이 넘었고, 그 후로 전혀 소식이 없었어." 올리가 대꾸했다.

"실종됐다고 해서 꼭 죽었다는 뜻은 아니야." 엘린보르그가 말했다.

"그러니까……." 에를렌두르가 말을 시작했으나 엘린보르그가 가로챘다.

"그 사람을 수사에서 제외시키면 안 된다고 생각해요. 그레타르가 살아 있다는 가능성을 왜 배제하죠? 시체는 아직 발견되지 않았어요. 이 나라를 떠났을 수도 있잖아요. 시골로 이사 가기만 해도 충분했을 수 있고. 아무도 상관하지 않을 거니까. 보고 싶어하는 사람이 없을 테니까 말예요."

"그런 경우는 들어본 적이 없어." 에를렌두르가 말했다.

"어떤 경우요?" 올리가 물었다.

"실종된 사람이 한 세대가 지난 뒤에 다시 돌아오는 것. 아이슬란드에서 사람이 없어지면 말이야, 그건 영원히 없어졌다는 뜻이야. 25년 동안이나 실종됐던 사람이 돌아오는 경우는 한 번도 없었어. 단 한 번도."

31

Tainted Blood

에를렌두르는 노르두르미리에 팀원 두 명을 남겨두고 바론스티구르로 부검의를 만나러 갔다. 에를렌두르가 도착했을 때 부검의는 홀베르그의 부검을 끝내고 시체를 덮으려는 중이었다. 아우두르의 시신은 보이지 않았다.

"그 아이의 뇌를 찾았나요?" 에를렌두르가 들어오자 부검의가 바로 물었다.

"아뇨." 에를렌두르가 대답했다.

"어떤 교수와 얘기해 봤습니다. 대학시절 내 여자친구였죠. 여러 가지로 설명을 해주더군요, 그래도 괜찮은 건지는 모르겠지만, 우리가 발견한 사실에 대해 별로 놀라지 않더라구요. 할도르 락스네스가 쓴 단편소설이 있죠. 읽어보셨어요?"

"네부카드네자르에 대한 얘기 말인가요? 지난 이틀 동안 그 얘기가 생각나더군요." 에를렌두르가 대답했다.

"그 얘기는 '릴리'라고 하잖습니까? 읽은 지 오래되긴 했는데, 한 의대생이 시신을 훔치고 대신 관 속에 돌을 넣어놓는 대충 그런 얘기였습니다. 예전에는 아무도 시신에 꼬리표를 붙이지 않았으니까요,

그 소설에 나온 대로. 병원에서 죽은 사람들은 다른 요청이 없는 한 부검을 받죠. 그리고 물론 교육용으로 쓰이고. 때때로 샘플을 채취하는 경우도 있는데, 장기 하나를 다 샘플로 쓰거나 작은 세포 하나만 채취하는 경우도 있고 하여간 각양각색이죠. 그다음엔 부검받은 시신을 제대로 매장하는 겁니다. 요새는 좀 다릅니다. 부검은 친족의 합의 하에서만 이루어지고 장기는 연구나 교육용으로 쓰이기도 하는데, 그것도 특정 조건이 맞을 때만 가능하죠. 요새는 뭘 훔치는 일은 거의 없을 겁니다."

"없을 거라고요?"

부검의가 어깨를 으쓱했다.

"지금 장기이식 얘기를 하는 건 아니죠?" 에를렌두르가 물었다.

"그건 전혀 다른 문제죠. 사람들은 대체로 생사가 달린 문제에서는 남을 도우려고 하니까요."

"그럼 그렇게 모은 샘플은 모두 어디 있습니까?"

"이 건물 안에만도 샘플이 수천 개가 있어요. 바로 여기 바론스티구르에요. 제일 큰 곳은 둥갈 컬렉션이라는 곳이죠. 아이슬란드에서 가장 큰 바이오 샘플 은행입니다."

"그럼 좀 보여주실 수 있겠습니까? 혹시 샘플의 출처를 밝힌 등록증 같은 것은 있나요?" 에를렌두르가 물었다.

"전부 서류로 작성돼 있죠. 제가 이 건물 샘플들을 뒤져 보았는데, 없더군요."

"그럼 어디 있습니까?"

"그 교수와 얘기해 보셔야 할 겁니다. 그녀가 뭐라고 하는지 들어

보세요. 대학 안에 등록처가 또 있는 모양입니다."

"왜 그 얘기를 바로 하지 않았습니까? 그녀는 뇌가 없어졌다는 걸 알고 있었던 겁니까? 언제부터 알고 있었던 거죠?" 에를렌두르가 물었다.

"그녀와 먼저 얘기해 보고 그다음 다시 오시지요. 벌써 얘기를 너무 많이 해드린 것 같군요."

"그 등록처라는 것이 대학에 있는 소장품을 등록하는 곳입니까?"

"내가 아는 한은 그렇습니다." 부검의는 교수 이름을 알려주고는 이제 일을 계속하게 해달라고 말했다.

"그럼 유리병 도시에 대해서도 알고 있겠군요." 에를렌두르가 말했다.

"여기에도 유리병 도시라 불리던 방이 있었지요. 지금은 문을 닫았습니다. 그 병들이 어떻게 됐는지는 묻지 말아주세요. 난 전혀 모르니까." 부검의가 말했다.

"그 얘기 하기가 거북하신가요?"

"그만하시죠."

"네?"

"그만하시라고요."

한나라는 그 교수는 아이슬란드 대학의 의과대학 학장이었다. 그녀는 책상을 사이에 두고서 에를렌두르를 빨리 제거해야 할 암세포나 되듯이 똑바로 쏘아보고 있었다. 그녀는 에를렌두르보다는 나이가 좀 어려 보였으나, 아주 단호하게 빨리 말하고 빨리 대답했다. 여담이나 쓸데없는 소리는 용납하지 않겠다는 분위기였다. 그녀는 에를렌두르가 장황하게 자신을 찾아온 이유를 늘어놓기 시작하자 요점만 얘기하라고 딱 잘라 말했다. 에를렌두르는 혼자 미소를 지었다. 그는 이 여자가 바로 마음에 들었고, 대화가 끝날 때까지 서로 잡아먹을 듯이 싸울 것이라는 사실을 알았다. 그녀는 진한 색 정장에, 몸매는 풍만했으며, 화장기 없는 얼굴에, 머리는 짧은 금발이었다. 손에는 바른 것도 낀 것도 없었고, 표정은 깊이 있고 진지했다. 에를렌두르는 그녀가 미소 짓는 모습을 보고 싶었지만 소원은 이루어지지 않았다.

에를렌두르는 강의 도중에 나타났다. 마치 길을 잃은 것처럼 강의실 문을 두드리고 그녀를 찾았던 것이다. 그녀는 문으로 다가오더니 강의가 끝날 때까지 기다려 달라고 했다. 에를렌두르는 마치 무단결석하다가 잡힌 학생처럼 복도에 서 있었다. 15분쯤 지나자 문이 열렸다. 한나가 복도로 성큼성큼 걸어 나오더니, 그를 지나쳐 가면서 따라오라고 말했다. 그런데 쉽지 않았다. 그녀는 항상 그보다 두 발자국 앞서 있었다.

"수사과에서 나한테 뭘 원하는지 이해가 안 가는군요." 그녀가 빠르게 걸어가면서 말했다. 에를렌두르가 자기를 잘 따라오고 있는지 확인이라도 하듯 고개를 약간 돌리고서.

"아시게 될 겁니다." 에를렌두르가 헉헉거리며 말했다.

"그랬으면 좋겠군요." 그녀는 그를 자신의 사무실로 안내했다.

에를렌두르가 용건을 얘기하자 그녀는 앉아서 오랫동안 생각에 잠겼다. 에를렌두르는 아우두르와 그녀의 어머니, 부검, 진단, 그리고 뇌가 없어진 일을 얘기하면서 간신히 그녀를 진정시킨 것이다.

"그 여자아이가 입원한 곳이 어느 병원이었나요?" 그녀가 마침내 물었다.

“케플라비크 병원입니다. 교육용 장기는 어떻게 구하십니까?”

한나가 에를렌두르를 쏘아보았다.

“무슨 말씀인지 모르겠군요.”

“교육용으로 사람의 장기를 사용하시잖습니까? 바이오 샘플로 불리는 것 같던데. 저야 전문가가 아니니까요. 하지만 제 질문은 아주 간단합니다. 장기들을 어디서 구하십니까?”

“거기에 대해서는 드릴 말씀이 없는 것 같군요.” 그렇게 말하고 그녀는 책상에 놓인 종이들을 뒤적거리기 시작했다. 마치 너무 바빠서 에를렌두르에게 주의를 기울일 수 없다는 듯이.

“우리에겐 상당히 중요합니다. 저희도 그 뇌가 아직 존재하는지 여부를 알아야 합니다. 짐작컨대 박사님의 자료엔 있을 것 같습니다. 당시에 연구용으로 사용하고 나서 원래 자리에 되돌려놓지 않았더군요. 뭐 이유는 간단할 수도 있겠죠. 종양은 연구하는 데 시간이 걸리고, 시신은 빨리 매장되어야 했을 테니까. 대학이나 병원은 장기들을 보관하는 가장 유력한 장소입니다. 모르는 척하고 앉아 계시려면 그러시죠. 박사님과 병원, 대학을 자극할 방법은 얼마든지 있으니까. 언론이 얼마나 들고일어날지 한번 생각해 보세요. 제가 신문사 쪽에 아는 친구가 몇 명 있거든요.”

한나가 에를렌두르를 한참 바라보았다. 에를렌두르도 맞받아 쏘아보았다.

“가만히 앉아 있는 까마귀는 굶어 죽어요.” 마침내 그녀가 입을 열었다.

"날아다니는 까마귀는 찾아먹고." 에를렌두르가 속담을 마저 끝냈다.

"제 대답이에요. 짐작이 가시겠지만 저는 이 말 외에는 아무것도 해드릴 수가 없군요. 이건 상당히 민감한 문젭니다."

"지금 그 일을 범죄행위로 보고 수사하려는 게 아닙니다. 장기 절도가 개입되어 있는지도 전 모릅니다. 죽은 사람들에게 당신들이 무슨 짓을 하든, 나와는 상관없는 일입니다. 어느 정도 선만 지켜준다면 말이죠."

한나의 표정이 더욱 사나워졌다.

"물론 그게 의학에 필요한 것이라면 어떤 사람들은 정당하다고 생각하겠지요. 저는 단지 어떤 사람의 장기를 찾아서 다시 조사만 하면 됩니다. 그게 없어진 시점부터 현재까지의 일을 알 수만 있다면 크게 도움이 됩니다. 저 자신에게 개인적으로도 필요한 정보고요."

"어떻게 개인적으로 필요한 정보라는 거죠?"

"이 이상 얘기하는 건 바람직하지 않습니다. 어떻든 가능하다면 그 장기를 돌려받고 싶습니다. 그리고 제가 궁금한 것은 단지 샘플만 채취하는 것으로는 충분치 않았는지, 장기 전체를 꼭 적출해야만 했는지 하는 겁니다."

"형사님이 말씀하시는 그 특정 사건에 대해서는 저도 잘 모르지만, 지금은 이전보다 부검규칙이 훨씬 강화됐어요." 한나가 잠시 생각한 뒤에 말했다. "만일 이 사건이 60년대에 일어난 거라면 그랬을 가능성도 있지요. 부인하지는 않겠습니다. 그 어머니의 뜻과 달리 여자아이의 시신을 부검했다고 했죠? 그런 경우가 처음은 아니었을 거라고 봅니다. 요즘은 친족에게 곧바로 부검을 해도 괜찮겠냐고 물어봐요. 아주 특별한 경우를 제외하고는 친족의 의견을 존중해 준다고 할 수 있습니다. 이 사건의 경우에도 그렇게 됐어야 했겠지요. 어린아이 사망은 어떤 것보다 견디기 힘든 끔찍한 일입니다. 아이를 잃은 사람들의 슬픔은 말로 표현할 수 없어요. 그런 상황에서 부검 여부를 묻는 건 거북한 일이죠."

한나가 잠시 말을 쉬었다.

"우리 컴퓨터에 자료가 좀 있을 겁니다." 그녀가 말을 계속했다. "나머지는 건물 안에 문서로 보관되어 있어요. 여기선 꽤 자세하게 기록을 남기는 편이죠. 장기가 가장 많이 보관된 병원은 바론스티구르에 있습니다. 대학에서는 의학 교육이 거의 이루어지지 않아요. 병원에서 주로 하죠. 거기서 배우니까."

"우리 부검의가 저한테 바이오 샘플을 보여주려 하지 않던데요. 박사님과 먼저 얘기해 보라고 하더군요. 거기에 대해서 대학 측이 할 얘기라도 있습니까?"

"이리 오세요." 한나가 그의 질문에 대답하지 않고 말했다. "컴퓨터에 뭐가 있는지 보죠."

그녀가 자리에서 일어서자 에를렌두르도 그녀의 뒤를 따랐다. 그녀는 열쇠로 널찍한 방 문을 열고, 문 옆에 붙어 있는 보안장치에 암호를 입력하고는 책상에 있는 컴퓨터 전원을 켰다. 그동안 에를렌두르는 방 안을 둘러보았다. 창문은 하나도 없었고, 파일 캐비닛이 벽에 줄지어 서 있었다. 한나는 아우두르의 이름과 사망 날짜를 묻고는 컴퓨터에 입력했다.

"여긴 없군요." 그녀가 모니터를 바라보며 조심스럽게 말했다. "컴퓨터 상으로는 1984년까지밖에 추적이 안 되는데요. 의과대학이 생긴 시점부터 모든 자료를 전산화하고 있는데 아직 다 정리하지 못했습니다."

"그럼 파일 캐비닛 안에 있겠군요." 에를렌두르가 말했다.

"더 이상 이 일에 할애할 시간이 없네요." 한나가 시계를 쳐다보며 말했다. "이젠 강의실로 돌아가야 하거든요."

그녀는 에를렌두르가 서 있는 곳으로 다가가서 방을 한번 휙 둘러보더니, 캐비닛 사이를 걸어다니며 라벨을 읽었다. 그녀는 여기저기서 서랍을 열어보고 서류들을 훑어보고는 금세 다시 닫았다. 에를렌두르는 그 서류에 무슨 내용들이 있는지 알 수가 없었다.

"여기에 의료기록도 있습니까?" 그가 물었다.

한나가 신음소리를 냈다. "꼭 자료보존위원회에서 나온 사람 같군요." 그렇게 말하고 그녀는 또 다른 서랍을 쾅 닫았다.

"여기 바이오 샘플 건이 있네요." 그녀가 말했다. "1968년. 여기 이름들이 있군요. 별로 관심 있어 하실 만한 것들은 아니지만." 그녀가 서류를 캐비닛에 도로 넣고 서랍을 밀어 닫았다. 그리고 또 다른 서랍을 잡아당겨 열었다.

"여기 좀 더 있네요." 그녀가 말했다. "잠깐만. 여기 그 아이의 이름이 있어요. 아우두르, 아이 어머니 이름도 있고. 여기요."

한나가 재빨리 서류 내용을 읽어 내려갔다.

"장기 하나 적출." 그녀가 혼자 중얼거리듯 말했다. "케플라비크 병원에서 적출. 친족의 허락을 받았음……. 그리고 그 이상은 없어요.

장기가 소실됐다는 부분은 없어요."

한나가 서류철을 덮었다. "이젠 더 이상 없어요."

"제가 봐도 될까요?" 에를렌두르가 보고 싶은 마음을 숨기지 못하고 말했다.

"별로 알 만한 내용도 없을 텐데요." 한나가 서류철을 다시 서랍에 집어넣고 닫으면서 말했다. "아셔야 할 것은 다 말씀드렸어요."

"뭐라고 씌어 있습니까? 뭘 숨기려고 하시는 거죠?"

"아무것도 아니에요. 이젠 저도 강의하러 가야겠군요." 그녀가 말했다.

"그럼 오늘 늦게 수색영장을 가지고 다시 찾아오죠. 그때 그 서류가 제자리에 있는 게 좋을 겁니다." 에를렌두르가 문 쪽으로 걸어가며 말했다.

"여기서 얻은 정보가 새어나가지 않는다고 약속하실 수 있어요?" 에를렌두르가 막 나가려고 문을 열자 그녀가 말했다.

"말씀드렸잖습니까. 개인적으로 알고 싶은 정보라고. 저를 위해서요."

"그럼 한번 보세요." 한나가 말하고는 캐비닛 서랍을 다시 열어 그에게 서류철을 건넸다.

에를렌두르는 문을 닫고 서류철을 받아 들고는 집중해서 읽었다.

한나는 에를렌두르가 서류를 다 읽을 때까지 기다리면서 담배를 꺼내어 불을 붙였다. 금연 표시도 무시하고. 곧 방 안에 담배연기가 가득 찼다.

"에이달이 누굽니까?"

"제일 뛰어난 학자죠."

"저한테 보이고 싶지 않았던 게 어떤 거죠? 제가 이 사람과 얘기하면 안 되는 이유라도요?"

한나는 대답하지 않았다.

"무슨 일입니까?" 에를렌두르가 말했다.

"그분은 장기를 몇 개 보관하고 있죠. 조금 수집하고 있어요."

"장기 수집가란 말인가요?"

"제가 아는 건 그게 다예요." 한나가 대답했다.

"그럼 그 사람이 뇌를 가져갔을 가능성이 있군요. 여기에 연구용 샘플로 그에게 보냈다고 되어 있으니까. 이게 박사님께 무슨 문제가 되나요?"

"그분은 탁월한 학자예요." 그녀가 이를 꽉 깨물고 같은 말을 반복했다.

"그 사람이 벽난로 위에다 네 살짜리 여자아이 뇌를 전시해 놨다 그 말입니까?" 에를렌두르가 소리쳤다.

"과학 연구라는 걸 당신이 이해할 거라고는 기대하지 않아요." 그녀가 대꾸했다.

"여기에 이해하고 자시고 할 게 뭐가 있습니까?"

"여기에 당신을 들여놓는 게 아니었어." 한나가 소리쳤다.

"그런 얘기는 전에도 많이 들었죠." 에를렌두르가 맞받아쳤다.

32

Tainted Blood

엘린보르그는 후사비크 출신의 그 여성을 찾아냈다.

그녀가 받은 리스트에 아직 두 명이 더 남아 있었다. 올리는 법의학 팀과 함께 노르두르미리에 남아 있었다. 첫 번째 여자의 반응은 낯이 익었다. 아주 놀라면서도 이미 놀라려고 마음먹고 있었던 것같이. 이미 어디선가 들었던 모양이다. 그것도 여러 번. 그녀는 사실 경찰의 방문을 기대하고 있었다고 했다. 두 번째 여자, 엘린보르그의 리스트에 있었던 마지막 여자는 엘린보르그와 얘기하기를 거부했다. 그녀를 집 안에 들이려고도 하지 않았다. 엘린보르그가 무슨 소리를 하는지도 모르겠고, 도와줄 것도 없다고 하면서 문을 닫았다.

하지만 여자는 어딘지 주저하는 듯한 모습이었다. 마치 하고 싶은 얘기를 하려면 모든 용기를 그러모아야 한다는 것처럼. 엘린보르그는 그녀가 미리 연습한 연기를 하는 거라고 느꼈다. 경찰이 올 것을 알고 있었지만 다른 사람들과 달리 전혀 내용은 알고 싶지 않은 것 같았다. 그녀를 빨리 쫓아버리고만 싶어했다.

엘린보르그는 자기들이 찾고 있던 바로 그 여자라는 걸 직감했다. 서류를 다시 한번 훑어보았다. 이름은 카트린이고, 레이캬비크 시립도

서관의 부장이었다. 남편은 큰 광고회사의 중역이었다. 나이는 60세로, 아이는 셋인데 모두 1958년에서 1962년 사이에 태어났다. 1962년에 후사비크에서 이사 온 뒤 죽 레이캬비크에 살았다.

엘린보르그는 다시 초인종을 눌렀다.

"저와 얘기를 좀 하셔야 할 것 같습니다." 카트린이 문을 다시 열자 엘리보르그가 말했다.

여자가 엘린보르그를 쳐다보았다.

"도와드릴 게 없어요." 그녀가 딱 잘라 말했다. 놀랄 만큼 날카로운 목소리로. "무슨 사건인지 알고 있어요. 소문을 이미 들었어요. 하지만 그 사건에 대해서는 아는 게 없어요. 그렇게 알고 가주셨으면 좋겠어요. 더 이상 귀찮게 하지 마세요."

그녀가 다시 엘린보르그 앞에서 문을 닫으려 했다.

"저는 그 정도로 알고 갈 수 있지만, 저와 함께 일하는 에를렌두르라는 형사 분은 말이죠, 지금 홀베르그의 살인사건을 조사 중인데 그냥 넘어가지 않을 겁니다. 다음번에 문을 열면 그분이 여기 서 있을 거고, 절대로 돌아가지 않을걸요. 면전에서 문을 닫는 일도 못하실 겁니다. 까다롭게 구시면 그분이 경찰서로 모셔갈 수도 있어요."

"날 좀 가만 놔두세요." 카트린이 말하고는 문을 쾅 닫았다.

나도 그랬으면 좋겠네요, 하고 엘린보르그는 속으로 대꾸했다. 그녀는 휴대폰을 꺼내어 에를렌두르에게 전화를 걸었다. 그는 막 대학을 나서고 있던 참이었다. 엘린보르그는 상황을 설명했다. 에를렌두르는 10분 안에 가겠다고 했다.

에를렌두르가 카트린의 집 앞에 도착했지만 엘린보르그는 집 앞 어디에도 보이지 않았다. 하지만 주차장에 있는 차는 알아볼 수 있었다. 보가르 지역에 있는 커다란 주택 앞. 그 이층집의 주차장에는 차 두 대가 들어갈 수 있었다. 그가 초인종을 누르자 놀랍게도 엘린보르그가 문을 열었다.

"그 여자를 찾은 것 같아요." 그녀가 낮은 목소리로 말하고는 에를렌두르를 안으로 들였다.

"지금 막 문을 열고 나와서 사과했어요. 여기서 얘기하는 편이 경찰서에 가는 것보다 낫겠다고 하더군요. 이미 사건에 대해 알고 있고 우리가 올 거라는 걸 알고 있었대요."

엘린보르그는 앞장서서 카트린이 서 있는 거실로 갔다. 그녀는 에를렌두르와 악수하면서 미소를 보이는 듯 했으나 마음대로 되지 않았다. 수수한 회색 치마에 하얀 블라우스를 입었으며, 곧고 숱 많은 머리카락은 어깨까지 닿아 한쪽으로 빗어 넘겨져 있었다.

그녀는 큰 키에 다리가 가늘고 어깨가 좁은 미인형이었다. 하지만 상냥한 그 얼굴에는 불안감이 어려 있었다.

에를렌두르는 거실을 둘러보았다. 방에는 책이 가득했다. 책은 유리를 끼운 책장에 진열되어 있었고 그중 한 책장 옆에는 크고 멋진 책상도 놓여 있었다. 오래됐지만 관리를 잘한 가죽소파는 거실 한가운데에, 한쪽 구석에는 흡연 테이블이, 그리고 벽에는 그림들이 걸려 있었다. 멋진 액자로 장식한 수채화와 가족사진들. 그는 사진을 자세히 바라보았다. 전부 오래된 것들이었다. 세 남자아이와 부모의 사진. 가장 최근에 찍은 것은 아이들이 견진성사*를 받을 때였다. 아이들은 고등학교나 대학을 졸업한 것 같지는 않고, 결혼을 한 것 같지도 않았다.

"좀 작은 집을 사려고 했었어요." 집 안을 둘러보고 있는 에를렌두르를 보면서 카트린이 사과라도 하듯 말했다. "우리한텐 너무 크죠, 이 집이."

에를렌두르가 고개를 끄덕였다.

"남편분은 지금 집에 계십니까?"

"알베르트는 오늘 늦게나 돌아올 거예요. 외국에 출장갔거든요. 그이가 돌아오기 전에 얘기를 마치면 좋겠어요."

"앉아도 될까요?" 엘린보르그가 물었다. 카트린이 미처 말하지 못해 미안하다며 두 사람에게 앉으라고 권했다. 그녀는 소파에 혼자 앉았고, 에를렌두르와 엘린보르그는 가죽 안락의자 두 개에 각각 앉아서 그녀와 마주했다.

"나한테서 뭘 원하시는 거예요?" 카트린이 둘을 번갈아 바라보며 물었다. "내가 그 사건과 무슨 관련이 있는지 잘 모르겠군요. 그 남자는 죽었어요. 그건 나랑 아무 상관없는 일이고요."

"홀베르그는 강간범이었습니다." 에를렌두르가 말했다. "케플라비크에 있는 여자를 겁탈했는데, 그 결과 그녀는 아이를 가졌어요. 딸이었습니다. 그걸 확인하던 중에 전에도 그런 짓을 한 적이 있다는 걸 알게 됐죠. 그녀는 후사비크 출신의 여성으로, 두 번째 피해자와 비슷한 나이일 거라고 생각합니다. 세 번째, 네 번째 피해자가 있을지도 모르지요. 우리도 모릅니다. 하지만 후사비크의 피해자만은 찾아야

* 견진성사: 가톨릭, 성공회, 루터교 등에서 세례 이후에 받는 의식으로서 이것을 통해 믿음이 견고해진다고 생각한다.

합니다. 홀베르그는 집에서 살해됐지만, 우리로선 살해 동기가 그의 못된 과거에 있다고 믿을 만한 이유가 충분히 있습니다."

두 사람은 이 말이 카트린에게 아무 영향도 주지 못한다는 것을 알아차렸다. 그녀는 홀베르그가 한 짓이나 그렇게 태어난 여자아이 얘기에도 별로 놀라지 않았고, 케플라비크의 여성이나 그 여자아이에 대해서도 묻지 않았다.

"이런 얘기가 놀랍지 않으십니까?" 에를렌두르가 물었다.

"아뇨. 왜 놀라야 하죠?" 카트린이 대꾸했다.

"홀베르그에 대해서 무슨 얘기를 해주실 수 있습니까?" 에를렌두르가 잠시 쉬었다가 말을 했다.

"신문에 난 사진을 바로 알아볼 수 있었어요." 그녀가 말했다. 그녀의 목소리에서 저항의 흔적은 완전히 사라졌다. 그녀의 말은 속삭임으로 변해갔다. "많이 변했는데도 말이죠."

"우리 파일에 그 사람 사진이 있었습니다." 엘린보르그가 설명하는 식으로 말했다. "운전면허증에 있었던 사진인데, 최근에 재발급받은 것이었지요. 트럭 운전사였습니다. 전국을 돌아다녔죠."

"나한테는 레이캬비크에 사는 변호사라고 했어요."

"그 당시에는 아마도 항구등대관리과에서 일했을 겁니다." 에를렌두르가 말했다.

"내가 막 스무 살이 되었을 때였죠. 그 일이 일어났을 때, 알베르트와 저 사이엔 아이가 둘 있었어요. 어려서부터 동거를 시작했거든요. 그이는 바다에 나가 있었어요, 알베르트 말예요. 자주 있는 일은 아니었죠. 그이는 조그만 가게도 했고, 보험설계사 일도 했어요."

"무슨 일이 있었는지 그분이 아십니까?" 에를렌두르가 물었다.

카트린이 잠시 주저했다.

"아뇨. 그이에게 한 번도 말한 적 없어요. 그리고 두 분도 이제 와서 그이에게 얘기하지 말아 주셨으면 해요."

두 사람은 모두 아무 말도 하지 않았다.

"아무에게도 무슨 일이 있었는지 말하지 않았나요?" 에를렌두르가 물었다.

"아무에게도 말하지 않았어요." 그리곤 그녀가 다시 침묵을 지켰다.

에를렌두르와 엘린보르그는 가만히 기다렸다.

"나는 나 자신을 원망했어요." 그녀가 한숨을 쉬었다. "그래선 안 되는 걸 알아요. 내가 잘못한 게 아니라는 것도. 40년 전 일인데도 아직도 자신을 탓하곤 해요. 그래서는 안 되는 걸 알면서도. 40년 동안을."

두 사람은 또 기다렸다.

"두 분이 얼마만큼 자세한 내용을 알고 싶어하는지 모르겠어요. 필요한 얘기가 뭔지도. 알베르트는 바다에 나가 있었어요. 나는 친구들 몇 명과 놀러 나갔다가 댄스클럽에서 그 남자들을 만났어요."

"남자들?" 에를렌두르가 끼어들었다.

"홀베르그는 다른 남자와 함께 있었어요. 그 사람 이름은 전혀 몰라요. 그 사람은 가지고 다니는 소형 카메라를 나에게 보여줬죠. 잠깐 사진 얘기를 나눴어요. 같이 놀러 갔었던 친구 집에도 그들이 함께 와서 거기서도 같이 술을 마셨죠. 그날 함께 놀러갔었던 친구들은 저까지 네 명이었어요. 그중 둘은 결혼했고. 좀 있다가 내가 집에 가겠다고 하니까 바래다주겠다고 하더군요."

"홀베르그가?"

"네, 그 사람이. 나는 괜찮다고 말하고 친구들한테 인사한 뒤 집까지 혼자 갔어요. 그렇게 먼 거리는 아니었거든요. 그런데 문을 여는데 —우리는 그때 후사비크에 새로 닦은 길가의 작은 주택에 살고 있었어요—갑자기 그 남자가 내 뒤까지 다가와 있는 거예요. 뭐라고 말을 했는데 난 제대로 듣질 못했어요. 그러고는 나를 집 안으로 밀어 넣더니 문을 닫더군요. 나는 굉장히 놀랐죠. 무서운 건지 놀라운 건지도 몰랐을 정도로. 알코올이 감각을 무디게 한 모양이에요. 물론 난 그 사람을 조금도 알지 못했어요. 그날 밤 이전엔 한 번도 본 적이 없었으니까."

"그럼 왜 자신을 탓하셨어요?"

엘린보르그가 물었다.

"댄스클럽에서 조금 유혹을 하고 다녔거든요." 카트린이 한참 뒤에 말을 했다. "그에게 춤을 추자고 했죠. 내가 왜 그랬는지는 몰라요. 술을 약간 마셨는데, 난 알코올엔 약하거든요. 친구들과 놀면서 긴장이 풀어졌던 모양이에요. 무책임하게. 취하기까지 하고."

"하지만 그래도 자기 탓을 하시면 안 되시죠……." 엘린보르그가 다시 말을 했다.

"당신이 뭐라고 하든 바뀌는 건 조금도 없어요." 카트린이 나지막한 목소리로 말하고는 엘린보르그를 바라보았다. "그러니까 나한테 누구 탓을 해도 된다 안 된다는 얘긴 하지 마세요. 아무 의미도 없으니까."

그녀는 잠시 쉬었다가 말을 이었다. "그는 댄스클럽에서 우리 주위를 맴돌았어요. 인상이 그리 나쁘진 않았어요. 말도 재미있게 했고, 여자들을 웃기는 방법도 잘 알고 있었어요. 우리와 게임을 하면서 우리가 재미를 붙이게 만들었죠. 나중에야 그가 나에게 알베르트에 대해 물은 것이 기억났어요. 내가 집에 혼자 있다는 것을 알아내려던 거였어요. 하지만 그때는 그에게 무슨 의도가 있을 거라고는 상상도 못했죠."

"근본적으로 홀베르그가 케플라비크에 사는 여성을 공격했을 때와 비슷한 식이군요. 그는 그 여자에게도 바래다주겠다고 했었죠. 그러고 나서 전화를 쓰자고 하면서 들어가서는 주방에서 공격했습니다." 에를렌두르가 말했다.

"여하튼 완전히 다른 사람으로 바뀌었어요. 혐오스러웠죠. 나한테 한 말들. 내가 입고 있었던 재킷을 찢었어요. 안으로 밀어 넣고는 끔찍한 말을 하더군요. 힘이 아주 셌어요. 얘기를 해보려 했지만 소용없었어요. 내가 도와달라고 소리를 지르니까 입을 막더군요. 그러고는 침실로 끌고 가서……."

그녀는 할 수 있는 한 모든 용기를 그러모아서 홀베르그가 무슨 짓을 했는지 구체적으로, 어떤 것도 숨기지 않고 모두 얘기했다. 그녀는 그날 밤에 있었던 일을 하나도 잊지 않고 있었다. 아주 세세한 내용까지도 모두 기억하고 있었다. 그녀의 말에 감정은 들어 있지 않았다. 마치 오래된 이야기를 책에서 읽어 내려가는 것 같았다. 그녀는 한 번도 그 사건을 이렇게 자세하게 얘기해 본 적이 없었다. 마치 그 사건으로부터 일정한 거리를 두고 있는 듯해서 에를렌두르는 다른 여자 얘기를 듣는 듯한 느낌을 받았다.

그녀의 얘기 중간에 한 번, 에를렌두르는 얼굴을 찌푸렸고, 엘린보르그는 숨죽여 욕을 했다.

카트린이 말을 멈췄다.

“왜 그 인간을 고소하지 않으셨지요?” 엘린보르그가 물었다.

“괴물 같았어요. 내가 누구한테 이 얘기를 해서 자기가 경찰에 잡히게 되면 가만두지 않겠다고 하더군요. 그보다 더한 건, 내가 그걸 문제화하면 내가 관계를 맺고 싶어서 자기를 집에 끌어들였다 말하겠다는 거예요. 그는 믿을 수 없을 만큼 힘이 셌는데, 그런데도 나한테 상처 하나 남기지 않았어요. 그것만은 철저하더군요. 나중에야 그게 생각이 났어요. 내 얼굴을 두 번 때렸는데, 절대 세게는 치지 않았죠.”

“그게 언제 일어난 일인가요?”

“1961년 가을에.”

“그 후에는 어떻게 됐나요? 홀베르그를 다시 봤다거나…….”

“아뇨, 그 뒤로 한 번도 보지 못했어요. 신문에 난 사진을 볼 때까지는.”

“후사비크에서 이사 오셨나요?”

“사실 원래부터 그러려고 했었어요. 알베르트는 항상 이사 가고 싶어했어요. 그 사건 이후로 나도 반대하지 않았죠. 후사비크는 사람들도 좋고 살기도 좋은 곳이었지만, 그 이후론 한 번도 거기 간 적이 없어요.”

“그전에 자녀분이 둘이었죠. 보기에 아드님들인 것 같은데.” 에를렌두르가 견진성사 사진을 턱으로 가리키며 말했다. “그러고 나서 셋째 아드님을 가지셨나 봐요……. 언제였습니까?”

"2년 후예요."

카트린이 대답했다.

에를렌두르는 그녀를 쳐다보았다. 대화를 시작한 이래 처음으로 그녀가 거짓말을 한다는 걸 알아차렸다.

33

Tainted Blood

"왜 거기서 멈췄어요?" 거리로 나오자마자 엘린보르그가 물었다.

그녀는 협조해 주어서 감사하다는 말을 듣고는 놀라움을 감추지 못했다. 에를렌두르는 이런 얘기를 하기가 얼마나 힘든지 잘 알고 있다면서, 오늘 나눈 얘기는 절대 새 나가지 않게 확실히 조치하겠다고 말했다. 엘린보르그는 입이 떡 벌어졌다. 이제야 뭔가 얘기가 시작되고 있었는데.

"거짓말을 하기 시작했어. 그 여자한테는 너무 힘든 일이야. 나중에 다시 만나자고. 전화를 도청하고 움직임과 방문객을 체크할 순찰차를 집 앞에 배치해. 세 아들이 뭘 하는지도 알아내고, 최근 사진도 가능하다면 구해야지. 하지만 남의 주목을 끌면 안 돼. 그리고 후사비크에서 카트린을 알았던 사람들을 찾도록. 그날 밤 일을 기억하고 있을 수도 있어. 찾는 데 좀 오래 걸리겠지만. 올리한테는 항구등대관리과에 전화해서 홀베르그가 후사비크에서 언제 일했는지 알아보라고 했어. 아마 지금쯤은 알아봤겠지. 카트린과 알베르트의 혼인신고서를 구해서 어느 해에 결혼했는지도 알아봐."

에를렌두르가 자신의 차에 올라탔다.

"그리고 엘린보르그, 다음번에 그녀와 얘기할 때도 같이 와야 해."

"아까 말한 그런 짓을 할 사람이 이 세상에 있을까요?" 엘린보르그가 물었다. 그녀는 아직 카트린의 얘기에 분개하고 있었다.

"홀베르그라면 뭐든지 가능하지." 에를렌두르가 대답했다.

그는 노르두르미리로 운전해 갔다. 올리는 아직 거기에 있었다. 그는 전화국에 접촉해서 홀베르그가 살해되던 주말에 걸려온 전화들에 대해 알아보았다. 두 통은 홀베르그가 일했던 아이슬란드 운송회사에서, 또 다른 세 통은 공중전화에서 걸려온 것이었다. 두 통은 라에캬르가타에 있는 공중전화에서였고, 하나는 레무르 버스정류장 공중전화였다.

"그밖에 또 다른 건 없나?"

"있어요. 컴퓨터에 있던 포르노 말인데요, 법의학팀이 꽤 많이 조사를 했는데 정말 놀랍더랍니다. 끝내주게 역겹더래요. 인터넷에서 찾을 수 있는 나쁜 것은 다 있다더군요, 동물도 나오고 아이들도 나오고. 그 자식은 완전히 변태였어요. 법의학팀에서도 보는 걸 포기한 것 같더군요."

"아마 더 이상 그쪽은 조사하지 않아도 될 것 같아." 에를렌두르가 말했다.

"얼마나 추잡하고 역겨운 인간이었는지 그림이 그려지더군요." 올리가 대꾸했다.

"머리가 박살나서 죽어도 싸단 얘긴가?"

"그렇게 생각지 않으세요?"

"항구등대관리과에 홀베르그에 대해서 알아봤나?"

"아뇨."

"그럼 가서 알아보게."

"지금 저 사람이 우리한테 손 흔들고 있는 건가요?" 올리가 물었다. 두 사람은 홀베르그의 집 앞에 있었다. 법의학팀 사람이 하얀색 작업복 차림으로 지하실에서 나와 두 사람에게 손을 흔들고 있었다. 상당히 흥분한 것 같았다. 두 사람은 차에서 내려 지하실로 갔다. 법의학팀 기사가 모니터 앞으로 오라고 손짓했다. 그는 손에 리모컨을 들고 있었다. 거실 구석에 낸 구멍 속으로 집어넣은 카메라를 조정하는 리모컨.

그들은 화면을 들여다보았지만 뭐가 보이는지 분간할 수 없었다. 영상은 점점이 찍혀 있었고, 어두침침한데다 선명하지도 않았다. 자갈과 아래쪽 바닥이 보였지만 그외에는 특별한 것도 없어 보였다. 한참이 지나자 마침내 기사가 참지 못하고 말했다.

"여기 있는 이거요." 그가 화면 중간의 제일 꼭대기를 가리키면서 말했다. "바닥 바로 아래에 있는 거 말입니다."

"뭐가?" 에를렌두르가 말했다. 아무것도 보이지 않았다.

"반지 말예요."

"반지?" 에를렌두르가 물었다.

"분명히 반집니다. 바닥에서 반지를 찾아낸 거예요. 안 보이세요?"

화면에 보이는 물체가 반지일 수 있다는 생각이 들 때까지 그들은 눈을 가늘게 뜨고 화면을 들여다보았다. 확실하게 보이지는 않았다. 마치 뭔가가 앞을 가로막고 있는 것처럼. 그외에는 아무것도 보이지 않았다.

"뭐가 가로막고 있는 것 같은데." 올리가 말했다.

"건물 단열재로 쓰이는 비닐 같아요." 기사가 말했다. 무슨 일인가 보려고 사람들이 화면 앞으로 더 모여들었다. "여기 이걸 보세요." 그가 계속했다. "이 반지 옆의 선. 손가락일 가능성이 높아요. 구석에 뭔가가 있는 겁니다. 자세히 살펴봐야 할 뭔가가."

"바닥을 부숴요. 뭐가 있는지 봅시다." 에를렌두르가 지시했다.

법의학팀이 당장 일을 시작했다. 그들은 거실 바닥에 지점을 표시하고는 압축드릴로 뚫기 시작했다. 미세한 콘크리트 먼지가 지하실에서 소용돌이치기 시작하자 에를렌두르와 올리는 얇은 마스크를 꺼내어 썼다.

그들은 기사 뒤에 서서 구멍이 넓어지는 것을 지켜보았다. 토대는 15~20센티미터 두께라서 뚫는 데 시간이 꽤 걸렸다.

한번 뚫리고 나자 구멍은 쉽게 넓어졌다. 사람들이 헐거워진 콘크리트 조각들을 재빨리 치워냈다. 곧 카메라에 잡혔던 비닐이 눈앞에 나타났다. 에를렌두르가 올리를 돌아보자 그가 고개를 끄덕였다.

비닐이 점점 더 모습을 드러냈다. 에를렌두르 생각에 건물 단열재용으로 쓰는 두꺼운 비닐 같았다. 속에 있는 것은 거의 비치지 않았다. 그는 지하에서 울리는 소음도, 정신 나가게 만드는 악취도, 소용돌이치는 먼지도 모두 잊었다. 올리는 더 잘 보려고 마스크까지 벗었다. 그는 몸을 숙이고 바닥을 뚫고 있는 법의학팀을 불렀다.

"이집트에서 파라오 무덤도 이렇게 연 모양이죠?" 그의 질문에 긴장감이 조금 누그러들었다.

"안타깝게도 여기에 파라오가 없다는 걸 빼면." 에를렌두르가 대꾸했다.

"드디어 그레타르를 홀베르그의 지하실에서 찾아낸 걸까요?" 올리가 기대에 차서 말했다. "25년 만에. 젠장, 끝내주는군."

"그 친구 어머니 말이 맞았어." 에를렌두르가 말했다.

"그레타르의 어머니?"

"마치 누가 훔쳐간 것 같았다고 했거든."

"비닐에 싸서 바닥 밑에 숨겨뒀군요."

"마리온 브리엠." 에를렌두르는 혼자 중얼거리며 고개를 흔들었다.

법의학팀은 이젠 전기드릴로 바닥을 뚫어나갔다. 바닥이 압력에 갈라져 열리면서 구멍이 더 넓어지더니, 비닐에 싸인 물건 전체가 모습을 드러냈다. 보통사람의 키만 한 크기였다. 법의학팀은 어떻게 비닐을 열 것인지 의논을 했다. 그들은 구멍 속에서 비닐을 연 뒤, 바론스티구르에 있는 시체공시소에 갈 때까지 아무것도 건드리지 않기로 결정했다. 그래야 단서가 될 만한 것들을 하나도 잃어버리지 않을 테니까.

그들은 전날 밤 지하실에 가져다 놓은 들것을 가져와서 구멍 옆에 놓았다. 두 명이 비닐 꾸러미를 들어올리려 했으나 너무 무거웠다. 두 명이 더 내려갔다. 곧 꾸러미가 움직이기 시작하고 끄집어내어 밖으로 끌어올린 다음 들것에 옮겨 실었다.

에를렌두르는 다가가서 몸을 구부려 비닐에 비치는 것을 보았다. 얼굴 부분을 알아볼 수 있었다. 몇 개 남지 않은 썩어버린 이빨과 코의 일부분을. 그는 다시 몸을 일으켰다.

"상태가 나빠 보이진 않는군." 에를렌두르가 말했다.

"저게 뭐죠?" 올리가 구멍 속으로 몸을 숙이며 물었다.

"뭐가?" 에를렌두르가 말했다.

"저거 필름 아닙니까?" 올리가 말했다.

에를렌두르는 가까이 다가가서 그 앞에 무릎을 구부리고 앉았다. 카메라용 필름들이 자갈에 반쯤 파묻혀 있는 것이 보였다. 사방 1미터는 덮을 만큼 필름이 흩어져 있었다. 그중에 사진이 찍힌 것이 있기를 그는 바랐다.

34

Tainted Blood

카트린은 경찰이 떠난 이후로 집을 나서지 않았다. 찾아오는 사람도 없었고 전화도 쓰지 않았다. 저녁에 고급차 한 대가 집 앞에 서더니 무릎까지 오는 여행가방을 든 남자가 집 안으로 들어갔다. 남편 알베르트로 추정되었다. 그날 오후 독일 출장에서 돌아온다고 했었으니까.

경찰 두 명이 일반 차량에서 그 집을 지켜보고 있었다. 전화는 도청되었다. 세 아들 중 위쪽 두 사람은 확인이 되었다. 하지만 막내아들이 어디 있는지는 밝혀지지 않았다. 그는 이혼한 뒤 게르디 지역의 한 아파트에 살고 있었으나 지금은 아무도 살지 않았다. 그 집 앞에도 감시차량이 세워졌다. 경찰은 그의 정보를 수집했고, 인상착의가 전국 경찰서에 뿌려졌다. 하지만 언론에 알리는 것은 아직 고려하지 않고 있었다.

에를렌두르는 바론스티구르의 시체공시소 앞에 차를 세웠다. 그레타르로 보이는 남자의 시신이 그곳으로 옮겨졌다. 홀베르그와 아우두르를 부검했던 그 부검의가 시신에서 비닐을 벗겨냈다. 시신은 남자의 것으로, 목이 부러져 있는 게 확인됐다. 입은 마치 화가 나서 소리를 지르듯 벌어져 있었고, 팔은 몸 양 옆에 붙어 있었다. 피부는 바짝 말라 오그라들어 윤기가 전혀 없었고, 벌거벗은 몸 군데군데 썩어 들어간 부분이 보였다.

머리 부분은 손상이 상당히 심했다. 머리카락은 색이 바랬고 길게 늘어진 채 얼굴 옆으로 흘러내려 있었다.

"내장을 제거했군요." 부검의가 말했다.

"뭐라고요?"

"이 남자를 파묻은 사람 말예요. 시체를 보관하는 데는 아주 좋은 방법이죠. 냄새가 나니까. 비닐 안에서 서서히 말라갔군요. 아주 보관이 잘된 셈이네."

"사인은 밝혀낼 수 있겠습니까?"

"머리에 비닐봉지가 씌워진 걸로 봐서 질식사인 것으로 보이지만 좀 더 살펴봐야겠습니다. 나중에 더 자세히 알려드리지요. 이런 일은 다 시간이 걸리거든요. 이 사람이 누군지 아세요? 체격이 좀 작은 사람이군요. 불쌍한 양반."

"대충 의심 가는 부분은 있습니다." 에를렌두르가 대답했다.

"그 교수와 얘기해 보셨나요?"

"사랑스러운 분이시더군요."

"정말 그렇죠?"

올리는 경찰서에서 에를렌두르를 기다리고 있었지만 에를렌두르는 도착하자마자 법의학팀 사무실로 바로 가야겠다고 말했다. 법의학팀은 홀베르그의 아파트에서 발견된 필름 몇 장을 겨우 현상해서 확대했다. 에를렌두르는 엘린보르그와 함께 카트린과 나눈 대화를 올리에게 들려주었다.

법의학팀 팀장인 라그나르가 사무실에서 그들을 기다리고 있었다. 책상에는 필름과 확대한 사진 몇 장이 놓여 있었다.

"필름 세 개밖에 현상을 못했습니다. 뭘 찍은 건지도 잘 모르겠고요. 24판짜리 코닥 필름이 일곱 통 정도 있더군요. 세 통은 완전히 검게 나와서 사용을 했는지 알 수가 없었지만, 그중 하나에서 여기 보듯이 몇 장을 확대해 냈죠. 뭘 좀 알아보시겠습니까?"

에를렌두르와 올리는 눈을 가늘게 뜨고 사진을 들여다보았다. 전부 흑백사진이었다. 그중 두 장은 조리개가 제대로 열리지 않았는지 반 정도가 검게 나와 있었다. 초점이 안 맞고 흐릿해서 무엇을 찍은 건지 알아볼 수가 없었다. 세 번째와 마지막 사진은 그런대로 선명하게 찍혔는데, 남자가 거울 앞에 서서 자기 자신을 찍고 있는 모습이 담겨 있었다. 카메라는 작고 평범했으며, 전구 네 개짜리 플래시가 달려 있었다. 카메라의 플래시가 터지고 있었다. 청바지에 셔츠를 입고 허리까지 오는 여름용 재킷 차림이었다.

"이 플래시를 기억합니까?" 에를렌두르가 향수에 젖은 목소리로 물었다. "혁신적이었죠."

"잘 기억하고 있죠." 에를렌두르와 나이가 같은 라그나르가 대답했다. 올리는 그들을 차례로 바라보고는 고개를 흔들었다.

"이게 자화상이라는 건가?" 에를렌두르가 물었다.

"카메라가 가리고 있어서 누군지 알아보기는 힘들군요. 아마 자기를 찍은 게 아닐까요?" 올리가 말했다.

"주변을 알아보실 수 있겠습니까? 조금 보이는 것만으로도?"

거울에 비치는 것으로 그들은 남자 뒤에 나타난 방 주변을 조금 알아볼 수 있었다. 에를렌두르는 의자 등받이와 거실 탁자, 바닥에 깔린 카펫, 그리고 바닥까지 내려오는 커튼 같은 것의 일부분을 보았다. 하지만 다른 것들은 알아보기가 힘들었다. 거울 속 얼굴은 환하게 불이 밝혀져 있었지만, 나머지 부분은 빛이 엷어져서 완전히 깜깜했다.

그들은 사진을 오랫동안 바라보았다. 한참 애를 쓴 끝에 에를렌두르는 남자의 왼쪽 어둠 속에 뭔가가 있는 것을 알아보기 시작했다. 사람 형태로 보였다. 옆모습인 듯 눈썹과 코도 보이는 것 같았다. 어디까지나 추측에 불과했지만 뭔가 빛이 일정치 않은 부분이 있었고, 작은 그림자 같은 것도 보여서 상상력이 더욱 활활 타올랐다.

"이 부분을 확대할 수 있을까요?" 에를렌두르가 라그나르에게 물었다. 라그나르도 에를렌두르가 가리킨 부분을 뚫어지게 쳐다보았지만 아무것도 알아볼 수가 없었다. 올리는 사진을 들어서 얼굴 앞에 바짝 갖다 대 봤지만, 역시 에를렌두르가 보았다고 생각하는 것을 알아볼 수가 없었다.

"1초도 안 걸립니다." 라그나르가 말했다. 그들은 그를 따라 사무실을 나서서 법의학팀이 일하는 곳으로 갔다.

"필름에 지문이 있던가요?" 올리가 물었다.

"네, 두 종류였죠. 묘지를 찍은 사진과 똑같은 지문입니다. 그레타르와 홀베르그의 것이죠."

사진을 스캔해서 커다란 컴퓨터 모니터에 띄웠다. 그 부분이 확대되었다. 빛의 굴절로만 보였던 것이 셀 수도 없는 작은 점들로 바뀌어 화면을 가득 메웠다. 그들은 사진에서 어떤 것도 구분해 낼 수 없었고, 에를렌두르도 자기가 보았다고 생각한 것이 뭐였는지 알아볼 수가 없었다. 기사가 한참 동안 키보드를 두드렸다. 명령어를 입력하자 이미지가 줄어들고 압축되었다. 그가 계속하자 점들이 서서히 질서를 잡아가더니 얼굴 윤곽이 드러나기 시작했다. 아직 뚜렷하지는 않았지만 그들은 거기서 홀베르그를 알아볼 수 있었다.

"그 개자식 아닙니까?" 올리가 말했다.

"여기 뭐가 더 있군요." 기사가 말하고는 사진을 좀 더 선명하게 다듬었다. 곧이어 나타난 물결무늬가 에를렌두르에게 어느 여성의 머리카락을 연상시켰다. 그리고 또 다른 옆모습이 흐릿하게 나타났다. 한참을 뚫어져라 보고서야 에를렌두르는, 그 이미지가 홀베르그가 어떤 여자 옆에 앉아 얘기를 나누는 모습이라는 생각이 들었다. 그것이 보이는 순간 희한한 환상 같은 것이 자기 앞에 떠올랐다. 에를렌두르는 그 여자에게 그 집에서 당장 나가라고 소리치고 싶었다. 하지만 너무 늦었다. 몇십 년이나 늦었다.

방 안에 전화벨이 울렸다. 하지만 아무도 움직이지 않았다. 에를렌두르는 책상에 놓인 전화가 울리는 것으로 생각했다.

"반장님 전화예요." 올리가 에를렌두르에게 말했다.

시간이 좀 걸리긴 했지만 그는 간신히 자기 전화를 찾아내어 주머니에서 끄집어냈다.

엘린보르그였다.

"지금 어디서 재미보고 계세요?" 에를렌두르가 마침내 전화를 받자 그녀가 말했다.

"용건만 말해." 에를렌두르가 말했다.

"용건이라뇨? 왜 그렇게 열 받으셨어요?"

"자네가 하고 싶은 말을 바로 꺼내지 않을 것 같아서."

"카트린의 애들 얘기예요. 아니, 아드님이겠네. 이젠 다 큰 성인이니까."

"그 사람들이 뭐?"

"다들 괜찮은 사람들이에요. 그중 한 명이 좀 흥미로운 직업이 있다는 것만 빼곤. 반장님이 바로 이 얘기를 들어야 한다고 생각했는데, 그렇게 바쁘시고 화가 나서 수다 떠는 것도 참기 힘드시면 올리에게 대신 전화를 하죠."

"엘린보르그."

"네?"

"아, 정말 이 사람아!" 에를렌두르가 소리치고는 올리를 쳐다보았다. "나한테 얘기하려던 거, 할 테야 말 테야?"

"아들이 유전학연구소에서 일하고 있어요."

"뭐?"

"유전학연구소에서 일한다니까요."

"어느 아들이?"

"막내아들. 새로운 데이터베이스를 만드는 일을 하고 있어요. 가계와 질병, 아이슬란드 가계에서 대물림되는 질병과 유전병에 대해 연구하고 있어요. 그 사람이 유전병에는 전문가래요."

35

Tainted Blood

에를렌두르는 그날 밤늦게 집에 돌아왔다. 다음날 아침 일찍 카트린을 찾아가서 자신의 추리를 말해줄 작정이었다. 그는 그녀의 아들이 빨리 나타나길 바랐다. 수사가 장기화되면 언론에서 이 얘기를 선정적으로 다룰 수가 있었다. 그것만은 피하고 싶었다.

에바는 집에 없었다. 에를렌두르가 난장판으로 만들어 놓은 주방은 에바가 말끔히 치워놓았다. 에를렌두르는 심야식당에서 사온 저녁거리 2인분 중 1인분만 전자레인지에 넣고 시작 버튼을 눌렀다. 에를렌두르는 며칠 전 에바가 자기에게 찾아왔었던 일을 생각했다. 그가 전자레인지 옆에 서 있을 때 그녀는 임신 사실을 말했다. 자기를 찾아와서 돈을 달라고 하고 자신의 질문엔 얼버무리기만 했던 것이 1년 전만 같은데, 겨우 며칠 전이었다. 그는 여전히 악몽을 꾸고 있었다. 꿈을 많이 꾸는 편도 아니고, 깨어난 뒤에도 단편밖에 기억이 나지 않았지만, 찜찜한 기분은 일어난 후에도 계속 남아서 떨쳐버릴 수가 없었다. 게다가 가슴 통증이 지속되는 것도 그랬다. 타는 듯한 통증은 아무리 문질러도 사라지지 않았다.

그는 에바와 그녀의 아기, 콜브룬과 아우두르, 엘린, 카트린과 세 아들, 홀베르그와 그레타르와 감옥에 있는 엘리디, 또 가르다바에르의 그 신부와 아버지, 그리고 자기 자신과 자식들을 생각했다. 아들 신드리는 보는 일이 거의 없었고, 에바는 일부러 그를 찾아오기까지 했지만 그녀가 하는 일이 마음에 들지 않을 때마다 둘은 항상 말다툼을 했다. 에바의 말이 맞다. 자기가 뭔데 딸에게 잔소리를 하려드는가?

그는 어머니와 딸, 아버지와 아들, 어머니와 아들, 아버지와 딸, 그리고 누구도 원치 않았지만 태어난 아이들, 한 다리만 건너면 모두 연결되어 있는 아이슬란드라는 작은 공동체에서 죽어간 아이들을 생각했다.

만일 홀베르그가 카트린의 막내아들 아버지라면, 그는 정말 자기 아들에게 살해된 것일까? 그 젊은이는 홀베르그가 자기 아버지라는 것을 알았을까? 어떻게 알아냈을까? 카트린이 얘기해 준 걸까? 언제? 왜? 아니면 원래부터 알았던 걸까? 그 일도 알고 있었을까? 카트린이, 홀베르그가 자신을 겁탈해서 임신하게 된 거라고 얘기했을까? 그땐 어떤 심정이었을까? 나라고 생각했던 사람이 더 이상 내가 아니라는 것을 알게 되었을 때의 그 심정은? 네 아버지가 사실은 아버지가 아니고, 너는 그분 아들이 아니라 네가 존재하는지도 몰랐던 다른 사람의 아들이야. 폭력적인 사람. 강간범.

그때의 마음은 어떨까? 에를렌두르는 생각해 보았다. 그런 진실을 어떻게 받아들이려 할까? 아버지를 찾아가서 살해한다? 그리고 나서 '내가 바로 그다'라고 쓴다?

그리고 만일 카트린이 아들에게 홀베르그 얘기를 해주지 않았다면 어떻게 그 사실을 알아냈을까? 에를렌두르는 머릿속에서 그런 질문들을 이리저리 굴려보았다. 생각에 생각을 거듭하고 여러 가지 상황을 고려해 볼수록 그의 추리는 가르다바에르에서 본 메시지 나무로 귀결되었다. 그 아들이 사실을 알아낸 방법은 단 한 가지밖에 없기에 에를렌두르는 그것을 다음날 확인하기로 마음먹었다.

그리고 그레타르는 무엇을 봤을까? 왜 죽어야만 했나? 그가 홀베르그에게 협박편지를 보낸 건가? 홀베르그가 겁탈한 사실을 알고 경찰에 알리려 했을까? 그가 홀베르그의 사진을 찍었나? 사진 속에서 홀베르그 옆에 앉아 있었던 여자는 누굴까? 언제 찍은 사진일까? 그레타르는 전국축제가 있었던 여름에 사라졌으니까 그전에 찍은 게 틀림없다. 에를렌두르는 홀베르그의 피해자 중에 말을 하지 않고 있는 사람이 더 있는지도 모르겠다고 생각했다.

열쇠 돌아가는 소리에 에를렌두르는 자리에서 일어섰다. 에바가 돌아온 것이다.

"그 여자와 가르다바에르에 갔었어요." 에바가 주방에서 나오는 에를렌두르를 보고는 말했다. 그녀가 문을 닫았다. "여태껏 자신을 학대한 죗값으로 그 망할 인간을 고소하겠다고 했어요. 여자 엄마는 기절했죠. 그러고 나서 집을 나왔어요."

"신랑에게 가려고?"

"네, 아늑한 신혼집으로 갔죠." 에바가 문 앞에서 신발을 차 벗으며 말했다. "신랑이 처음엔 불같이 화를 내더니 설명을 듣고 나서는 진정하더군요."

"어떻게 받아들였다니?"

"아주 괜찮은 사람이던데요. 내가 나올 때쯤에 그 신랑은 그 망할 인간한테 따지겠다며 가르다바에르로 갔어요."

"진짜?"

"그 개자식을 고소해야 무슨 소용이 있겠어요?" 에바가 물었다.

"그런 사건은 까다롭지. 남자들은 모든 걸 부인하고 용케도 빠져나가. 어머니한테 달려 있겠지, 그녀가 뭐라고 하느냐에. 아마 성폭력상담소를 찾아가야 할 게다. 그런데 너는 좀 어떠니?"

"아주 좋아요." 에바가 말했다.

"초음파검사 같은 거 생각해 본 적 있니?" 에를렌두르가 물었다. "내가 같이 가주마."

"때가 되면."

"때가 되면?"

"네."

"좋아." 에를렌두르가 말했다.

"아빠는 뭐 새로운 일 좀 있어요?" 에바가 남은 1인분을 전자레인지에 넣으며 물었다.

"요즘은 자식이라는 것 외에는 생각나는 게 없구나. 그리고 메시지나무. 일종의 가계도 같은데, 뭘 찾아야 할지만 제대로 알고 있다면 우리에게 필요한 메시지는 다 주워 담을 수 있지. 그리고 수집광에 대해서도 생각하고 있다. 짐마차 말 노래가 어떻게 되더라?"

에바가 에를렌두르를 쳐다보았다. 그는 딸이 음악 쪽에 박식하다는 것을 알고 있었다.

"'인생은 짐마차 말이라오'라는 노래 말예요?" 에바가 물었다.

"머리는 짚으로 가득 채워졌고," 에를렌두르가 대꾸했다.

"심장은 차갑게 얼어붙었으며,"

"머리는 길을 잃고 헤메고."

에를렌두르는 거기서 끝냈다. 그는 모자를 쓰고는 오래 걸리지 않을 거라고 말하며 방을 나섰다.

36

Tainted Blood

한나가 이미 알려주었기 때문에 그 의사는 그날 밤 에를렌두르를 보고도 놀라는 기색이 없었다. 하프나르표르두르 지역의 고풍스런 집에 사는 그는 에를렌두르를 문 앞에서 맞이했다. 점잖고 예의 바른 사람의 표상이었다. 키가 작달막하고 머리는 당구공처럼 매끈한 대머리였으며, 두꺼운 잠옷 가운 속으로 뚱뚱한 몸매가 드러나 보였다. 볼에 여성스러운 붉은 기가 도는 것을 보면서 에를렌두르는 호색한이라는 생각이 스쳤다. 나이는 어림잡기 힘들었다. 60세 정도 될까. 종잇장처럼 바짝 마른 손으로 에를렌두르와 악수를 하고는 그를 거실로 안내했다.

에를렌두르는 커다란 포도주색 가죽소파에 앉았다. 마실 것은 사양했다. 의사는 에를렌두르와 마주하고 앉아서 말을 시작하길 기다렸다. 에를렌두르는 갖가지 예술품과 그림으로 사치스럽게 장식된 넓은 거실을 둘러보며 혼자 사는지 물어보았다.

"항상 혼자 살았죠. 난 그 사실에 아주 만족하고 있고, 또 항상 그래왔습니다. 사람들은 내 나이에 가족과 아이가 없으면 후회하게 될 거라고들 하죠. 내 동료들도 손주들 사진을 들고 전 세계 의학세미나를 돌아다닙니다. 하지만 난 한 번도 가족을 갖는 것에 흥미를 못 느꼈습니다. 아이들한테도 관심이 없고."

그는 쾌활하고 수다스러웠고 붙임성을 보였다. 마치 불알친구라도 되듯이, 또 에를렌두르도 자기를 그렇게 생각하는 것처럼. 그러나 에를렌두르는 그럴 마음이 없었다.

"하지만 유리병에 담은 장기에는 흥미가 많으시더군요." 에를렌두르가 말했다.

의사는 에를렌두르에게 기선을 제압당하고 싶지 않았다.

"한나가 당신이 화가 났다고 하더군요. 왜 화를 내는지 잘 모르겠습니다. 난 불법적인 일을 하는 게 아닌데. 맞아요, 장기를 조금 수집하기는 했습니다. 대부분 유리병에 포르말린을 넣어서 보관하지요. 여기 이 집에 보관하고 있습니다. 파기해야 하는 장기들을 내가 좀 더 보관한 것뿐입니다. 다른 바이오 샘플도 보관하고 있죠, 조직 샘플 말입니다."

"왜 그러는지 궁금하겠군요." 그가 잠시 쉬었다 말을 계속했지만 에를렌두르는 고개를 저었다.

"저는 박사님이 얼마나 많은 장기를 훔쳤는지 묻고 싶습니다. 하지만 그건 나중에 얘기하죠." 에를렌두르가 말했다.

"난 장기를 훔친 적이 없어요." 그가 대머리를 쓰다듬으면서 말했다. "왜 적개심을 가지는지 이해가 안 가는군요. 셰리주 한 잔 마셔도 괜찮겠습니까?" 그가 자리에서 일어섰다. 에를렌두르는 의사가 찬장으로 가서 잔에 술을 따르는 동안 기다렸다. 에를렌두르에게도 한 잔 권했으나 거절했다. 의사는 두꺼운 입술로 셰리주를 한 모금 마셨다.

그 맛을 얼마만큼 좋아하는지 얼굴에 그대로 드러나 있었다.

"사람들은 그런 덴 별 관심을 두지 않죠, 그럴 이유도 사실 없고. 죽은 것들은 우리 세계에서는 쓸모없는 것들입니다. 시체도 마찬가지죠. 감성적이 될 필요도 없어요. 영혼은 이미 떠났으니까. 찌꺼기만 남았고, 찌꺼기는 아무것도 아니거든요. 의학적인 관점에서 이걸 보셔야 합니다. 육체는 아무것도 아니에요, 아시겠어요?"

"박사님한테는 중요하죠. 장기를 모으잖습니까."

"다른 나라는 대학병원에서 교육용으로 장기를 사들입니다. 하지만 아이슬란드는 그렇지 않죠. 우리는 부위별로 부검 허락을 받고, 사망 원인과 관계가 없는 장기를 적출할 때도 허락을 받아야 합니다. 사람들은 허락해 주기도 하고 거절하기도 하죠. 그런 식입니다. 보통 나이 든 사람들의 시신일 경우에 그렇죠. 아무도 장기를 훔치진 않습니다."

"항상 그랬던 건 아니죠." 에를렌두르가 말했다.

"예전엔 어땠는지 난 잘 모릅니다. 그때는 무슨 일이 일어나는지 잘 살펴보지도 않았죠. 난 그런 건 모릅니다. 왜 나 때문에 놀라셨는지도 모르겠습니다. 프랑스에서 보도된 뉴스 본 적 있으세요? 자동차 공장에서 충돌 테스트를 할 때 진짜 사람 시체를 썼다는 보도 말예요, 아이들 시체도. 그런 거야말로 놀랄 일이죠. 장기들은 세계 어디에서든 사고 팔립니다. 장기 때문에 살해당하는 사람들도 있어요. 그에 비하면 내가 수집하는 것은 범죄라고 보기 힘듭니다."

"그래요? 그걸 가지고 뭘 하십니까?" 에를렌두르가 물었다.

"연구 때문이죠, 당연히." 의사가 셰리주를 홀짝이며 말했다. "현미경으로 살펴보는 겁니다. 수집가가 뭔들 안 하겠습니까? 우표 수집가는 발행연도를 봅니다. 책 수집가는 출판연도를 보고. 천문학자들은 온 우주를 눈앞에 놓고도 수수께끼 같은 부분만 봅니다. 나 역시 끊임없이 내 현미경 세계만 들여다보는 거고."

"그럼 박사님의 취미는 연구고, 박사님이 가진 장기나 샘플을 연구하는 시설이 있다는 겁니까?"

"네."

"여기 이 집에?"

"그래요. 샘플만 잘 보관되어 있다면 언제든지 연구가 가능하죠. 새로운 의학 사실을 발견했거나 어떤 걸 보고 싶을 때면 연구용으로 아주 유용하죠. 끝내줍니다."

의사가 말을 멈췄다.

"아우두르에 관해 물으셨다고요?" 갑자기 그가 화제를 돌렸다.

"그 아이를 아십니까?" 에를렌두르가 놀라서 물었다.

"만일 그 아이를 부검하지도 않고 뇌도 적출하지 않았다면 당신은 그 아이가 왜 죽었는지 절대 알 수 없을 겁니다. 그건 아시겠죠? 땅속에 너무 오래 묻혀 있었어요. 30년 동안 묻힌 뒤에는 뇌를 제대로 살펴볼 수가 없죠. 그러니까 당신이 역겹다고 생각한 일이 실은 당신을 도운 거죠. 아마 그건 알고 있을 겁니다."

의사는 잠시 생각에 잠겼다.

"루이 17세 얘기 들어보셨습니까? 루이 16세와 마리 앙투아네트의 아들 말입니다. 프랑스 혁명 때 감옥에 갇혀 있다가 열 살 때 처형당했습니다. 1년인가 2년 전에 뉴스에 났었죠. 프랑스 학자들이 그가 감옥에서 죽었다는 것을 밝혀냈습니다. 소문처럼 탈출한 게 아니고.

어떻게 알아냈는지 아십니까?"

"그 얘기는 기억이 안 납니다." 에를렌두르가 말했다.

"심장이 적출되어 포르말린에 보관되어 있었죠. 유전자 검사와 다른 검사 결과, 프랑스 왕족과 혈연관계라고 주장한 사람들이 전부 거짓말했다는 게 밝혀진 겁니다. 그 사람들은 그 왕자와는 아무 연관이 없었어요. 루이가 죽은 게 언젠지 아십니까?"

"아뇨."

"2백 년도 더 되죠. 1795년입니다. 포르말린은 독특한 용액이죠."

에를렌두르가 진지해졌다.

"아우두르에 대해 뭘 알아내셨나요?"

"여러 가지."

"샘플이 어떻게 박사님 손에 들어갔습니까?"

"제삼자를 통해서. 그 얘기는 하고 싶지 않군요."

"유리병 도시에서?"

"그렇소."

"그 사람들이 박사님에게 유리병 도시를 몽땅 줬나요?"

"일부분만. 나를 범죄자 다루듯 하지 마시오."

"사인을 알아내셨습니까?"

의사는 에를렌두르를 바라보더니 셰리주를 또 한 모금 마셨다.

"사실은 알아냈습니다. 나는 항상 임상 쪽보다는 연구하는 쪽이었죠. 수집에 미치다 보니 두 가지 일을 병행할 수 있었습니다. 많이는 아니었지만."

"케플라비크 검시관의 보고서에는 뇌종양이라고만 되어 있고 다른 설명은 없던데요."

"그건 나도 봤습니다. 그 보고서는 완전한 게 아니에요. 서두에 지나지 않죠. 좀 전에도 말씀드렸듯이. 그걸 나는 자세히 연구했고, 당신의 질문에도 대답해 드릴 수 있을 것 같군요."

에를렌두르가 의자에서 앞으로 몸을 숙였다. "그래서요?"

"유전병이죠. 아이슬란드의 여러 가계에서 발생한 유전병 말입니다. 상당히 복잡한 경우라 깊이 연구를 하고도 오랫동안 확신을 갖지 못했어요. 그러다 마침내 그 종양이 유전병과 관련이 있을 가능성이 높다고 생각했죠. 신경섬유종증입니다. 들어본 적은 없을 거라고 봅니다. 어떤 경우에는 아무 증세가 없습니다. 또 어떤 경우에는 질병이 겉으로 드러나지도 않았는데 사람이 죽기도 하죠. 증상이 없는 보균자도 있습니다. 대체로 증상이 아주 이른 시기에 나타나는데, 주로 피부 반점이나 종양 형태로 나타납니다."

의사가 셰리주를 또 한 모금 마셨다.

"케플라비크에서는 보고서에 그런 내용은 전혀 기재하지 않았더군요. 하지만 그 사람들이 그게 무엇인지 알았으리라고는 생각지 않습니다."

"가족에게는 피부 얘기를 했던데요."

"그랬습니까? 진단이 항상 정확한 것만은 아니죠."

"그 병이 아버지에게서 딸로 유전됩니까?"

"그럴 수 있죠. 하지만 꼭 그렇게 규정되는 것은 아닙니다. 양성 모두 질병을 보유하고 있거나 질병에 걸릴 수 있어요. 그런 유전병 하나가 '코끼리 인간'한테 나타났다고 하잖습니까. 그 영화 보셨나요?"

"아뇨." 에를렌두르가 말했다.

"뼈가 지나치게 자라서 불구가 되는 경우도 있죠. 바로 그 '코끼리 인간'의 경우처럼. 신경섬유종증이 코끼리 인간과는 상관이 없다는 사람도 있습니다. 하지만 그건 좀 다른 얘깁니다."

"왜 그걸 찾기 시작한 건가요?" 에를렌두르가 의사의 말을 끊었다.

"뇌 질환이 내 전문분야거든요. 이 여자아이는 가장 흥미로운 경우 중 하나였습니다. 그 아이에 관한 모든 보고서를 읽었죠. 다들 정확하지가 않았어요. 그 아이를 진찰한 의사는 별 볼 일 없는 가정의였죠, 당시 알코올 중독이었다고 들었습니다. 그건 그렇다 치고, 그 의사는 머리에 급성결핵이 감염되었다고 기록했습니다. 그 질병이 발현됐을 때 때론 그렇게 보이기도 하지요. 나는 거기서부터 출발했습니다. 케플라비크 검시관의 보고서도 그리 정확하진 않더군요. 아까 얘기했듯이 말입니다. 그 사람들이 종양을 발견하긴 했지만 거기서 멈추고 말았죠."

의사는 일어서서 거실에 있는 커다란 책장으로 갔다. 거기서 잡지를 꺼내어 에를렌두르에게 건네주었다.

"이걸 전부 이해하실 수 있을진 모르겠지만, 내 연구 결과를 짧은 논문으로 써서 아주 유명한 미국 의학잡지에 실었습니다."

"아우두르에 관한 논문을 쓰신 거군요?" 에를렌두르가 물었다.

"아우두르가 그 질병을 잘 이해할 수 있도록 도와주었죠. 그 아이는 나 개인에게나 의학 쪽으로나 아주 중요한 역할을 했습니다. 실망시켜 드린 것은 아닌지 모르겠군요."

"그 아이의 아버지가 보균자였군요?" 에를렌두르가 의사가 한 말을 정리하면서 말했다. "그리고 그 병을 딸에게 물려줬고. 만일 아들이 있다면, 아들도 병을 물려받았을까요?"

"아들한테서는 증상이 나타나지 않을 수도 있습니다. 하지만 보균자일 수는 있죠, 그 아버지처럼." 의사가 대꾸했다.

"그렇다면?"

"맞습니다. 그에게 자식이 있다면 그도 병에 걸렸을 수 있죠."

에를렌두르는 의사가 한 말을 되씹어 보았다.

"하지만 유전학연구소 사람들과 얘기해 보셔야 할 겁니다. 그 사람들이 유전학에 대한 해답을 가지고 있거든요." 의사가 말했다.

"뭐라고요?"

"유전학연구소에 얘기해 보세요. 그게 우리의 새로운 유리병 도십니다. 거기에 해답이 있어요. 왜 그러세요? 왜 그렇게 놀라십니까? 거기 아는 분이라도 있나요?"

"아닙니다. 하지만 곧 알게 될 겁니다."

"아우두르를 보시겠어요?" 의사가 물었다.

처음에 에를렌두르는 의사의 말을 알아차리지 못했다.

"그 말씀은?"

"아래층에 작은 실험실이 있어요. 구경해도 괜찮습니다."

에를렌두르는 잠시 머뭇거렸다.

"좋습니다." 그가 말했다.

두 사람은 자리에서 일어섰고, 에를렌두르는 의사를 따라 좁은 계단을 내려갔다.

의사가 불을 켜자 조악한 실험실이 모습을 드러냈다. 현미경과 컴퓨터, 시험관, 그리고 뭐에다 쓰는지 짐작도 안 가는 여러 기구가 있었다. 에를렌두르는 어디선가 읽었던 수집가들 관련 기사가 기억났다. 수집가들은 자기들만의 세계를 만든다. 그들은 작은 세계를 자기들 주위에 꾸미고, 현실에서 어떤 우상을 정해서 그것을 인위적인 세계의 주요 인물로 바꾼다. 홀베르그 역시 수집가였다. 그의 수집벽은 포르노 쪽이었다. 그것으로 그는 자신만의 세계를 만든 것이다. 의사가 사람의 장기로 그러듯이.

"그 아이가 여기 있죠." 의사가 말했다.

그는 크고 낡은 나무 캐비닛으로 다가갔다. 위생 처리된 환경과는 걸맞지 않은, 그 실험실에 있는 유일한 가구였다. 의사는 캐비닛을 열고 뚜껑이 달린 두꺼운 유리병을 꺼냈다. 그가 조심스럽게 그것을 탁자에 놓자 강한 형광등 불빛 아래에 작은 두뇌가 포르말린에 떠 있는 것이 보였다.

에를렌두르는 집을 나서면서 아우두르의 육신 일부를 가죽가방에 넣어 가지고 나왔다. 그는 텅 빈 거리를 운전해서 집으로 가면서 유리병 도시를 생각했다. 자기 몸의 어느 한 조각도 실험실에 보관되지 않기를 바라면서. 자신의 아파트 앞에 차를 세웠을 때도 여전히 비가 내리고 있었다. 그는 엔진을 끄고 담배에 불을 붙인 후 어두운 밤거리를 바라보았다.

에를렌두르는 앞좌석에 놓인 까만 가방을 쳐다보았다. 그는 아우두르를 원래 있어야 할 자리에 되돌려놓고 싶었다.

37

Tainted Blood

그날 밤 카트린의 집 앞에서 잠복근무를 서던 경찰은 11시경에 그녀의 남편이 문을 쾅 닫고는 거칠게 차에 올라타고서 어디론가 떠나는 것을 지켜보았다. 그는 굉장히 서두르는 듯이 보였고, 집에 도착했을 때 가지고 있었던 그 여행가방을 들고 있었다. 경찰은 그 후로는 어떤 움직임도 보지 못했고, 카트린도 모습을 보이지 않았다. 순찰차가 그 근처에서 호출을 받고는 알베르트가 밤을 보내려고 체크인한 호텔 에스야까지 뒤를 밟았다.

에를렌두르는 다음날 아침 8시 정각에 카트린의 집 앞에 나타났다. 엘린보르그도 함께 갔다. 비는 아직도 내리고 있었다. 태양은 며칠째 코빼기도 보이지 않았다. 세 번 초인종을 울리고 나서야 안에서 부스럭거리는 소리가 나더니 문이 열렸다. 카트린이 문 앞에 나타났다. 엘린보르그는 그녀가 어제와 똑같은 옷을 입은 데다 울고 있었다는 것을 알아차렸다. 그녀의 얼굴은 침울해 보였고, 눈은 빨갛게 부어 있었다.

"죄송해요." 카트린이 멍하게 말했다. "의자에서 잠들었던 모양이에요. 몇 시죠?"

"들어가도 될까요?" 에를렌두르가 물었다.

"알베르트에겐 그동안 얘기하지 않았었어요." 그녀는 그렇게 말하고는 들어오라는 말도 없이 집 안으로 들어갔다. 에를렌두르와 엘린보르그는 서로 눈치를 보다가 그녀의 뒤를 따랐다.

"그이가 어젯밤에 집을 나갔어요. 지금 몇 시죠, 근데? 의자에서 잠들었던 모양이에요. 알베르트는 화가 많이 났어요. 그이가 그렇게 화내는 걸 본 적이 없어요."

"가족한테 연락을 해보시죠. 와서 함께 있어 줄 사람 말입니다, 아드님들같이."

"아녜요. 알베르트는 돌아올 거고 모든 게 다 괜찮아질 거예요. 아이들을 귀찮게 하고 싶지 않아요. 괜찮아질 겁니다. 그이는 돌아올 거예요."

"그분이 왜 그렇게 화가 났습니까?" 에를렌두르가 물었다. 카트린은 거실 소파에 앉았고, 에를렌두르와 엘린보르그는 저번처럼 그녀의 맞은편에 앉아 있었다.

"그이는 격분했어요, 알베르트 말예요. 보통은 아주 침착한 성격이거든요. 그이는 좋은 사람이에요, 아주 좋은 사람이죠, 나한테 언제나 잘해줬어요. 행복한 결혼이었죠. 우린 항상 행복했어요."

"우리가 나중에 찾아뵙는 게 낫겠군요." 엘린보르그가 이렇게 말하자 에를렌두르가 그녀를 쏘아보았다.

"아녜요, 괜찮아요. 괜찮아질 거예요. 알베르트는 돌아올 거예요. 충격에서 벗어나야겠죠. 세상에, 이런 일이 얼마나 어려운지. 그때 바로 얘기하지 그랬냐고 말하더군요. 내가 왜 그 사실을 여태까지 숨겼는지 이해할 수 없대요. 그러고는 소리소리 질렀어요."

카트린이 두 사람을 바라보았다.

"한 번도 그렇게 소리 지른 적이 없는 사람이에요."

"도와줄 사람을 좀 불러드릴까요? 의사한테 연락해드릴까요?" 엘린보르그가 자리에서 일어서면서 말했다. 에를렌두르가 기가 막힌 듯 그녀를 쳐다보았다.

"아뇨, 괜찮아요. 그럴 필요 없어요. 그저 잠이 좀 부족할 뿐이에요. 괜찮을 거예요. 앉으세요. 다 괜찮아질 거예요."

"남편에게 무슨 얘기를 하셨습니까? 그때 얘기를 하셨습니까?" 에를렌두르가 물었다.

"여태껏 그 얘길 하고 싶었지만 용기가 없었죠. 누구에게도 그 사건에 대해 얘기한 적이 없었어요. 잊어버리려고 했죠, 그런 일은 없었던 것처럼. 어려웠지만 어떻게든 해냈어요. 그런데 당신들이 찾아오는 바람에 모든 얘기를 해버린 거예요. 하지만 웬일인지 기분이 나아졌어요. 당신들이 큰 짐을 벗겨준 것 같아요. 이제는 솔직하게 털어놔야겠다고, 그게 옳은 일이라고 생각했죠. 그렇게 오랜 시간이 지난 뒤에야 말예요."

카트린이 말을 멈췄다.

"남편분이 화를 낸 것이 부인께서 사실을 얘기하지 않았기 때문입니까?" 에를렌두르가 물었다.

"네."

"부인의 입장을 이해 못하시던가요?" 엘린보르그가 물었다.

"그이는 내가 바로 그때 얘기했어야 한다는 거예요. 물론 이해할 수 있죠. 그이는, 자기는 나에게 항상 솔직했으니 이런 꼴을 당할 이유가 없다고 하더군요."

"하지만 전 이해가 안 가는군요. 남편분이 그 정도밖에 되지 않았나요? 저는 그분이 부인 곁을 지켜주면서 위로해 주실 거라고 생각했는데요. 집을 나가는 게 아니라."

"알아요, 아마 내가 그이에게 제대로 얘기를 못했나 봐요." 카트린이 말했다.

"제대로라뇨?" 엘린보르그가 믿을 수 없다는 표정을 감추지 못하면서 말했다. "그런 얘기를 제대로 할 수 있는 사람이 어디 있겠어요?"

카트린이 고개를 흔들었다.

"모르죠, 정말 난 모르겠어요."

"그분에게 전부를 얘기했습니까?" 에를렌두르가 물었다.

"전에 얘기한 것을 그대로 말해줬어요."

"그 외에는 없습니까?"

"없어요." 카트린이 대답했다.

"겁탈 얘기만 하신 겁니까?"

"겁탈 얘기만?" 카트린이 반복했다. "그것만이라니! 마치 그걸로 충분치 않은 것처럼 말씀하시는군요. 내가 겁탈을 당했고, 그걸 얘기하지 않았다는 것을 듣는 것만도 그이에게는 충분하지 않나요? 그거면 된 것 아닌가요?"

그들은 모두 잠잠해졌다.

"부인의 막내아들 얘기는 하지 않으셨나요?" 에를렌두르가 마침내 물었다.

카트린이 갑자기 그를 날카롭게 노려보았다.

"우리 막내아들이 어때서요?" 그녀가 말했다. 단어 하나하나를 간신히 내뱉으며.

"에이나르라고 이름 지으셨더군요." 에를렌두르가 말했다. 그는 전날 엘린보르그가 수집한 가족사항을 이미 훑어보았다.

"에이나르가 뭘 어쨌는데요?" 그녀가 반복해서 물었다.

"그는 부인의 아들이긴 하지만 아버지의 아들은 아니죠." 에를렌두르가 말했다.

"무슨 소릴 하는 거예요? 아버지의 아들이 아니라니! 당연히 아버지 아들이지. 아버지 아들이 아닌 사람이 어디 있어요?"

"죄송합니다. 제가 정확하게 말씀을 못 드렸군요. 아버지라고 생각하는 사람의 친아들은 아니라는 겁니다." 에를렌두르가 침착하게 말했다. "그는 부인을 겁탈한 남자의 아들이죠. 홀베르그의 아들. 남편에게 그 얘기도 했나요? 그래서 그분이 나가신 겁니까?"

카트린이 침묵을 지켰다.

"남편에게 모든 사실을 얘기하셨나요?"

카트린이 에를렌두르를 바라보았다. 에를렌두르는 그녀가 끝까지 버티려 한다는 걸 눈치챘다. 몇 분이 지나자 그녀의 입술에 굴복의 신호가 나타났다. 어깨가 툭 떨어졌다. 그녀는 눈을 질끈 감고 의자에 반쯤 쓰러져서 울음을 터뜨렸다. 엘린보르그가 에를렌두르를 쏘아봤지만 그는 의자에 앉은 카트린만 보면서, 자신을 추스르기를 기다렸다.

"에이나르 얘기도 그분에게 하셨나요?" 카트린이 겨우 진정됐다는 생각이 들자 에를렌두르가 물었다.

"그이는 믿지 않았어요." 그녀가 말했다.

"에이나르가 자기 아들이 아니라는 걸?" 에를렌두르가 물었다.

"둘은 굉장히 가까웠어요. 에이나르와 알베르트 말예요. 항상 그랬죠. 알베르트는 물론 다른 두 아이도 사랑했지만 에이나르는 특별했어요. 처음부터 그랬죠. 막내인 데다가 알베르트가 정말로 애지중지했거든요."

카트린이 잠시 말을 끊었다가 이었다.

"아마 그래서 내가 아무 말도 못했던가 봐요. 알베르트가 견뎌내지 못할 거라는 걸 알았거든요. 세월이 흐르면서 나는 아무렇지도 않은 듯이 행동했어요. 입을 다물었죠. 그리고 아무 문제도 없었어요. 홀베르그가 상처를 남기고 갔지만, 그 상처를 조용히 치료하지 못할 것도 없잖아요? 왜 그 인간 때문에 우리 미래를 망쳐야 하죠? 그 인간을 잊어버리는 것만이 공포를 이겨내는 방법이었어요."

"에이나르가 홀베르그의 아들이라는 걸 한번에 아셨습니까?" 엘린보르그가 물었다.

"알베르트의 아들일 수도 있었어요."

카트린이 다시 침묵을 지켰다.

"하지만 얼굴에 나타났잖습니까?" 에를렌두르가 말했다.

카트린이 그를 쳐다보았다.

"그걸 어떻게 아시죠?"

"아드님이 홀베르그를 닮지 않았습니까? 젊은 시절의 홀베르그 말입니다. 케플라비크에 사는 여자가 그를 봤는데, 홀베르그인 줄 알았답니다." 에를렌두르가 말했다.

"둘이 닮은 부분이 있죠."

"만일 부인이 아드님께 아무 얘기도 하지 않았고 남편도 에이나르에 대해 몰랐다면, 지금 와서 그 얘기를 남편에게 한 이유가 뭐죠? 뭣 때문입니까?"

"케플라비크에 사는 여자? 케플라비크에 사는 어떤 여자가 홀베르그를 안다는 거죠? 거기서 어떤 여자와 살았었나요?"

"아뇨." 에를렌두르가 말했다. 그는 카트린에게 콜브룬과 아우두르 얘기를 해야 하는지 생각했다. 어차피 조만간 그녀도 그 얘기를 알게 될 테고, 게다가 지금 그 사실을 알리면 안 될 정당한 이유도 없었다. 그는 이미 그녀에게 케플라비크에서 있었던 사건을 얘기해 준 바 있지만, 이번에는 그 여자의 이름과 아우두르 얘기까지 했다. 그 아이가 어떤 질병으로 어린 나이에 목숨을 잃었는지. 그는 홀베르그의 책상에서 비석 사진을 찾아낸 것과, 그 사진이 케플라비크와 엘린에게로 인도된 배경, 그리고 콜브룬이 고소했을 때 어떤 대접을 받았는지도 얘기했다.

카트린은 한마디 한마디를 주의 깊게 들었다. 에를렌두르가 아우두르 얘기를 할 때 그녀의 눈에 눈물이 고였다. 그는 카트린에게 그레타르 얘기도 했다. 그녀가 홀베르그와 함께 있는 것을 봤다는 그 카메라를 든 사람, 그가 어떻게 흔적도 없이 사라졌다가 홀베르그의 지하실 콘크리트 바닥 밑에서 발견되었는지도 얘기했다.

"노르두르미리에서 야단법석을 떤다고 뉴스에 나온 게 그 일인가요?" 카트린이 물었다.

에를렌두르가 고개를 끄덕였다.

"홀베르그가 또 다른 여자를 겁탈했는지는 몰랐어요. 난 나만 피해자인 줄 알았거든요."

"우리는 두 분밖에 모릅니다. 다른 사람이 더 있을 수도 있지요. 그걸 알게 될는지는 알 수 없습니다."

"그럼 아우두르는 에이나르의 배다른 누이동생이군요." 카트린이 생각에 잠겨 말했다. "불쌍한 것."

"정말 몰랐습니까?" 에를렌두르가 물었다.

"당연하죠. 나는 그런 줄은 조금도 몰랐어요." 그녀가 대답했다.

"에이나르는 그 아이를 압니다. 케플라비크에 있는 엘린을 찾아냈으니까요."

카트린은 대답을 하지 않았다. 그는 다른 질문을 던져보기로 했다.

"만일 부인 아들이 전혀 몰랐고 남편에게도 그날의 일을 얘기하지 않았다면, 어떻게 갑자기 에이나르가 그 사실을 알게 됐을까요?"

"모르겠어요, 말씀 좀 해주세요. 그 불쌍한 여자아이가 어떻게 죽은 거죠?"

"아드님이 홀베르그 사건의 용의자라는 것은 아십니까?" 에를렌두르가 그녀의 말에 대답하지 않고 물었다. 그는 그 말을 최대한 조심스럽게 꺼냈다. 하지만 카트린은 놀라울 정도로 침착한 것 같았다. 마치 자기 아들이 살인 용의자라는 사실이 놀랄 일도 아니라는 듯이.

"내 아들은 살인자가 아니에요. 파리 한 마리도 죽이지 못하는 애예요." 그녀가 부드럽게 대꾸했다.

"그가 홀베르그의 머리를 내리쳤을 가능성이 아주 큽니다. 물론 죽일 의도는 없었겠죠. 화가 나서 그랬을 수도 있습니다. 범인이 우리에게 메시지를 남겼습니다. 거기엔 '내가 바로 그다'라고 쓰여 있었죠.

그게 무슨 뜻인지 아십니까?"

카트린은 아무 말도 하지 않았다.

"홀베르그가 자기 아버지라는 것을 알고 있었습니까? 홀베르그가 부인에게 무슨 짓을 했는지 알고 있었습니까? 아우두르와 엘린에 대해서도 알고 있었나요? 어떻게?"

카트린은 무릎만 뚫어지게 쳐다보았다.

"지금 아드님은 어디 있습니까?" 엘린보르그가 물었다.

"몰라요. 며칠 동안 그 아이에게서 소식이 끊겼어요." 카트린이 조용하게 대답했다.

그녀는 에를렌두르를 바라보았다.

"그 애가 갑자기 홀베르그를 알아냈어요. 뭔가가 이상하다는 걸 깨달은 거죠. 직장에서 알아냈대요. 요즘 세상에는 비밀이라는 것이 없다고 하더군요. 모든 게 데이터베이스에 들어 있다고요."

38

Tainted Blood

에를렌두르가 카트린을 쳐다보았다.

"친아버지에 관한 정보를 그렇게 얻었다는 겁니까?" 그가 물었다.

"그 애는 자기가 알베르트의 아들이 아니라는 사실을 알아냈어요." 카트린이 낮은 목소리로 말했다.

"어떻게요? 무엇을 찾았습니까? 왜 자기를 데이터베이스에서 찾아본 겁니까? 우연인가요?"

"아뇨, 우연이 아니었어요." 카트린이 말했다.

엘린보르그는 그 정도면 충분하지 않냐는 생각이 들었다. 그녀는 심문을 중단하고 카트린을 쉬게 해주고 싶었다. 엘린보르그는 물 한 잔을 가져오겠다며 에를렌두르에게 따라오라고 몸짓을 했다. 그는 주방으로 그녀를 따라갔다. 엘린보르그는 하고 싶었던 말을 털어놓았다. 카트린이 너무 많은 일을 당했으니 이젠 그만 내버려두고, 더 얘기하기 전에 변호사를 만나보라고 말해 주는 것이 좋겠다고. 심문을 그만두고 그녀의 가족들에게 그녀를 돌봐주라고 하는 게 어떻겠냐고. 에를렌두르는 카트린이 체포된 게 아니고, 용의자로 지목되지 않았으며, 정식 심문도 아니고, 그저 정보만 모으는 것인 데다가 카트린이 협조를 아주 잘하고 있지 않느냐고 대꾸했다. 계속해야 한다는 뜻이다.

엘린보르그는 머리를 마구 흔들었다.

"아직 쇠가 뜨거울 때 쳐야 해." 에를렌두르가 말했다.

"어떻게 그런 말을 하세요!" 엘린보르그는 씩씩거렸다.

카트린이 주방 문간에 나타나서 계속할 것인지를 물었다. 사실을 말해 주겠으며, 이번에는 어떤 것도 감추지 않겠다고 하면서.

"거기서 벗어나고 싶어요." 그녀가 말했다.

엘린보르그는 변호사와 접촉하고 싶은지 물었지만 카트린은 아니라고 대답했다. 자기는 아는 변호사도 없을 뿐더러, 변호사와 상담해야 할 일도 없다고 말했다. 그런 일은 할 줄도 모른다며.

엘린보르그는 원망스러운 눈으로 에를렌두르를 쳐다보았다. 그는 카트린에게 계속해 달라는 제스처를 취했다. 그들이 전부 자리에 앉자 카트린은 얘기를 다시 시작했다. 그녀는 손을 비틀어 쥐고 앉아서 슬픈 이야기를 시작했다.

◇◇◇◇◇◇◇◇◇◇

그날 아침에 알베르트는 해외출장을 가기로 되어 있었다. 그들은 일찍 일어났고, 그녀는 두 사람 몫의 커피를 끓였다. 그들은 집을 팔고 지금보다 작은 집을 사자는 얘기를 했다. 그 얘기를 자주 나눴지만 아직 결론을 내리지는 못했다. 너무 이르지 않느냐는 것이었다. 자신들 나이를 지나치게 의식하는 것 같다면서. 부부는 아직 늙었다고 생각하진 않았지만, 그래도 작은 집으로 이사 가야 하는 것이 점점 더 현실적인 문제가 되고 있었다. 알베르트는 돌아오는 대로 부동산 중개업자와 얘기해 보겠다고 하고는 자신의 체로키를 타고 출근했다.

그녀는 다시 침대로 돌아갔다. 직장은 두 시간 뒤에 가면 되었다. 하지만 잠이 오지 않았다. 그녀는 8시까지 누워서 이리저리 뒤척이다 자리에서 일어났다. 그녀가 주방에 있을 때 에이나르가 들어오는 소리가 들렸다. 그에게는 집 열쇠가 있었다.

그녀는 단번에 아들이 화가 나 있다는 것을 알 수 있었다. 하지만 왜 그런지는 몰랐다. 아들은 밤을 꼬박 샜다고 했다. 거실 안을 왔다 갔다 하다가 주방으로 들어왔지만 앉으려고 하진 않았다.

"뭔가가 맞지 않는다는 건 알고 있었어요." 에이나르가 어머니를 화가 난 눈초리로 쳐다보면서 말했다. "항상 알고 있었다고요!"

카트린은 아들이 무엇 때문에 그렇게 화가 났는지 알 수 없었다.

"아무리 봐도 맞아떨어지지가 않는다는 걸 알고 있었다구요." 그가 내지르듯이 다시 말했다.

"무슨 얘기를 하는 거니, 얘야?" 왜 아들이 화가 났는지 모르는 상태에서 그녀가 물었다. "뭐가 맞지 않는다는 거야?"

"암호를 풀었어요. 암호를 풀려고 규정도 위반했다고요. 가족 간에 어떻게 병이 유전되는지 알아보려구요. 그 병이 가족끼리 유전되더군요. 그건 말씀드릴 수 있어요. 그런 가족이 여럿 됐으니까. 하지만 우리 가족은 아니에요. 아버지 쪽도, 어머니 쪽도. 그래서 안 맞는다는 거예요. 아시겠어요? 내가 무슨 말을 하는지 아시겠냐구요?"

◇◇◇◇◇◇◇◇◇◇

에를렌두르의 휴대폰이 코트 주머니에서 울렸다. 그는 실례하겠다고 말하고 주방에 가서 전화를 받았다. 올리였다.

"케플라비크의 할머니가 반장님을 찾는데요." 자기 이름도 안 밝히고 올리가 말했다.

"할머니라니, 엘린 말인가?"

"네, 엘린."

"얘기해 봤나?"

"아뇨. 반장님과 당장 얘기해야겠다는데요." 올리가 대답했다.

"무슨 내용이야?"

"저한테는 얘기 안 하겠답니다. 그쪽은 잘 되어갑니까?"

"내 휴대폰 번호 알려줬나?"

"아뇨."

"다시 전화오면 알려줘." 에를렌두르는 전화를 끊었다. 거실에서는 카트린과 엘린보르그가 그를 기다리고 있었다.

"죄송합니다." 에를렌두르가 카트린에게 말하자 그녀가 이야기를 계속했다.

◇◇◇◇◇◇◇◇◇◇

에이나르는 거실을 서성거렸다. 카트린은 아들을 진정시키려 하면서 아들이 왜 그렇게 화가 났는지 알고 싶었다. 그녀는 아들에게 옆에 와서 앉으라고 했지만 말을 듣지 않았다. 앞에서 왔다 갔다만 할 뿐이었다. 그녀는 아들이 오랫동안 힘들어 했고, 별거도 그중 하나라는 것을 알고 있었다. 며느리가 아들을 떠난 것이다. 카트린은 다시 대화해

보기로 했다. 아들의 슬픔에 계속 끌려다닐 수만은 없었다.

"뭐가 문젠지 얘기해봐." 그녀가 말했다.

"너무 많아요, 너무 많다고요."

곧 그녀가 지금껏 기다려 왔던 바로 그 질문이 터져나왔다.

"제 아버지가 누구죠?" 아들이 질문을 던지고 앞에 우뚝 섰다. "제 진짜 아버지가 누구냐고요?"

그녀는 아들을 바라보았다.

"이젠 비밀도 아녜요." 그가 말했다.

"뭘 알아낸 거니? 뭘 하고 있었던 거야?" 그녀가 물었다.

"누가 제 아버지가 아닌 지는 알아요. 그게 바로 아버지죠." 그가 말하고는 커다랗게 웃음을 터뜨렸다. "지금 들으셨죠? 아버지는 제 아버지가 아니라고요! 만일 그 사람이 제 아버지가 아니라면 그럼 난 누구죠? 난 어디서 온 거예요? 형들, 갑자기 형들이 배다른 형제가 됐다고요. 왜 저한테 얘기해 주지 않은 거죠? 왜 지금까지 거짓말을 한 거냐고요? 왜? 왜요?"

그녀는 아들을 뚫어지게 쳐다보았다. 그녀의 눈에 눈물이 고였다.

"아버지 몰래 바람피우신 거예요?" 아들이 물었다. "저한테는 얘기해도 돼요. 아무에게도 말하지 않을게요. 바람피우셨어요? 우리 빼고 다른 사람은 몰라도 돼요. 하지만 전 엄마한테서 들어야겠어요. 저한테 말씀해 주셔야 해요. 전 어디서 왔죠? 어떻게 만들어졌냐고요?"

아들이 말을 멈췄다.

"혹시 입양됐나요? 고아? 전 뭐예요? 전 누구냐고요?"

카트린은 큰 소리로 흐느끼면서 울음을 터뜨렸다. 그는 어머니를 빤히 바라보았다. 카트린이 소파에서 울고 있는 동안 그는 서서히 진정이 되었다. 한참 지나서야 그는 어머니에게 얼마나 심하게 말했는지 깨달았다. 마침내 그는 앉아서 어머니를 한 팔로 감쌌다. 두 사람은 한참 그렇게 앉아 있었다. 남편이 바다에 나가 있을 때 후사비크에서 있었던 그날 밤의 일을 얘기할 때까지. 그녀는 친구들과 놀러 나갔다가 홀베르그를 포함한 남자 몇 명을 만났는데, 홀베르그가 집으로 쳐들어왔다고. 그는 어머니 말을 끊지 않고 얘기를 끝까지 들었다.

그녀는 그에게 어떻게 홀베르그가 자신을 겁탈하고 협박했는지, 그리고 그녀가 아이를 낳기로 결심하고 아무에게도 말하지 않기로 마음먹었던 것도 얘기했다. 그의 아버지나 그 자신에게도. 그리고 그 뒤 아무 문제도 없었다고. 그들은 행복하게 잘 살아왔다고. 홀베르그가 자신의 행복을 앗아 가도록 내버려 두지 않았다고. 그가 자신의 가족을 망치게 할 순 없었다고.

카트린은 또 비록 자신을 겁탈한 남자의 아들이지만, 그렇다고 해서 다른 두 아들만큼 사랑하지 않은 것은 아니라고, 게다가 아버지는 그를 특별히 더 사랑한다고 말했다. 그러니 아들도 홀베르그가 한 짓 때문에 고통받아서는 안 된다고. 절대로.

어머니가 한 말을 아들이 소화해 내는 데 몇 분이 걸렸다.

"죄송해요." 아들이 마침내 말했다. "일부러 이러려고 한 건 아니었어요. 전 어머니가 바람을 피워서 그런 줄 알았어요. 그런 얘기는 생각도 못했어요."

"물론 그랬겠지. 그런데 어떻게 알았니? 지금까지 누구한테도 말한 적이 없는데."

"이 가능성도 생각해 봤어야 했어요. 이럴 가능성이 있었는데 그런 건 염두에 두지 않은 거죠. 죄송해요. 지금까지 많이 힘드셨겠네요." 아들이 말했다.

"그렇게 생각하면 안 된다. 그 인간이 한 짓 때문에 네가 고통을 받아서는 안 돼." 그녀가 말했다.

"벌써 고통받고 있어요. 끝없는 고문이에요. 그리고 그건 저뿐만이 아니에요. 왜 낙태를 하지 않았어요? 왜 못한 거죠?"

"아, 세상에, 세상에. 에이나르, 그런 말 하지 마라. 절대 그렇게 말하지 마라."

◇◇◇◇◇◇◇◇◇◇

카트린이 얘기를 멈췄다.

"낙태를 한 번도 생각해 보지 않으셨어요?" 엘린보르그가 물었다.

"항상 했죠. 매일같이. 그러기엔 너무 늦었을 때까지. 내가 임신했다는 것을 안 그 순간부터 낙태를 생각했어요. 하지만 그 아이는 알베르트의 아이일 수도 있었어요. 아마 그랬다면 모든 게 달라졌겠죠. 그러고 나서 아이를 낳은 후에 우울증에 걸렸어요. 산후우울증이죠, 그게? 정신과 치료도 받았어요. 그러나 3개월 뒤에는 아이를 기를 수 있을 만큼 완쾌됐고, 그 이후로는 죽 그 아이를 사랑했어요."

에를렌두르는 잠시 뜸을 들였다가 질문을 던졌다.

"왜 아드님이 유전학연구소에서 데이터베이스를 뒤지기 시작했습니까?" 에를렌두르가 마침내 물었다.

카트린이 그를 바라보았다.

"케플라비크의 그 여자아이는 어떻게 죽었나요?" 카트린이 물었다.

"뇌종양으로 죽었습니다. 질병 이름이 신경섬유종증이라고 하더군요." 에를렌두르가 대답했다.

카트린의 눈에 눈물이 고이더니 그녀가 한숨을 깊게 내쉬었다.

"모르셨어요?" 그녀가 말했다.

"모르다니, 뭘요?"

"우리 예쁜 아기도 3년 전에 죽었어요. 아무 이유도 없이. 정말 아무 이유도 없이." 카트린이 말했다.

"예쁜 아기?" 에를렌두르가 말했다.

"우리 꼬마 천사, 에이나르의 딸 말예요. 그 애가 죽었어요. 불쌍한 아이."

39

Tainted Blood

집 안에 깊은 침묵이 퍼졌다.

카트린은 고개를 숙인 채 앉아 있었다. 엘린보르그는 그녀를 먼저 바라보고 난 후에 에를렌두르를 쳐다보았다. 벼락이라도 맞은 표정이었다. 에를렌두르는 허공을 바라보며 에바를 생각했다. 그 앤 지금 뭘 하고 있을까? 아파트에 와 있을까? 그는 딸과 얘기를 하고 싶은 충동을 느꼈다. 안아주고 보듬어주고, 자신에게 얼마나 중요한 존재인지 말해줄 때까지 놔주고 싶지 않았다.

"믿을 수가 없어요." 엘린보르그가 말했다.

"아드님이 유전인자 보균자로군요, 맞죠?" 에를렌두르가 물었다.

"그 애가 쓴 용어도 바로 그거였어요. 유전인자 보균자. 그 애나 홀베르그, 둘 다 말이죠. 그 애는 날 겁탈한 남자에게서 물려받았다고 했어요."

"그러나 둘 중 아무도 병이 나지는 않았군요." 에를렌두르가 말했다.

"여자들만 발병하는 것 같아요." 카트린이 말했다. "남자들이 병을 옮기지만 꼭 증상이 나타나진 않죠. 하지만 온갖 형태로 나타나긴 하는 모양이에요, 난 설명을 못하겠지만. 우리 아들은 그걸 잘 알고 있더군요. 그래서 나한테 자세히 설명해 주었지만 난 무슨 말인지 알아듣질 못하겠더군요. 그 앤 마음에 큰 상처를 받았어요. 나도 마찬가지지만."

"그래서 만들고 있던 데이터베이스에서 모든 것을 알아낸 거군요." 에를렌두르가 말했다.

카트린이 고개를 끄덕였다.

"그 앤 왜 어린 딸이 그런 병에 걸렸는지 이해하지 못했어요. 그래서 우리 가족과 알베르트의 가족사를 뒤지기 시작한 거예요. 친척들과도 만나보고 도대체 포기를 안 했어요. 우리는 그 애가 그런 식으로 충격을 극복하나 보다 했어요. 끝없이 원인을 찾으면서. 해답이라는 것이 없다고 생각되는 것에서 해답을 찾으려고 했으니까. 얼마 전에 둘은 별거에 들어갔어요. 라라하고 그 애 말예요. 둘이 서로 함께 살 수가 없다고 해서 잠깐 동안 별거를 한 거예요. 하지만 둘 사이가 나아질 것 같진 않아요."

카트린이 말을 멈췄다.

"그러고 나서 아드님이 해답을 찾아낸 거군요." 에를렌두르가 말했다.

"그 앤 알베르트가 자기 아버지가 아니라는 걸 확신하게 됐어요. 데이터베이스에서 얻은 정보에 따르면 도저히 그럴 수가 없다는 거예요. 그래서 그날 집에 찾아온 거죠. 그 앤 내가 부정을 저질렀다고 생각했어요, 거기서 자기가 태어난 거라고. 아니면 입양됐거나."

"아드님이 홀베르그를 데이터베이스에서 찾았었나요?"

"그런 것 같진 않아요. 나중에야 찾았겠죠. 내가 홀베르그 얘기를 한 다음에. 정말 말도 안 되는 얘기예요, 어처구니가 없어요! 그 앤 자기 아버지일 가능성이 있는 사람들의 리스트를 만들었는데 거기 홀베르그도 있었대요. 그 애는 유전학과 가족 계보 데이터베이스를 이용해서 그 병이 어떤 가족에게서 유전되는지 추적을 한 거예요. 그래서 알베르트가 자기 아버지가 될 수 없다는 사실을 알아낸 거죠. 걔는 이탈되어 있었던 거예요. 다른 가계였던 거죠."

"따님이 몇 살이었습니까?"

"일곱 살이었어요."

"사인이 뇌종양이었죠, 맞습니까?" 에를렌두르가 말했다.

"네."

"아우두르와 같은 병으로 죽었군요. 신경섬유종증."

"네, 아우두르의 어머니도 마음고생이 심했겠군요. 처음에는 홀베르그가, 그다음에는 딸까지 그렇게 됐으니."

에를렌두르는 잠시 주저했다.

"아이 어머니인 콜브룬은 딸이 죽고 3년 뒤에 자살했습니다."

"세상에." 카트린이 한숨을 쉬었다.

"사실은," 카트린이 말을 이었다. "난 에이나르가 자기한테 무슨 끔찍한 짓이라도 저지르지 않을까 너무 걱정이 돼요. 우울증을 겪고 있거든요. 아주 심하게."

"홀베르그와 접촉했을 거라고 생각하십니까?"

"몰라요. 난 아들이 살인자가 아니라는 것만 알아요. 그건 확신할 수 있어요."

"아드님이 홀베르그와 닮았다고 생각하셨습니까?" 에를렌두르가 묻고는 확인하듯 사진을 바라보았다.

카트린은 대답하지 않았다.

"그 둘 사이에 닮은 점이 보이시나요?" 에를렌두르가 물었다.

"그만해요, 반장님," 엘린보르그가 말을 가로챘다. 더 이상 듣고만 있을 수 없었다. "너무 심하다고 생각지 않으세요, 정말?"

"죄송합니다." 에를렌두르가 카트린에게 말했다. "내가 좀 지나치게 물었군요. 우리에게 너무 큰 도움을 주셨습니다. 위로가 될지는 모르겠지만 부인처럼 강인하고 꿋꿋하신 분은 다시는 못 뵐 것 같습니다. 그 오랜 시간을 묵묵히 혼자 견뎌내셨으니."

"괜찮아요." 카트린이 엘린보르그를 보며 말했다. "아이들은 가족 중 누구든 닮을 수 있죠. 나는 우리 아들에게서 홀베르그와 닮은 점은 볼 수 없었습니다. 그 앤 내 잘못이 아니라고 했어요. 에이나르가 내게 그러더군요. 자기 딸이 그렇게 죽은 것도 내 탓이 아니라고 하면서."

카트린이 말을 잠시 쉬었다.

"에이나르는 이제 어떻게 되는 거죠?" 카트린이 물었다. 이제는 어떤 저항의 기미도 보이지 않았다. 거짓말도 하지 않았다. 완전히 무기력할 뿐이었다.

"아드님을 찾아야겠습니다. 무슨 얘기가 됐든 아드님과 해봐야죠." 에를렌두르가 말했다.

그와 엘린보르그는 자리에서 일어섰다. 에를렌두르는 모자를 썼다. 카트린은 소파에 앉아 있었다.

"괜찮으시다면 제가 알베르트 씨와 얘기를 해보겠습니다. 어젯밤 호텔 에스아에 묵으셨더군요. 아드님이 나타날 때를 대비해서 댁을 감시하고 있었습니다. 알베르트 씨에게 저희가 설명해 드리겠습니다. 그럼 마음을 돌이키실 겁니다." 에를렌두르가 말했다.

"감사합니다." 카트린이 말했다. "하지만 내가 직접 그이에게 전화를 걸죠. 그이가 돌아올 거라는 걸 난 알아요. 우린 아들을 위해서라도 합쳐야 돼요."

그녀는 에를렌두르의 눈을 응시했다.

"그 앤 우리 아들이에요." 그녀가 말했다. "언제나 우리 아들일 거고요."

40

Tainted Blood

에를렌두르는 에이나르가 집에 있을 거라곤 기대하지 않았다. 그들은 카트린의 집에서 곧장 스토라게르디에 있는 그의 아파트로 갔다. 정오 때라 도로가 복잡했다. 에를렌두르는 가는 길에 올리에게 전화를 걸어 진전된 사항을 알려주었다. 그들은 공개적으로 에이나르의 행방을 찾아야 했다. 에를렌두르는 그의 사진을 찾아서 신문과 방송에 간략하게 협조를 요청하라고 지시했다. 그리고 스토라게르디에서 만나자고 약속을 잡았다. 도착해서 에를렌두르는 차에서 내리고, 엘린보르그는 차를 몰고 떠났다. 그는 거기서 한참을 기다려 올리를 만났다. 아파트는 3층짜리 건물에 지하실이 있고, 현관문은 지상에 있었다. 두 사람은 초인종을 누르고 문을 쾅쾅 두드렸지만 대답이 없었다. 그들은 위층에 사는 사람을 찾아가서 에이나르가 위층의 주인에게서 집을 임대했다는 사실을 알아냈다. 그 주인이 마침 점심을 먹으러 집에 와 있었는데, 함께 내려가서 문을 열어주겠다고 했다. 그는 에이나르를 며칠간, 아마도 일주일 정도 보지 못했다면서 조용한 사람이고, 그에게 불만은 전혀 없다고 말했다. 월세도 항상 제때 냈고 경찰이 왜 그를 찾고 있는지 전혀 모르겠다고 하면서. 괜한 추측을 막기 위해서 올리는, 그의 가족들이 소식을 듣지 못해 그가 어디 있는지 찾으려 하는 것이라고 말했다. 아파트 주인은 수색영장이 있는지 물었다. 오늘 중으로 가져오겠다고 대답한 그들은 문이 열리자 주인에게 고맙다고 하고는 안으로 들어갔다. 커튼이 모두 닫혀 있어서 실내는 어두웠다. 아주 작은 아파트였다. 거실, 침실, 주방, 그리고 화장실. 주방과 화장실엔 장판이 깔려 있었고 나머지는 모두 카펫이 깔려 있었다. 거실에는 텔레비전이 놓여 있고 그 앞에 소파가 있다. 아파트 안의 공기는 후덥지근했다. 커튼을 여는 대신 에를렌두르는 주위를 더 잘 둘러볼 수 있도록 불을 켰다.

두 사람은 아파트 벽을 둘러보다가 서로를 바라보았다. 그들이 홀베르그의 아파트에서 익히 보아온 말이 벽을 뒤덮고 있었다. 볼펜으로, 매직펜으로, 또 스프레이 페인트로 씌어진 그 세 단어. 에를렌두르가 뜻을 알 수 없었던, 그러나 지금은 너무도 분명해진 그 단어들.

— 내가 바로 그다

아이슬란드 또는 해외에서 발행된 신문·잡지들이 사방에 흩어져 있었고, 과학서적들이 거실 여기저기와 침실 바닥에 쌓여 있었다. 커다란 사진첩도 책 더미에 끼어 있었다. 주방에는 포장음식 껍데기들이 널브러져 있었다.

"친아버지라." 올리가 고무장갑을 꼈다. "아이슬란드에서 언제 그런 게 확실한 적이 있었나요?"

에를렌두르는 유전 연구에 관해 생각을 했다. 유전학연구소는 현재 그리고 과거에 살았던 모든 아이슬란드 사람들의 의학정보를 최근에 수집하기 시작했다. 전 국민의 건강 정보들을 담은 데이터베이스를 구축하기 위해서였다. 그 데이터베이스는 가계 데이터베이스와 연결이 되어서, 한 사람 한 사람의 가족내력을 중세 시대까지 추적해 올라갔다. 정부에선 그것을 아이슬란드 유전자 관리체계를 구축하는 일이라고 했다. 주요 목적은 유전병들이 어떻게 유전되는지를 알아내서 치료하는 방법을 찾고, 가능하다면 다른 질병들도 찾아내겠다는 것이다. 단일민족국가인 데다가 다른 민족과의 결혼이 드물기 때문에 아이슬란드는 그야말로 유전학 연구를 위한 산 실험실과 다름없다는 것이었다.

유전학연구소와 데이터베이스 구축을 허가한 보건부는 어떤 외부인도 데이터베이스에 침투할 수 없고, 그 데이터는 철저하게 암호화된 시스템으로 보호되며, 아무도 암호를 해독할 수 없다고 발표했다.

"자네도 친아버지가 다른 사람일지 걱정되나?" 에를렌두르가 물었다. 그도 고무장갑을 끼고 조심스럽게 거실 안으로 발을 들여놓은 터였다. 그는 사진첩을 주워들고 페이지를 훌훌 넘겨 보았다. 오래된 사진들이었다.

"다들 제가 어머니나 아버지 중 누구도 닮지 않았다고 하던데요."

"나도 항상 그런 느낌이 들었어." 에를렌두르가 말했다.

"무슨 뜻입니까?"

"자네가 사생아면 나도 그렇다는 뜻이야."

"유머감각이 돌아와서 기쁘네요." 올리가 대꾸했다. "요즘 좀 썰렁했던 것 같았는데."

"유머감각이라니?" 에를렌두르가 물었다.

그는 또 다른 사진첩을 휙휙 넘겨 보았다. 오래된 흑백사진들이었다. 그는 사진 속에서 에이나르의 어머니를 알아보았다. 알베르트로 보이는 남자와 세 아들도. 에이나르는 막내였다. 크리스마스 때, 여름휴가 때, 길거리에서 또는 주방 식탁에서 평소 찍은 모습들도 담겨 있었다. 아이들은 무늬가 들어간 털실 스웨터를 입고 있었는데, 에를렌두르가 보기에 60년대 후반 것으로 보였다. 위의 두 아들은 머리를 길게 기르고 있었다.

뒤로 갈수록 아들들은 나이를 먹고 머리카락도 더욱 길어졌다. 그들은 나팔바지에 굽이 높은 검정 신을 신었고, 카트린은 머리를 구불구불하게 말고 있었다. 사진은 이제 컬러였다. 알베르트의 머리는 하얗게 세기 시작했다. 에를렌두르는 에이나르를 알아보고는 그가 그의 부모형제들과 얼마나 다르게 생겼는지 알 수 있었다. 다른 두 아들은 부모, 특히 아버지를 닮아 건장했다. 에이나르는 미운 오리새끼였다.

그는 오래된 사진첩을 내려놓고 최근 것을 집어들었다. 에이나르가 직접 찍은 것인 듯했다. 그의 가족이 사진 속에 있었다. 그렇게 많은 것을 볼 수는 없었다. 마치 에이나르가 인생의 어느 즈음에 아내를 알게 된 때부터 에를렌두르가 살짝 끼어든 것 같았다. 신혼여행 때 찍었나 보다라고 생각했다. 두 사람은 아이슬란드 전역을 여행했다. 호른스트란디르에도 갔었나 보다. 토르스모르크, 헤르두브레이다를린디르에도. 두 사람은 자전거를 타기도 했고 오래된 고물 차를 타기도 했다. 캠핑 사진도 있었다. 에를렌두르는 그 사진들이 80년대 중반 것이라고 추측했다.

그는 사진첩을 훌훌 넘겨 본 뒤 내려놓고는 가장 최근 것으로 보이는 것을 주워 들었다. 어린 여자아이가 팔에 링거를 꽂고 얼굴에 산소마스크를 쓰고 병원 침대에 누워 있었다. 눈은 감고 있었고, 온갖 기구에 둘러싸여 있었다. 중환자실 같았다. 에를렌두르는 더 넘겨 보려다가 잠시 주저했다.

갑자기 휴대폰이 울리는 바람에 에를렌두르는 깜짝 놀랐다. 그는 사진첩을 그대로 내려놓았다. 엘린이었는데 매우 흥분한 목소리였다.

"그 사람이 아침에 나한테 왔었어요." 그녀가 곧바로 말했다.

"누가요?"

"아우두르의 오빠. 이름이 에이나르래요. 내가 연락하려고 했었는데. 그 사람이 아침에 나한테 와서 모든 얘기를 해줬어요. 불쌍한 사람이지. 콜브룬처럼 자기도 딸을 잃었대요. 그리고 아우두르가 왜 죽었는지도 알아냈대요. 홀베르그 가계의 질병 때문에 그렇다고."

"그 사람 지금 어디 있습니까?" 에를렌두르가 물었다.

"아주 심하게 비관하고 있더군요. 어쩌면 어리석은 짓을 할지도 몰라요." 엘린이 말했다.

"어리석은 짓이라니 무슨 말씀이세요?"

"이젠 다 끝났다고 하더군요."

"끝나다뇨?"

"더는 얘기 안 했어요. 그냥 그 말만 했어요."

"지금 어디 있는지 아십니까?"

"레이캬비크로 다시 간다고 했어요."

"레이캬비크 어디?"

"얘기 안 했어요." 엘린이 대답했다.

"뭘 하겠다는 건지 암시도 없었습니까?"

"없었어요, 전혀. 그 사람이 어리석은 짓을 하기 전에 찾으셔야 해요. 마음고생이 아주 심했나 봐요, 불쌍한 사람. 안됐어요, 너무 안됐어요. 세상에, 그런 얘긴 정말 처음 들어봤어요."

"무슨 얘긴데요?"

"그 사람은 자기 아버지와 너무 닮았어요. 홀베르그의 모습 그대로더군요. 자기는 그렇게 살 순 없다고 했어요. 그럴 수는 없다고요. 홀베르그가 자기 어머니에게 무슨 짓을 했는지 알고 난 뒤에는. 그 사람은 자기가 육체에 갇혀 있다고 했어요. 홀베르그의 피가 혈관에 흐르는 걸 참을 수가 없다고 했어요."

"그게 무슨 뜻입니까?"

"자기 자신을 증오하는 것 같더군요. 자기가 예전의 자기가 아니라 다른 사람이라고 했어요. 그리고 그 일이 일어난 건 자기 때문이라고. 내가 무슨 말을 해도 듣지 않더군요."

에를렌두르는 사진첩을, 병원 침대에 누워 있는 여자아이의 사진을 내려다보았다.

"왜 부인을 찾아간 걸까요?"

"아우두르에 대해 알고 싶댔어요. 그 아이에 대한 모든 것을. 어떤 아이였는지, 어떻게 죽었는지. 그리고 내가 자신의 먼 친척뻘이 된다고 하더군요. 이런 얘기 들어본 적 있어요?"

"어디로 갔을까요?" 에를렌두르가 시계를 보며 말했다.

"세상에! 제발 너무 늦기 전에 그 사람을 찾아보세요."

“최선을 다하겠습니다.” 에를렌두르는 그렇게 말하고 인사를 하려다가 엘린이 아직 할 말이 남은 것 같다는 느낌이 들었다. “또 말씀해 주실 게 있습니까?” 그가 물었다.

“아우두르를 파내는 걸 봤대요. 내가 사는 곳을 알아내서 묘지까지 따라왔다가 무덤에서 관을 꺼내는 걸 봤대요.” 엘린이 말했다.

41

Tainted Blood

에를렌두르는 에이나르의 수색작업을 시작했다. 사진이 레이캬비크와 그 주변 경찰서, 그리고 주요 도시에 뿌려졌다. 언론에도 발표했다. 그러나 체포하지는 말고, 그 사람을 발견하면 곧바로 자기에게 연락하고 아무것도 하지 말라고 지시했다. 그는 카트린과도 짧게 통화했는데 그녀도 아들이 어디 있는지는 전혀 알지 못했다. 그녀의 다른 두 아들도 그녀와 함께 있었다. 그녀는 두 아들에게도 사실을 얘기했다. 그들도 동생이 어디 있는지 알지 못했다. 알베르트는 호텔 에스야에 하루 종일 머물러 있었다. 그는 전화를 두 통 썼는데 모두 사무실로 건 것이었다.

"뭐 이런 비극이 다 있나." 에를렌두르는 사무실로 돌아가는 길에 중얼거렸다. 그들은 에이나르의 아파트에 들어갔으나 그의 행방에 대한 단서는 아무것도 찾지 못했다.

낮 시간이 지나 그들은 일을 분담하기로 했다. 엘린보르그와 올리는 에이나르의 전 부인과 얘기를 했고, 그동안 에를렌두르는 유전학 연구소로 향했다. 커다랗게 지은 새 건물인 연구소는 레이캬비크 외곽의 웨스트컨트리로(路)에 있었다. 5층짜리 건물로 입구부터 보안이 아주 엄격했다. 두 경비원이 멋지게 꾸며진 로비에서 에를렌두르를 맞이했다. 찾아오겠다는 연락을 미리 받은 소장은 몇 분은 시간을 할애해야 할 모양이라고 생각했다. 그는 그 연구소를 설립한 사람 중 하나로 분자유전학자이며, 영국과 미국에서 교육을 받았다. 의약품 제조를 위해 아이슬란드에 유전학 연구기반을 마련하자는 생각에서 연구소 설립에 동참했다. 데이터베이스를 구축하여 전국의 의료기록을 한곳으로 집약하면 그 정보들을 바탕으로 여러 유전병을 찾아내는 데 도움이 될 것이라 생각했기 때문이다.

소장은 자기 사무실에서 에를렌두르를 기다리고 있었다. 50대인 그녀의 이름은 카리타스였고, 마르고 가냘픈 체격이었다. 머리카락은 짧았고 진한 검정색이었으며 친절한 미소를 보이고 있었다. 그녀는 에를렌두르가 텔레비전에서 봤을 때보다 키가 작았다. 그러나 공손했다. 그녀는 수사과에서 연구소에 무슨 볼일이 있는지 의아해하면서 에를렌두르에게 앉으라고 했다. 에를렌두르는 아이슬란드 현대 예술품으로 장식된 벽을 바라보면서, 누군가가 데이터베이스에 침투해서 해가 될 만한 정보를 뽑아냈다는 단서를 갖고 있다고 단도직입적으로 얘기했다. 에를렌두르는 자신이 하는 말이 뭔지 정확히 몰랐지만 소장은 금방 알아듣는 듯했다. 너무나 다행스러운 건 그녀가 대답을 회피하려 들지 않았다는 것이다. 그는 걱정하고 있었는데. 묵비권 행사를.

"데이터가 개인적인 것이기 때문에 상당히 미묘한 문제가 되죠." 에를렌두르가 말을 끝내자마자 소장이 입을 열었다. "그래서 이 일은 철저히 저희 둘 사이의 비밀로 지켜주셨으면 합니다. 얼마 전 누군가가 무단으로 데이터베이스에 출입한 사건이 있었습니다. 우리 내부에서 이 문제를 조사해 본 결과 한 생물학자에게 의심을 두고 있는데, 지금 그 사람과 얘기해 볼 수가 없게 됐습니다. 지구상에서 사라져 버린 것 같더군요."

"에이나르 말입니까?"

"네. 바로 그 사람이에요. 데이터베이스는 아직 구축 중입니다. 하지만 암호가 해독될 수 있다거나 사람들이 그 안에 멋대로 드나들 수 있다는 얘기가 퍼지는 것은 당연히 원치 않습니다. 이해하시겠죠? 사실 그건 암호해독과는 상관없는 문제입니다만."

"왜 경찰에 알리지 않았습니까?"

"말씀드렸듯이 자체적으로 해결하고 싶었습니다. 부끄러운 일이니까요. 사람들은 데이터베이스 안에 있는 정보가 함부로 돌아다닌다거나 미심쩍은 목적에 쓰인다거나, 또 도난당하는 일은 없다고 믿고 있습니다. 잘 아시겠지만 사회 전체가 이런 문제에 굉장히 민감하다 보니 우리도 집단 히스테리가 발생하는 것은 피하고 싶었던 거죠."

"집단 히스테리라뇨?"

"전 국민이 우리를 적대시하게 될 것 같았습니다."

"그 사람이 암호를 풀었습니까? 그렇다면 왜 이게 암호 문제가 아닌 거죠?"

"무슨 첩보영화처럼 들리게 만드는군요. 아뇨, 암호는 풀지 못했습니다. 그러지는 못했죠. 다른 방법을 썼으니까."

"어떻게요?"

"아무도 승인하지 않은 연구과제를 시작한 겁니다. 여러 사인을 위조했죠, 제 것까지도 말예요. 연구소 차원에서 아이슬란드의 몇몇 가계에서 발견된 발암성 질병의 유전적 전염을 연구하는 듯이 꾸민 겁니다. 데이터 보호위원회까지 속였어요. 일종의 데이터베이스 감시를 대행해 주는 곳이죠. 그리고 과학윤리협회도 속였고요. 여기 있는 우리 모두를 속였어요."

그녀는 잠시 말을 멈추고는 시계를 들여다보았다. 그러고는 일어서서 책상으로 가더니 비서를 불러, 다음 약속을 10분 늦추라고 말했다. 그리고 다시 에를렌두르가 있는 자리로 돌아와 앉았다.

"지금까지 그런 기막힌 일들이 일어난 겁니다."

"기막힌 일이라뇨?" 에를렌두르가 물었다.

카리타스가 그를 진지하게 바라보았다. 에를렌두르의 주머니에서 휴대폰이 울리기 시작했다. 그는 잠시 실례하겠다고 하고 전화를 받았다. 올리였다.

"법의학팀이 스토라게르디의 에이나르 아파트를 뒤졌습니다. 제가 전화를 해봤는데, 2년 전쯤에 총기허가서를 받아놓은 것 빼고는 특별한 것이 없답니다."

"총기허가서?" 에를렌두르가 반복했다.

"우리 등록서류에도 있습니다. 그런데 그게 다가 아닙니다. 엽총까지 소지하고 있었는데, 침대 밑에서 잘려나간 총신을 발견했답니다."

"총신?"

"총신을 잘라내 버렸대요. 가끔 그렇게들 합니다. 자살하기 쉽게 하려고."

"위험한 짓을 할 거라고 생각하나?"

"찾아내면 조심스럽게 접근해야 합니다. 총을 가지고 뭘 할지 모르니까요." 올리가 말했다.

"그걸로 누굴 죽이려는 건 아닐 걸세." 에를렌두르가 말했다. 그는 자리에서 일어서서 카리타스가 듣지 못하도록 등을 돌리고 전화를 받았다.

"왜요?"

"그럼 벌써 사용했겠지." 에를렌두르가 낮은 목소리로 말했다. "홀베르그에게. 그렇게 생각지 않나?"

"전 솔직히 모르겠습니다."

"나중에 보세." 에를렌두르는 전화를 끊었다. 그리고 자리에 다시 앉기 전에 거듭 사과했다.

"그게 지금까지 있었던 일입니다." 카리타스가 끊겼던 부분에서 다시 시작했다. "우리는 여러 기관에 연구를 진행할 수 있도록 허락을 요청합니다. 에이나르의 경우처럼 특정 질병의 유전적 감염에 대한 연구죠. 그런 질병으로 고생하는 사람이나 보균자들의 이름이 적힌 암호화된 리스트를 받아서 가계 데이터베이스와 비교하고 있습니다. 그러면 암호화된 가계나무를 만들어낼 수가 있거든요."

"메시지 나무처럼?" 에를렌두르가 말했다.

"네?"

"아닙니다. 계속하시죠."

"데이터 보호위원회에서는 리스트의 암호를 풀어냅니다. 리스트에는 샘플 그룹이라고 부르는, 우리가 연구하려는 사람들의 이름이 들어 있죠. 환자들과 친척들의 이름이. 그리고 거기서 참여자의 주민등록번호가 있는 리스트가 만들어지는 겁니다."

"거기서 에이나르가 질병이 있는 가족의 이름과 주민등록번호를 알아냈겠군요."

그녀가 고개를 끄덕였다.

"모든 게 데이터 보호위원회를 통해야 하나요?"

"이 문제를 얼마나 깊이 알고 싶어하시는지 모르겠습니다만, 우리는 지금 의사들을 비롯해 여러 단체와 함께 일하고 있습니다. 그들이 환자 명단을 데이터 보호위원회에 보내주면, 거기서 이름과 주민등록번호를 암호화해서 유전학연구소로 보내죠. 그러면 우리에게 있는 전용 가계 추적 프로그램이 환자들을 혈연관계를 바탕으로 묶어 그룹별로 나눠 정리합니다. 그 프로그램을 사용해서 특정 유전병을 찾는 데 가장 좋은 통계정보가 나올 환자를 선택할 수 있죠. 그런 다음에 그 그룹에 있는 사람들에게 개인적으로 이 연구에 참여해 달라고 요청합니다. 혈통은 유전병이 있는지 확인하고 좋은 샘플을 고르는 데 아주 유용합니다. 유전병을 찾아내는 데 효과적인 도구인 거죠."

"에이나르는 그저 샘플을 만드는 것처럼 위장해서 이름만 알아내려 한 거군요. 데이터 보호위원회라는 이름을 도용해서."

"모두를 교묘하게 속인 거죠."

"그게 왜 큰 문제인지 이해가 갑니다."

"에이나르는 여기 최고위 간부 중 한 사람이었고 아주 유능한 학자에 속했어요. 훌륭한 사람이었죠. 그런 사람이 왜 그랬을까요?" 소장이 물었다.

"그 사람은 딸을 잃었습니다. 모르셨습니까?" 에를렌두르가 말했다.

"몰랐어요." 그녀가 에를렌두르를 응시하며 말했다.

"그 사람이 여기서 일한 지 얼마나 됐습니까?"

"2년 됐죠."

"그보다 좀 전의 일이군요."

"딸을 어떻게 잃었나요?"

"유전적으로 물려받은 병을 앓았습니다. 그 사람이 바로 보균자였는데, 자기 가족에게 그런 질병이 있다는 것을 몰랐죠."

"친아버지 문제였나요?"

에를렌두르는 대답하지 않았다. 얘기를 할 만큼 한 것 같았다.

"그게 가계 프로그램의 문제점 중 하나예요. 질병이 가끔씩 가계나무에서 튀어나갔다가 전혀 기대하지 않았던 곳에서 튀어나오거든요."

에를렌두르는 자리에서 일어섰다. "소장님은 그 비밀을 모두 갖고 있는 셈이군요. 오래된 가족의 비밀. 비극과 슬픔, 그리고 죽음. 이 모든 것이 컴퓨터에 체계적으로 들어 있는 겁니다. 가족사와 개인사들이. 소장님이나 제 얘기도. 비밀을 모두 가지고 있다가 원할 때마다 꺼내볼 수도 있는 거고요. 한마디로 전 국민을 들여다보는 유리병 도시로군요."

"무슨 말씀을 하는지 모르겠네요, 유리병 도시라니?" 카리타스가 말했다.

"모르시겠죠, 당연히 모르실 겁니다." 에를렌두르는 일어섰다.

42

Tainted Blood

에를렌두르가 그날 저녁 집에 돌아왔을 때도 여전히 에이나르의 소식은 없었다. 그의 가족은 모두 부모 집에 모여들었다. 알베르트는 카트린과 진지하게 통화한 뒤에 그날 오후 호텔에서 나와 집으로 돌아갔다. 두 아들도 며느리들과 함께 거기 와 있었고, 에이나르의 부인도 곧 왔다. 엘린보르그와 올리가 그날 일찍이 그녀와 통화했지만 그녀는 에이나르가 어디에 있는지 감도 잡히지 않는다고 했다. 서로 연락을 끊은 지 반년이 넘었다며.

에바는 에를렌두르가 집에 돌아온 뒤 잠시 후 들어왔다. 에를렌두르는 에바에게 진행된 수사에 관해 모든 것을 얘기해 주었다. 홀베르그의 아파트에서 발견된 지문이 스토라게르디의 그의 집에서 발견된 에이나르의 것과 일치했다.

에이나르가 아버지를 만나러 갔다가 그를 살해한 모양이다. 에를렌두르는 그레타르 얘기도 딸에게 해주었다. 그의 죽음과 실종에 대해 가장 가능성 있는 추리는 그레타르가 홀베르그를 어떤 방법으로든 협박했다는 것이다. 아마도 사진을 가지고 그랬을 것이다. 정확히 뭘 찍은 것인지는 몰라도. 경찰이 가진 단서를 바탕으로 생각해 봤을 때 홀베르그가 한 짓들을 그레타르가 사진 찍었을 가능성도 없지 않다고 에를렌두르는 말했다. 심지어 여태껏 아무에게도 알려지지 않은 강간까지도. 아우두르의 비석 사진은 그레타르가 그 모든 일을 알고 있었다는 뜻이고, 어쩌면 경찰에 알렸을 수도 있고, 또 협박하기 위해 홀베르그에 관한 정보를 모으고 있었음을 암시하는 것이기도 했다.

애기가 밤늦게까지 계속되면서 빗줄기는 계속 창문을 때렸고, 가을바람은 울부짖었다. 딸이 왜 습관적으로 가슴을 문지르느냐고 물었다. 에를렌두르는 가슴에 오는 통증을 얘기했다. 그는 낡은 매트리스 때문일 거라고 둘러댔지만, 에바는 당장 의사한테 가보라고 했다. 에를렌두르는 그러고 싶지 않았지만.

"의사한테 안 가겠다니, 그게 무슨 말이에요?" 에바의 말에 에를렌두르는 통증 얘기를 한 걸 금방 후회했다.

"아무것도 아냐." 그가 말했다.

"오늘 담배 얼마나 피웠어요?"

"그건 왜?"

"봐요, 가슴은 아프고, 줄담배를 피우는 데다가 항상 차만 타고 다니고, 인스턴트 음식만 먹고, 그러면서 진찰도 받기 싫다니! 그러고도 나한테 사는 방식이 어쩌고저쩌고하면서 화를 내고 나를 울린 거예요? 그게 정상이라고 생각해요? 제정신이에요?"

에바가 일어서서 벼락이라도 던질 것처럼 아버지를 쏘아보았다. 에를렌두르는 기가 죽어서 그녀를 올려다보지도 못하고 그냥 바닥만 응시했다.

"진찰 받으러 가마." 그가 마침내 말했다.

“진찰 받으러 간다고요? 잘도 받으러 가겠네! 벌써 옛날에 그렇게 했어야죠! 겁쟁이 같으니!” 에바가 소리쳤다.

“내일 아침에 바로 갈게.” 에를렌두르가 딸을 쳐다보며 말했다.

“그렇게 해야 돼요.” 그녀가 말했다.

에를렌두르가 잠자리에 들려는데 전화가 울렸다. 올리였다. 그는 바론스티구르 시체공시소에서 도난사건이 있었다는 보고가 경찰에 들어왔다고 말했다.

“바론스티구르 시체공시소 말예요.” 에를렌두르가 대답이 없자 올리가 반복했다.

“이런, 젠장.” 에를렌두르가 신음소리를 냈다. “그리고?”

“모릅니다. 보고가 방금 들어왔어요. 저한테 연락이 왔길래 반장님한테 연락하겠다고 했어요. 범행동기는 모른답니다. 거기에 시체 말고 뭐가 또 있나요?” 올리가 말했다.

“거기서 만나지.” 에를렌두르가 말했다. “부검의도 그리로 나오라고 해.” 그렇게 덧붙이고는 전화를 끊었다.

에바는 거실에서 잠들어 있었다. 그는 코트를 입고 모자를 쓴 뒤 시계를 보았다. 자정을 넘긴 시각이었다. 그는 딸을 깨우지 않으려고 문을 조심스럽게 닫고 서둘러 계단을 내려가 차에 올라탔다.

시체공시소에 도착해 보니 경찰차 세 대가 불빛을 깜박이며 바깥에 주차되어 있었다. 그는 올리의 차를 알아보았다. 막 건물로 들어가려는데 부검의가 코너를 돌아오는 것이 보였다. 그가 모는 차가 젖은 포장도로 위에서 끼익하는 소리를 냈다. 부검의가 사나운 표정을 짓고 있었다. 에를렌두르가 경찰이 줄 서 있는 복도를 지나 서둘러 내려가자 올리가 부검실에서 나왔다.

“없어진 건 없는 것 같은데요.” 에를렌두르가 급하게 복도를 내려오는 것을 보고 올리가 말했다.

“무슨 일이 있었는지 말해봐.” 에를렌두르는 이렇게 말하면서 올리와 함께 부검실로 들어갔다. 부검 테이블은 비어 있었고 찬장은 모두 잘 닫혀 있어서 도둑이 든 느낌은 없었다.

“여기 바닥에 발자국이 있었는데 지금은 거의 다 말랐군요.” 올리가 말했다. “건물에 연결된 경보장치가 경비회사 본부에 울려서 그쪽에서 15분 전쯤에 우리에게 연락했습니다. 도둑이 창문을 깨고 팔을 집어넣어 문을 딴 것 같습니다. 복잡한 건 아닙니다. 도둑이 건물에 들어오자마자 경보장치가 울렸죠. 뭘 해볼 시간도 없었을 겁니다.”

“아냐, 시간은 아주 충분했어.” 에를렌두르가 말했다. 부검의가 두 사람이 있는 곳으로 왔다. 화가 난 티가 역력했다.

“도대체 어떤 인간이 시체공시소를 텁니까?” 그가 말했다.

“홀베르그와 아우두르는 어디 있습니까?” 에를렌두르가 물었다.

부검의가 에를렌두르를 쳐다보았다.

“이게 홀베르그 살인사건과 관련이 있습니까?” 그가 되물었다.

“그럴 수도 있죠.” 에를렌두르가 말했다. “자, 어서!”

“시체들은 여기 옆방에 보관합니다.” 부검의가 그들을 데려가 문을 열었다.

“이 문들은 항상 잠가두지 않나요?” 올리가 물었다.

“누가 시체를 훔쳐 가겠어요?” 부검의가 쏘아붙였다. 그러나 방 안을 들여다보고는 걸음을 멈췄다.

“무슨 일입니까?” 에를렌두르가 물었다.

“그 여자아이가 없어졌어요.” 부검의가 자신의 눈을 믿을 수 없다는 듯이 말했다. 그는 서둘러 창고 안을 둘러보고 나서 그 안의 또 다른 문을 열고는 불을 켰다.

“뭡니까?” 에를렌두르가 물었다.

“관도 없어졌어요.” 병리학자가 말했다. 그는 두 남자를 번갈아 바라보았다. “그 아이에게 새 관을 마련해 줬거든요. 누가 이런 짓을 하는 겁니까? 누가 이런 추잡스런 짓거리를 하냐구요?”

“에이나르란 사람입니다. 그리고 이건 추잡스런 일이 아닙니다.” 에를렌두르가 대답했다.

그가 돌아서자 올리가 재빨리 그 뒤를 따랐다. 두 사람은 서둘러 시체공시소를 빠져나갔다.

43

Tainted Blood

그날 밤 케플라비크행 도로에는 차가 그리 많지 않았다. 에를렌두르는 10년 된 작은 일본제 자동차를 최대한 빨리 몰았다. 차 앞 유리창 위로 와이퍼가 감당하지 못할 정도로 비가 쏟아져 내리고 있었다. 에를렌두르는 며칠 전 처음으로 엘린을 찾아가던 때가 생각났다. 비는 도저히 그칠 줄을 모르겠다는 듯 쏟아졌다.

그는 케플라비크 경찰은 비상 대기시키고, 레이캬비크 쪽에는 지원 병력을 준비해 놓으라고 올리에게 지시했다. 또 에이나르의 어머니에게 연락해서 최근의 상황을 알려주라고 했다. 그는 묘지로 곧장 달려가기로 마음먹었다. 에이나르가 아우두르의 시신을 가지고 거기에 있으리라는 희망 때문에. 그는 에이나르가 자신의 누이동생을 무덤에 되돌려 놓으려는 것이라고 생각했다.

에를렌두르는 발스네스 묘지 문 앞에 차를 세웠다. 에이나르의 차가 운전석과 트렁크 문이 열린 채 세워져 있는 것이 보였다. 에를렌두르는 엔진을 끄고 빗속으로 걸어 나가 에이나르의 차를 살펴보았다. 무슨 소리라도 들리는지 귀를 기울여 보았지만 수직으로 내리꽂히는 빗소리만 들릴 뿐이었다. 바람도 없었다. 그는 고개를 들어 시커먼 하늘을 바라보았다. 교회 입구 너머 멀리 빛이 보였다. 묘지 저편에, 아우두르의 무덤 근처에서 나오는 희미한 불빛이었다. 무덤 근처에서 뭔가가 움직이는 것이 보였다.

그리고 하얗고 작은 관도.

에를렌두르는 조심스럽게 에이나르라고 짐작되는 남자 곁으로 갔다. 빛은 남자가 가져온 성능 좋은 손전등에서 나오고 있었다. 관 옆에 손전등을 내려놓았던 것이다. 에를렌두르는 조용히 불빛 안으로 들어갔다. 그는 하던 일을 멈추고 에를렌두르를 올려다보더니 그의 눈을 응시했다. 에를렌두르는 홀베르그의 젊은 시절 사진을 본 기억 때문에 둘이 닮았다는 점을 확인할 수 있었다. 조금 둥글고 낮은 이마에 눈썹은 진했고, 눈은 모여 있었다. 마른 얼굴이었는데 광대뼈는 튀어나와 있으며 이는 약간 뻐드렁니였다. 코는 좁았고 입술도 얇았지만, 턱은 커다랗고 목은 길었다. 그들은 잠시 서로의 눈을 바라보았다.

"당신 누구야?" 에이나르가 물었다.

"에를렌두르라고 합니다. 홀베르그 사건을 담당하고 있죠."

"내가 그 인간과 너무 닮아서 놀랐나?" 에이나르가 또다시 물었다.

"많이 닮았군요." 에를렌두르가 대꾸했다.

"그 인간이 우리 어머니를 겁탈했지."

"당신 잘못이 아닙니다." 에를렌두르가 말했다.

"그런 인간이 내 아비였고."

"그것도 당신 잘못이 아닙니다."

"당신은 이런 짓을 하면 안 되는 거였어." 에이나르가 관을 가리키며 말했다.

"그래야 한다고 판단했습니다. 그래서 그 아이가 당신 딸과 같은 병으로 죽었다는 것을 알아냈죠." 에를렌두르가 말했다.

"그 애가 있어야 할 자리는 여기야. 다시 돌려보내줘야 해." 에이나르가 말했다.

"그렇게 하시죠." 에를렌두르가 관 쪽으로 가까이 다가가며 말했다. "이것도 당연히 무덤에 같이 넣고 싶을 겁니다." 에를렌두르가 검정 가죽가방을 내밀었다. 장기 수집가를 만난 후로 계속 차 안에 놔두었던 것이다.

"그게 뭐지?" 에이나르가 물었다.

"그 질병." 에를렌두르가 말했다.

"무슨 소리야……."

"아우두르의 바이오 샘플입니다. 그 애한테 꼭 돌려줘야 할 것 같아서."

에이나르가 어찌해야 할지 몰라 가방과 에를렌두르를 차례로 보았다. 에를렌두르는 바로 관 옆에까지 다가갔다. 두 사람은 이제 관을 사이에 두고 마주 보게 되었다. 에를렌두르는 가방을 관에 올려놓은 다음 서서히 뒤로 물러서서 아까 서 있었던 자리로 돌아갔다.

"난 화장이면 좋겠어." 에이나르가 갑자기 말했다.

"그런 건 평생 준비해도 됩니다." 에를렌두르가 대꾸했다.

"아, 그렇지, 평생." 에이나르가 목소리를 높이며 말했다. "그럼 그건 뭐요? 7년밖에 안 되는 인생은? 당신이 그걸 말해 줄 수 있어? 그게 도대체 무슨 놈의 인생이냐고?"

“그 문제엔 대답할 수 없군요. 지금 총을 가지고 있습니까?” 에를렌두르가 말했다.

“엘린을 만났어.” 에이나르가 질문을 무시하며 말했다. “이미 들었겠지. 아우두르에 대해서 얘기했어. 내 누이동생. 그 애에 대해선 이미 알고 있었지만 내 누이동생이란 사실은 나중에 알게 됐지. 당신이 그 애를 무덤에서 파내는 것도 봤어. 그때 엘린이 당신한테 덤벼든 게 이해가 가더군.”

“아우두르에 대해선 어떻게 알았습니까?”

“데이터베이스에서. 이 특이한 질병으로 죽은 사람들을 모두 찾아냈지. 그때는 내가 홀베르그의 아들이고 아우두르가 내 누이동생이라고 생각조차 하지 않았어. 나중에 알게 됐지. 내가 어떻게 임신이 되었는지 어머니에게 물었을 때.”

그는 에를렌두르를 바라보았다.

“내가 보균자라는 것을 알게 된 뒤에.”

“홀베르그와 아우두르를 어떻게 연관지었습니까?”

“그 병 때문이야. 병의 족보를 따져봤지. 그 뇌종양은 아주 드문 병이야.”

에이나르는 잠시 입을 다물었다가 마치 미리 준비하고 있었던 양, 자기가 한 일에 대해 아무런 감정도 없이, 옆으로 새는 일도 없이 체계적으로 설명하기 시작했다. 목소리를 높이지도 않았고, 한결같이 낮은 목소리로, 가끔씩은 속삭이듯이 얘기를 해나갔다. 비가 땅으로, 관 위로 쏟아지고 있었으며, 거기서 나는 텅 빈 메아리가 밤의 정적 속에서 울려 퍼지고 있었다.

딸은 네 살 되던 해에 갑자기 병이 들었다고 했다. 그 질병은 진단하기 어려워, 몇 달이 지난 후에야 아주 희귀한 신경계 질병이라는 진단이 나왔다. 그 질병은 유전적으로 내려오는 것으로 일부 가계에서만 한정적으로 나타나는데, 특이하게도 자신의 부모님 양쪽 가계에서는 그 어느 쪽에서도 발견되지 않았다. 혈통에서 튀어나오거나 변종이 생긴 것과 같은 일이어서, 의사들도 이해할 수 없다고 했다. 일종의 돌연변이가 일어난 것이 아니라면.

의사들은 그 병이 아이의 뇌에 생겼으며 2년 안에 죽을 수 있다고 했다. 그다음에 찾아온 것은 에를렌두르는 알 수 없는 고통스런 시간들이었다.

“자녀가 있나?” 에이나르가 물었다.

“둘 있습니다. 딸 하나, 아들 하나.” 에를렌두르가 대답했다.

“나와 아내는 그 애가 죽었을 때 갈라섰어. 어찌된 일인지 우리 사이에 남은 것이라고는 슬픈 추억과 병원에서 보낸 고통뿐이었지. 그게 모두 끝났을 때 우리 삶도 끝난 것 같았어. 아무것도 남은 게 없었으니까.”

에이나르는 말을 멈추고 졸린 것처럼 눈을 감았다. 비가 그의 얼굴로 쏟아져 내렸다.

“나는 그 회사 창립 멤버 중 하나였지.” 그러고 나서 그가 말했다. “데이터베이스가 완성되었을 때 나는 다시 살아난 기분이었어. 의사들 말은 믿을 수가 없었지. 진상을 알고 싶었어. 그래서 내가 직접 그 병이 어떻게 딸에게 옮겨진 것인지 밝혀내기로 한 거야. 가능하다면. 의료 데이터베이스는 가계 데이터베이스와 연결되어 있어서 그 둘을 함께 진행시킬 수 있었지. 만일 찾는 내용을 정확히 알고 있고 암호해독 열쇠만 가지고 있다면, 그 병이 어디서 온 건지 가계나무를 추적해볼 수 있었어. 심지어 가계에서 이탈된 경우도 말이야. 나나 아우두르처럼."

"유전학연구소의 카리타스 소장과 얘기해 봤습니다." 에를렌두르는 어떻게 에이나르를 설득할 수 있을지 생각하면서 말했다. "그분이 당신이 어떤 수법을 썼는지 알려 주더군요. 이건 우리 모두가 겪어보지 못한 일입니다. 사람들은 수집된 정보로 무엇을 할 수 있는지 정확히 이해를 못하지요. 무엇이 거기에 들어 있고, 거기서 뭘 알아낼 수 있는지도."

"난 늘 의심스러웠어. 내 딸을 맡은 의사가 유전적으로 내려오는 병이라고 진단했으니까. 처음에는 내가 그냥 입양된 모양이라고 생각했지. 그랬다면 훨씬 나았겠지, 나를 입양했다면. 그다음에는 어머니를 의심했어. 그래서 어머니 몰래 혈액 샘플을 채취했지. 아버지 것도. 그러나 거기선 아무것도 발견되지 않았어. 그런데 나에게선 발견이 됐고."

"당신은 증상이 없습니까?"

"조금. 한쪽 귀는 거의 들리지 않지. 청각신경에 종양이 있었던 거야. 양성이지. 피부에도 반점이 있고."

"카페오레 말이군요?"

"공부를 좀 했구만. 유전변이로 병에 걸렸을 수도 있지. 돌연변이. 하지만 그것보다는 다른 식의 설명이 더 그럴 듯하지. 결국 난 데이터베이스에 들어가서 우리 어머니가 관계를 가졌을 법한 보균자들 명단을 뽑아냈지. 홀베르그도 그중 하나였어. 이 사실을 말하니 어머니는 곧바로 나에게 모든 것을 이야기해 주었지. 어떻게 그동안 어머니가 그런 일을 말하지 않고 살아왔는지, 그리고 한 번도 내가 내 태생 때문에 차별받은 일은 없었다는 얘기도. 오히려 나는 분명히 당신의 막내아들이라고 했지." 그가 설명하듯이 덧붙였다. "귀염둥이 막내."

"압니다." 에를렌두르가 대꾸했다.

"그게 들을 소리야!" 에이나르가 밤의 정적을 깨고 소리쳤다. "난 우리 아버지의 아들이 아니었어. 진짜 아버지는 어머니를 겁탈한 인간이라고. 난 강간범의 아들이야. 그 사람은 나한테는 영향을 주지 않는 더러운 유전자를 내게 물려줘서 내 딸을 죽게 만들었어. 내 이복누이도 그 병으로 죽었고. 난 지금도 믿을 수가 없어. 아직도 받아들일 수가 없다고. 어머니는 홀베르그에 대해 얘기할 때 분노에 복받쳐 그만 정신을 잃고 말았어. 그놈은 역겨운 인간이었다고."

"홀베르그에게 전화를 건 사람이 당신이었군요."

"그 인간 목소리를 듣고 싶었으니까. 원래 사생아는 모두 아버지를 만나고 싶어하지 않던가?" 에이나르가 말했다. 입가에 미소가 떠올랐다. "단 한 번만이라도."

44

Tainted Blood

빗줄기가 점점 약해지더니 멎었다. 손전등이 땅에, 그리고 이제는 작은 시내가 되어 무덤가를 흐르는 빗물 위에 노란 불빛을 비추고 있었다. 두 사람은 미동도 않고 서로를 바라보며 서 있었다. 그들 사이에 관이 놓여 있었고, 두 사람은 서로의 눈을 응시했다.

"당신을 보고 그 사람이 놀랐겠군요." 에를렌두르가 마침내 말했다.

에를렌두르는 경찰이 묘지를 향해 오는 것을 알고 있었기 때문에, 더 큰 소란이 일어나기 전에 에이나르와 단둘이 있는 동안 최대한 많은 것을 알아내고 싶었다. 또 에이나르가 무장하고 있을 가능성이 굉장히 높았다. 엽총은 보이지 않았지만, 가지고 있을 가능성은 배제할 수 없었다. 에이나르는 한 손을 코트 속에 집어넣고 있었다.

"그 인간 얼굴을 당신이 봤어야 하는데." 에이나르가 말했다. "마치 과거에서 온 유령을 본 것 같았지. 그 유령은 바로 나였고."

◇◇◇◇◇◇◇◇◇◇

홀베르그는 문간에 서서 초인종을 누른 남자를 바라보았다. 그는 그 남자를 한 번도 본 적이 없었지만 그래도 그 얼굴을 단번에 알아볼 수 있었다.

“안녕하세요, 아버지.” 에이나르가 비꼬듯이 말했다. 그는 자신의 분노를 감출 수가 없었다.

“당신 누구요?” 홀베르그가 놀라서 물었다.

“당신 아들이죠.” 에이나르가 대답했다.

“이게……, 뭐하는 짓이오? 댁이 전화를 건 사람이오? 부탁인데, 날 조용히 살게 가만뒀으면 좋겠소. 난 댁을 조금도 모르니까. 지금 제정신이 아닌 것 같은데.”

두 사람은 키도 생김새도 비슷했지만, 에이나르는 홀베르그가 너무 늙고 약해 보여 굉장히 놀랐다. 말할 때마다 오랫동안 담배를 피운 탓에 폐 깊은 곳에서부터 쌕쌕거리는 소리가 났다. 얼굴은 깡말랐고 날카로운 인상이었으며, 눈 밑에는 기미가 끼어 있었다. 지저분한 회색 머리칼이 머리에 바짝 붙어 있었다. 피부는 쭈글쭈글했고, 손가락 끝은 누랬으며, 구부정한 자세에 눈은 흐릿하고 빛을 잃고 있었다.

홀베르그는 문을 닫으려 했으나 에이나르의 힘을 당해낼 수는 없었다. 에이나르는 아파트 안으로 밀치고 들어갔다. 그는 그 냄새를 바로 느꼈다. 마구간 냄새 같으면서도 더 지독했다.

“여기다 뭘 보관하고 있는 거지?” 에이나르가 물었다.

“지금 당장 나가시오.” 홀베르그가 쌕쌕거리는 목소리로 소리를 지르고는 거실로 물러났다.

“난 이 집에 들어올 권리가 충분히 있는데.” 에이나르가 책장과 구석에 놓인 컴퓨터를 둘러보며 말했다. “난 댁의 아들이라니까. 돌아온 탕자라고. 하나만 물어봐도 될까요, 아버지? 우리 어머니 말고도 겁탈한 여자가 또 있나요?"

"경찰을 부르겠소." 그가 흥분할수록 쌕쌕거리는 소리는 더 확연해졌다.

"누군가가 벌써 그렇게 했어야 하지." 에이나르가 대꾸했다.

홀베르그는 주저했다.

"나한테 뭘 원하는 거요?"

"그동안 어떤 일이 있었는지 당신은 전혀 모를 거요. 하긴 그건 당신과는 상관없는 일이지. 그런 일에는 신경도 안 쓸 테니까. 맞지? 아냐?"

"그 얼굴." 홀베르그는 말을 맺지 못했다. 그는 흐리멍덩한 눈으로 에이나르를 쳐다보고는 한참을 뚫어지게 바라보았다. 자기가 아들이라는 에이나르의 말이 무슨 뜻인지 마침내 이해할 때까지. 에이나르는 그가 주춤하는 것을 눈치챘다. 자기가 한 말에 얼마나 놀라고 있는지도 보았다.

"난 평생 누구도 겁탈한 적 없어." 홀베르그가 마침내 입을 열었다. "그건 전부 거짓말이야. 케플라비크에 내 딸이 있다는 말도 있었고, 그 애 엄마가 나한테 겁탈당했다고 고소하기도 했지만 증거는 하나도 없었어. 난 아무 잘못이 없어."

"당신 딸이 어떻게 됐는지 알아요?"

"그 아이는 어려서 죽은 것 같아. 그 아이나 엄마와는 한 번도 연락한 적이 없어. 그건 댁도 이해가 갈 거야. 그 여자가 날 강간죄로 고소했으니까, 젠장!"

"당신 가족 중에서 어릴 때 죽은 아이가 있다는 사실은 아마 알고 있겠지?" 에이나르가 물었다.

"무슨 소리요?"

"당신 가족 중에서 아이가 죽은 적 있나?"

"뭐하자는 거요?"

"20세기에만도 몇 번 있었던 걸로 알고 있어. 그중 하나는 당신 누이동생이었지."

홀베르그가 에이나르를 뚫어지게 쳐다보았다.

"댁이 내 가족에 대해 뭘 안다는 거요? 어떻게?"

"당신보다 스무 살 위였던 당신 형은 15년 전에 죽었어. 그 사람 딸은 아직은 어렸던 1941년에 죽었지. 당신은 그때 열한 살이었어. 형제는 당신 둘밖에 없었고, 당신과 형은 나이 차가 많았지."

홀베르그가 아무 말도 하지 않는 가운데 에이나르는 말을 계속 이어갔다.

"그 병은 당신과 함께 사라졌어야 했어. 당신이 마지막 보균자였어야 했다고. 당신이 마지막이었어. 결혼도 안 했고, 자식도 없고, 가족도 없었으니까. 그런데 강간범이라니. 이 구제 불능 개자식!"

에이나르는 말을 멈추고 증오에 가득 찬 눈으로 홀베르그를 쳐다보았다.

"그리고 이제는 내가 마지막 보균자야."

"무슨 소리요?"

"아우두르는 당신 때문에 병을 물려받았어. 내 딸은 나한테서 받았고. 아주 간단하지. 이걸 데이터베이스에서 찾아냈어. 내 딸을 제외하고, 아우두르 이후로는 우리 가족 중에서 그 병으로 죽은 사람은 없어. 우리가 마지막 남은 사람들이지."

에이나르는 한 발짝 가까이 다가가서 무거운 유리 재떨이를 집어 들었다.

"그것도 이젠 다 끝났어."

◇◇◇◇◇◇◇◇◇◇

"그 사람을 죽이려고 간 건 아니었어. 그 인간은 자기가 위험에 처했다고 생각했지. 내가 왜 그 재떨이를 집어들었는지는 몰라. 아마 그 사람에게 던지려고 했을 수도 있어. 가만두고 싶지 않았으니까. 그런데 그 인간이 먼저 움직였어. 나한테 덤벼들더니 목을 졸랐지. 하지만 내가 머리를 내리쳐서 바닥에 쓰러뜨렸어. 생각 없이 한 일이었는데, 화가 나 있었기 때문에 쉽게 그런 행동이 나왔던 거야. 그 사람을 만나면 어떻게 될까 생각해 보긴 했었는데 그런 일이 생길지는 상상조차 못했어. 절대로. 그 인간이 넘어지면서 머리를 탁자에 부딪쳤지. 그리고 바닥에 쓰러져 피를 흘리더군. 나는 몸을 굽혀 확인해 보고 나서야 그가 죽었다는 걸 알았어. 주위를 둘러보니 종이랑 연필이 있길래 '내가 바로 그다'라고 썼지. 그게 그 사람을 문에서 보았을 때 떠올랐던 말이었으니까. 내가 바로 그라는 것. 내가 그 사람이었어. 그 남자가 바로 내 아버지였고."

에이나르는 열린 무덤을 내려다보았다.

"안에 물이 고였네." 에이나르가 말했다.

"그건 퍼내면 돼요." 에를렌두르가 대꾸했다. "총을 가지고 있으면 이쪽으로 주시죠." 에를렌두르가 다가갔지만 에이나르는 신경도 쓰지 않는 것 같았다.

"아이들은 철학자야. 우리 딸이 한번은 병원에서 이렇게 묻더군. '왜 눈이 있게요?' 나는 그래야 볼 수 있으니까 하고 대답했어."

에이나르가 잠시 말을 멈췄다. "아이가 틀렸다고 했어." 그는 스스로에게 말하는 듯했다. 그는 에를렌두르를 바라보았다. "그래야 울 수 있으니까 하고 말하던데."

에이나르는 결심한 것 같았다.

"만일 당신이 자기 자신이 아니라면 누굴까?" 에이나르가 물었다.

"진정하시죠." 에를렌두르가 말했다.

"그럼 당신은 누구냐고?"

"모든 게 괜찮아질 겁니다."

"일이 이렇게 될 거라고는 생각지도 못했지만 이젠 너무 늦었어."

에를렌두르는 그게 무슨 말인지 알 수 없었다.

"이젠 다 끝이야."

에를렌두르는 손전등 불빛에 비친 그를 바라보았다.

"여기서 끝나는 거지." 에이나르가 말했다.

에를렌두르는 에이나르가 가까이 다가오면서 코트 밑에서 총을 꺼내는 것을 보았다. 에를렌두르가 동작을 멈췄다. 에이나르는 순식간에 총구를 돌리더니 자기 심장에 갖다댔다. 눈 깜짝할 사이였다. 에를렌두르는 소리를 지르며 달려들었다. 천둥이라도 치듯 총소리가 울렸다. 에를렌두르는 잠시 귀가 멍해졌다. 그는 에이나르에게 온몸을 던졌고, 두 사람은 함께 바닥으로 쓰러지고 말았다.

45

Tainted Blood

가끔 에를렌두르는 생명이 자신을 떠났고 빈 몸만 남았다는 느낌이 들 때가 있었다.

에를렌두르는 무덤가에 서서 그 옆에 누워 있는 에이나르를 내려다보았다. 손전등을 아래로 비춰 보고는 죽어 있는 그를 바라보았다. 손전등을 내려놓고 관을 땅속으로 내려놓았다. 관을 열고 그 안에 유리병을 넣은 다음 뚜껑을 닫았다. 혼자서 하관하려니 쉽지는 않았지만 간신히 해낼 수 있었다. 그는 흙더미 옆에 놓인 삽을 보았다. 관 위에 십자가를 그은 후에 그 위로 흙을 파넣기 시작했다. 흙더미가 하얀 관 뚜껑으로 떨어질 때마다 텅텅 울리는 음침한 소리가 그의 마음을 찔러댔다.

에를렌두르는 무덤 옆에 부러져 있는 하얀 말뚝을 찾아 제자리에 꽂아놓았다. 그러고는 남은 힘을 그러모아 비석을 세웠다. 일을 다 마쳐갈 때쯤에야 첫 번째 차가 도착하는 소리와 묘지에 도착한 사람들의 목소리가 들렸다. 그는 올리와 엘린보르그가 번갈아 자기를 부르는 것을 들었다. 헤드라이트에 비친 사람들의 목소리가 들렸다. 그들의 그림자가 어두운 밤길에 커다랗게 드리웠다. 에를렌두르는 점점 더 많은 불빛이 자기를 향해 다가오는 것을 보았다.

카트린이 보였고, 곧 엘린도 발견했다. 카트린은 그에게 뭔가 묻는 듯한 표정을 짓더니 무슨 일이 일어났는지 알아차리고는 에이나르 위에 몸을 던지고 울면서 아들을 끌어안았다. 에를렌두르는 그녀를 막지 않았다. 엘린이 그녀 옆에 꿇어앉았다.

올리가 에를렌두르에게 괜찮냐고 묻는 소리가 들리고, 엘린보르그가 땅에 떨어진 엽총을 주워 드는 것이 보였다. 현장에는 더 많은 경찰이 도착했고, 멀리서 터지는 카메라 플래시가 마치 번개라도 치는 것처럼 보였다.

그는 하늘을 올려다보았다. 비가 다시 내리기 시작했지만 웬일인지 아까보다는 부드럽다는 생각이 들었다.

에이나르는 그라파르보구르 묘지의 딸 옆에 묻혔다. 비공개 장례식으로. 에를렌두르는 카트린에게 연락을 취했다. 에이나르와 홀베르그가 만난 이야기를 들려주었다. 에를렌두르는 정당방위였다고 말했지만, 카트린은 그가 자기를 위로해 주려는 것임을 알았다.

비는 계속 내렸지만 가을바람은 잠잠해졌다. 곧 겨울이 오고 서리와 어둠이 찾아올 것이다. 에를렌두르는 그것이 반가웠다.

에바가 성화를 부리는 바람에 에를렌두르는 마침내 의사를 찾아갔다. 의사는 늑골에 있는 연골 부분이 손상되어 통증이 오는 것이라며, 매트리스가 낡았거나 운동부족 때문일 거라고 진단을 내렸다.

어느 날, 김이 모락모락 오르는 고기 스튜를 앞에 두고 에를렌두르는 딸을 낳게 되면 자기가 이름을 지어도 되겠냐고 에바에게 물었다. 그녀는 이름을 몇 개 지어달라고 대답했다.

"뭐라고 짓고 싶은데요?" 에바가 물었다.

에를렌두르가 그녀를 바라보았다.

"아우두르, 그렇게 지으면 좋을 것 같아."